献给我的姥姥张李氏！

献给我的姥姥张李氏！

　　在书柜的显要位置，有姥姥的老照片。朴素的本色木框里，镶着她的半身照。相框左侧，放着三寸多高的蓝色瓷瓶，瓶中插着三枝含苞待放的蓓蕾，代表我、带子和弟弟，守候在她身边。相框的右侧放着金色袖珍马蹄表，指针在十二点不动，带子告诉我，她是在夜里走的。每次我外出回来，都像快乐的小学生放学到家一样，先来到书房报到，说声："姥姥，我回来了！"

　　这是姥姥生前留下的唯一的全身照。正面，免冠，露耳，穿着青士林布衫，很平整。头发梳在脑后，一看便知是用包网缠着的发髻。照片洗出来，她特别喜欢，带在身上时常翻出来看，有一回，她看得掉泪了，说："这辈子进了照相馆，上了相，将来人没了，还能有个影，知足了！"

献给我的姥姥张李氏！

　　姥姥家的茅屋，四周是土坯砌的墙，房顶苫的是谷草。你找不到哪有缝隙，可就是四面钻风，尤其是窗户。进入冬天，我们都要糊窗纸，溜窗缝。矮草屋，是姥姥巨大坚实的怀抱，也是我们的安乐窝，相互间有诉说不完的故事……

　　一把锥子，虽不是稀罕物，可它已有百岁。是姥姥出嫁时从娘家带出来的物件。一卷细麻绳，是姥姥亲手纺的，又细又匀，用来纳鞋底。一颗小磁铁，有眼有手，能帮我找到掉在地上的针，轻而易举地捡起来。这三样纪念品承载着姥姥的爱，留作永恒的纪念。

　　高三时，我突然双目视力急剧下降，眼睑红肿，角膜充血，眼球被白斑遮住，视物模糊不清。其中左眼格外严重。医生诊断为左眼患虹膜炎，有失明危险。姥姥为我抓药，熬中药汤，我戴着眼罩坚持学习，高考结束后，眼睛居然奇迹般地痊愈。从上大学报到的照片中，依然能看出，恢复中的左眼比右眼小一些。

　　带子是姥姥从十字街的路边收养的孩子。她是我和姥姥迟来的"亲人"。带子一生陪伴姥姥，克尽孝道，看到带子与姥姥的相呴相濡，超越血缘的祖孙情，我知道了，人间还有情浓于血的动人情感。

　　斯人已逝，唯余永恒的思念。2008年，我、弟弟和带子的儿子（从左至右）一同回故乡给姥姥的坟添了新土。在姥姥的呵护下，我们都成长为善良正直的人，并将她的爱和精神延续下去。

姥姥的遗产

张伟 — 著

中国青年出版社

童年经验与文化记忆
——张伟教授《姥姥的遗产》序

孟繁华

　　张伟教授是一位著名学者。她的《"多余人"论纲——一种世界性文学现象探讨》，曾受到季羡林先生的夸赞。季先生在这本书的序言中说："像'多余人'这样中外文学创作中都有的典型人物，过去研究的人并不多。专就中国来说，张伟女士可以说是'筚路蓝缕，以启山林'的先行者。德国人民有一句俗话Aller Anfang ist schwer（'一切开始都是困难的'），张伟女士知难而进，谁还能对这样的精神不表示赞佩呢？"季先生作为一个大学者，他的话显然不是随便说的。当然，这里不是讨论张伟老师研究成就的场合。这里要说的是张伟老师的这本书——《姥姥的遗产》。

　　《姥姥的遗产》不是学术著作。按现在流行的说法，它应该是一部"非虚构"文学作品。作品讲述的是作者从两岁开始与姥姥生活的经历。或者说，从两岁开始，姥姥不仅是作者的养育者，同时也是她的守护者。两岁时作者的腿出了毛病，而此时连续得了七个女孩的父母终于生出了儿子，父母视儿子为掌上明珠，无暇顾及这第七个女孩。是姥姥寻遍当地医生保住了作者的一双腿。其间的艰难和姥姥的锲而不舍感人至深；童年时代作者是姥姥的"跟腚虫"，她与姥姥相依为命的依赖关系可想而知；日子艰苦，但只要有姥姥在，童年时期的作者快乐而无忧，无论是"猫冬"还是"拾柴"，其乐融融的童年是作者挥之不去的美好记忆。姥姥"目不识丁"，但"格外敬慕念书之人"，于是从小学开始一直到大学，在姥姥的呵护关注下，作者终于成了"读书人"并成长为一个著名学者。

东北文学，从"东北作家群"开始，冷漠与荒寒是最重要的特征。这不仅与东北雪域王国的自然环境有关，也与那个时代的生存状况有关。因此，人与人之间少有暖意。但在张伟教授的讲述中，我们读到更多的是姥姥大爱无疆的无私的爱和关怀。当作者到外地读中学时，姥姥坐一夜火车来看她，然后当天再坐火车回去，为的就是看一眼她这个外孙女。"姐姐"带子则往返跑三十里路给她送饺子，看着她吃完再回家。同为姥姥带大的"姐姐"带子，与姥姥结下的同样是超越了母女的感情。她到了嫁人年龄时的誓言是："要嫁人，但不是出嫁。若扔下你一个人，就宁可这辈子不嫁人。过去二十多年，我们相依相守，今后我们也不离不弃。只是从前，我依你，今后我养着你。"姥姥对外孙们的情感，在外孙的回报中可见一斑。姥姥为了带子的生活，挖空心思地为她"招婿"，虽然一波三折，但终于如愿以偿。姥姥虽然是个普通乡村妇女，但她对大时代风云际会的敏感，绝不逊于那些读万卷书的书生们。当"文革"来临的时候，镇上"也起了红卫兵"，目不识丁的姥姥忧心忡忡，茶饭不思。老师是"文革"中最先被批斗的群体之一，于是她想的是"咱家有当老师的。""明摆着，能逃过这劫吗！她那儿也不是天外天。"说的正是已当了老师的作者。应该说姥姥的目光一刻也没离开过她的这个外孙女，直到去世。

对姥姥哺育之恩的感念，一直萦绕在作者的心头，如鲠在喉，不吐不快。张伟老师给我的信中说："写姥姥，是我多年夙愿。因琐事和授课缠身，拖到去年初才匆匆动笔，好在要写的内容烂熟于心，信手拈来就一气呵成了。写作中重温外婆爱的阳光雨露，是一次精神朝圣和良知洗涤。"我们知道，任何写作，哪怕是非虚构作品的写作，都是一种"虚构"，甚至历史著作也同样如此。历史上发生了那样多的人与事，史家为什么单单选择了他要写的人与事？这种选择本身就是虚构的一种方式。汤因比对此曾有详尽论述。因此，历史就是史家的历史。同样的道理，张伟教授与姥姥的生活，一定也充满了艰辛和苦难，她童年、少年经历的那个时代必定如此。但是，张伟教授专挑姥姥的温暖来写，她不仅以同样的暖意还原了姥姥的无疆大爱，同时改写了东北文学"冷漠与荒寒"的基本特征。这就是童年经验与文化记忆的关系。

如前所述，张伟教授是研究"多余的人"的专家。多余的人基本是小人物。但是，作为小人物的姥姥与圣彼得堡作家群笔下的小人物大不相同。在同一封信中，张伟老师说："姥姥一生蜗居在茅草屋，是地道底层'小人物'。比普希金《驿站长》中十四品文官还'小'得多，但她的人格光辉在'正剧'中得到了充分发扬，她是有着大胸怀大梦想的'小人物'，是'驿站长'这悲剧小人物可望不可及的。"作为研究"小人物"的著名学者，张伟教授在写《姥姥的遗产》时，显然有意无意地参照了她曾经研究的对象。不同的是，张伟教授在姥姥的身上发现了她所研究的"小人物"不具备的思想和品格。特别是在世风日下人心不古的今天，"姥姥的遗产"将会成为今天世道人心的重要参照，她的爱和无私将会让一切丑陋和贪欲一览无余无地自容。我想，这也应该是张伟教授书写姥姥的诉求之一吧。

空旷寂寥的东北大平原，因"姥姥的遗产"而更加辽远阔大，姥姥那卑微的人生放射出的人性光华，如丽日经天，惊雷滚地。她的善和爱将永驻人间。

张伟教授是我大学时代的老师，她曾为我们东北师大中文系七八级同学讲授外国文学。她深厚的外国文学、特别是俄罗斯文学的修养，使她的课成为最受我们欢迎的课程之一。以至于毕业30多年后与张伟老师相聚，还有许多同学能够记起张伟老师讲课的诸多细节。后来有人夸留校的同学课讲得好，也以"小张伟"来命名，足见张伟老师的讲课风采在同学中的影响之深远。作为张伟老师的学生，本无资格为她的大作作序。但师命难违，却之不恭，我只好勉为其难地说了这些读后的体会，狗尾续貂，权当序言。不当之处，敬请读者和张伟老师批评。

2014年8月10日于北京寓所

自序：世纪初的细语

　　几次回姥姥长眠的"三角荒地"，拜谒她并祈冥福，可对她的缅怀和眷恋，非但没有丝毫减轻，反倒激发出深沉的鞭策，渐有清晰美妙的渴求。尤其是2012年，我又回故里寻梦，见到老屋拆后的残垣断壁，心像被突然重击一拳般疼痛，沉默许久，从泥土中拾起块青砖头捧在手心，瞬间自语：青砖头，你见证这里的一切。从此我垂老投荒，疾书拙著。

　　"青砖头"把我推回记忆的尽头，追溯姥姥那些年的那些事，如采集金沙，经思考的冶炼，竟产生耀眼的感动。那光芒便是姥姥大爱的勇气、勤劳、智慧，以及底层女性超人的韧性和耐力品格，还有自尊和独立不羁的风采。有生以来，我第一次把对姥姥说不完的储存记忆，通通摊出来，又理性地融化为一弧彩虹，其璀璨之光，震撼我从司空见惯的麻木中猛然清醒，泪水淊淊，扪心自问，可谓沉重得轻松，疼痛得舒畅。

　　姥姥的生命火焰，说到底是普通农妇人性的熠熠闪光，也更是伟大母爱发酵催生出了她本真的潜能。农妇是个庞大的社会群体，她们如海底的岩石和大地上的沙土，默默无闻。其实，她们是传承生灵永恒的摇篮和守护神，又是支撑琐细日子的"天"，她们蕴含着女娲补天的耐力和夏娃吃禁果的勇敢。由于书写内容本身的特点，我不知不觉落入农妇的生存环境，从几十年离她们越来越远的淡漠中，这次有机缘感受她们被忽视的能量，方知自己住在城市高楼中的虚无和负罪。这促使我更加努力书写她们中的"姥姥精神"，便成了我最大可能的回馈。

如今被姥姥哺育大的我，早已成为姥姥。在有了更多人生体验和心理感悟时，以姥姥的身份书写自己的姥姥，何止是天意巧合和天宫的呼唤，更有感同身受的妙趣。使姥姥的爱活在文字里，成为永久的纪念碑，在浩瀚的书海中，过去与当今这样的文字能有几多！人几乎都要经过"夕阳"，那后生们何不在"朝阳"时就"红"。

我的心神徜徉在故乡久违的精神家园，很像老浮士德来到春天郊外，喝了复苏青春的"魔汤"，全身舒畅。忘乎尘嚣城市光怪陆离的"夜灯"和扰民安眠的"夜声"，没了霾的污染和沙尘的袭击。在自然之母的怀抱里，清新幽静，甚至企望落地生根，飘零的精神也慢慢还原于心。也许不仅仅是因为对现代化城市污染的"逃避"，才对故乡这样想入非非。

其实，这种心境与书写姥姥火样人生相映成趣，所以温暖快乐的文字，在对故乡环境的叙述中随处可见：荒野，肥沃得散发着油香，松花江被喻作"老祖母"，"我"对她哭诉衷肠，刺骨寒风伴着雪花在长空舞蹈歌唱；满院的动物都是朋友，与主人有相通的灵性，麻雀住在屋檐下，燕子在屋脊上安家，甚至写狼对人的危害，反被说成人搅乱了狼的"天堂"。凡此种种，使人感到北大荒虽"荒"但并不"凉"，人气兴旺，连普通农妇，心中都有团火。

与此同时，心神不仅离开魔幻交合的城市，也远离了"物流"世界。宏大的经济井喷式地发展，不断出现文化意识短路，滋生的"拜物教"和"拜金狂"，扭曲着人性。如果草根姥姥们的美德，是块小小的镜子，能汇入到人间正能量的巨大气场，使物质围剿精神的怪象原形毕露，无处藏身，岂不有利于恢复生活的心灵和精神的本质吗！

小书不是传记体，但保留了纪实性。虽说文体笨拙而随意，缺乏智慧和想象力，但在信息过剩，追求刺激，文化快餐转瞬成为垃圾的浮躁时期，编故事是件令人不快的事。学大力士安泰，两脚扎实立在地上，不断吸取地神的给力，把平常人身上发生的平凡的事，用平淡形式记录下来，退一万步说，即使它真成了无味的"催眠药"，不也比那种有"味"刺激人，最后使人患"精神享受病症"的"兴奋剂"更安全吗？绿色"食品"，以"实"疗"浮"，以"慢"医"快"，在当前不能不说也是一剂润口润心无声的良药。

我怀着火样的热情，朝圣故乡故人归来，精神的跋涉远超过劳其筋骨的疲惫；但毕竟在召唤过去中，获得了足以抵抗衰老的能量；携着属于当下和未来的"食粮"，交出了延缓生命的"答卷"——记录了"青砖头"见证姥姥的一切。

小书幸运地得到了我国当代著名文学评论家孟繁华先生的首肯，他以文化学的大视野，从文学写"小人物"和"东北文学特点"的高度，充分评析了小书的价值。但我在倍受鼓舞中，深知拙著有许多缺憾。同时感谢这篇序言一箭双雕，把我的《"多余人"论纲》再次推荐给了读者。曾经的青年才俊学生，三十多年后，已是誉满文坛的大家，在百忙中给曾经教过他的先生的小书作序，师生这种戏剧性"重逢"对话，令我欣慰、感动和骄傲。

付梓之际，一并感谢很多友人为我书写出版分神和伸出援手！

文中有很多补苴罅漏之处，恭请诸君品味粗糙文字本意时，不吝批评矫正。

2014年9月9日于北京

目录

CONTENTS

一、疗伤的情

1

小时候，每遇霹雳闪电，我像个被猎人追赶的兔子要拼命钻入洞中似的，又喊又叫地跑着找姥姥；拉她上炕头坐下，就有了藏身的安乐窝，或依偎在她怀里，或蜷缩在她身旁，并习惯地抱着几个布娃。布娃是自己用毛巾和布头缠的，简装，说得好听点，是卡通式的。缠好了拆，拆了又缠，花样翻新，很难玩腻。在那时小孩子眼中，布娃美中不足，只有上半身，没有下肢，很懊恼。

自己害怕时还抱布娃娃，是让布娃给自己壮胆，还是怕布娃也害怕，至今我说不清了；但每在这时，姥姥那重复性动作，还有习惯性问话，我却记忆犹新，至今还天真地想回到那样的享受中，宁愿再经受雷电恐吓。

她在忙碌中，我像个献殷勤的小猴子，拉她坐下，看我玩布娃，还听我"指挥"，帮我又拆又缠，那是我非常得意的时候。此刻，你问啥，她答啥。但有一个问题，她总是打岔，就是我想让布娃有腿，求她帮我缠出下肢，她非但不帮，还岔得很远地说：

"布娃没腿行，人没腿可就难了。"

"你不是有腿，我也有腿吗！"我不满地嘟哝着。

她边听边撸起我的裤腿，那粗糙干枯的大手，轻轻地放到我的腿上，从小腿到大腿，攥下攥上，又拍拍小腿肚，重复地说，"人没腿可就难了。"

手停在我的膝盖上，然后用拇指和食指，慢慢地捏捏膝盖左右上下的侧面，再用合拢的五指尖点叩膝盖上面，点点停停，停停点点。

黑云沉沉地压着小村，天与地如此接近，道道闪光划过窗前，远处轰隆隆的雷声，传到近处变成焦雷，就是喀嚓一声巨响。接着就听到溅在窗户纸上的大雨点，发出哒哒哒的响声。她一只手捂着我的膝盖，另一只手攥着我的脚丫，眼望窗外自语：

"雷声大，雨点稀，一会就过去。"

她上身微微地左右晃着，接着又说人人都知道的俗语：

"身上伤疤痒，大雨下得一半晌。"

如果老天威风一阵子，最后无声无息地细雨纷纷，她便预报似的说：

"先下牛毛没大雨，后下牛毛不晴天。看样子这雨要下半天了。"

说着，她托起我的小腿一伸一屈活动几下，然后把手掌按在膝盖上问：

"痒不痒？疼不疼？"

其实下几天雨，伤疤也不会疼。"痒不痒"，是她捎带问的，"疼不疼"才是她的"心病"，是她最想知道的，因为她担

惊受怕那场病留下什么后遗症。

我心不在焉地说不痒不疼，之后，她两手扳着我的脚板上跷下弯，让我使劲地抻，手指点着脚背，还是问"痒吗疼吗"，我随声附和地答"不痒不疼"。

她的眼睛仍然凝望着窗户，心绪早已飞出这狭窄的屋子，叨咕着："手上割个口子落下的疤瘌，冬天手脚上的冻疮不落疤，皮肤上颜色恢复前，赶上阴天下雨都痒，你腿脚上这些伤疤，怎么能不痒不疼呢！"然后埋怨似的说，"小孩子，就知道玩！"她总是不相信我的回答，非要找出点什么毛病才放心。她怀疑我说的话不真，更希望我说的是真的，所以总是反反复复地问。

此时，如身边有外人，她准会借机向对方喋喋不休地说"没截肢"的事。隔壁王婶常来串门，甚至一听她说这话的开头，就能接着替她讲到尾，说当时我受伤多蹊跷，说神医治得多神。

王婶有时怜惜地拍着我的腿，很庆幸地说："命大的宝贝，多亏有这样的姥姥保护你。"

听了王婶赞美的话，她又拉开话匣子，抖搂藏在心底的秘密：

"看来这孩子没落下毛病，个头吗，这两年还见长。还是长得慢，你看村里跟她同岁的几个孩子，都比她高。"王婶总是说："有早长晚长的，才四岁多，哪到哪呀。"王婶的话，化解了她心中的忧虑和怀疑。其实她最担心的是，我膝盖上的伤，影响关节生长，也担心脚背上的伤影响脚的正常发育，因为人常说"脚长个子就长"。

在阴雨天，我常能听到上面那些克隆的语言，也享受她的"按摩"，还能陶醉在玩布娃的快乐中。

流年似水，记忆深处沉淀着层层叠叠的关于我的腿和脚的语言碎片，泛起在心头，促使我去瞥自己的膝盖和脚背。我诧异地发现，皮肤上竟有这么些"新大陆"的版图，我甚至不相信自己的眼睛，拿着她的放大镜看皮肤上那些不规则的纹理，终于才懵懵懂懂地明白，她为什么在意我的腿与脚的痛痒。原来问痒只是由头，醉翁之意是问疼。用痒模糊疼，是不让我心理上受到伤害，也稀释自己的忧虑，得到些许的宽慰。

有几次，我好奇而天真地问她，这伤疤是怎么落下的？她摸着我的脑袋，从不正面回答，总是笑呵呵地有意漫不经心地把我引开："你还小，长大就明白了，反正现在也不疼不痒。"为了说服我，她又"相信"我的回答了。

当我真的长大，雷雨天不害怕了，也享受不到"按摩"了，她却常让我原地跳几下，还说双脚一块高点跳，就像上体育课，听老师喊一二、一二地跳，当双脚落地时，她又重复问，腿脚"疼不疼"，不再问"痒不痒"了，我这回很认真说着老答案。

她听了欣然笑笑，可我能感觉到，她的开心中永远都包含着疑虑。后来，她从背后悄悄留意我走路的姿势，说我有点偏肩膀，右肩高，左肩低，怀疑是否两条腿不一般长，竟让我平躺在炕上，伸直双腿，手拿木板贴住脚底下，量了又量，两条腿是一样长，丝毫不差。她只好自我解嘲："走路偏肩膀的人多的是，与两腿无关。"言外之意，我走路偏肩，毛病不在腿上。

她心理上有抹不去的伤痕，警示她时刻关注我成长中的微小变化。冬天给我做棉裤，膝盖部位一定要加厚，唯恐不保暖。棉鞋也加厚，唯恐脚着凉。上中学后住校，她亲自给我缝多双鹅毛绒的鞋垫，叫我每天换，脚底不能潮湿，小心翼翼地防各种诱因可能引发"后遗症"。

她把我身上的伤疤，挂在心坎上，即便是很耐心的母亲，也

无出其右。

2

我的两个膝盖和脚背上的伤疤，大块连着小块，分不清是一块还是两块，也数不准是八块还是十块。当我戴上深度的老花镜，又借助放大镜，认真数这些伤疤时，平生第一次设想当时的伤痛，剧烈的心理暴风雨，把我像片叶子似的，裹挟到九霄云上，头昏眼花，我感到全脚全腿全身都是伤，体外有体内也有，甚至内脏也有。

呜呼，这片叶子终于被拍打到地面上，我清醒了，眼明心亮，看这鲜活的体肤：用手触摸，一点感觉不出疤痕与周围皮肤边缘的界限，疤痕又浅又平，都处在皮骨相连部位，那儿没有一点肌肉，不是腿肚和脚掌，皮下有厚肉。但凭肉眼，能看出疤痕表面，比周围皮肤的颜色稍许淡点，皮层有点薄，还有点亮和细嫩。

最明显的是疤痕上的肌肤纹理，与周围皮肤纹理，有点错位，如树木的横断面有年轮纹，上面打了个洞，纹与纹断了。有的疤痕表面根本没有纹理，就如一块补丁贴在皮肤上，而且极不规则。右脚背上有块疤痕，即便穿着丝袜，也能影影绰绰透出来。这些疤痕，与小时种牛痘"出花"留下的疤痕比，不那么明显，因为牛痘是种在三角肌上，皮肤下有肌肉，疤痕自然更清晰。

两岁时落下的这些疤痕，经过七十多个春秋的风化，没有消失。我推想它同时也在增大并在消亡中，疤痕同健康皮肤一起长，并变得越来越不明显。我很感谢它的存在，因为有这些痊愈的小块伤疤，才没有更大的"伤疤"，即致使我成残疾人的那种肉体和心灵的伤疤。两岁的幼儿，没有疼痛的记忆，但肉体上的记忆真切而牢固，甚至不因你失忆而失去这木刻般的存在。

伤在我身上，疼在她心上，而且疼痛不消失。我已成年，与同龄人长得一般高，走路跑跳都很正常时，她还心有余悸。直到她谢世了，我经历了世态炎凉，才深深地体味到她那份厚爱的弥足珍贵！再也享受不到她那独特的"按摩"，再也听不到她那呢喃细语的问话，永远失去了她那真情实意的体恤！

是她，以这些小小的伤疤，保住了我肢体健全；也是她从小小伤疤的警示中，毫不犹豫地从"狼口"中救我出来，疗救幼小心灵的恐惧，并时时关注日后的健康成长。

我已是父亲的第七个闺女。两年后的龙年，弟弟出生，陈家终于盼来了后嗣。这条龙一出生就"搅灾"，黑天白日哭闹，迷信说，是"龙"与生俱来不喜欢这个生存环境。请医生左看右看，找不出什么毛病，母亲对他全力以赴，顾不上我。

无奈，让大娘的两个闺女，即排行老五、老六的两个姐姐照看我几天，这两个闺女当着大人面，就又推搡，又呲打。两岁的孩子，怎么经得住这个！姥姥一说起这些，就后悔当初没把我接到自己身边。可当时舅舅正在生病，她不是没想到，而是真腾不出手，招架不了。

那两个闺女，没哄几天，我哭着爬过母亲房屋的门槛，被母亲抱到炕上，说什么也站不起来了。母亲脱下我的小棉裤，吃惊地看到我的两条腿，肿得像小棒槌，打不了弯。她又费力地扒下袜子，看到我的两只小脚肿得溜圆，鞋也不知哪去了。两岁的孩子，只顾哭，只会说疼，到了母亲身边，哭得更厉害。姥姥说，别看孩子小，也知道见着亲人"诉苦"哇。母亲问哄我的那俩姑娘，一个十六七岁，一个十一二岁，都东支西吾含混躲闪，用"可能是"走路摔倒卡的，来搪塞母亲。

之后，我昏睡发烧，膝盖和脚背红肿青紫。母亲急得幽幽啜泣，不知如何是好，生产没几天，身体虚弱；再说也放不下刚出生的弟弟，陈家得了"龙"种宝贝，哪能允许母亲带我去看病！

农村的巫婆来看过，说陈家降生了"龙子"，必冲走灾难，过几日自然会消灾的。这就是大娘假惺惺发"善心"，给找来的看病巫婆说的鬼话。母亲一眼就看出，她这是为自己的两个闺女开脱，借巫婆的嘴，说我的病与她闺女没关系。她们本来有恃无恐，还要自作聪明欲盖弥彰。我的病情不断加重，据说已不睁眼睛，不吃东西，浑身滚烫。在母亲的催促下，父亲把我交给两个可靠的家丁，抱到镇上就医。可见，我这个"多余人"，当时在陈家大院的生存处境，是多么悲哀。后来弟弟头部受伤，是家丁驾车，父亲自己抱着，马不停蹄地赶到镇医院。两相对比，男权是多么威风，这就是母系氏族公社被父权制代替后永久的"悲哀"。有了这种"悲哀"，后来姥姥把我带出陈家大院才畅通无阻；有了这种悲哀，姥姥想把弟弟带出陈家大院，却难于上青天。而我得救时，弟弟正在经受折磨，这是多么滑稽的反讽！

还来说我如何得救的吧。镇医院经过各种检查后，断言：要保命，就截肢。言外之意，不截肢难保命。两个家丁谁敢做这个主。这大概是西医的果断和责任，是人道主义的西医作出了"非人道"的诊断。一个家丁跑回来秉报父亲，他没把这着急上火的事直接告诉母亲，而是去找姥姥商量。

她听后全身一怔，紧锁眉头，却料事如神地说：

"不能听一家之言。哪能轻易截肢！"

多少年后她回忆当时情景，还眼含泪水，可想而知，她当年听到父亲说"截肢"时，是如何地揪心了。

她近乎命令似的吩咐父亲：

"你回去准备好钱，明早到镇上医院！"说完，她带着小女儿，十万火急地往镇上奔。

上路后，她们拐到了路北不远的小东屯，以前传说这屯有个小孩，腿摔折了，很严重，是孟氏接骨给治好的。她从这家打听到孟氏就住在镇上，还亲眼看到了两年前伤腿的小孩，活蹦乱跳的一点没落毛病。孩子家长说先去镇医院，认为骨头碎了，接不上。可惜，他们只提供孟氏住在镇上的大概方向，说不清具体住址。事不宜迟，她坚定了求"神医"的信心。

她们风驰电掣地来到了镇医院，姥姥从家丁手里痉挛地抱过我，没来得及看我的伤情如何，就泪如雨下地往诊室走，去央求大夫"保住孩子的腿"。大夫反复解释，这小孩病情太严重，你们又没及时就医，骨头伤，皮肉已化脓感染。大夫埋怨似的说，快做决定吧，耽误了时间，手术可能都做不成，这小孩是早上来的，都犹豫到快下班了。

在她的一再恳求下，大夫给开了些退烧消炎药，把她应付走了。她让老姨抱我去镇上亲戚家，嘱咐吃药。自己带着两个家丁去寻孟氏。

冬季，天黑得早，镇子虽大，孟氏是名人，祖传神医。她相信，肩膀上扛着嘴，多问问，总会找到的。他们走对了大方向，几乎没走多少弯路，就找到了孟氏诊所，人家早已下班。

从值班助手那里得知，孟氏一大早被外地大户人家接走了，去很远的东荒，可能明日回来。助手无奈地说，自己只能处理简单的外伤。

天全黑了，她吩咐两个家丁回去，让他们务必向父亲转告孟氏的具体住处，明日赶早过来。她很担心，万一孟氏诊后，也认为该截肢，就得商量拿主意，或者干脆去省城大医院。

家丁走了，她并没离开，徘徊在孟氏诊所门外，心想"出远门的人，定法不是法"，意思是出发前，定下何时到哪，又定下何时归来，都不一定能办到，常常要相时而动。孟氏万一很顺，提前回来呢，那也说不定。如果孟氏今天晚上回来，"将千方百计央求他，给孩子提前看"。可见她心情焦灸万分。

掌灯很久，她才愁眉锁眼地来到亲戚家。一路上她焦虑地设想，万一明日孟氏也作出截肢的诊断，就立即去省城大医院。山外有山，天外有天，大医院就有大名医。她心里有谱，陈家再不喜欢女孩，我父亲也不至于见死不救吝惜医疗费，阻拦我去省城看病。

所以，她回到亲戚家，第一件事是打听去省城的火车钟点和省城医院的地址。之后，她闪着一双失去焦距的眼睛，疲惫不堪地看我的腿脚，动心骇目，边看边摸着我滚烫的头，抑制着情绪，悄声细语：

"宝贝，明天早上咱去找神医，他一定能救你。"

"扛住了！好好睡一觉，明天神医会帮咱的。"

她的话是上好的催眠药，不要以为小孩子听不懂。科学家早就认定，母腹中的胎儿，三个月时，就能辨别出母亲和周围亲人的声音。

她有时很"迷信"，但其中有一部分是她善恶观的反映。她一生都相信，弱者的善，能感天地泣鬼神。她也相信恶有恶报。在亲戚家一夜，她是坐着休息，只打几个盹，似睡非睡，一直抱着我晃来晃去，怕我哭闹，影响别人睡觉。可她自己幽咽不止，咬紧牙关，不发出抽泣声。黑夜掩护着她，尽泻心中的疼痛和焦虑。她更怕我出现意外，因为这是第四天高烧了，用毛巾敷在我的头上散热，还不时地用耳朵贴近我的鼻子，听听呼吸，觉得我睡得还很安稳，自己就打个盹。老姨多次跟我说过姥姥这天晚上偷偷哭泣和说梦话的情景。

她盼黎明早早到来，然而冬天本是悠悠长夜，像有意与她作对似的变得更长。

3

天刚蒙蒙亮，她喂我点水，包上被子，用粗布带牢牢系好。老姨抱着我，便往孟氏诊所赶。她原想自己先去站排，担心老姨万一找不到误了点，对于她，时间真就是生命，是抢救我的腿脚的生命，生怕有人排到她前面，延误一点治疗时间。

北大荒的冬腊月，零下四十多度。本是雪窖冰天，再加上呼啸的西北风，无论你如何夸张地说它寒冷，都不过分。真是出气成雾，唾沫成冰。贫困人穿的棉衣，一阵风就能打透，衣内瓦凉瓦凉的。这种人在户外，几乎都是一个姿势：缩着脖，抱着膀，两手吞在袖里，猫着腰，都是尽量使身体缩成个团。身体缩得越紧，浑身的毛细孔封闭得就越严，才能保存体内仅有的热量不散出来，这是所有生物自我保护的本能反应。当然为了减少在户外的时间，走路像在地上漂似的快，小孩子多是飞般的小跑。

试想，在冰宫的世界里，母女二人小心翼翼抱着个病孩子，一弱一老，衣着单薄，两脚不停地移动相互磕碰，因为地表温度更低，她们的脚冻得钻心般痛。坚守在神医诊所门前，那是一副多么悲壮的画面！她们的厚爱怎能不使寒风却步时间变快！她每每跟我说起当年站在寒风中等待就医的情景，我的脑海里，就会浮现出那幅木刻画。

至今我都为在困境中撑起腰杆的她们无比感动和骄傲；也为在关键时刻自命顶天立地的父辈表现得如此狭隘和束手无策羞愧；更为当时得势猖狂的"中山狼"的恶德败行愤慨，以及为后来她们恶有恶报的收场感到直逼心底的痛快！

姥姥的精神遗产中的无价财产，就是在绝境中，她从不绝望；在阻力面前，她从不后退。她做事扎扎实实，使"快节奏"漂浮的人不能忍受。她做事风风火火，使慢性子的人难以接纳。她宁吃千般苦地付出，也绝不苟且一时地偷安。

时间公正有情。她们挨到了诊所开门，第一个冲进去，孟氏深夜赶回来，小息几时就开诊了。她后来说，"一见到孟氏，就觉得我有救了。"那一副仙风道骨的朱砂面，目光炯炯，说话谦和，胸有成竹，一定是道行不浅，给人一种值得信赖的安全感，这或许就是神医强大的气场对就医者的征服，那"神"的光环看来名副其实了。

他仔仔细细检查我的腿和脚后，又查了全身，特别认真地查了头部和手，试了体温摸了脉，最后又回到腿脚上，边摸边问是怎么伤的。她哪里能说清，只能支吾其词地说求别人看两天，给卡着了。大夫来回试探性按腿和脚，没有用力，我却痛得又哭又叫。她借机问：是不是骨头出了毛病，就得截肢？大夫没有回答，一直在检查，思索和判断着什么。

检查后，大夫有点不情愿又很坚定地说：

"不能保守治疗，马上进行手术排脓。骨头肯定伤了，难说伤到什么程度。现在还不能下判断是不是要做大手术。"

"截肢"的话，是她昨天听到的，已有一定的心理准备和自控力了，虽然这是她最担心的。今天孟氏的话，给了她一线希望，趁助手做手术准备时，她抓住空隙对大夫表示：

"我们慕名而来。相信大夫能尽力保住孩子的腿。"紧接着，她向大夫交底：

"医生，你尽管用好药，她是大户人家的孩子，医药费不成问题，一会儿家人来交押金。"

正说着，父亲进来了。这时孟氏有点埋怨似的诘问，怎么来得这么晚，小孩受伤的部位，全都化脓又大面积感染了。

是呀，善良的医生常对患者说这种惋惜的话。那种出于真正善心的大夫，会在治疗中，将善心发挥为极致的行动，在患者身上产生奇迹般效果。实践证明，孟氏就是这样的大夫。

孟氏在手术排脓前，几次追问小孩的腿脚是怎么伤的，他很奇怪地说，卡跟头怎么能伤得这么重？大夫的追问，无疑是为了准确地判断病情程度和选用最合适的处置方法。然而，在场的孩子"家属"，都只能吞吞吐吐地说"卡跟头"，可孟氏却若有所思地回了下面这席怀疑的话：

"两岁的小孩子，体重很轻，这个小孩又很瘦，还穿着棉衣，卡跟头怎么会伤得这么重！"这显然是医生的基本结论。他在否定"卡跟头"说，趁助手还在作准备，他推测自己结论的合理性：

"如果平地卡跟头，穿着棉鞋的两只脚的脚背，不可能受伤，伤也多是脚脖。如果是意外被什么东西绊倒了，膝盖出毛病，而手和脸也极容易有擦破的地方，可孩子的这些部位完好。"

大夫又进一步推测：

"如果卡跟头，一般总是一条腿摔得重，另一条腿摔得轻，甚至完好无损。脚背更不易受伤，伤也不能伤得这么重。"

最后他果断地说，这"不可能是卡伤"，也更不是"挫伤"，"是外力作用"。神医的推理判断，使认真听的姥姥和父亲，悚然而欣然，不仅被折服，而且引起了内心的波澜和疑问，并使疑问渐趋明朗化。

助手报告一切准备好，大夫又指示他，增加些什么药，并叮嘱"要快"。

法医能根据伤情，逻辑地推导出作案的手段和工具；泰坦尼克号沉没百年，人们还能科学地找出技术上的"铆钉原因"。神医孟氏，根本不知道陈家大院人与人之间的利害关系，他完全是出于治疗的目的，才进行科学的判断。虽然神医明确说出自己的结论时有些迟疑，但科学判断本身就是勇气。

科学是无情的，它不会因瞻前顾后而有半点隐瞒真相。孟氏凭自己的智慧、经验和医术，确认这伤最大的可能是从正面击打的，脚面的伤是砸的。如果是偶然被什么东西撞击的，不能撞了脚背，又撞了膝盖，除非这撞的东西，是被人操控的，看来我的腿脚伤得奥妙而诡巧。

他选取手术排脓，是救急，然后，"刮骨疗毒"。手术中，他清楚看到左膝盖骨和右脚背骨，都有击打的裂纹点，裂纹都不在卡跟头的着力点上，所谓着力点，就是膝盖和脚背，在人卡倒时，最先与外力相碰的部位，总是伤得最重。大夫边处置，边吩咐助手再加药。上药后，助手包扎好，并固定在薄板上。还开了口服中药，嘱咐每日都必须来换药，两三天后不见消肿和降温，骨头上的裂纹颜色变得更深，就得准备做大手术。

她听到"大手术"，泪水在眼眶里转，她知道那意味着腿脚保不住了，忙追问大夫。大夫没有正面回答，只是很认真地叮嘱：

"一点不能马虎！已经错过了最佳的治疗机会。"还特别补充，"孩子一旦有意外表现，随时抱过来。"

每日换药，虽是助手操作，但孟氏总是查看伤口内部细微变化，随时吩咐助手减什么药，加什么药。虽说家里脱离不开，可姥姥每天都起大早，往返三十里路，提前赶到诊所，看换药情况，尤其重视大夫对病情变化的说法。每早过来，都给我带瓶黄瓜籽煮的水，听说这能帮助愈合骨头。

三天后，我的体温开始下降，而且要东西吃了。换药时，孟氏检查了伤口，很自信地说："危险期已过。"

她像听不清似的追问，大夫只是回答：

"不用担心了！小孩子恢复得快。"她连声说感谢，眼含欢喜的泪花，舒了一口气。

4

这天，父亲老早赶到诊所。他看到我的病情好转，当然很高兴。换药后老姨先抱我回亲戚家了，姥姥借父亲交医药费的机

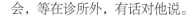

会，等在诊所外，有话对他说。

她终于忍无可忍地开口了，父亲只能洗耳恭听：

"孟氏说孩子受伤的原因，你都听到了。一开始我就怀疑这伤蹊跷，大夫明察秋毫，火眼金睛，才真相大白了。你们家发生这样的事，你应该不意外。这么小的孩子怎么惹着她们了，这明明是杀鸡给猴看。她们是冲着大人来的，拿小孩子出气，不是她们的最终目的。"

她说着火往上蹿，气就上来了，口气很冲地说：

"你以为管好庄稼地里的事，就能过太平日子吗？你是孩子的父亲，女儿残疾了你不操心吗？把残疾的原因传出去，你家光彩？那几个丫头这么横行霸道，不就是有后台撑腰吗！"

她停了停，很镇静地接着表示：

"我思前想后，怕伤了和气，关起门一家过日子，抬头不见低头见，考虑你和我女儿的面子，不然，我就去扫扫她们的威风。我不去扫，也相信苍天有眼，早晚都会惩治她们。"

父亲毕恭毕敬地听，不断点头，诺诺无言而服理。这个木讷又性急的人，最后只吐出"放心，我管"几个字。

她又警告似的说：

"你盼来了儿子，是福，也可能引来祸。这眼前的祸总算过去了。我把丑话说到前面，那伙人红了眼，不会善罢甘休，看好你的儿子，比看好女儿要费力得多。"

这天她从镇上回来，甭提多高兴了。逢熟人就说外孙女"得救了"，"神医多神"。

第二天她照样先奔到诊所看我换药。我的体温还在下降。老姨告诉她我吃了不少粥，这些天头一回吃这么多。她安慰老姨说："婚期反正也延误了，你就陪到孩子病好了，再择日子吧。"十多年后，老姨要收我为"养女"，据说与这段日子的缘分有关。

姥姥从镇上直接去陈家大院，见我爷爷。她历来知恩必报。虽说治病救人是医生的天职，但对于命悬一线的病人，能遇上拯救危亡的医生，是一大幸运。从心里感恩，既是对医生医德医术的颂扬，也是对自我良知的安慰，与今日给医生送红包是风马牛不相及的。她今是来提醒亲家，借过年机会，感谢孟氏"救腿"之恩。当然，醉翁之意还在于"告状"。

她跟爷爷说了我伤势的严重程度和神医对伤情原因的判断，和盘托出孩子根本不是"卡跟头"受的伤，详情让爷爷问自己儿子。其实，爷爷和他的续弦老伴，都心知肚明。他们早领教过大儿媳及孙女们的霸道无理。本没有分家，爷爷与续弦却单独起灶，而且住在厢房，哪有老太爷不住正房的。爷爷说离她们远点，眼不见，心不烦，爷爷的境况，是对我遭不幸的侧面解读。

她说自己把气撒到爷爷这，也知道他很无奈，管不了她们，但至少能让他心里有数，必要时杀杀她们的威风。

爷爷果然吩咐父亲，亲自驱车去孟氏家送厚礼，除上品果盒，还特宰了只全羊送去。

我的腿脚几乎全消肿了，伤口多处愈合。几天前，右腿就卸了夹板。孟氏嘱咐家属，要托着孩子的脚，做腿部的伸展活动，边说边示范。因为右脚背的伤口没痊愈，动作要轻要慢，弯曲的幅度要小。据说右脚背骨裂严重，感染得厉害，还做了第二次刮骨疗毒手术。做时不让家长看，姥姥在外面只听到我拼命地哭叫，出来时见我两手还哆嗦，满头大汗。

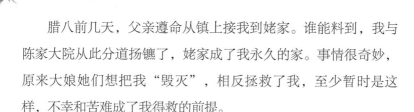

腊八前几天，父亲遵命从镇上接我到姥家。谁能料到，我与陈家大院从此分道扬镳了，姥家成了我永久的家。事情很奇妙，原来大娘她们想把我"毁灭"，相反拯救了我，至少暂时是这样，不幸和苦难成了我得救的前提。

母亲在时，姥姥带我去陈家大院，可我寸步不离地跟她回来。母亲不在了，姥姥去陈家大院看弟弟，我从不跟着，而大院里从没有人说过让我回去，这真是"两相情愿"，命中注定。

弟弟过百天时，姥姥带我去陈家大院。严冬过去，大地回暖，冻解冰释，我的腿脚痊愈，能跑能跳，是个有着勃勃生命力的女孩，不是那没有下肢的玩偶"布娃"，只能躺坐。

姥姥说我很奇怪，到了陈家大院，我对大娘她们避而远之，眼皮都不撩。虽然说不清"亲人"对我的不公正的磨难，但小小心灵的整个精神世界，发生着翻天覆地的变化，意识是混乱的，感情是复杂的，而且有了本能的选择。百日宴上，一会儿坐在母亲身边，一会儿贴在爷爷身旁，爷爷特意当着大家的面，让我跳几下，笑呵呵地看着我说：

"得感谢你姥姥呀，保住了你的腿脚，多危险啊！"

"孩子命大，老天也有眼相助，神医也真是'神'。"她平和而淡然地回爷爷的话。

往日那个气焰嚣张的大娘，眼睛灰溜溜地望着地，假装没听到爷爷和姥姥的对话，很是赧然，没敢搭腔，不敢正视姥姥那炯炯的目光。姥姥的眼睛不大，但向来比嘴会说话，是一本智慧的书，心怀鬼胎的人胆怯心虚，更是看不懂的。

姥姥，点燃了一个小生命，赐予她健全的身躯，还消除了她的病痛和成长中无尽的隐患；每遇到电闪雷鸣，小生命都在姥姥的羽翼保护下，享受放肆的幸福，并渐渐消除受伤时积在内心的恐惧不安。

姥姥自己一辈子"伤痕"累累，没谁为她疗救，总是自拔来归；可她恒久地为我"疗伤"，当我知感恩戴义，却追悔不及了！

蹒跚在夕阳路上，回味这份最珍贵的厚爱，是我未了的情……

二、"赘脚"的"跟腚虫"

1

北大荒的仲春时节，天仍很凉，到了晌午，太阳中天，光洒大地，带来一些春的暖意。姥姥与我父亲约好，趁这暖和时辰，让他来接母亲。若驾车走坑坑洼洼的大路，车颠簸得厉害，母亲的身子骨经受不住，便商定用担架，走小路，又稳又快。

小路多由垄台垄沟连成，有规律的凹凸不平；春耕后小路上的新土坷垃，还没被行人踩光，走起来两脚直拌蒜。姥家村东头的田间小路，斜穿过三截多地，通向东南的陈家大院。

母亲侧卧在担架中央，左手放在左太阳穴外侧边缘，像歪戴帽遮般挡着正午光照，右胳膊腋下搂着出生一个多月的小弟，他在襁褓中露出的小脸，用巾子罩着，母亲的胳膊紧紧压着小弟的被角，怕担架晃悠移动位置。

父亲抱着两岁大的大弟，疾步朝前走，抬担架的紧跟着，姥姥与我随其后。土坷垃绊得我跌跌撞撞的，步子碎，不能步步迈到垄台上，深一脚浅一脚，小跑地跟在大人后面。姥姥眼不离担架，心事重重，脚有时踏进垄沟，不免趔趄一下。她时而背我几步，可母亲总是摆手示意，让我下来自己走。我不断地问还有多远，姥姥总是所问非所答说快了。我每问她一次，自己差不多就跟跄一下，可有她随时拉我一把，就不易跌倒了。其实，只要能蹿蹿地跟上她，跌倒我也不在乎。只是这次没有我俩单独走时那么快活，我才感到行路难，至今回忆起来，仍觉那趟小路漫长无比。

躺在担架上的母亲，心疼地看着我，总是轻声说"慢点"，可见一路上她的眼睛没有离开过我。"慢点"，本是句平常话语，但对我是弥足珍贵的，它是我记住母亲对我说的唯一的话，当时是疼爱，后来是呼喊，最终成了遗言。

姥姥送母亲到屋，又同她说些什么，我和大弟在炕梢玩玻璃球。趁我们玩得起劲时，姥姥悄悄走了，我竟然一点都没有留意到。突然发现姥姥不在，我霍地起身，冲向屋门，门插着，踮脚也够不到门闩，往上蹿了几次，也没够着。这门闩对于我同锁一样，真是挡了"君子"，却又挡了"小人"。大人们以为这样挡住，闹一会哄哄就过去，她们只知狗急跳墙，从没类比过四岁孩子的智商，应大大高于狗，急了"生智"也会"跳墙"的。

不假思索，我转身跃上火炕，火炕连着窗台，台上的两扇窗户各分上下扇，炕梢的上扇窗子开着换气，还没关上。我毫不犹豫地跳上窗台，双手抓住下扇窗框上端，一条腿跨出窗外，悬在半空。病入膏肓的母亲正躺着给小弟喂奶，有气无力地说，"下来吧，慢点，明天送你去姥家。"刹那间，我骑在窗户上的身体，被另一条腿带到了窗外，双脚落到外窗台上，一跃而下。母亲眼睁睁看我往下跳，却无力起来拉住我，只能呼喊"慢点"，我听得真真切切。小麻雀偶入屋中，只要窗子开着，准从这逃出；

小孩子总比麻雀聪明，再说孩子的勇敢在犯错误时尤显可贵。

我冲出大门向右拐，父亲看见了，他没有拦我，只是小心翼翼地在后面跟着"护驾"，因为旁边有口井，担心我受惊时不知所措，扑到井沿边危险。直到我拐上了小路，看到了姥姥踽踽独行的背影，他才停下，不当我的"保镖"了。

"姥姥——"

"姥——姥——"

我死声嚎气地呼喊，越喊声越大，像淹在水中喊救命似的撕心裂肺。这样的喊声，大概震颤了将要破土幼苗的童心，大概感动了夕阳下宁静田野的同情心，它们不约而同帮我呐喊传声，把姥姥熟悉的童音传到耳畔。

她猛转身朝喊声方向望，像聚焦似的，把两手遮在额头上，看清了我向她奔去的身影，冲我喊："别跑了，姥姥等你。"边喊边大步走来。

我照样跑，但相距很近时，我竟彳亍而行地望着她，然后转身顺着地垄沟往南跑去，她以为我不认路，便说："那不是去姥姥家的路。"

我像没听见似的，不停下，被垄沟的土坷垃绊得歪歪扭扭的，也还是往前跑。

她快要赶到我身旁时，我横跨过几个垄台，又忽地掉头往北跑。她认为我是回到小路上，便说：慢点，别卡着。她自己也放慢了脚步。令人匪夷所思的是，我跑到小路上并没停下，继续往北跑。

祖孙两人，在田垄里磕磕绊绊来回折腾得够呛，都精疲力竭了，她终于恍然大悟，明白我不肯靠近她的原因。这时她才说：

"别躲了！"

又抬高声调肯定地表示：

"不送你回去！"

我仍踌躇不前。

直到她明明白白地承诺，而且语气坚定地告诉我：

"带你回姥家！一定带你回姥家！"

我才站住。她大步跨到我跟前，拦腰把我抱在怀里说：

"跟腚虫呀跟腚虫！"

"跟腚虫"，是姥家村里人，看我与姥姥寸步不离，给我的绰号。

"你到底又跟回来啦！村里人说得对，找我得先找你！"

我大哭着，紧紧搂着她的脖子说：

"姥姥，我不回去！不回去……"

大地母亲看到此情此景，无不动容地帮我重复着"不回去，不回去……"这哭诉声，释放着委屈、无奈和酸楚，也是弱小生命在呼救、抗争和庆幸得胜，它极容易刺痛她善良的心肠，使得她泪流满面，痛苦不堪，扯起大衫底襟，不停地给我擦泪，反复低语：

"不哭，回姥家！一定！"

可她自己仍是泪痕斑斑。

夕阳很快隐没在地平线下，留下一片深红色云霞，把田野染成蔷薇般的花海，泥土也散发着芬芳。新土坷垃重压下顽强钻出头的小草，在晚风中摇曳。四周宁静，令人陶醉。宽厚的大自然用美丽和温柔，亲切地抚慰着一老一小忧伤的心，快消失的霞光一心要带走我们的烦恼。

我狠狠地攥着她的两个指头，身贴身，心连心，漫步在小路上，淹没在薄暮中，这时我所得到的快乐，要比平时依偎在她怀

里所得的还要多。

当她知晓我是如何逃出来时，惊诧地站住，当即俯身，上下抚摸我的腿，怜惜地问"疼不疼"，而且自言自语：

"这小胳膊小腿的，从那么高地方跳下来，怎么经得住呀！"

她又担心地拍拍我的膝盖，重复着雷雨天时对我的问话"疼不疼"。只有她知道，只有她终生关注膝盖是我的"软肋"，它曾受过重伤。最后又摸摸脚脖，认为从高处往下跳，这里最容易受伤。

我一个劲摇头，表示不疼，她才站起来，可还是让我在前面走，见我走路姿势无异常，才深深地呼出口气，放心了。

我问她走时怎么不带我，她沉默了许久许久，轻轻地摸着我的头，断断续续地说：

"你婶，想你呀！你守在她身边，呆几天该多好！是她一定让我把你送回来的。"

她说话时，声音呜咽。我抬头看，她正用手抹眼睛。小孩子怎么能理解一位母亲离开重病女儿时的痛不可忍，又怎么懂得自己应该守在母亲身边尽抚慰之情！

之后的很多年，她常与人津津乐道我跳窗追赶她的故事，听的人自然很羡慕祖孙情深，我也洋洋得意地自我陶醉，早把当年的忧伤丢得一干二净；而且她的赞美和欢笑，使我心头升温，勇气倍增，甚至还想找机会闯出新的"趣闻"。只是她偶尔惋惜地跟我嘀咕：

"跟腚虫呀，那次你逃跑，是跟你婶见最后一面，用逃跑告别了她。"

说完长长地"唉"了一声，言外之意是我的行为让母亲多担心伤心呀，这话打消了我刚才的几分自豪。

直到我长大了，设身处地回忆这件事，才痛悔自己的荒唐。不仅对母亲的不辞而别是我一生无法弥补的憾事，而且姥姥当时满腹的忧虑、惆怅、孤独和落寞无处倾诉，也无人替她分担，我又那样哭天喊地地追赶，岂不加剧了她的心痛！

但我细细想，这荒唐行为的偶然中，不也包含着祖孙深情的必然吗！

要知道，孩子是鉴别爱心的天才。虽说是稚嫩无知的年龄，却能凭感觉选择，谁能给予真正的爱。我的腿脚伤后两年，离开了父母，离开了陈家大院的环境，一直生活在姥姥的怀抱里，她与我朝夕相伴，耳鬓厮磨，她加倍补偿我"离秧""离娘"缺失的爱的呵护，远超过我的父母仅能给予的亲情，也远超过生活在父母怀抱中的幸运孩子能得到的抚爱。甚至皇帝身边的儿女，也不一定像我那样得到无微不至的关怀和周围人的疼爱，虽在物质上无法相比。

受性别的歧视，我一出生就成了"多余的人"，在家族中，除了母亲，没有人正眼看我，再加上阴森可怕的家庭氛围，我这个庶女，竟被人推来搡去，甚至下毒手致伤。大难未死未残，反倒成了姥姥的"心肝宝贝"和周围人的"宠儿"，这何止是天渊之差呀。

姥姥有几句名言，我至今难忘：

"顶在头上怕吓着，含在嘴里怕化了，只有放在掌心上，才能平安长大了。"她视我为掌上明珠，便万般呵护。

"孩子不在妈跟前，都得高看一眼。""不看僧面还要看佛面。"这是她希求亲人和熟人，能爱屋及乌，即"爱"佛及

"僧"的口头禅。

所以，只要我在她身边，家里家外的人，都把我当"高看一眼"的"小僧"，无比亲切和疼爱，使我生活在快乐之中。这种爱的精神暗示，记录在我的细胞生命中，而爱的种种行为，更是印刻在血肉生命和骨髓里。即便我偶尔到了父母身边，之前曾在那样的环境氛围中受到的伤害和精神上的刺激，还储存在生命细胞中，是抹不去的。这反而更加强化了今日的潜意识的选择方向；不知不觉地谁也离不开谁，我们的生命也仿佛糅合在一起了。与其说我赘脚，不如说她根本放不下我。

潜意识的活动行为，没有一点理性。如向日葵的头，自然选择阳光方向，如含羞草的叶子，自然选择白天舒展，黑夜或人为地触动，必然折合柄垂下。稚童凭直觉感受，也自然选择能给予生存安全和舒适的空间。感受是常青树，说教永远是灰色的。所以，一旦感受到对爱的渴望，胆小的孩子，也能变成跟着感觉走的"骑士"，即便有时成了大人们始料不及的"累赘"，爱孩子的人，总还是心甘情愿地接纳"赘脚"的"苦果"。

2

母亲在世时，我已"离秧""离娘"。她去了，我彻底地无"秧"无"娘"，命中注定，与姥姥相依为命。早就像有根绳把祖孙拴在一起，这以后就拴得更牢，跟得更紧了。

同年秋天的一个午间，她趁我睡着了，告诉带子①自己去小北

---

①带子是姥姥在十字街上收养的女孩。

屯，很快就回来。她刚走不一会儿，我偏偏醒了，见屋里没有姥姥，翻身下炕，就往院里跑。带子正蹲在窗外，冲着一大捆菇娘秧子，翻来扒去。一般过日子人家，在秋天下霜前，都把菇娘秧割下来，堆到通风地方捂些天，靠秧子的滋养，原来秧上的青菇娘就自然熟了。带子知道我吃菇娘有"癖"，拿它当饭吃，吃足了就不吃饭。她以为这种诱饵，我准能上钩，吃上就忘了找，磨蹭一会姥姥就回来了。

果真我蹲下吃了几个，可冷不丁站起来，撒腿往院门口冲。带子跟在我后面喊"吃菇娘呀"，我头也不回冲出大门，上了横道。道南是姥姥二姐家，好多次，我都是跟踪到这找到姥姥的。

姨姥家养只大白狗，像藏獒一样凶猛，全村人都怕它，伤了好几次人，不得不锁在家门旁，从门前路过的人还都很恐惧，怕它万一脱锁发疯。我已两次挨它咬了，头一次穿棉衣咬到小腿，当即被大人喝住，有惊无险。另一次是今年夏天，咬到大腿，吓得我魂飞魄散，又哭又喊，皮破肉伤，流了血。姥姥心疼极了，用盐水擦洗，上了香灰。然后带我又去二姨姥家，逼着二姨姥小儿子教训大白狗，说是为了给我"叫魂"。她冲着挨打的狗，一手提我的耳朵，一手摩挲我的头发，嘴里叨念着：

"提拉提拉耳朵，胡噜胡噜毛，我的宝贝吓不着。"

反复叨咕多次才罢休。回到家等我睡下，她又重复这样的动作和"咒语"，并舀碗水，从我头顶向外泼，说水泼出去，吓跑的"魂儿"就回来了。我一生怕狗，至今见城里的大型宠物犬，即便是拴着的，还是心有余悸，就是这次留下的后遗症。

话说回来，这惊心动魄的一幕，带子当然记忆犹新，所以，她怕我又去姨姥家找，就立刻实话实说：

"没去姨奶家，去小北屯了！正在回来的路上。"她仍想用菇娘哄我回家，把她手里的菇娘给我看：这又大又黄准甜，说着塞到我手里，我看也没看就折进院门口奔屋里。

小北屯，我去过，在家正北，就是一条直线的两端，相距两里多。我爬上厨房的后窗台，纵身跳下去。平时我们去后院园子，都是这么又爬又跳，一点没危险。它比阳面的窗台矮多了，两年前还垫个小板凳往上爬，不知从什么时候开始不用板凳也能上去了。说不定我那次跳窗逃跑的本领就是这么练出来的。

经过田地，便是树带和壕沟，树长得不茂盛，还稀稀拉拉，壕沟也不深。但它明显地把园子与庄稼地隔开，保护了园中蔬菜不受牲畜的祸害。可这偏偏是狼出没的地方，特别是庄稼起身时节，我在自家园子里，不止一次见到树带中狼的身影。这种恐惧心理不足以使我停步，冲过去，警惕地回头看周围什么都没有，多是参差不齐的野草和青蒿，胆子倒大了；跑进大田地，果实早收走了，庄稼秸秆也割倒了，没有障眼的东西。天高云淡，万里晴空，小北屯清晰可见，连村中几缕袅袅炊烟，也看得真切。

但我在地垄里没跑几步，骤然停下，左前方几十米远有个坟场映入眼帘，想起带子说这有鬼火的故事，我害怕了。

于是停在垄台上，跷起脚后跟，仿佛觉得自己高了不少，面朝小北屯，扯起嗓子呼喊：

"姥姥——"

"姥——姥——"

声音越喊越响，调门越拉越长，而且还用两手在嘴前做出喇叭状，一声接一声地吼。

此时此刻，姥姥正盘腿坐在女主人的炕上，脸朝窗子。已近中年的女主人，背靠窗台，和煦的阳光照在后背上，上扇窗子敞开着，外面秋高气爽，屋里温馨宁静，主客聊得开心舒畅。

女主人在火灾中失去双亲，自己侥幸活下来，也被烧得面目皆非，浑身是伤，脸和手尤其厉害。因为姓花，人们称她为"花姑"，成了难嫁的"剩女"，整年宅在家里，一旦有人来，便乐哉悠哉。姥姥与花姑父母是老熟人，花姑失去亲人后，两个忘年朋友神交已久。今天你一言我一句，聊得正热乎时，姥姥隐约听到了我的喊声，她宁信其有，不信其无，便转身下炕，中断了交谈。女主人十分诧异地问：

"怎么，想起了什么要紧事啦？"

姥姥明白干脆告诉她："我外孙女在喊我。我得回去，改日再来。"

说着她跨出房门槛，走到院里，女主人追到院里，还是疑惑地问：

"你外孙女在哪喊你，快让她进来。"

花姑放眼四处搜寻，还是不解地问："我怎么听不到喊声？"姥姥健步走到院外，扬手指向南边说："你听，还在喊。"花姑仍然愣愣地站在门口。

如果说，她坐在火炕上听我喊，隐约像听天外之音，有点半信半疑，入院后她确信就是我在喊她。千把米远的路，风和日丽的天气，又是静悄悄的晌午，是能听到喊声的。据说音速最快每秒能传三百多米远。花姑站到院外，望着广阔无垠的田野，既没窥到人影，也没谛听到喊声，她小声自问：我的耳朵不聋吧！她在纳闷中，姥姥的背影，离她越来越远，已走进田中地界的窄路。路向南伸延着，越来越细，直到无影无踪，但对面村的房屋

却尽收眼底。

几日后她们相见，姥姥告诉她，那天我站在自家房后喊，嗓子都喊哑了。花姑十分感慨地说：

"难道我没生过孩子，听不懂孩子喊声？！"面对花姑的自卑，姥姥半开玩笑地对她说：

"你若是同孩子心连心，孩子的心像挂在你心坎上的铃铛，铃铛一动，你的心就有感觉，就能听到孩子的喊声，就是再远点，也能听到。这就像哺乳期的母亲的乳头一发胀，便知自己的孩子饿了一样。"

现在是否可以认为，这是祖孙俩在心理上发生了同频共振，有某种生物感应呢？越想越有点神秘了。

花姑连姥姥的话也听不懂了，一头雾水，弄不清自己的耳朵还是脑袋出什么"病"了。确实，这样的事别人看来都觉奇怪，但对于姥姥与我却是司空见惯了的，我常站在自己家门前大呼小叫姥姥，她只要是在自己村里，不论声音多么嘈杂，都能分辨出是我在喊她，急忙返回家。

那天从花姑家出来，往前走百十多米，便影影绰绰见前面有个小人，她断定是我站在田地头，而且清清楚楚听到了我的喊声。

其实，我也紧盯着小北屯方向，带子刚才说姥姥就在路上，虽说是唬我，但我现在是真看到了姥姥的身影。

她那青布大衫从不离身，春夏秋冬，家里家外，或是出远门，都穿着。只是在家那件穿得发灰，又旧又破，有很多补丁。在秋天的田野里，到处是一片金黄，她的青布大衫格外醒目。她举手示意看见我了，又左右摆手，表示不要再喊了。

我看清后，忘了对狼和鬼火的恐惧，拔腿便往前冲，就如听到进军号声的战士，端枪冲向制高点一样疯狂。她也放开大步往前赶。

祖孙俩相向而行，路加倍变短，而且相距越近，我跑得越疯。要知道，爱在小孩子身上，一般表现比成人更强烈得多。我一头扎进她怀里，拱来拱去，像个抓不住的泥鳅，乱蹦乱跳地撒欢，轻声地唤着"姥姥——姥姥——"

她是迎着正午的太阳"急行军"，额头和鼻尖上全是晶莹的汗珠，把我搂在怀里的那一瞬间，她的脸笑得像驮着露珠的大红花，拍打着我的背嘟哝着：

"跟腚虫呀，你怎么就睡这么一小会，我坐下才说三句半话，就听你喊了。"

我想起带子塞在我手里的大菇娘，趁她说话时，全塞到她嘴里，她说"给你吃"时，却已含在嘴里拿不出来，只好享口福了。祖孙俩手牵着手往家走，甭提多快活了。

一过树带，就看见带子坐在后窗台上，她夸奖带子守铺，是"看家小狗"。带子像雏燕等母燕叼回虫子一样望着我们，走到跟前时，她觑着细眼，笑眯眯地告诉我们，自己一直坐这盯着我，若是我乱跑，就下来把我抓回去。我得胜归朝，带子也同我一样高兴。

3

又一年冬天，有一事，我着实兴奋，因为能跟着姥姥出远门了；但这令她很"头疼"，甚至病了一场。

一年前，她哥哥在弥留之际，把独生儿子长庚的终身大事，托付给姥姥和她二姐。我叫她侄为长庚舅舅。他从小没妈，姥姥为他操了不少心，他父亲去世后与姥姥来往更密切了。他早过了成亲年龄，其父在世都没给娶上亲，让姥姥给完婚谈何容易。但她努力去完成哥哥的遗愿，护好娘家这根独苗，好让娘家后继有人。她托亲靠友，四处张罗，终于找到了个姑娘。这姑娘的姑姑住小西屯，与姥姥认识，在姥家见过长庚舅，认为人老诚敦厚，体格结实，有编织手艺，养家糊口不成问题。姑娘本意想离开河套这穷地方，但父母舍不得她远嫁，婚事一拖再拖，长庚舅离姑娘家七八里路，在姑姑的撮合下，双方都同意了这桩婚事。

婚事郑重定下来，要履行相亲过礼的程序。婆家人按事先商定好的条件，拿彩礼和定情物，亲顾"茅庐"，拜见姑娘双亲并相看姑娘。姥姥与二姐比给自己儿子娶亲看得还重，尽心尽力筹办，终于备齐了彩礼。她二姐每到冬天犯腰腿痛病，相亲的事，只能姥姥独自去办了。

图吉利，按成婚双方的生辰八字，算卦先生给的相亲日子正好是腊月初八。不是有特殊重要事情，这天谁都不想出门，大人出门都打憷，更不用说小孩子啦。

于是，她对我和带子说，让二姨姥来照看两天，明确表示不带我去。我一听就气炸了，大声嚷嚷"我去"，"我不在家"。

她说："腊七腊八冻掉下巴，北荒比咱这还冷，不冻掉下巴也得冻掉耳朵。"我脱口回她，"长庚舅怎么有耳朵？你从前也住那里，二姨姥也住那里，怎么都有耳朵？"她与带子听我质疑得如此赶劲，憋不住地都笑了，面面相觑，竟无言语。她又改法子说："几十里路，你肯定是走不动的。"我抓耳挠腮不知怎回好，想了想说："让长庚舅来背我，你帮他娶媳妇，他就该帮你来背我。"我还威胁地说："长庚舅别娶亲了，你不去，我也不追你。"

她们拿我没有办法，又舍不得来硬的。带子小声央求姥姥："带她去吧。这个跟腚虫，离开你胡搅蛮缠起来，谁也挡不住。死冷寒天的跑出去找很危险。怕冷多穿点，再用厚被把她包上，反正坐车去。"她一直听带子说，没有吭声。

我气呼呼地趴在炕头，两只手抠着炕席花，翘起的腿不停地撞，六神无主地睨视她们，但却很仔细地听她俩说话。看到带子为我求情，我心中暗喜，眯缝着眼睛看她窃笑。带子也是个孩子，可比我懂事多了，从不赘脚，守在家里，姥姥很听她话，今天又被她说服了。最后姥姥冲我说："跟腚虫，你又赢了。"还用手捏着我鼻子头补充一句——"就这一次！"我根本没想以后，只图满足眼前快乐。这何止是能跟着姥姥，还渴望看外面的"西洋景"。当时农村孩子没见过世面，一看到外部世界的"热闹"，就都说成是"西洋景"。其实，当时能看到的仅仅是"东"洋土景，而且也只能是坐井观天的"景"。

前几天，一直飘着清雪。灰蒙蒙的天空，玉尘般的雪粒洋洋洒洒落下来，使原来的雪地更晶莹、透明和光亮。这清雪小冰粒，又叫霰。没想到腊七晚上，竟转成鹅毛大雪。片片雪花悠悠缓缓地在空中飞舞，当呼啸的西北风一刮来，雪片如棉絮在空中打转，转到地上形成了大大小小的漩涡。清晨起来，见院子里形成很多雪窝，奇形怪状，美极了。风小了，雪还在下着，今天我们肯定在雪中行了。

北大荒人腊八出行，是毫不含糊的。这次二姨姥家出车和赶车的。车老板的防寒服武装到了牙齿，头顶狐狸皮帽子，还戴着耳包保护着下巴，身穿羊皮大衣，脚蹬牛皮靰鞡，手褪在皮套袖里，连赶车的缰绳和鞭杆都是从套袖中伸出来的。车上铺了很厚的谷草和麦秸，姥姥加上狗皮褥子，上面又加了毛口袋。让我脸朝车尾坐着，用大棉被从头到脚把我包起来，并用布带系牢。我身上本已穿成棉球，这一包，真是"很暖和"，可她说"别看现在暖和"，"风钻进去冻透了"就该冷了。她与媒姑也都穿着皮大衣，戴皮帽子，围巾只能溜溜缝，双手褪在衣袖里。她们是借常外出的男人的光，皮衣又肥又长，能护着双腿。她们分别坐在我两侧，面朝车尾，只有赶车老板必迎北风而坐。

长鞭一甩，车上路了。天空、大地、树木和村庄都披着鹅绒。我们走上一程，车马和人也都成了活动的雪雕。抖下身上的雪，不一会还披上白斗篷。这时才后悔出发时没带个扫帚。车上的大人不停地聊天，我望着无边无际的雪地和飘飘洒洒的雪片，可说是心猿意马。想象野兔和大灰狼突然出现该多有趣，也巴望路旁树上的鸟巢里，乌鸦或喜鹊意外飞出来，发出嘎嘎叫声，哪怕有几只小麻雀在眼前蹦蹦跳跳觅食，也比只听这车轱辘压雪发出的扎扎声好玩。

姥姥不时地摸摸我的手凉热，问身上冷不冷，腿麻不麻，让我在被里轻微活动身子。大人们很少说话了，只有车夫驱使车马行走的驾驭声和鞭声，单调乏味的旅途上，没有遇上车辆和行人。我不知不觉睡着了，也不知什么时候躺在了姥姥的怀里。她说人在外面睡着了，最容易出冻伤。所以，她把我的棉鞋脱了，用手捂着小脚，不时地摸摸手和耳朵，脸也用被罩上，就这样仍旧担心冻伤。

　　三十多里雪路，马怕滑，跑不起来，走了小半天，快近晌午时总算到了，雪也停了，天开始放晴。姑娘家早有准备，再说媒人就是这家的姑奶奶，亲人相见，亲上加亲，气氛自然和谐。下车前姥姥唤醒我，男主人把我抱到热炕头上，我睡眼惺忪地看着屋里的陌生人忙里忙外的，却没有年轻的，悄声问姥姥："要相看的姑娘在哪呀？"她笑了笑对媒姑说："快让姑娘过来吧，我外孙女都着急了。"那年头也没有照片，凭媒姑说啥样就信啥样，眼见为实。只有主角上场了，才能唱这台戏。

　　姑娘妈唤女儿过来，媒姑挎着姑娘胳膊走进屋，神情很紧张，虽然面带微笑。姑娘穿得干净利落，确实长得很像姑妈，个子不高不矮，模样不丑，眼睛不大，皮肤不黑，体型不胖，梳着长辫。她向姥姥深深鞠了躬，叫声"姑姑好"。媒姑立刻插嘴，我也是你姑姑，不能这么称呼，要叫"姑婆"，姑娘的脸"唰"一下红了，马上补充说"姑婆好"，根本没理睬我这个小孩伢。可我一直好奇地瞅着她，甚至替她紧张。

　　接着，姥姥把小红绸包拆开，拿出闪闪发光的银镯子，说这是长庚侄给姑娘买的信物，让姑娘伸出手，她很郑重地给戴到手上。屋里所有人的眼睛都盯在姑娘的手上，鸦雀无声。只有媒姑在一旁对姑娘说："这镯子戴在你手上，李家就永远把你套住了，想跑也跑不了啦！"姑娘的父母和兄嫂也随声附和说："跑不了啦，拴住了。"

　　姥姥马上又拿出银耳坠子，面对大伙说："让我外孙女给舅母戴上吧。"她小声跟我说："别急，她的耳眼很大。"意思是让我别害怕戴不上。我一点也没有忸怩，大大方方地站到炕沿上，姑娘在地上，高低位置正好，不用扬脸抬胳膊，我把坠子稳稳地捏在大拇指和食指间，姥姥已把坠子的接口拉宽，并告诉我，从耳前往后戴，让接口在耳后，我很轻松地给姥姥戴上了两个耳环。当人们都注意姑娘耳朵时，媒姑又发言了："戴上耳坠子是福气。过门后耳朵要听婆家人的话"。并指着姥姥说："这姑婆就是婆家人。还要听丈夫的话，好好过日子。"姑娘笑得很害羞，她的亲人都心满意足地看着。

这个简单的仪式后，姥姥如数家珍般，把各样布匹的数量一一说清。其实按习俗，要用大红纸当面写份礼单的。一是小门小户人家订亲礼薄，二是出于信任就免了这程序。最后相商明年开春办婚事，双方再择个吉日。

媒姑没有和我们一起离开。下午我们去长庚舅舅那。姥姥同侄子说了很久的话，都是跟婆亲有关的。他家屋里特别地冷，火炕也不热，原想第二天早返回，可姥姥担心这一夜会很难过，决定早点吃饭，天黑前上路。临走时，她嘱咐长庚舅，过大年前，要去姑娘家拜年请安。

天上的三星高照，我们就到家了，折腾得人困马乏。用带子的话说，不冻个好歹，也得累出病来。第二天姥姥果然又烧又咳，我倒安然无恙。

几天后的一个晚上，姥姥的烧退了，但咳得很厉害。我们正准备躺下睡觉，并到了往常她"上课"的点，她拉我对面坐下，开门见山地说：

"跟腚虫呀，以后姥姥出门，特别是出远门，你能不能不跟了？"她把"跟"音说得很重。

我望着她不吱声，但眼睛在替自己揆情度理地发问"为什么"。她看得出，所以接着说，也是回答"疑问"：

"为了你好，也为了姥姥好。"她咳了一通继续说：

"你看这次来回路上，我只顾你，就顾不上自己了，冻病了，你不心疼吗！"因为阵咳，她的话又中断了。

带子立刻插嘴帮腔：

"哪也不如家享福。以后跟我在家玩，别碍脚了！都五岁了，多差！"

她与带子说的这些，似乎都触痛了我心上的神经，她们的话在我心里，具有无上的权威，我突然开窍似的，当即答应"那行吧"。

从此，真的结束了与她寸步不离的日子。

开始看姥姥不在家，我有点像刚断奶的孩子，寻寻觅觅地无着无落，怕她不在家，更怕她出远门。

带子很高兴我在家，我原本就是她的玩伴，时间长了，我也就习惯了。即便姥姥不在家，我不找也不问。相反，有时却很在意她啥时回来，因为我和带子"密谋"要干的事，掏家雀窝呀，扣麻雀呀等等，常要瞒着她，才觉得神秘有趣和踏实，甚至盼她出门和晚归。

我渐渐地巩固了与带子之间的亲密感情。我俩在家整日忙个不停，各种有趣的玩法毫不间断，那些最简单的淘气的"娱乐"，足以使我们开心。姥姥对我们虽很放任，但我们从不放任自己，幼小的年龄基本是自己管束自己。

三、"猫冬"的日子

1

昔日北大荒人，尤其是农村贫困人家，最原始的过冬习惯是"猫冬"度日。

欧·亨利的《警察与赞美诗》中的流浪汉，有意触犯法律，宁愿做囚徒到狱中挨过寒冷冬天，也不愿当"冻死骨"，可见严寒多么残酷。小时常听姥姥说镇上有"路倒"，冻死在洋沟板下面。流浪汉无奈地选地沟为窝过夜，零下四十多度的寒夜，还有凛冽的西北风，谁也逃不出卖火柴小女孩的厄运。

试想，年迈的姥姥，孤身一人带着两个幼童，一年又一年的冬天，熬在北大荒冰雪的魔窟里，是多么不容易！小时熬冬，我们"猫"在自己衣服的厚棉团中，棉衣是贴身的第一道保温"防护墙"。她尽量加厚我们的棉衣，絮棉衣很讲究，挨着棉裤面絮旧棉花，旧棉花是从旧棉衣中拆出来的，说不清用了多少年，早就失去了棉花的白色。这旧棉花，要用拇指和食指一起撺味成厚薄很匀的棉片，摞起来备用。旧棉絮被压实，空隙小，自然挡风。挨着棉裤里子，絮的是新棉花，又暄又软又暖。新棉花絮前同样先打成棉片。打新旧棉片的活，都是我们小孩子干，我几乎就是打新旧棉片的"专业户"。

她里三层外三层地絮，絮均匀后在后裆和膝盖部分，还得多絮两层。所以缝好的棉裤，两条裤腿立在那，如两根空心的管子，既不会堆下也不会倒下。棉袄也如此，本已絮得很厚，但在后背仍要多絮点，管它罗锅不罗锅的。她说：

"火烤胸前暖，风吹背后寒。十层单也不如一层棉，多絮一层棉，顶上十层单。"

这样，穿上棉衣，整个人就是个"棉球"，刚穿上那些天，胳膊腿打弯很不灵活，走起路来像笨熊，我们都埋怨她棉衣太厚了，她说我们"小孩子只顾眼前快乐，忘了三九天挨冻时的滋味"。说的也是，整个冬天，屋里屋外活动，就靠这一套棉衣，里面没有毛衣秋衣能加厚，外面也没有大衣挡风雪。

只是到户外，必戴狗皮帽子，帽耳一定要耷拉下来，为了保护脸和下颚，还要系上帽带，也一定要戴上棉套袖或手闷子。穿棉鞋尤其重要，所说棉鞋，就是到城里买的草编鞋，用多年生的蒲草编的，买回后自己用布把里外都包上，鞋底用猪皮包，不仅保暖也耐磨。草鞋要比夹鞋号码大，里面可絮棉垫或靰鞡草。穷人家孩子过冬都穿这种鞋，像我这不是很淘气的，一冬也要穿两双，一般都赶到春节时换新鞋。绝不能穿线袜子，而是手工缝制的棉袜，两层布中夹着薄薄的棉花，按袜样缝的。

照实说，除了脸，整个人都被包得严严实实，该躲过严寒和北风的袭击了。不，这比乡间殷实人家冬天的行头还差远了。他们的小孩头顶狐狸皮帽子，棉衣外有大氅，小女孩穿厚厚的毡靴，小男孩不穿毡靴，也穿合适的皮靰鞡。

穷苦人只能把自己"猫"在棉絮里，有钱人把自己"猫"在毛皮里，在抵挡寒冷时有天壤之别。如今北大荒人过冬，已把自己"猫"在暖暖的羽绒里，近年来银狐雪貂也开始时尚了，谁还能有冻伤！

人不能整日猫在屋里。我们小的，夏天姥姥自己挑水，冬天就找村里壮劳力隔日送水，付点酬金。我们长到八九岁时，便开始自己抬水，这样用水不至于像用油似的斤斤计较。冬天去井上抬水，可不是轻松的活。别说我们两个小姑娘，就是男子汉去挑水，也得小心翼翼。井沿周围是层层叠叠的小冰丘，不管你是上坡去摇辘轳打水，还是提着装满水的桶下坡，都得移动小碎步，生怕脚踏不稳，蹭跐了滑倒。我们是两个人一块提着水桶的梁，必须同步，简直是蜗牛爬行般慢。还有，提水桶梁时，如果偶尔忘了戴手闷子，手有点潮湿，瞬间，手就像碰到黏胶似的，有种刺痛感，手掌的皮被粘掉了，尤其是铁梁的水桶湿了，粘皮毫不费劲。我们吃过这种苦头，所以"长一智"，只要冬日去抬水，姥姥总要提醒我们戴手闷子；后来宁肯水桶沉点，也换了木头水桶，梁也是木制的，这好多了。

即便"猫"在棉团里，武装到牙齿，也说不清在什么具体情形下，被冻伤了。我的手背、脚背、耳垂、鼻尖，无数次被冻伤过，这对小孩子是司空见惯的事。小孩子伸出手背，青一块紫一块，有的肿得锃亮，像没发好的小馒头，没有谁大惊小怪，都是一笑了之。

寒冬的小北风，很少停下来。松花江形成的大平原，一马平川，对寒风毫无阻力，只要你是逆风而行，就有刀子刮脸的痛感。所以，不管你是到村西头土地庙送炷香，还是去自家院里柴草堆抱柴火，小风只扫了几分钟，有了点痛感之后，立竿见影，就开始红肿，如同热锅里的油，不小心迸到皮肤上，立刻发白，然后起泡。一到这时，姥姥就焐着我的手，又揉又搓，可手仍像面团发了似的肿起来，没两日，红的地方就有青紫点，慢慢开始发炎流水。她总是一边心疼地唠叨"怎么忘了戴手闷子"，一边点上香烧，把刚掉下的香灰捏起来，敷在破皮流水的伤口上。她一定要刚燃烧的香灰，说这不能感染。最后在伤口部位缠上布条，再三嘱咐不能沾水。没几天，又光又亮的手背，消肿了，伤处也长出新皮，很痒。那紫红色伤口，要经过三伏天，颜色才恢复正常。但下一个冬天，如果手冻了发炎，肯定还是在这个位置。

手冻伤了，总是赖没戴手闷子，可大冬天到户外，傻子也知道穿棉鞋呀，那脚不也年年生冻疮吗，比手上的还厉害，还好得慢。脚伤多在脚趾和脚背连接处，还有脚后跟的外侧，这都是容易招风的部位。反正脚心和手心从没冻坏过，同出头的橼子先烂一个道理。其实，手脚上的冻伤，有的就是在室内的低温下，不知不觉形成的。

2

姥姥家的茅屋，四周是土坯砌的墙，房顶苫的是谷草，虽没翻新，但年年修缮，记不清是哪一年，为了加固和加厚墙壁，在房子的朝阳面砌上了青砖。你找不到哪有缝隙，可就是四面钻风，尤其是窗户那里。那时窗户的上扇有很多交叉的窗棂，窗纸就粘在这上面，粘得还真牢靠。这窗纸很厚很粗糙，里面加了麻之类的纤维，纸面上疙疙瘩瘩的，有点发黄。这种专用的糊窗纸，要到镇上的专卖店才能买到。自家用面粉做很稠的糨糊，才能糊结实。这种活，姥姥从来不让我们动手。我只能给她端糨糊，带子只能量好尺寸给裁纸。抹糨糊，姥姥亲手操作，至少抹两遍以上，不仅要抹匀，还要抹厚点，让木框吃进去糨糊，才能开始贴窗纸。我们帮着把窗纸拉平，她用擀面棍轻轻向四框擀，确信纸很平了，才把窗纸固定在四框上，然后用手按，仔细地按所有的窗棂，确信都粘得很牢固，才让它阴干着。干透了便刷上豆油，一是油纸遇潮湿不容易坏，二是增加窗纸的亮度。下扇窗户是玻璃的，当然是单层的了，这已经很不容易。

天冷前，窗框四周早早都糊上了纸条，连窗框与玻璃相接处，她也要糊上纸条，怕上玻璃时，泥得不严实，或者泥子干裂有空隙。溜窗缝的活，都是她监督，我和带子上蹿下跳地做。裁纸条和抹糨糊，带子又不相信我，我只能往上贴，边贴边用手掌拍打实了。

除此，为给房子保暖，夏末雨水小时，姥姥就雇人抹墙，从外面加厚墙壁，而且用泥巴尽量堵上犄角旮旯的缝隙，连屋檐下的鸟巢都塞满泥。还要用蒲草帘子苫房顶，压住房上原来的苫房草，免得被暴风掀翻。

进入冬腊月，呼啸的西北风刮来，便飕飕地往屋里钻。每到这时，姥姥就在窗户纸上找小孔，并自言自语："针大的窟窿斗大的风"，"窗纸无窟窿也透风"。

找不到明显的小孔，她就把手贴在窗纸上感觉。粗糙的窗纸，刷了油之后自然变紧，纸上的凹处就拉得更薄。所以，她每查一次，窗纸上就会留下几个小补丁。每到冬天，窗纸上都有无数的小补丁，弄得窗户像个衣衫褴褛的乞丐立在面前。即便你再糊一层纸，再加层窗帘，也难使屋外和屋里，成为冰火两重天！

家家户户屋檐下，都垂着串串的冰柱，像小小的石钟乳似的，与其相对应的地上，积起了一行参差错落的小冰丘。我很喜欢在冰丘上走来走去，努力使自己不落地，只要开门去户外，我一定在冰丘上走几趟，很有趣。

室外滴水成冰，呵气成雾珠，那一窗之隔的室内，烧火做饭时，温度升高，还有太阳公公露出笑脸，室内温度剧升，忽热又忽冷，变化多端。夜里窗纸和玻璃上形成厚厚霜花。没入三九天，玻璃上的霜花半透明，花纹十分清晰，美极了，有如天上多变的云，你看它像啥就是啥。屋内烧火一升温，没等太阳光临，霜花就化了。入三九后，可就不行了。姥姥分给我的活是每天早上用扫帚扫霜花。我一手端着簸箕接着，一手拿着小笤帚轻轻地扫。先扫窗纸上的，后扫下面玻璃上的。玻璃上的霜花扫后还要用稍有点温度的抹布擦，尽量露出玻璃原形，这很难，有时边擦边形成透明的霜花。孩童时的我望着千姿百态的霜花，充满着奇幻的想象，好像世间所有的景物，包括生物，我认识的和不认识的，都存在于霜花图案中。我擦着擦着就停下，总是磨磨蹭蹭的，有些图案我不忍心抹掉。如果不擦干净，室内温度升高，窗台上就开始积水，虽说窗台有向外面的倾斜度，但一疏忽，没及时用抹布吸水，水就会流到火炕上。窗台上汪的水，太阳一下去，到夜里很快就会结成冰茬并冻成实冰。

第二天起来，我要做的第一件事，就是用菜刀根砍窗台上的冰，赶在太阳照过来时收拾干净，同时还要收拾昨晚凝成的霜花，不能任凭它往下流。年复一年的冬天里，我要日复一日地收拾霜花。

即便是这样及时扫，及时擦，你随时看窗外的世界，也永远是朦胧的。听到鹅叫狗吠，想从玻璃窗看清来者何人，只能用舌尖舔化玻璃上的薄冰，或者吹几口哈气，再用手指擦几圈，才能透过望远镜片大小的透明点，看清外面，几秒后又变模糊了。

窗户上霜，窗台结冰。要知道窗台连着火炕，火炕是全屋最暖和的地方，可想而知，这"猫冬"的房子温度之低。

到夜里，人们只能"猫"在被窝里。

睡前，要把窗外的草帘子拉下来，同窗台接触的部分，必用备好的石块或砖头压住，才能更挡风。窗内双重布的窗帘拉好，同样用木板把帘子底部压严，才能少透风。睡前，要早早焐被窝，把被褥铺在热炕上温着，这样躺下睡时才不至于哆哆嗦嗦的。

白天做饭烧火，炕被烧热过，一旦停火，屋内温度就下降。晚上要在炕洞间塞满树叶之类的碎柴草，点着火，使其慢慢燃烧，保持炕的温度。

即便是这样，带子睡在炕头上，也要戴帽子，特别是后半夜会冻醒的。我喜欢把头缩进被窝里，整个身体也缩成个团，还觉得冷。上小学前的那些个冬天，我常钻在姥姥的被窝里，为此她把被子加宽了一半。我们总是先躺下，她这掖掖，那拽拽，从上到下盖得严严实实。还把我们脱下的棉衣通通都压到被上，一个劲问"冷不冷"。吹了灯，她还盘腿坐着，常跟我们说明天的活，她哪里知道我们的头碰到枕头，很快就进入梦乡了，她思虑的事，我们很少能替她分忧。

矮草屋，是她巨大坚实的怀抱；在最严寒的冬天，也是我们温暖的安乐窝。上个世纪末我回去看它，它仍苍苍凉凉沐浴在阳光下，满眼的泪让我看不清近在咫尺的屋檐。我们曾经无数次掏过麻雀蛋的屋檐，当年觉得很高，今天抬手就挠到，是我们长高了还是它老朽了萎缩了，相互间有诉说不完的故事……

3

常言，开门过日子七件事，要备"柴米油盐酱醋茶"。但在我童年和少年的记忆中，只有前五件。而且酱，就只有姥姥自己做的大酱。茶，当时没有可能进入蛮荒地区，它是一种高雅的食文化。为活命挣扎的人们，难有这种雅兴。

可开门过日子七件事，列在首位的"柴"草，真是顿顿日日不可缺。普罗米修斯偷天火给人类，人自己保存火种，并造福于人类的最好办法，便是借用各种燃料"升火"。她为储存一年四季烧饭和冬日取暖的柴草操劳的事，在我童年的记忆里，留下很多故事。

人猫在棉衣里，再猫在屋子里，夜里猫在被窝里。但屋子里不生火，就阴冷得不如太阳高照的外面墙根背风处暖。所以只有暖屋子，才能暖人，暖衣服，暖被褥。

屋子暖，冬天唯一办法就是烧柴取暖。柴草，成了那时北方农村取暖的法宝。

不知情的城里人，可能以为庄稼地里多的是柴草，有什么可操心的？其实不然。姥家收割小麦的秫秸是舍不得烧火的。家里的猪窝狗窝，冬天全靠絮上麦秸取暖，还要不时地换。记得一个非常冷的冬天，老母猪带着崽子，弃了絮着麦秸的窝，钻进麦秸垛里。姥姥说，不能骂猪笨了，它能聪明地逃命，就由着它住在垛底下吧。狗有狼的基因，身穿皮袄，毛中还有绒，只要有挡风的窝就知足了，但还是要给它絮上厚厚的麦秸。用麦秸当烧柴，从来不是首选，它的火苗很软，再说也不抗烧。北大荒的农民，不喜欢食高粱米，种高粱多是卖给烧酒厂。即使收获些高粱秸，因为它又直又高，也多用来夹障子。那时农村，只有大户人家有土院墙，小门小户多用高粱秸夹院墙，过两年再当柴烧，火苗照样很硬，着急用火时就派上用场了。姥家烧柴主要是玉米秸。但赶上家中有牛或有马时，除了给它们喂穀草外，玉米秸也是牛马爱吃的饲料。

过日子的事，是难不倒姥姥的。她常说，"老天爷给了人生命，也一定给活命的路。""天无绝人之路！"这是多么朴素的宇宙观呀。她认为，只要人勤快，劳作就有收获。守株待兔，不是生存之路。动物能世代存活下来，靠不停地寻找食物和水源，人肩能担担，手能提篮，只要自己动手，就能丰衣足食。这是她的活命哲学。

那些年，秋收后，她总是领我们去地里刨茬子。茬子就是高粱玉米秸秆割下后，剩在地上几寸高的茎连同地下的根。如今多是放火烧了，其灰是很好的肥料。当时土地多的农户，从来不刨，便成了我们拾柴的好去处。干这活都是带子刨，她特准，几乎是一镐下去，就能刨一株，我把她刨出的茬子提起两个，相互搕土。姥姥把没土的茬子拢到一块，摊开晒。有时因地离家远，怕丢了，当天就挑回来些，放在院里晒，这样连续干十来天，柴草垛就成堆了。有时赶上一大片茬子，连刨几天，几十堆，她便求人用车拉一次。这种柴火，起火慢，但火苗硬，比麦秸顶用多了。

　　这平原地带，人烟稀少，没有参天的古树，只有地头和房前屋后还有墓地零星有树，这也是我们拾柴必去之地。

　　秋风横扫落叶，她总是很乐观地说："秋风给我们送柴火来了，可惜它送不到咱家。"北风径直闯进空旷的原野，早早就让所有的叶子和细枝缴了械。她带我们扛着似猪八戒的笆子，去搂树叶，还能见到被风刮折的树枝。平原地带的秋风，势不可当，常刮断些大树杈子，我们一旦遇上，甭说多高兴了。把树叶塞入大麻袋里，把小枝小杈捆好，往大树杈上一放，以大树杈当车，就拖回家了。我们拖着最粗的树干在前面，她在后面"压车"。祖孙三人像进城办年货似的满载而归。屯周围有树的地方，她了如指掌。刮大风后，总是去树多的地方捡些枝条回来，扔到柴草垛里，风干几日就能烧了。甚至她偶尔去镇上，回来时路边树下有刮折的树杈，她也捡回家。

　　除此以外，我们还去壕沟、坟地、电线杆周围的三角地带，去地边界的荒草丛割青蒿。这些野生的蒿子从春长到秋，半人多高，割倒了原地晒几天，每年都能割上几十捆，很顶用。

　　下雪之前，几乎天天出去拾柴。等我们八九岁后，她照料家，带子领我出去。每次出去，都有收获。镰刀和笆子是我们的好帮手，实在找不到柴源，我们就去某块墓地，砍些树枝，割点很矮的野草，或到田地垄沟里搂些庄稼叶子，聚少成多，准能装满口袋。

　　忙活得差不多了，姥姥就该围着柴草垛转来转去，凭过日子的经验，估摸这新柴草垛能否够用一年。她常言："人是不能过有米无柴的日子。"她凭经验目测，如果这柴草垛不够一年用，就张罗到土地多的人家买一两车秸秆，把柴草垛堆得像小山似的，她心里才踏实。

记得有一年秋天，她大病之后，身子骨还很弱，我们没有出去
拾柴，这一冬烧柴取暖就成了问题。好在陈家大院秋收后，派伙计
把新磨的米送过来，还拉来四大车秸秆，解决了燃眉之急。农村过
日子人家，愿吃新磨的米，多不烧当年的柴，总要"新压旧，陈代
新"，新割下的柴草不风干个把月，烧起来很难起火。她还是先烧
去年的柴草底子，挺过冬天。这年借镇上亲戚的光，买了煤和木柈
子，屋里生了炉子，炉子的烟道与火炕相通，夜里不用烧炕。恒温
的火炕驱走了寒气，整个屋子暖融融的。

4

"猫冬"度日，是为躲避寒冷，但决不是"休冬"，更不
是"冬眠"。所以"猫"在家里，总得找事做，"冬闲"不能
"闲"。纺麻绳是姥姥年年冬天的活，一年穿的鞋，纳底绳就是
在这时备足。她先教我们打麻捻，然后教打麻绳。带子学得很
快，绳打得又匀又细。分给我的活是纳鞋底，我很喜欢这差事。
做鞋用的袼褙，都是夏天用旧布裱糊好的厚片。打袼褙，我们早
就学会了。先拆旧衣服，把能打袼褙用的布撕成块，然后洗了，
再像叠衣服一样，有序地摞起来备用。因为拆旧衣服的活我干多
了，非常意外的收获是过早地学会了如何裁衣服和缝衣服。上小
学时，我自己就自裁自缝冬夏衣服和鞋子，一生受益匪浅。冬天
晚上，只要院里的鸡上架，狗上窝，猪进圈，关上院门，厨房也
收拾好，房门也插上了，祖孙三人便盘腿坐在热炕上，旁边放着
火盒，还有自己炒的爆米花和葵花籽，共同守着一盏小油灯，各

司其职。只有我离灯最近，我纳鞋底，要穿针拉绳。这一冬天，我要纳好五六双鞋底，备春夏做夹鞋用。

一过腊八，家务活就多了，主要是准备过年。姥姥总在睡前跟我们说明天干什么，如扫房、洗被褥、淘黏米、杀年猪、办年货、做节年饭等等。这些活，哪一样都不能"猫"在屋里不出去。

过年那些天，她给我们"放假"，开始我们多蹲在家里玩嘎拉哈。嘎拉哈，是当时农村女孩流行的玩具。家长年复一年给攒的，有的是上一代传下来的。贫困人家杀不起"年猪"，就难攒了，如果在一口袋几十个嘎拉哈中，有几个羊嘎拉哈，那就很稀罕了。如果有牛嘎拉哈，因为太大，只能成为欣赏品了，但这很难得。猪、牛、羊的嘎拉哈，都是在后腿打弯的那个部位。只有煮后肘子时，才能得到一个嘎拉哈，还可染上不同的颜色。这块小骨头有四个面，按其形态鼓出的光面叫肚，与肚相对应的背面是陷进去的，称为坑。像耳朵外部轮廓的一个侧面，称为轮儿，与这一个相对的侧面，像耳轮内部的构造，称为胗儿。羊的和牛的嘎拉哈同猪的，是相似形，可见它们在后腿都起相同的作用。姥家这些嘎拉哈，是她从娘家带过来的，她是最小的姑娘，哥哥不稀罕这东西。后来杀得起年猪时，才攒两个。那几个羊的和一个牛的嘎拉哈，是她从镇上屠宰铺要的，回到家煮了又煮，才把缝中肉剔干净。

嘎拉哈，有多种玩法。多都坐在炕上玩，它须借助一个很稳当的平面。小孩子玩嘎拉哈，一个人多个人都可以，与弹玻璃球一样弹法，只是必须两个相同面相碰。不能碰到旁边别的嘎拉哈。另一种是稍大点的孩子，甚至大姑娘和新媳妇，都很喜欢玩欻嘎拉哈，几个人玩都可以。把一口袋嘎拉哈使劲摇晃，如同打扑克前洗牌一样，然后哗一下泼到炕上，在几个人围着的圈内即可。按石头剪子布后，从老大开始轮着攽。每个人都有个布口袋，里面装着粮食。把它抛高的瞬间，你的手同时抓着相同面的两个嘎拉哈又不碰别的，同时又接住了落下的口袋，这你就胜了一次。自己留下一个，把另一个抛到大堆中，尽量借这一个，把密集部分打得分散些。如果抛高口袋落下你没抓到手，或你没抓着成对的，或抓着但碰了周围的，都算是"坏了"，轮到下一位攽。最后把泼下的嘎拉哈攽到一个都没有了，各人都数数自己得到的数目，多的就在下一轮先开攽。这种玩法要眼急手快，能手一次能攽到三个相同面的，还有能从很大距离中抓到两个相同面的。我多与带子两个人玩，偶尔招来两三个伙伴一起玩。姥姥辛苦攒起的质朴的环保的玩具，给我们的童年带来许多欢乐。我女儿小时也曾玩过，但很快就被城里孩子的新鲜玩具代替了。

没玩几天，我们便"出飞"了，户外的冰雪世界也很有魔力。冰雪世界里有很多玩法。屯南有个天然的"溜冰场"，原是个几百平米的大坑，屯里人脱坯垒墙都到这挖深处的黄土，年深日久，雨水大时，就变成孩子们的"游泳场"，冬天又成了冰场。我们没有爬犁，但带子用两根圆树棍，钉在一块木板上，拴上绳子，就是简易的雪橇了，坐在上面，便能在冰上拉着，自在地滑行了。有时我们玩人拉人，几个伙伴蹲着，扯着后面的衣襟，最前面的人站着走动，便拉走一串人。带子常当"头羊"，她若是滑倒了，我们一串都人仰马翻。几乎每一次，最后都是这样的结果，大伙好像期待这样快乐的结果，笑个不停。

打冰尜多是男孩子的玩法，但我们也偏偏着迷。带子自己削了几个木尜，还做了小鞭子。先用手使尜在冰上转起来，然后用鞭子抽打，使它不停地转，不停地数数，以数大为胜。我从没胜过，带子同男孩子比，也是常胜将军。最简单的玩法，是打滑刺溜，坡地或平地，只要有冰，便可以滑行。我们在自家院子里，有意倒废水，浇了一个长几米的滑道，连去抱柴火，都滑去滑回。带子能在滑行中，蹲下站起变换姿势，而不摔跤。

每年春节，姥姥都大撒手，我们徜徉在冰雪世界里，不知不觉欢乐和运动产生的热能，渐渐战胜了寒冷，像大人一样也少有冻伤了。

5

过了正月十五，打春之后，阳气往上升，冰就有点发涩，玩冰的疯狂劲也过了。就在这时，我学了另一种有趣的玩法，它超过了以前各种游戏给我带来的快乐，也给了我从未有过的烦恼。那就是"打抬"。这件自作聪明的蠢事至今想起来，还有种遗憾的快乐。

一天傍晚，还没上灯，带子叫我去院中柴草堆拿木柈，准备生炉子，给姥姥熬药。她自己去仓房撮煤。我乐颠颠跑到柴垛里，扒拉来扒拉去，按带子要求选小块木柈。就在这时，听到障子外传来叽叽喳喳的说话声，还有拍手叫好声。我很熟悉这声音，有邻居家小俊，她继母生个弟弟后，很少管她，她常在外游荡。跟我们发牢骚时，就教她唱"小白菜"，她一边流泪，一边羡慕地说："你们也都没妈，可样样都比我强。"还有村东头的大柱和贰顺，他们都比我大点。秋天时，我们常在打谷场上玩老鹰抓小鸡和捉迷藏。有时一块玩跳房子、跳圈、弹玻璃球，玩到天黑了，大人不喊回家，我们还不散。我挑木桦时，听到这几个小伙伴的声音，自然动心了，从障豁子看清了他们三人正"打抬"玩。

打抬，这是很土的玩法，我推想是农村孩子自己发明的。当时男孩女孩都卷到"打抬潮"里了，放弃了一些常规玩法。我看小伙伴玩，手心早痒了，但我没有树枝剁折的圆棍。这种玩法有赢有输，很爽。具体玩法是：在相距约三米远的地方，两端画上横线，经过手心手背决出最末的人，把自己的木棍压到横线一端，胜者站在横线另一端，用自己手中的木棍，去打压在横线那端的木棍，打出横线，就赢了一根，依次排到下家，再把自己的木棍放上，胜者再打，如没打出去压线的横木棍，就把自己的木棍压到横线上，原来那根归原主。这么玩，赢了的兴高采烈，输了的也不甘心。

我看得不止手痒，还搭腔喊"小俊加油！"她发现了我，便喊"快来"。我把刚才选的几根不大不小的木桦，抱在怀里，几步就蹿出院子，排行老四。心想我的木桦又粗又重，劲就大，打你们的木棍不成问题。第一下打贰顺的抬，根本没沾边，只好等后面人打我的了，他们当然打不动，我很沮丧，但又庆幸，谁也没打动我的。

这时，带子出来喊我，顺声找到院外，不容分说，捡起那几根木桦，拉我回家。小伙伴喊"不能走"，带子边拉着我边说："这是花钱买的木桦子，两根就能生一次火。"我分辩说："没输，他们的抬打不动我的。""没输就好，快回家。"带子在我面前一向很权威，我从不违抗。她把我拉到屋里，向姥姥"告了状"，但没等姥姥批评我，带子急忙说我没输。姥姥也常见小孩打抬玩，只是对我说："小孩子玩棍棒，没深没浅的，万一扔到脚上就不好了。小丫头别玩这个。"她们说的那些话，我这耳听那耳就冒了，仍沉浸在小伙伴打抬的输赢之中，仍琢磨如何能赢。带子劈桦子时，突然给了我启示。第二天我悄悄对她说：你把木桦劈得细点，我准能赢。我手小拿又粗又沉的，使不上劲，就打不准。我央求带子，她心软了，便给我劈了几根细的，还帮我在屋里练练。两天后，我抱着木棍去找小伙伴玩。这次果真赢了几根树棍，也输给了大柱两根。我像打了胜仗的将军，回家在带子面前显摆战利品。带子说这几根木棒很干，今晚用它升炉子，说着用斧子截断，放进了炉膛。看到这情景，我高兴极了。心想，我明天还去赢，输少赢多。我的木棍虽不粗，但有棱有角，躺在地上很稳，打跑它不容易。他们都是用圆树棍，容易滚出界。那之后，早上一起床，就盼天黑，农家冬日两餐，不吃晚饭，家长是不放孩子出来的，我也如此。

我打抬几乎着迷了。最怕姥姥说今天天冷，别出去了。带子跟我站在一个战壕里，她劈好细木棒，有时凑热闹，也去玩两把。小伙伴们都不愿她加入，她总是一出抬就赢。她回家还教我：抛木棒时不要太高，不用太大劲。那会把压线的抬打蹦了，落到线里。扔时粗头朝外，手心要使点推劲。我一心想赢，增加点生火的木棒。其实我也输了不少，赢了的带子能看出来，输了的她难看出来，她常说：你赢的木棍够生一次火了，我听了十分满足。她甚至鼓励我说：把他们家的木棍都"抬"来，那才是英雄呢！

姥姥从不问我输赢，每晚我回到家，她总是嘘寒问暖，拉我上热炕头。有时摸我的手，吃惊地发现手凉，问干什么啦？我瞟了带子一眼说：瞎跑了。她早已不告状了。出了正月，我们屯创办的小学，终于盼到开学，我和带子都上学了。学生轮流值日，生教室里的炉子，要求自带木柴。我很希望带的木柴是赢来的。我也幻想秋天不再拾柴，用打抬赢来的棍堆满柴草垛。可那流行风刮走了。只有打抬时那欢声笑语，时常回响在耳畔。

四、实现"念书梦"

1

姥姥目不识丁，却格外敬慕念书人。

当年村里有个"文化人"，从外乡移来，可谓瞎子国里，独眼称王。这人戴黑边眼镜，镜片厚得发出一圈圈的光，说是念书伤了眼。他说起话来文诌诌的，看样子满腹经纶，喝醉时，就大讲"桃园三结义"，很不合群。村里人背后都叫他"大瞎"，笑他分不清草与苗，常把苗给铲了。他教自家孩子背书很认真，不会背便打手板。

姥姥从不随声附和，说别看他眼瞎，"心可不瞎"，不准我们背后叫他"大瞎"。她甚至打算，让我们跟他家孩子一块，学念《百家姓》，书都买了，说私下交点"学费"。因村里传出要成立小学的消息，她才压下了这个念头。

离我们不远的小西村，有好几个念过书的，姥姥认识念书最多的刘先生，说上级来"文件"，村长毕恭毕敬找他念。姥姥也时常拿着女儿的信，求刘先生又念又写回信。我每次都跟着她去，记忆中刘先生非常和善，少言语，还文质彬彬的，大约中年，写信念信时才戴眼镜。

去刘先生家来回的路上，姥姥多次跟我感叹，自己是个"残废人"。一次我问她"哪残废了"，她很沉重地说：

"有眼不认字，就是睁眼瞎。眼睛'瞎'了，还不是'残废'吗！就像有件东西放在你眼前，你说什么也看不见找不到一样。我手里这封信，邮递员不说是给我的，我在路上遇见也不会捡回来。"

"这么说，我也是'残废人'了。"按她说的道理，我觉得自己也是这样的人。

"你这么小，只要上学念书，就不会的。"她很不情愿说出什么"睁眼瞎"和"残废"的话，这种负能量的话，听得人晦气。

沉默许久，她一再重复地说下面这席话：

"你可得念书呀！识文断字的人，心明眼亮，知道天下，才有出息。"

她摸着我的头，又疑虑地揣测：咱村上的小学，也不知什么时候能成立，照实说土改工作队是说一不二的。可见她对创立小学有强烈的期待。

有时她津津乐道，上百口的大户人家谭小孔，自家办学堂，要求家中适龄孩子都必须上学堂念书，不分男女，谁能考出去，家里都供，真有考入省城"念大书"的。还说我已故的奶奶就是谭家的姑娘，我父亲很小时，奶奶就教她背书认字。

镇上的牟寡妇，是她的老相识，她很羡慕牟寡妇收养的一男一女上学了，都比我大三四岁，其中的那个女孩，就是带子的亲姐姐。只是很多年后，她才告诉我们这个秘密。

姥姥跟我们说起念书传闻，总是兴致勃勃的。但有时也很沮丧，传些不如意的，说村里村外人丁兴旺人家，把家中长子送到镇上亲戚家住，在城里小学念书，可惜只念两年，就辍学回乡干活，认为庄稼人识眼前字就足够了，这样的家长，她认为是"大近视眼"。

有时她感喟，若是你舅舅在，看信写信就不用求人了。他十四岁时，在大北岗村念了两年私塾。咱家梳妆匣子里那几本线装书，就是他念过的。他念书用功，不让人操心，中途不念难过得悄悄掉泪。说完这些，她常陷入许久的回味中，最后遗憾地说：若是现在，我说什么也得让他念下去。想想看，那时她独自带三个儿女过日子，家中一贫如洗，还毅然送儿子去外村念书，谈何容易。放假回来，他做姐姐妹妹的"小先生"，她的两个女儿认点字，就是这么学来的。

姥姥的念书梦，不是一时心血来潮，受生活环境的启迪，她骨子里注入了对念书的渴望，在自己不可弥补的遗憾中，心中早已播下了希望的种子，寄托在后人身上，盼望能开花结果。

她年过八旬后，常卧病在炕，但还过问重孙子上学念书的事，批评大人由着孩子的性，缺乏严格管教。

我们常安慰她不用操心，今后不会有文盲了，已普及小学教育。可她却忧虑地说：

"水涨船高，念书条件好，念的人也多了，但都念得半途而废，不是又出一群'近视眼'吗！不往远看，只看眼前几个大字，这就是'新文盲'。"

她虽不懂社会发展需要人才的大道理，但凭直觉仍高识远度。为此，她常很惋惜：

"十多年过去了，村里还没有第二个人上大学。"

她对"念大书"仍看得很重，由此我们好奇地问她，甚至完全预知她会回答什么：

"你都八十多岁了，还想着念大书的事，这一定是让你想起来最高兴的事啦？"

"那当然！奋斗了一辈子，尽种出些'瞎苗'，总算还有一棵成了。咱家里出了个上大学的，不是祖坟冒青烟吗，谁不高兴！打开陈家大院的家谱看看，都是些'近视眼'，可他们扔的这棵苗，在咱这长成了。"

说这话时，姥姥眉宇间充满了自豪的神情，上翘的嘴角久久地不收回去，享受回味的甘甜。

"那你一生最懊恼的事是什么？"我们在追问中似乎推断出可能的答案，但还是认为她年近黄昏，一生多难，命蹇时乖，对生命有更深的感悟，不会还在乎念书的事，但她脱口而出的竟是：

"恨自己是个'睁眼瞎'。"

出乎我们所料，她对自己不认字还耿耿于怀，并且信誓旦旦，秉志不回地表示：

"下辈子穷得砸锅卖铁，我也要去念书。"

其实，我们就是她眼前的"下辈子"。

2

天时地利，土改工作队来了不久，就张罗在村里办小学。姥姥把这看作是天大的喜事，很郑重地告知我们：

"这回真的能上学念书啦，你俩赶上点了！跟城里孩子比，你们已经晚点，这回不能错过。"

生活在落后农村的小孩子，没有那种小孩子必上学的环境氛围；也没有与自己身边小朋友都上学的攀比心。尤其是女孩子，可以说在自己生活的范围中，还没见过一个识文断字的女人，所以我们没有强烈的念书愿望，只是听大人的安排。之后，她认认真真地为我们上学作准备。特去买白粗布求人做书包，长方形，手提式的，不能背挎。至今我都没见小学生提那样的书包，那是"姥姥式"的手提口袋书包。

我的书包正面绣着"礼义孝悌"。

带子的书包正面绣着"恭宽信敏"。

每个字，都有豆腐块大，十分醒目。这字，是她特意去求刘先生用毛笔写在软纸上，再用过殿纸像描花样子一样，印在做书包的布上，找村里的巧手姑娘，绣上黑丝线，书包的另一面还绣朵小花和蝴蝶。当时只觉这图案好玩，现在才体味出它既乡土又有童趣，据说是姥姥要求人家这么绣的。

她说自己也不知书包上的字念什么，刘先生只是告诉她，这字是圣人书上的，意思是教我们"好好做人做事"，上学后慢慢就认识了。其实，我们念到二年级，才认全了这几个字的发音，仍不全懂字的意思，也不知圣人是谁，若干年后才知道这八个字出自《论语》。

她还去镇上买了几张道林纸，让我们自己裁开订本子。舅舅当年用的毛笔、砚盘和墨块也都翻出来，还买了一打铅笔。

万事俱备，只欠东风。一过正月十五，就通知到学校去报名。我们还没去，工作组就挨家挨户地"劝学"，作动员工作，宣传免费入学，免费发书，不限年龄，愿意读书的都可入学。

工作组到姥家时，她把装着笔纸的书包拿出来说："我们都等急了。"他们十分吃惊地说："你老人家太开明了，东西村我们走了一天多，只遇上这一份，足以证明，办学校是老百姓的愿望。"

报名登记时，她请工作组给我俩起个学名，他们看着书包上的字想了想，说书包上的"孝"字和"敏"字都很有意义。听了他们对这两个字的解释，她把我俩叫到跟前，指着书包上的字说：你们的名，就在书包上绣着。还让工作组的人，告诉我们字的位置和发音。带子很喜欢自己的名字，可我不太喜欢"孝"字的读音。

最后她跟工作组开玩笑地要求：

"你们收不收我这把年纪的学生？入学真的不限年龄吗？"

"收！收！你能去，我们一定收！"工作组中那个年龄大点的，愣了一下，很快半认真地说。而她倒更认真地回应：

"人过三十，天过午。人到五十多，太阳都不留'晴'，往回缩走下坡路了。我的两个孙女能赶上念书的点儿，我就知足了。"

工作组中那个学生模样的小青年，开始愣怔，听了她后面的话才转过神来，被她深深感动了，忙补充说"我们收"。她冲着小青年继续开玩笑：

"你替我种地，我真去念，我越老越做念书的梦。"

他们哈哈地笑着，可她却打着唉声，因为她既憧憬又无奈，既心痛又快活。

经过工作组动员，两村共有三十几个报名入学的，实际能上学的适龄孩子还很多。报名中最大的十八九岁，最小的八九岁。大的一开学就上二三年级，我和带子，还有三四个比我们小的，都上一年级。常和我们一块玩的小俊、大柱，还有"大瞎"家的孩子，都没来上学。

学校只有一间教室，一位老师，一个班，就是现在说的"复式班"。桌椅是用长条木板搭在土坯上，好歹坯外用泥抹着，开始几天还牢靠，没过几天，就有人从"椅子"上摔下来了。教室特别冷，靠地中间的一个小铁炉子取暖，只能起望梅止渴的作用。值日生要自带柴草生炉子，学校备了煤。

这活，对于带子，真是轻车熟路，每到她值日，炉火都烧得很旺，但那也只能是望炉止冷。我们的手冻得红肿，两只脚不停地磕碰，还有猫咬的刺痛感。

老师是本村的，他曾去镇上念过两年书。上课时，他领全班念《庄稼经》，不写也不讲解，要求我们上课跟着他念，然后背诵，书里写的，就是农村一年四季的事，我一知半解地明白，带子和那些年龄大的全懂，而且背得又熟又快。有时还领我们念《百家姓》，同样要背诵。老师每次提问我时，带子都给我小声吹风，嫌我背得慢。

放学后，姥姥每天都问我们：作业写完了没有？我们齐声回答"完了——"，然后像唱歌似的背诵《庄稼经》或《百家姓》给她听。她一点没被我们的快乐感染，还是追问："本子上写什么了？"我们拿着连名字都没有的本子给她看，她很纳闷地叨咕：

"你舅那时又写又背，还用毛笔写，不写要挨手板的，你们念书怎么不写呢！"

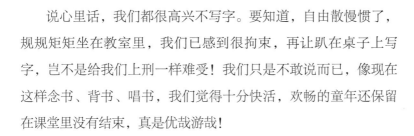

说心里话，我们都很高兴不写字。要知道，自由散慢惯了，规规矩矩坐在教室里，我们已感到很拘束，再让趴在桌子上写字，岂不是给我们上刑一样难受！我们只是不敢说而已，像现在这样念书、背书、唱书，我们觉得十分快活，欢畅的童年还保留在课堂里没有结束，真是优哉游哉！

3

开学一个多月了，姥姥似乎很失望，因为我们还不会写自己的姓，名字在书包上也没写过。天天背书唱书，书上的字有音有形，我们只知其音，并不在意其形，一旦这个字"搬了家"，还能准确识其形而读出其音吗！其实，我们是会背书的"文盲"。

于是，一个星期日的早上，她带我俩去刘先生家，说是约好的。土改后刘先生当了村长，很忙，她跟先生说我俩学习不得法，请麻烦"帮个小忙"。说着让我们拿出本子和铅笔，递到先生手中，冲我说："说出自己的姓名，仔细看先生如何写。"对带子也如此。她请先生把着我们的手，按笔画教我们写，字写得很大。她很严厉地说："就写一次，千万记住。"先生非常耐心，把着我们的手两次，三次，反复写，边写边说笔画，还告诉我们写字"从上到下，从左到右"的笔顺，他循循善诱地了然于口，可我们却不能了然于心和手。最后她说自己实在没办法，才来打扰先生。

仅用十几分钟，上了人生最伟大的一堂启蒙课，我一生都没忘，那个寒冷而阳光的早晨的巨大收获：这堂课伸张了儿童的心灵自由，敲开了真正念书的大门，通向了求知的码头，让我从此渴望出海远行，至今这美妙的记忆还潜滋奔流在血液中。

从先生家出来，刚走出村，姥姥便捡起路边的小树棍，让我们在地上画自己的名字。那真是"趁热打铁"，生怕我们忘了，她重复地叮嘱："只有这一次，千万记住。"我们照着本子上的字，头顶早上的霞光，蹲在地上，畅快地在土路边上画着。带子牢记笔顺，把着我的手不知画了几遍。站起来往家走时，我们用手在空中还画，回到家趴在炕上继续画。第一次学写字，像描花一样，还没有描花样子自如，笔画歪歪扭扭，手拿不稳笔，笔也不听手指挥。画着画着，带子突然兴奋地去找《庄稼经》，翻来翻去停下了，指给我看：'五月大旱，禾苗张嘴，要喝雨水'，这里就有'张'字，这就是咱们的姓。但这书里找不到咱的名字，就书包上有。"

我们终于会写自己的姓名了，又试着写姥姥的姓和名。她娘家姓李，但要随丈夫姓张，女性名后面要加"氏"。从《庄稼经》里我们找到"桃李花开"的"李"，《百家姓》中开头一行也有"李"，可"氏"怎么写？我们想起家谱上女人名字下都有"氏"字，便央她翻出家谱，看到了很多个"氏"字。这样我们写了她的全名"张李氏"，字写得很大，我俩的名字也写上了，把它贴在炕头的墙上。她看着说："会写字，才是学生。'学'写字，才能'生'长。只背书，不写字，是'游戏'。"

显然，她对学校不教写字很不理解。所以，目不知书的张李氏"先生"，比"先生"还先生，从此开始，给我们布置"家庭作业"。她要求我们在自己本子上，写《庄稼经》上笔画少的字，每日最少写三个，会念会默写，让我俩互相考。从此，我们结束了鹦鹉学舌的学习"游戏"。在学校跟着老师念时，我们就留意字的笔画，找出笔画少的回家写"作业"，而且感觉这么做很有趣。带子反其道而行之，她没过几天，偏找笔画多的字写，理由是"笔画多的字胖乎乎的好看"，无奈我只好跟着写。

她很早就教我们数数，我们能比赛数到几千。她要求我们学写字后，我们奢望也能写几百几千的数。于是她又一次带我们去刘先生家。先生给我们写出十个"阿拉伯数字"，这字像不同形状的蚯蚓爬在地上，很好玩。我们不解，为什么同书上的"一月""二月"的数字写法不一样，先生说汉字的数和阿拉伯数字的数就是不同。先生还教我们用这十个数字写一百和一千的规律，引起了我们极大的好奇心。回家后很长一段时间，我们走火入魔般边数边写，"家庭作业"中，自觉增加日写二十个数。我们长时间都说写数就是写"蚯蚓字"，根本没记住"阿拉伯"这个词，直到后来学算术时又一次听到这个词。

两个多月后，学校发新的教科书，各年级都有语文和算术，不再念统一的《庄稼经》。老师也换了，据说这位老师学问很大，还很进步，土改时领着工作组到自家搬东西，他叫于文中。每堂课，他总是给一年级先上，留下写的作业，再依次给二、三年级上。每堂他都上三样课，很忙碌。可我和带子很轻松，甚至开始听邻坐二三年级的课了。

一年级的语文，我至今还记得开头三课：

"一个人，一个口；"

"一个人，两只手；"

"人有口，会说话。人有手，会做工。"

开篇三课，用文字写人，地地道道地写我们自己，引起了初学者的强烈兴趣。内容易懂，字形易写，相同字重复出现又易记牢，扎实得立刻能应用。最重要的是，课文启发诱导儿童的灵性，主动去学课文外的知识和文字。课文给学生留下了思索的"空位"，这有如"人活八分饱，花开九分艳"一样。释放心灵，解除束缚，让活力给生命以自由。我和带子竟接着课文自编，"人有腿，会走路。人有脑，会想事"，"人有眼、有鼻、有耳"如何如何地推下去，自说自话，还向老师问不会写的字，这快乐的学习，得到老师表扬。

很多年后，我自己当了老师，我的儿孙也当了学生时，我渐渐从理性上认识到，这类的语文课本太棒了！肯定是教育大家编写的。他不用艰深绕口的假道学的面孔，也不用哗众取宠的学问家堂吉诃德式的傻认真，更不用政治贩子的一本正经的虚无，把我们小孩子吓唬到门外，只能敬而远之地被迫学习，像进了"三味书屋"嚼蜡似的。

我们在课堂上，就消化了当天所学的内容。作业也当堂完成。回到家，她多是看到，老师在本子上批的红色大对号。她看作业的次数多了，竟认识了"一"和"人"字，这是她平生认识的两个斗大的字。

4

二年级暑期开学，没有上课，为庆祝全中国解放和迎接新中国建立，准备节目。我们在学校学歌，再去教老百姓。开始他们羞口，只有小孩子跟着喊，后来倒唱出瘾了，特别是小青年走路哼唱，在地里干活放声歌唱，《解放区的天》这首歌，唱得大家欢天喜地。

此外，学东北大秧歌和打花棍。在学校小操场，聚些老人和小孩，过路人有时也驻足，敲锣打鼓，热闹非凡，隔三岔五，周围村小学过来比赛唱歌和扭秧歌，聚的人就更多了。

工作组走门串户，宣传新中国建立和人民从此当家作主人。记得一个穿军装，打着裹腿，戴朱德帽的小八路，到姥家宣传后，还送我一本儿童刊物《红领巾》。这是我平生得到的第一本也是整个小学阶段唯一的课外读物，我爱不释手，几乎把其中的内容全背下来了。至今我还记得，其中有越南的和平战士第安，中国的第一个女拖拉机手梁军和第一个女火车司机田桂英等，她们的精神长久地奔流在我的血液中，产生着鼓舞的力量。

与这欢乐气氛极不协调的是正在蔓延的退学之风，令人懈怠。农忙季节本来放春假又放秋假，但学校开展活动时，年龄大的同学还是都请假回家干农活。带子虽说年龄不算大，半年前就三天打鱼两天晒网，而这年秋天她干脆不上学了。姥姥劝她跟下这半年，字还是认得越多越好，她执意不听，并理直气壮地说：

"识多少字，也不顶饭吃。字，不能帮咱干地里的活。干好地里活，才不愁碗中没米。"

她还为自己不上学同姥姥理论：

"村里村外年龄大的都不上学了，女的出嫁，男的结婚种田，年龄小的一开始没上学，就做对了，上了早晚也得退下来。"

"再说学校这阵子也不上课，去也认不了字。我现在一看书就头疼，脑子里嗡嗡响。"

这最后一条理由是最能打动人的，俗话说"官都不差病人"，哪个家长能狠下心，让头疼得愁眉苦脸的孩子念书！念书用脑，头疼脑能好受吗，再硬的心肠也得软下来。但姥姥却不完全是因为心太软才不逼带子上学的。

唱歌跳舞本是儿童的天性使然，读一本好的课外书，在眼前打开一个新世界，更是快乐的享受。但缺乏自控力的小孩子放飞了的心，是须及时引导回到课堂的。那阵子，我的心像长了野草似的荒芜了，退学风像瘟疫一样，侵蚀着天真而单纯的心灵，我对学习已心不在焉了。

所以带子怂恿我"别上学了"时，我一点也没吃惊，像非常听话的孩子，坦然答应，而且毫不迟疑地跟姥姥说：

"我不想念书了，跟带子下地干活。"听起来不想念书的理由很正当，其实是散了的心神收不回来的借口。

她听过我的话，板着脸，眼球不转地盯着我，眼神像针刺一样，斩钉截铁地冲着我说：

"不行！全校学生都退学，这个学校黄了，再找别的学校念！"

她的话没给我一点退路，只有"学路一条"。她的眼睛仍直视我，几乎把我逼入犄角无处躲藏，我怯怯地望着她，紧接着她又很气恼地问：

"你念书头疼吗？"

"不疼！"我小声胆怯地回答，低着头，像怕光刺眼一样缩着，狼狈极了。

"就是疼也得上学！"她把声音抬高了八度，仿佛在发布命令，有种说一不二的霸气和横扫一切的威风，并继续说：

"有的孩子不念书，不是家穷缺劳力，是自己不想念，借口就是念书头疼。这如懒人不想干活也找借口一样。"

　　她终于停下来，舒缓了一口气，脸色又温和多了，是在调整自己的情绪和心态，声音又变成低八度："饭不能不吃，书也不能不念。带子不愿意念书，是咱这个家拖累的，地里的活我干不动了，土地不允许出租，又不准许雇月工，咱三口总得活命呀！"

　　说到这，她泪水在眼里打转，声音呜咽，有难言之苦，无奈又无助。我虽不懂生活的艰辛，但看到她这样难过很后悔，没想到我把她气成这样子。她继续拉开话匣子："带子干农活，天天都乐呵呵的，从没说过头疼。她若天天上学，不误课，念书念出兴趣来，头自然不疼了。话说回来，没有家的拖累，就是带子真的头疼，也得让她跟着多学点。"

　　说完带子，又转向我，一扫脸上的忧怨和愁苦，有如雨过天晴，和颜悦色地说："好好念吧！"

　　停了片刻，还是"劝学"："看远点！以后咱还要走出这村子，到外面去念大书。只要咱能吃上饭，就能供你念书。"

　　她的话非常坚定，让我无路可退。

　　闭塞的农村小孩子，对她说的"念大书"是什么，一概不知，像听月球上居民说话一样，我想她那时也不全明白。但她从小村以外的文化传闻中，得知那种新鲜的说法，本能地认定并迅速地接受。因为这是她的希望和升级了的"念书梦"，虽对其内涵是朦胧的，可她对大方向无比清醒而坚定，并企望这梦想成真。

　　一个不认字的农妇，在那种愚昧的环境和混沌的时期，敢做高不可攀的梦，今天回头看，不能不令人惊叹！而且半个世纪过去了，家乡发生了巨变，人口大增，生活富裕，还没有一户人家实现并超越她的念大书梦想。

这件事之后很久，我都不敢正面看她的脸，觉得她的眼神像刀锋似的刮得我很痛，把我萌生的念头，用强力消灭干净，连影子都抛到九霄云外。

<h1 style="text-align:center">5</h1>

少年成长过程中，虽有阳光高照，烦恼还是不断增加，也使她大伤脑筋。

一次我上图画课，惹了大麻烦。老师让模仿黑板上的画，画面是：一个美国兵站在辘轳把旁打水。美国兵头特大，脚特长，胳膊腿都又细又长。我照着画时，自认为人不可能长成这样，所以把大的画小，长的画短，细的画粗，虽然不懂什么人体比例，但认为这样画出的才是真人。

发作业时，老师在课堂上批评我画得不好，下面的话我根本没听，心里很不服气，心想老师把人画成不像人的样子怎么能说是好呢！我当着老师的面把画撕了。老师大怒，当即命令我到讲台桌旁，他从桌子里抽出戒尺，叫我伸出左手，便开打了，边打边说些什么。我根本听不清，也不知打了多少下，被打手板，肉体上的痛楚是否剧烈，我并不觉得，但少年的自尊心很痛，痛也不哭，我只感到气愤、激怒和失望，我认为报上和老师都在说谎而不愿得到矫正。打手板那几分钟，对我来说有几个世纪之久。教室里鸦雀无声，放学时同学们悄悄地走出去。门口有两个男生议论，女生挨手板，真是头一回。两年多，这个戒尺确实只打过男生。这议论我听得一清二楚，是幸灾乐祸还是同情，我并不在乎，但我从装书包的瞬间，已拿定主意，再也不来这地方。

当老师把我的自尊压得太低时，适得其反，童年的倔强不仅不能被磨损，反而脾气暴涨。挨打这件事占据了我整个的心灵，我慢吞吞地走回家，本想回家诉苦，但一种羞愧之心使我难于启齿。第二天我果真没上学，姥姥以为我是放春假，带子高兴我能跟她一块下地干活，正是拔草间苗铲地的忙季。

我有生以来第一次遭受这不公平的"暴力"。写上面这段文字时，脉搏怦怦跳动，活到十万岁这情景也会历历在目。

三天后，老师来姥家，我心里忐忑不安，不是怕追我画得好不好，是怕追我逃学。想起去年秋天，我要求不上学时姥姥的话，简直想钻进地缝里，打手板不如打手板后更可怕，痛楚混合着难堪。老师走后，我想她准会把我叫到跟前，大发脾气；相反，她既没变脸，也没说责备话，只说了句老师通知明日起放春假。我心里嘀咕，永远放假才好呢，跟我无关。别的她什么都没说，我很纳闷。

春假结束那天晚上，她心平气和地提示我："装好书包，明天开学。"

我心想，这些天我的书包纹丝不动挂在墙角上，还装什么书呀！

第二天早上，她意外地说要送我去上学。从家到学校也就三四分钟的路，我又不是第一次上学，为什么送呢！我不解，但也不敢问。

我机械地拿下书包，东张西望，犹犹豫豫，她便拉着我的手说"走"，身体被一种无形的力拖着往前移，而心似乎在后坠，但坠不过拖力。刚走出家大门口，她很严肃地说：

"好好学吧！不念书的孩子没出息！"

这样的话，我听得耳朵都出茧子啦。拐到路上，她放开我的手，拍着我的肩膀语重心长地说：

"念书，不能三天打鱼两天晒网，那是没出息孩子干的。咱家的农活，有带子和我，以后决不让你请假。"

虽然她把话说得很模糊，但我终于明白，她不是不知道放假前逃学的事。她对我逃学的表面淡定，不急不火的宽大惩罚，远比半年前她严厉地斥责更令我惶恐不安，并引起内心的强烈自责。撕图画的对与错，我觉得不重要了，"自尊心"受到伤害也不重要了，重要的是，我逃学的荒唐之举，深深地伤了她的心，使她不愉快比自己受惩罚更难受。

我暗下决心，再挨打十次手板，也决不逃学。此时，后坠的心回到往前移的体内，硬着头皮走入校门。她停下了脚步，看着我走进教室，才转身回去。

很久我才知道，老师来"家访"，根本没说撕图画打手板的事。新建立的学校，不是私塾教育，不准老师体罚学生。老师只是以通知放假为由，看我没再生出使他麻烦的事，便得胜回朝了。后来姥姥从同学嘴里得知我撕图画的事，批评我不应该跟老师"发威"。她爱孩子，但从不护短。

上中学后，我才懂了什么是漫画。它最重要的特点是用夸张手法达到幽默讽刺效果。我推想，当年老师让我们模仿《人民日报》上的漫画，肯定是时事漫画，讽刺美帝发动侵朝战争，说不定就是华君武先生的大作。我由于无知而自作聪明，伤了老师的尊严，也误读了漫画家的杰作，可我明白时，再也没有机会见到那位老师，向他认错道歉了。现在幼儿园的孩子都知道什么是漫画，可见我那时无知愚昧到何种程度。生活在落后的农村，人的聪明和智慧在不知不觉中自然地被抹杀了。

上小学两年多，我的情绪波动很大。从兴致勃勃入学，到不想念书乃至意外逃学，烦恼不断增加，看得出童心的脆弱和多变。这样的荒唐时期当然越短越好，但大人的引导十分重要。

姥姥用严厉的耐心，用挚爱和智慧的乳汁，轻轻地弥合着我心中的裂纹和"伤口"，在每个关键时刻，她都能最及时地使童心在呵护中成长。

如果那时，她对我娇生惯养地顺其自然或稍稍放纵，瞬间我都可能出现脱轨逆转，离开学校，中辍学业，改变生存方向，就不会有后来继续学习的机会，像村里不想念书的孩子一样，永远生活在传统惯性里而不自知。

及时疗救我童心的伟大"医师"，是她，我的姥姥！

6

时来运转，我离开了故乡小学。是在没想离开时被迫离开的。更没想到这次离开，决定了我在人生起跑线上成了"赢家"。

小学三年级下学期，领到课本后，我几乎就没有上几天学，这不能怪我是"逃学"。姥姥的另一个女儿，也就是我的老姨从外省回来，一心想收我做养女，她结婚十多年没有孩子，姥姥不得不同意我去，而我执拗地反对。她们天天说走，我便跟她们怄气，理由是想念姥姥，又离得远，不能随时回来看。另外心里还有个不好说出口的秘密，就是我非常不喜欢那个游手好闲的姨父。他曾在一夜之间，骗走姥姥十八担四斗小麦的钱，那是我们一年的收成。为此，我和带子都很看不起他，认为他这次来，说不定又要干什么坏事。

后来她娘俩有意转移我的视线，想必是她们商量过的。老姨说她家那边的小学又大又好，老师也多，这引起我的好奇心，我问了她很多关于学校的事。姥姥也说："咱这就一个老师，教好几个年级，啥课都教，管不过来。再说学校办得快黄了，孩子越来越少，有的人家宁肯把孩子送到城里去念书，舍近求远。"我知道她舍不得我走，可还是苦口婆心地劝，最后她说："名师出高徒。去吧！"她们三劝两劝地使我动心了。

但我仍有两个条件：到那看学校不好，我就回来；我不当"养女"。老姨表示当不当养女，都把我当亲闺女待。这是带子帮我出的主意，认为这能有退路。

启程的前一天晚上，姥姥拉我坐在身边，没等开口就泪珠簌簌地流，嘱咐我：

"到那好好念书！""师傅领进门，修行在个人。老师再好，也得自己努力！"

我答应着，含泪点头。

她哽咽着又说：

"不用惦着我们，带子长大了，能帮我。想家，就回来。常来信。我找空去看你。"

我们都不再说啥，久久地坐着流泪。带子靠在我身旁，拉着我的手，很不在乎地说：

"到那看看，就回来。""哪也不如家好！"接着很轻蔑地说："那山旮旯子，贼穷，出点棉花水果也不顶粮。"而且狠狠地补充一句："穷山恶水出刁民。"说着把另一只手提着的两个小包放到我腿上说："刚炒的瓜子和爆米花，明天在火车上吃。"我用感激的目光看着她，泪水抑制不住地流。

次日下午，姥姥送我们到火车上。今天破例，她以前从没送过老姨到火车站。我走进车厢后，一直咬着嘴唇，不敢再往站台上看她，强忍着泪水，我担心自己一哭，就会跳下车不走了。车开动后，我跳着脚大哭，心中喊着"姥姥——"

一天后，我被带到辽宁锦西的山沟里。从一望无际的平原沃野，来到这抬眼就是重重迭迭山峦的沟里，满地沙粒黄土，有如迷失在洞中或闷在全封闭的货车厢里，令人窒息。家乡的黑土、麦浪和江水都令我无限地怀念。初冬的雪花，稀稀拉拉地飘着，溜到我的脸上，没等擦就消失了。我心中的泪水也像消失的雪花一样，没有踪影地流着，其实，流不出的泪比流出的更悲伤。

顾名思义，下松树沟村，就是坐落在有松树的山谷里，又是从北向南走向的两山间谷地的末端。谷底越向南越低，最末是大片沙滩和横贯东西的女儿河。据说原河道又宽又深，划船才能过去，现在到旱季，徒步就能蹚过去。山庄错错落落由北向南，依山傍水，夜晚那星星点点的灯光像条带子，与天上的银河遥相呼应。此时思乡郁闷的心轻松了许多，觉得离家并不遥远，因为也能看到家里那样的银河。村中没有笔直的路，七拐八拐走进村，才到"后山"老姨家。这儿地势最高，往后就没有人家了，只有矮山、树木和山涧小溪。这儿溪水潺潺，雏鸡咕咕，莺声呖呖，松柏青青，不是仙境胜似仙境，这独有韵味的陌生，很快稀释了我离家的悲苦。

小学校坐落在村中间的大庙里。有庙的地方，就有历史和文化；连庙还没修的，不是开垦得晚，就是风水不佳。学校要求新学期开学再入学，我有很充足的时间去了解学校。起初那些天，一想家就去看学校，心在两种吸引中拉锯。

拖了十多天，我才给姥姥写了第一封信。写很多遍才寄出。三年级学生，认字有限，表达困难，我不想求人写，更不想让人知道我写什么。我在信中告诉姥姥和带子：

这个小学真的"很大"。古庙就是校园。庙四周有灰色院墙，院中正殿很高，殿前有平台，平台两角各长一棵大松树。平台到院门有一片空地，是学生课后活动场所。正殿左右有耳房，与东西厢房相连，是教室。老师在正殿办公，传说殿里还保留着"推不倒"的两尊大佛，我很想看看，但不敢进去。教室门上方挂着年级的牌子，共六个年级。有本村学生，也有外村的，外村的多是来念高小，要住宿。院墙外有大广场，早上全校学生站在这里升国旗。有一天我偷偷站在后面，注视升起的国旗，很激动，但我不会唱国歌。

最后我告诉姥姥和带子，很喜欢这所学校，不太想家了。

学校升国旗的场面，久久地萦绕在我的脑海里。那天学生散去上课，我站在国旗下仰视了很久，才看清那上面的五角星。升旗时唱的歌庄严雄伟，令人振奋，是我从未听过的。

校园里欢乐严肃的气氛和有序的管理，使我感到这里学习正规，学生肯定个个学习好。当时学校表示，看我入学考试情况分班，于是我产生了恐惧心理。

7

从此，我不去看学校，开始复习功课，准备入学考试。先复

075

习语文，方法是背课文、默写、对照找错，直到一字不差，包括标点符号。这种笨办法，开始慢，后来滚雪球似的加快，字认得又多又熟，以前念过的课文，很多都是囫囵吞枣，这回总算细嚼了一次。三年级下的语文虽然没上，但有前面复习的底子，也如走熟门熟路一样，学完了，尝到了温故而知新的甜头。再给姥姥写信，就不用查书上的字是怎么写的，那时没学拼音，也没有字典，唯有课本。生活在没有文化氛围的环境中，精神文化上的贫困远比生活上的贫困带来的损失更大，冲出包围就在脚下。

算术，算得很慢。如要求速度，就等于不会。要快就只有反复练。世界上能做的事情很多，真正能做好的很少，根源就是自满于"会"。反复做题，见题就做，做例题，做练习题，从头做到尾，再从尾做到头，没题做，就自己编题。刀在石砧上磨多了，自然锋利。做得越快时才觉得以前的慢是对所学的知识半生不熟。

复习的事，我一一写信告诉姥姥。

不知为什么，入学时没有考我，只问念了几年，就让我入四年级。班主任是位又高又瘦的老头，说话有点侉，像老太，但能听懂，教"常识课"。社会常识和自然常识，给我打开了新天地。专门教语文的老师，很快把我引到写作文的兴趣里。教算术的老师，像是拨开了我脑中的一层窗纸，使我对数字计算很入迷。音乐老师弹着脚踏风琴教国歌。体育课上我第一次知道有跳箱、垫子和篮球。这所学校果真有很多老师，个个上课都很优秀。

更使我终生难忘的是周钧老师。她来自周家屯大户人家，丈夫是赴朝的志愿军，她独自租房住在学校附近。学校建立少年先锋队，她是大队辅导员。我入队没钱买红领巾，她领我去村里供销社买了红布，又带我到有缝纫机的学生家长那做好，亲手给我戴上，那天我兴奋得睡不着觉。天冷了，她见我穿着单薄，便把自己身上的制服棉袄，脱下来给我穿上，我感动得哭了，觉得她是母亲。我第一眼见着她，就好像已认识了十年一般亲切自然，也如在沙漠上饥渴时突然遇到了泉水般欣喜。几乎每一次感动，我都立刻写信告诉姥姥。

这次姥姥是速来速归。她事前没写信告诉我，说是在意外的情况下突然决定来看我，我也没追问什么意外。她直奔学校，守在校门外，等我放学。我惊愕地发现她，不敢相信自己的眼睛。她千里迢迢奔来，满腹忧伤和焦虑，一见面就问能不能见周钧老师。她风尘仆仆地见到周钧老师，当面致谢，送了家乡的咸鹅蛋。她更想知道我在这里的所有情况，周老师滔滔不绝地告诉她我的学习生活情况。她起初皱着的眉头渐渐地舒展开，眉宇间洋溢着欣喜。之后才去老姨家，第二天就踏上了归程。早上送我上学的路上，她千嘱咐万叮咛"要长心眼，家不在这"，"多写信，有难处也写上"。直到走，她仍没有说这次突然来的原因，两年后我回去时，带子告诉我，姥姥做了一个噩梦，梦见我被坏人抢走了，她在后面追，最后连人影都没了，便坐在地上哭，哭醒了，之后天天都闷闷不乐，总是问带子："这不会是真的吧？"带子总是宽慰她："不可能，是你担心她不平安，才做这怪梦的。"其实带子也很担心，说我离家一年多了，也真不知啥样子，来信尽说好话，也许是怕咱担心。要不亲自去看看，不顺心就直接领回来。而且带子还追加了一句："我早就怀疑他们心思不正。"其实姥姥自己也心中有数，并存有一定的戒心，所以决定启程。她历来是个想到说

到就做到位的人，她的心、口和腿总是高度统一。

直到老年，回忆自己的一生，我仍认定这所小学是我生命的摇篮，给了我人生的奠基石。记得当时在日记中，自己创造了新词，把学校称为"校家"，把老师称为"师妈"。对于无"家"无妈的少年，这是发自心底的幸福和感恩，直到上大学时，我还与班主任赵世忠老师有联系。

"昔孟母，择邻处"。对偶见的邻居都得选择，而天天进出的学校岂能不选择！优质的学校，一定有德才兼备的师资和成熟的教学管理体制。

那时，我全身心投入学习中，听课认真，作业用心，自觉复习预习，大小考永远得百分。我本来自落后农村的初建校，学习成绩平平，但转到这所学校，一跃成了"优秀生"。这年冬，初小升高小，周围几所小学来参加统考，我以三科三百分名列榜首，王校长特别找到我说"给学校争光了"，我当天写信报告姥姥。带子回信，说她们为我高兴，姥姥认为"去对了，不会再逃学了"，带子也说自己遇上这么好的学校和老师，"念书也不会头疼的"。

说心里话，融入这个新环境，我没有精力想家了。至于老姨家对我如何，我也没空较那个劲了。矛盾虽不断发生，我尽量躲开，心里明白，不正面顶牛。他们不准我加入少先队，不准我参加星期六下午义务劳动上山给住宿生砍柴。我不吱声，但不后退。他们让我去老虎沟很偏远地方摘棉花，虽说心里恐惧，怕老虎出没，但我听命便去。对有的事情，我也曾"造反"，不回家，去周钧老师那住，她能说服我，送我回来"道歉"，缓和关系。这类事，我写信从不跟姥姥说，怕她担心，甚至怕她接我回去。有这么正规的学校和高尚可敬的师长，就足够了，不管如何想念慈祥爱怜的姥姥，也决不回去。

8

1953年，学制改成秋天入学。要提前半年高小毕业，统一参加县里小升初考试。学校有两个毕业班一百多人，九人考入中学。在一张油印的集体录取通知单上，周钧老师找到了我的名字，急匆匆到"后山"去报喜，并交给我"报到通知事项"。

我当天给姥姥写信，同样内容写两封，隔天寄出另一封，以防丢失。很快收到她的回信，说已按报到通知要求准备好行李和用品，开学那天她直接送到学校。

从山村去中学，徒步走近路约五十多里，乘火车要绕一百多里，还要转车，但快捷，途径锦州、塔山到锦西郊区，是新建的中学。没有人送我上学，自己很顺利找到了学校。

找到班主任报到，她告诉我：家人来给你送行李，在教导处等着。不能说没人送我上学，姥姥从遥远的故乡，千里之行来这准时"报到"了。教导处门开着，她坐在朝门的椅子上打瞌睡，我悄悄走进去，她脚边放着大行李，身上有个挎包。看她那疲惫的面容和缩着的身体，很让人心疼。我刚站稳，她就醒了。祖孙一年多不见，有说不完的话。我们把行李弄到校外临时宿舍，按每人两尺宽的记号放好。宿舍内南北通铺，住四十多人，低矮潮湿，霉气扑鼻，据说是马厩临时改用的。她告诉我行李中有被褥、枕头和冬衣，还有脸盆和牙具。她本来提前给我寄了学费和上学路费，可又给我留五元，最后把申请助学金的证明信交给我，让我回校就交给老师。

入秋家里活多，难脱身，她没去看女儿，直接去锦西火车站，赶当晚通达车回去，说下火车时吃了烧饼，刚才在教导处喝了水，一点不饿。临行前她嘱咐我：

"好好学吧！这回我放心了：有住处，有饭吃，有书念。考上中学不容易，咱村只考上一个，是婆家出钱供上学。"

"光念好书不行，要有个好身板，学校开三顿饭，比家里好。万一有个头疼脑热的，要去找老师，别挺着。回宿舍要和同学一起走。"她看到临时宿舍到学校那段路是庄稼地，行人少，有点担心不安全，总之，她有嘱咐不完的话。

这次祖孙分手，都很高兴，她笑着说："明天这时，我就坐在家的炕头上了。""人是地里仙，一天不见走一千。"她一扫脸上的疲倦神情，背着挎包，背着夕阳，挺着腰板朝火车站大步走去，那背影比正面更有力量。那时，我还根本不知劳累是什么滋味，更体会不出老年人出远门被折腾的辛苦。她来时已两天一夜，回去又要一夜一天，这连续三天两夜的颠簸劳碌，她要怎么挺过去！年近六十的老妪，如此乐观顽强！我退休前后出差，提个有拉杆的箱子上下车，还嫌麻烦和拖累，相比之下，真是羞愧难当！

后来我回去时，带子告诉我，姥姥知道我考上中学，乐得合不拢嘴，逢人就显摆："我外孙女考上中学了。"当天晚上，姥姥就翻箱倒柜地找东西，第二天去供销社买布和棉花，开始做被褥和棉衣。她还嫌带子活粗，特意求人做仔细，像嫁姑娘似的，什么都做得很像样，一气都做好摆在眼皮底下，才消停了。送行李前，为了凑钱，卖了老母猪。她认为：在家万事好，出门事事难。一个没成年的孩子，谁知能碰上啥意外，兜里不能空着。为了交下学期杂费，秋后又买了个"生钱"的母猪。

一个月后，学校的助学金评下来，我享受每月五元的补助，正好交伙食费。1953年，五元钱够吃一个月饭，如今五元不够买碗面。当时正发愁日子过得太快，下月伙食费没着落，评下助学金后长长地出了口气，反倒给补了前两个月的。我立刻写信告诉姥姥不用发愁了。与我一同考上的两个女生，都因继母不同意供念书，家中又有劳动力，评不上助学金，一个月后学校帮助协调，一个转到卫校，一个转到师范，她们幸运还有书念；另一个有继母的男生，干脆回乡了。我对继母的印象，不再停留于《小白菜》的歌里，而是真切地感受在生活中。我们几个阳光少年一块儿走入欢乐校园，一块儿为担心交不上生活费烦恼伤心落泪。我暗自庆幸自己没当"养女"，如果当时顺从，我会同她们一样，或更惨地失去念中学的机会。我更庆幸我的姥姥超过一般的父母，为实现"念书梦"咬紧牙关义无反顾地朝前奔。

9

考上中学，我就不太想回老姨家，怕她伤心，但寒假还是回去了。我奇怪地发现炕上躺着个婴儿，说是老姨的孩子，还没满月。我怎么一点没注意老姨体形变化，我只知她不停地吃药治疗并无效果。我想机会来了，终于能回到姥姥身边了，所以，寒假结束我临走时告诉她，放暑假从学校直接回家看姥姥。

归心似箭，盼了半年，这天终于来了。放暑假当天晚上，我独自坐火车经过一夜，到哈尔滨转车，两个多小时到了熟悉的小镇。走出郊区便开始急行军，有时小跑。蓝天、白云、阳光，还有青纱帐和麦浪，都像久违的老朋友，伴我还故乡，内心的激动几乎不能自持。小小少年，没有烦恼和悲伤，健步如飞奔家门，享受那重逢的时光。

之前我没有写信说回来，怕姥姥来接我。突然闯入院门，门铃当啷一声，惊起大黄狗的吠声，引起了她们的注意。她们又惊又喜，带子简直手舞足蹈地说："门前喜鹊叫喳喳，必有喜事到我家。""一大早小猫就冲南洗脸，喜鹊也飞到门前的树上。"农村习俗，猫冲哪个方向洗脸，就有哪方的客人来。带子一个劲上下打量我说"长高了很多，四年不见了"。姥姥乐得不知说啥，拉着我的手说："你胆子大得叫我害怕，你还是个孩子，怎么敢一个人出远门！"带子却同她唱反调："孩子才能胆大，大人就是胆小，因为心眼太多。"

我听她们这些话，比听表扬话还亢奋。我兴奋地说去年开学，去中学路上要换两次车，没人送，又没找同伴，头一次走这条路，我也没走丢。这年国庆节放假三天，我们五个同学没钱坐车，就找近路走，从早上走到深夜，饿了就拔路边的花生和地瓜吃，夜里手拉手蹚过女儿河，饥渴得伏身饮河水，似乎有清甜之感。到家时两脚大泡，腿不会打弯，被拉上炕。她们像听"神话"似的入神，不时发出啧啧声。姥姥说人长大翅膀硬了！带子认为就该这样，拉我去那色彩斑斓的园子，说柿子黄瓜多的是，管够，大吃大嚼吧。我告诉她想回来念中学，她高兴得蹦起来，转身回屋去向姥姥报告。姥姥不相信是真的，追到园子里来证实后说：

"回来好啊！太叫人挂心啦！这么远有事也帮不上，就不知这儿的学校能不能收。能收就回来。"

第二天，她带我去镇上。先去牟寡妇那儿打听哪个中学好，得知南门外一中更好，她儿子就在那念高中。我们去一中，学校也放假了，领导去外地开会，值班的说不清。这样假期结束，我回去等信。开学后她去学校打听，学校说最好开学时来办入学手续，现在开学都半个月了，怕教学进度不一样。她后悔暑期没再来追根问底，无奈等寒假。寒假前她去学校教导处弄清开学时间，又去找校长确认如何办转学手续，这才给我发了信。可是这封信我一时没收到。

实在等急了，我就给她发了封"鸡毛信"。这方法是刚从语文课本中学的。在信封角上插个鸡毛翎，并写上"万万火急"，这样如千里驹送信，信寄得保险比千里驹还快。我幼稚地认为，转学是件大事，不能再拖，必须弄清对方是否接收。果真，三天信就到了，她得知我没收到信，就急匆匆南下来接我，担心我独自带行李闯回去不安全。上次我独自回来，她说"后怕"，我返程时，她特意进城求亲戚找铁路上的熟人，一路上关照到我下车。

正月十四晌午，她到了老姨家，当日下午我就想乘车往百里外的学校赶。人着急时头脑发热，办事无序。根本没考虑车次和行车时间，结果没赶上末班车，可又不想返回，便打听到徒步走的近路，也没想想，几十里路天黑前能否赶到，就贸然前行。夜幕降临，漆黑一片。黑暗便滋生心理恐怖，夜风轻拂田里的残叶，发出微微响声，我都以为是魑魅魍魉出没造成的，拼命朝灯光方向奔，大汗淋漓奔入个陌生村庄，在一个善心奶奶家借宿，整夜大呼小叫却不自知。第二天早上奶奶说：吓坏了，小孩子不能这么闯。这天上午赶到学校，教职工已提前上班，顺利地开了转学证明。但宿舍门打不开，只好给我的好朋友郭玉琴留下便笺，请教导处转交，她按地址给我寄行李。

当天晚上，我回到老姨家，第二天祖孙便北归，正月十八开学那天，我们准时赶到学校办了入学手续。这真是疲于奔命！我再累睡一觉便能恢复，那天夜里由于恐惧造成心跳加速，有一闪一闪的感觉，自己能听到跳声，一周后很快消失了。可星期日我回到家，姥姥还在发烧咳嗽，她说"浑身散架子了"，带子看姥姥病了，很心疼，挤对我们"死心眼，晚两天报到，不信学校不收"。其实带子说得有道理，我们实在认真得很愚蠢，这大概是天性，一辈子都难改，心里想的嘴上说的腿脚走的都是"快"，自己老了，终于"快"不动啦，可姥姥当时那把年纪"快"时，得有何等钢铁意志呀！

家，比以往任何时候都有吸引力，仿佛在弥补前几年离家的"损失"。此后，每个周六晚上，都赶夜路回来。那时的学生对学校规定，一点不打折扣。规定住宿生周六周日都上晚自习，六点半到八点半。我事先向管宿舍的人请好假，八点半下自习开始往家奔，天全黑了，我特别怕路过城郊的坟圈子，那有鬼火和觅食的野狗，我蹑手蹑脚地屏住呼吸，寒毛直竖地溜过去，然后撒腿就跑，跑累了再走。十五里，就是七千多米的长跑，很快就望见有家的村庄，有时借着月光，影影绰绰能看到她站在村头的身影。即便在漆黑的夜里，我都感到心中有盏灯壮胆，听到田里庄稼在夜风中发出的飒飒声，就只当作听它轻声歌唱。每次相逢，我都像第一次出巢觅食的雏鸟归来，使她惊喜得一扫脸上的焦急，开心地笑着、说着。星期日晚自习前，我早早地背着夕阳回到学校，钻到教室里，提前"入境"了。

没多久我知道，这所中学是省重点，教师从全国各地调入，原计划建成留苏预备校，后来办成了中学，有幸留下了这批优秀师资。其实，我从上第一节课开始，就被吸引住了。学生对新老师的课，总是存有好奇心。如果老师能钳住这种好奇，那多是一堂好课。之后学生盼着上这门课，那位老师肯定是用智慧把学生引入了知识的乐园，是位传道授业解惑的圣者。这儿的许多老师都引发我的好奇心。教语文的钟林老师使用语言的纯熟和生动，使我一时迷上了作文和写诗。教几何的刘士兴老师对教材内容滚瓜烂熟，但在某个知识点上画龙点睛，使我茅塞顿开。教地理的钟庆和老师对教学倒背如流，用发散和辐射的思维使学生走出书本大开眼界，又能出神入化地使学生咀嚼问题的内核。他们的共同点是关注学生的接受能力，以学为本。

在这样的学习氛围中，人性中的懒散、懈怠被一扫而光，有种无形的力，推你去追问和探求。至今我还记着给我授过课的老师的名字和他们的音容笑貌，他们孜孜矻矻的勤勉教风，使他们的课各领风骚精彩纷呈，个个都是名师的范儿。他们用知识铸造了学生的心灵，又用人格的光辉雕刻了学生成长的年轮。在我执教的近半个世纪里，从没离开这些榜样，如果再给我一次重新学习的机会，还想回到他们之中。

转学不久，姥姥问我这所中学如何，我告诉她：五年前往南挪，转到松完小，挪活了一次，后悔挪慢了。这回往北挪，转到一中，又挪活了一次，还是后悔挪慢了。

"能挪活，是咱的福气。"

"挪两次，你长大了很多，离念大书越来越近了！"她心满意足地说，并憧憬未来。

当年南转北转，导因是生活发生变化，只是很自然地兼顾了对学校的选择。这种变动选择，使我有了比较和新的认同；又偏偏两次都转到教学严谨的优质学校，实在太幸运了！不止如此，还潜移默化地影响了我对自己孩子教育的选择，记得当年单位分房，我不选面积大的，首先考虑的是离优质的幼儿园、小学和中学近的学区，果真受益匪浅。

10

我初中毕业，保送到本校高中。从此开始做"念大书"的梦，梦想成真，经历了艰难的考验。

上高三，按个人志愿，我被分到理科一班。只有排座位那天，我到过班上，直到高三课程结束，再也没去过。

我的双眼视力急剧下降，看字模糊不清。开始以为眼睛上火，过几天会好。后来眼睑红肿，眼角膜充血，眼球被白斑遮住，才去看医生，右眼见轻，左眼反而加重，戴上了涂药膏的眼罩。

在车仁志老师的帮助和一再催促下，我才动身去省城著名的"斯大林明明眼院"（前苏联开设的，早已撤消），专业医生诊断为左眼患虹膜炎。虹膜是眼球前含色素的环形薄膜，膜的中央是瞳孔。医生认为有失明危险，恢复很难，必先去掉白翳再进一步治疗。

这诊断令我绝望而无助，欲哭不能，如果泪水不走眼睛，我肯定大哭一场。走出医院，我打听去松花江边的方向，当地人抬手指中央大街北面，说还有不远，我知道自己被这一锤击蒙了，找不到"北"了。我的脑中乱成一团，思绪在脑中嗡嗡打转，使我冲动得想呐喊，而且看不清周围的一切，必须找个地方让自己情绪缓和下来。

乘火车几次路过江桥，巴望有一天走近江边。今天总算坐在大江的身旁，就像小时怕雷声依偎在姥姥怀里一样。虽说是慕名而来，但今日决不是来欣赏大江的壮美，是无奈中来"求救"的，就像当年姥姥觅不截肢的神医孟氏一样，求大江帮我抚平躁动不安的心，保护起飞前的青春翅膀。

松花江祖母老泪纵横，假如我的姥姥知道这不祥的诊断结果，我推想她比大江更忧伤。我终于还是没有抑制住泪水，有如四岁那年越窗追赶姥姥一样哭喊不止，把今日姥姥不该也不能承受的打击都痛快淋漓地释放给大江。深秋的江水，在瑟瑟的北风中哗哗地流淌。它的同情和理解给了我无限的勇气，它那川流不息奔腾向前的精神，给了我光明的启示："盲人"也能活得很好。瞽目史官左丘明，当代人熟知的保尔·柯察金都是榜样。

再说，残酷的命运并没给我最后的通谍，即便出现最坏的结果，我的右眼还是生命的灯。离开江边，终于下定决心，不再担心可能的恶果。

此后，我不再去看医生，只去医务室换眼罩。听天由命，充其量两眼都失去光明，还有生命，就得生活。这种精神上的阿Q自慰，帮我暂时解脱困扰。

生眼病后，好久才回家一次，借口功课忙。眼睛上戴着刺眼的眼罩，而且有四根线挂在耳上，一进家就引起她注意，问为什么，我避重就轻很随意地说："火上眼睛了，罩上，让它歇歇，过两天就摘下了。"听完我的话，她还是盯着我的眼罩嘟哝：

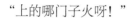
"上的哪门子火呀！"

寒假有部分高三同学住校复习，我也把宿舍当成了"避风港"。她迟迟没见我回家，便让带子去学校，我只告诉她高三生复课，没有说实话，带子回来如实报告。后来带子告诉我，她翻来覆去问的都是眼罩的事，还埋怨带子没仔细看看我的病目。

春节回家前，我试图摘下眼罩，眼睛不仅流泪怕光，而且眼皮红肿，成细缝的眼睛更是惹人注意，怕刺激她的神经，不如遮住让人舒服些。

这次我回到家，她只是不经意地扫了一下我的脸，眼神充满着疑虑，可什么都没问，也许她明白，若是问，得到的回答也是蒙她。显然她怀疑我上次回来跟她说"摘下去"的话，而且意识到问题的严重程度。

我到家的第二天，飘着清雪，天阴沉沉的，看得出她的心情与天气一样。一大早她就说带我去房深沟看中医，我的心怔营，老中医如有相同诊断，她将怎么承受得了呀，所以我推说，今个天气不好，过几天再去，并且安慰她：

"这两天犯了，才戴上眼罩。"

她听我这么说，像火柴划着了似的，噌的一下冒火了，喊带子过来：

"十多天前带子去学校，看你就戴着眼罩，一个多月前你回来时也戴着眼罩。我就是惦着你的眼睛才让她去学校看看的。"

她边说边穿上了棉袍，戴上了皮帽子，疾言厉色，像用手枪逼着我投降似的说：

"今天下暴雪也得去。一天不能耽误。眼睛，眼睛，一点肉眼看不清的灰尘都容不下，尽蒙上个罩怎么能舒服！放假有空，开学忙又看不上了。走！"

　　不容迟疑，只能遵命，跟她走入清雪中。路上她问我有什么不顺心的事，上这么大的"火"。我哪里能说清，再说能说清也不能说，我上火的事她听了更上火，祖孙连心呀。说实话，开始闹眼病时，确实有点"无名火"，正如我初中毕业前，全班同学几乎都入了团，我这个唯一的全优生，还在接受"考验"。团支书是我的莫逆之交，急得团团转，我写了几份认识地主剥削的材料，最后总算批了。那次我闹了眼病，很快就好了。这次外调我的培养人，说我的"家庭成分不好确定"，这与说"历史不清白"同样是个充满杀机的定论。我从两岁生活在姥姥家，易姓改名，土改时，我那份土地也分在姥姥家，姥家成分是贫农。但追我"根"又是地主。显然是要我经受无限期考验。这个令人上火的家庭包袱，一直背到改革开放才卸下，虽是事实，却永远"说不清"，后来也没有说清的必要了。

　　到老中医处，他望闻问切之后，给开了药方，说得先让眼球上的"火蒙"，即"白翳"下去，再慢慢来。听到大夫说这些，我终于把悬着的心放下了。从此我开始喝中药汤。离家前又去抓了药，熬成汤带到学校，不间断地喝。

　　姥姥还带我去母亲坟上烧纸祈福，求母亲保佑我眼睛快好。后来带子还偷偷告诉我，说姥姥去找瞎子给我算命，认为我这年"有坎"，为此她去土地庙并在家中灶王爷前都烧了纸，不停地向神祈祷保佑我过"坎"，可怜姥姥的心哪！多么虔诚！荒唐行为的背后，真正是慈爱的伟大动机，怎能不感动天地！怎能不消灾化难！堂吉诃德呀，还活在中国农妇中，有好顽强的生命力！

11

新学期开始，排除眼病的干扰，只顾迫在眉睫的眼前：毕业和高考。

教导处通知我：按学校守则规定，超过三分之一课没上，不能参加毕业考，上半年高三课已基本结束，我一堂课也没上。

退而无路，进也无路。通知意味着今年不能毕业也不能高考，这苦果我自己咽不下，姥姥更得焦思竭虑。有机会抓不住是人为的，没有机会不去创造也是人为的。机遇和挑战并存。我请教良师和诤友，他们都一边倒：不能违反规定；对你明年高考有利；对恢复病目更好。

可想到姥姥她从小失父母，青年丧夫老年折子的坎坷，命运的恐惧和惶惑都没有击倒她；而到了暮年她还坚守着"念书梦"，渴望梦想成真。如果这次中辍学业，或许就难有机会实现"念大书"的梦了。

所以，多大的困难，也不该搅乱实现她的梦。于是我怀着梦想，发誓毕业。彻夜不眠地问自己，如何求得校方"宽大"，何人能敢"放行"，我认定学校最高权威校长是"宽大放行"的锁钥，千思万想决心背水一战："上书"。以绝不回头的执着和自信，以能充分说服他的理由，深思熟虑后给金石校长写了一封长信，中心是"决不掉队"。

信的开头报告病目情况。然后以当年高三语文课本上《永不掉队》中的大学生高洛沃伊参加卫国战争误课"大步追上"为榜样，确信自己也"不会掉队"。之后详细陈述不肯放弃的诸多理由，特别强调外婆已到花甲之年，体弱多病，期待我"念大书"能梦想成真。同时我申请：

如校方能准予参加毕业考，我自愿放弃理科，转入文科：利用多年文科积累所长，避开补习理科课程困难之短。最后表示有充分心理准备，接受考取不理想大学的结果。

两天后，校团委书记车老师让我看信上校长的批示：同意转入文科参加毕业考试。

山重水复疑无路，柳暗花明又一村。我警示自己：这是"最后的斗争"，要用自己的汗水去筑成"新的长城"。

离毕业考有五十多天，精准利用时间，很想有钟表相助，它忠诚而严厉，一丝不苟地使自己的补课计划落实在时间里。

于是我跟姥姥说想买个小小的马蹄表，放在书包里，而她毫不犹豫地说，那太不方便，我去镇上亲戚家先给你借块手表。这么精密高档的东西，谁肯外借？我后悔跟她说了买马蹄表的想法。

只要对学习有利的事，她肯定放在心上，想办法去解决。没过几天，她去学校看我，先以忧愁的眼神扫了我可恶的眼罩，随口说"上了火，可真难退下去"，然后乐呵呵地把手伸进大襟侧面里的衣兜，掏出块黑皮带手表，说是从外孙志贤手上摘下来的，自己喃喃自语"这点面子他是能给的，从小他就不嘎"。志贤是她二姐的大孙子，小时住前后院，关系密切，长大后到镇上工作仍常来往。她当即让我戴上。又从衣兜里掏出几个煮鸡蛋，塞进我的衣袋里，"晚上看书时吃"，最后是一瓶药汤，嘱咐放在冷水中，喝时倒出点，放在热水中温了再喝。

分别时她告诉我，表每天要准时上劲。我返回教室等着铃声，第一次对了表上的时间，心满意足地开始用它。每天早晨劲

时，也同时给自己的心和脑上劲，否则，也会停步不前的。

从没像现在这样惜时如金。抓紧捡到的早起晚睡时间，以及平时人人都拥有的上课复习时间，那只能是"土"，高效使用它，才能使"土"变成"金"。所谓高效，就是在单位时间里，消化迅速，吸收量大，即提高功率。而且坚持趁热打铁，半生不熟的知识就不会有弹簧一样的抻性和连续性。那几十个日日夜夜，我几乎走火入魔了，潜力的发挥常在自己意想不到中起作用，但首先得不怕辛劳。

在争分夺秒的日子里，我不再回家。姥姥或带子每周日来给我送熬好的中药汤和"零食"。

我一直告诉她学校饭菜能吃饱，她根本不信。刮"共产风"那年头，没有什么"跃进"，生活水平是"跃退"的，在农村更厉害，她们深有体会。她们对我的补给花样翻新，多是煮熟的鸡鸭蛋，偶尔有馒头和饼，或自家炒的油面加糖，自己冲水就行了。有时她带我去亲戚家，进门就点菜点饭，所点的就是我爱吃的二米饭，小米和大米混合的，菜是小葱拌豆腐或蛋蒸椒之类的。看在她的"佛"面上，亲友都热情招待我这"小僧"，我饱餐后拂袖而走，后面的"人情"她总会找机会还的。我一怕麻烦二怕误时，可你不跟她去，她就急。有时她说让人家煮上了玉米大渣子粥，她知道这是我特喜欢又在学校吃不到的，还把从家带来的一只鸡送到那里正炖着，听她这么说真是馋涎欲滴，只好去饱口福了。

还有两次，带子起早赶到学校，送来煮好的饺子，用棉东西捂着，还有热气呢，看着我吃下去才肯回去。往返三十里路，多辛苦！她们的疼爱和体贴入微，我越拒绝，她们越来劲，真是完完全全把我放在心窝里。我除了加油学习，还能用什么回报！这种无言的关爱和鼓励，恰如给钟表上发条或打鸡血一样，促使我快马加鞭。

一个多月后毕业考试结果出来，我在文科班获得了最高成绩。这使我在精神上处于鏖战的亢奋中，生命更是处于高峰状态，虽然偶尔还隐忍而痛苦地回顾病目带给我的"损失"，但还是全力投入高考复习中。在仅剩的一个月里，她们照样准时给我送药汤和补给，一次她见我摘不下去的眼罩，忧心忡忡地说：

"眼睛还不见好，咱不考大学了，干别的总不能累成这样。"

我耐心地跟她解释，这病目与考大学没关系，十个月前就发病了。而且眼球上的翳子已经退下去了，现在戴眼罩真是为了保护它不看东西。

她听了，又看看我摘下眼罩的眼睛，脸上有了些许的放松，说：

"十二年寒窗，就差这最后一哆嗦，谁能轻易放弃呀！"

12

真是天助，高考结束，完全放下书本，我取下眼罩，眼"睛"了。我自嘲：用功学习，老天收回了惩罚我的眼罩。眼睛小得就像一条缝，但重见光明时，仍从缝隙中放射出热血中烧的光芒，几个月后眼睑才恢复常态。三十多年后老同学重逢，他们很客气地问：

"你换的那只眼睛，视力怎么样？是什么动物的眼睛跟你的这么像？"

我只能哈哈大笑。可见毕业照中，眼罩永远定格在相片中了。其实上大学报到的照片，左眼明显比右眼小，但比准考证上的大多了，所以报到时还受到了校长的质疑。

至于那"虹膜炎"，是愚医的误诊，还是姥姥坚持不懈的药汤起了作用，不得而知，好了伤疤没时间问疼了。

但这次病目的恢复，与当年她坚持不截肢的治疗，有同工异曲之妙，当年她保住了我行走的腿脚，如今又保住了我看世界的眼睛，真是功高不赏呀！

高考前我与素贞约好，考完就去勤工俭学。她家姐弟五个，生活拮据；我是为还"债"，看眼病时良师益友相助，总有内疚之感，应尽力回报，也不该再给姥姥增加负担。

早知镇上甜菜技术指导站招临时工，甜菜疙瘩当时是国家统购统销农产品，而甜菜籽的收购自然抬高了身价。指导站培训一天，我们俨然成了指导收割甜菜籽的"技术员"。

下乡前，我带着素贞回到家，她曾多次来过。我们是情同手足的好朋友，姥姥很喜欢她，我是请她帮腔来说服姥姥放行的。

果真，姥姥明确表示"咱不去"。带子也干脆说"该歇歇了"。素贞说下乡看管甜菜籽熟不熟，也就是溜达，天天看绿色大地，有利于眼睛恢复。她父亲是学医的，她也耳濡目染地懂些保健知识。

我们具体说明这次的任务是查看甜菜籽熟不熟，及时通知生产队收割。我们是出眼不出手，姥姥才勉强同意。她仔仔细细看看我的左眼，不情愿地说，"再不吃药了。"我点头表示不再吃了，素贞强调伏天喝中药汤上火，姥姥对"上火"格外敏感，便同意暂停。我用手捂上右眼，笑嘻嘻地跟姥姥说："你看，快一年没有用左眼，才变小的，这回下乡我天天瞪着眼睛看甜菜籽，回来就瞪大了。"

她无可奈何，放我们走了，嘱咐我们相互照应。可惜我和素贞各去一个大队，相距很远，没机会见面，也没办法通话，不论是晴天雨天还是阴天，必须去甜菜籽地里，徜徉在地边或地垄里，眼不离秧，从秧稍到秧叶，再到地面，可多方判断籽的成熟程度。几十亩的甜菜籽，既要远观又要近察，同一块地，由于粪肥、受光、通风和土质的细微差别，籽的成熟期也不同，只能熟一块收割一块，否则，熟籽很快会蹦出壳落地。

到乡间几天后，我给姥姥写信说明吃住情况，告诉她这活儿比事先想象的要适合我，整日用绿色治疗眼睛，想不治都躲不开。

说实话，这"工作"，对我倒像住疗养院般享受。从清晨到黄昏，沐浴在北方夏日的阳光中，尽情享受太阳赐予我"苦斗"中缺乏的光照，呼吸碧绿田野吐出的清新而轻柔的空气，洗涤久积于心肺的污垢。从没有这样静心地眺望过田野，感受田野的全部魅力。有时独坐在地头，望着无尽葱绿的庄稼，好像绿透过眼睛注入了心灵中。绿色的确是疗眼的良药，这大概是我一生都青睐绿色的原因。还有路边沟渠流水的细语，野花的飘香，四周昆虫打转的嗡嗡声及小鸟的啼鸣，令我心旷神怡地融入自然之中，像超脱尘世般飘飘欲仙。这种乡间"逍遥"，休身疗眼养性又有"意外"之收入，可谓多面丰收。当然，整个身心的舒展，把眼前的万物也都美化了。吃住在妇女主任家，她像母亲呵护自己孩子般待我，享有家的温暖，真是神仙过的日子。偶有失落感袭来的隐痛，考上理想大学的愿望完全不可能实现了，很不甘心梦的破灭。

甜菜籽收割近尾声，我拿到了录取通知书。虽把师大报在前面，但因综合性大学录取在先，也只能既来之则安之了。今后五年的学费及生活费，又要拖累姥姥不能颐养天年。面对现实，咀嚼"苦果"，去甜菜收购站结账，把该还的全还上，回家准备上学行囊。

姥姥绽开笑脸，分外高兴，沧桑的眼角，流淌着希望，深情而满足地感慨：

"熬出来了！没白挨累！"

带子笑嘻嘻地拍着大腿很心疼地说：

"可不熬出来啦，熬得又黑又瘦，一只眼睛熬得又细又小，谁吃得了这辛苦！今晚犒劳你。"带子用眼睛征询姥姥的同意。

"咱庆祝这喜事！"姥姥颤悠悠地对带子点头，眼里洋溢着喜悦。

当晚做的小鸡炖蘑菇加宽粉，这道传统过年菜，如今成了东北名菜符号。席间，她们不停地给我夹鸡块，祖孙三人，陶醉在幸福中。那种苦尽甘来的滋味，只有真正付出过的人，尝起来才甘美。

为了实现"念书梦"，她们发自肺腑对我百般呵护，至今回味起来仍让我感动得流泪。没有她们一老一小的"熬"，我怎么能有机会，有物质保障有精神支撑并充满希望地"熬"！当然她们习惯地认为念书是"苦"与"累"的"煎熬"，这是她们没有机会完全进入过"念书"状态的传统思维。要知道，"念书"本是心灵赴圣宴，必食其美餐成习，才能随时尝到"甜"与"香"的"乐"果，感受到"念书"是高档次的生命享受。

穷乡僻壤的北大荒农村孩子，当年能考上中学的都凤毛麟角，考上大学，方圆几十里也难出一个，这传闻不胫而走。她一时间成了"公众"人物，见到她的人，张口必说你外孙女考上大学"多出息"，闭口必言你老人家"劳苦功高"。她在一片赞扬声中，满面春风，忙忙碌碌为我上学作准备，几次让我给她念报到通知要求，唯恐什么事情做得不周。老妇聊发少年狂，她表示：

"从头到脚，全做新的，鞋要买现成的，城里年轻人早就不穿家做的鞋子。"

你说她守旧，可她兴奋起来，更新观念很快，硬要赶时髦。我仍坚持拆洗旧被褥，穿自己做的鞋。报到时，高年级学生看我穿的布带鞋，果真私下议论我"是从农村来的"，那又能怎么样！人人的根都在农村，而且还都是原始森林中牧人的后裔。

报到前一天，她带我去母亲坟上，向母亲报喜。我烧纸时，她很欣慰地坐下，像与久别重逢的女儿促膝谈心似的，对着坟唠嗑：

"你女儿终于出飞了，明天去省城念书，你会跟我一样为她骄傲。你的儿子，早已离开'老巢'，平安地在省城工作。带子今春结婚。招赘上门，家务事我放手不管了，终于可以喘口气歇歇了……"

我陪她多次来过母亲墓地，只有这次她没有流泪，而且喜笑颜开。

13

上大学后的烦恼不断升级，她很难帮上忙，这为我自行解决问题提供了良机。与她联系多靠书信，在无数封信中，有几封我至今记忆犹新。

给她发的第一封信，是向她报告我不再"跳系"了：

自知是病目把我误会到中文系，想改学经济，文理都能用上，找有关领导，都认为没有改系先例。

我当时的"狂想"，如果在二十世纪末，真可能变成现实。

在进退维谷时，意外收到母校金校长的信。信中说今年本校文科只有五人进入综合性大学，你误课一年考出这好成绩，是始料不及的。并说我的作文是全省仅有的几个高分，老师们为此十分欣喜，鼓励我珍惜机会再接再励。

校长的信，促使我静下心来，不再为调换专业做无用功了。

一校之长在百忙中，给一个有特殊经历的高考学生写信表示祝贺，可见他对学生成长进步的关注。他的一个"特批"，使我有机会走入大学。他的一封信，又使我安心畅游在文学海洋中，这在他是始料不及，却影响了我一生。这位教育家的胆识、气魄和风范，当年给我留下的印象，远不如我经历了人生沧桑回想起来时，在我脑海中留下的印象更深。所以五十多年后，我特意去拜访这位耋耋之年的教育家，当面致谢，他依稀还记得这件事。

还有给姥姥的一封信，是关于学习的苦恼，我推想她只能懂其中大半，我告诉她：

我是个死抠书本、啃分数的学生。用现在话说，是个典型"应试型"的。上大学前，除了教科书，没读几本课外书，更不用说文学名著了。看到"中文系学生必读书目"，我眼花缭乱，急得眼前冒金星，又开始"火"了。这次火没上眼睛，迫使我优先敲定"阅读计划"，这是个无底洞，给多少时间都填不满。又是靠日积月累的阅读，才能炼出悟性的功夫。从此我开始了阅读"长征"，拼命地追赶和补充。直到晚年，还留下无数的遗憾。

　　上大学后，我第一次清醒地认识到：教科书是有限的，与它相关的课外书是无限的。我长期在有限中自足，只是"学"，而不去"习"地读死书。有如在小水泡子里能从容靠岸。上大学是畅游在浩渺的人类文明大海中，找不到岸，但也要不懈地寻觅。还有看书，如"知人知面"，抓不住书的灵魂，就是"不知心"。看小人书能一目十行，是因阅读能力大大超过了小人书的内容；读大书常一目一行不知所云，这就不只是阅读的问题。

　　还有认识上的问题，都无法跟姥姥说清楚。我的热烈而冲动的激情，常伴随着迟钝而又混乱的思想，差不多事后才明白过来，这就是我的"幼稚症"。它是在极"左"年代，听命"驯服"和"做螺丝钉"的教育中，成了"工具"和"弱智"的盲从。但长时间我不自知。直到毕业前，才霍然警醒，之后若干年不断艰难清理。

　　真能跟姥姥说明白的，又绝对不能写信说，只能自行解决。给毕业生提前查体，意外查出肺结核。对这当头一棒，自己比五年前理智多了。不幸的是我对专治结核的雷米封和链霉素特效药过敏，又无药代替。去寻查相关资料，只能采用"食疗""运动疗"和"空气疗"，虽是撞大运，非常冒险，很难预测后果，侥幸成功的可能性也许很小，但毕竟是及时又积极的"治疗"。三个月后，结核鬼使神差地钙化吸收了，免除了我在心理上和生理上应受的折磨，生命又经历了一次淬砺，奇迹般康复了，连我的主治医生都惊讶"这真是例外"。

　　生命本能的挣扎和乐观情绪，产生了战胜疾病的正能量，但不可否认，当年姥姥不失时机地精心给予，那些舌尖上的"特贡"食品，它的潜能产生的后劲也是我战胜疾病的物质基础，包括她的爱浇灌出的精神之果，更是产生了鼓舞的力量。

毕业时如期分配。

当大学教师，是我的梦想，分配时变成了现实。

她知道后兴奋地说："教大孩子，是当了'大王'"。

"当'大王'当到最好是什么？"她既欣慰又很不满足地探求。

"是教授。"我告诉她。

"咱得当。"她果断地说。

其实她不懂什么是教授，在她心中，那仅仅是"最好"的代号而已。

"那很难，也非常遥远。"

在我回答她之前，自己还没有过争当教授的念头，认为那是高不可攀的山峰，可望而不可即。

"功到自然成！"她自信并充满期待地说。

实现了"念大书"的梦，她一点没满足，又有了新目标，这棵不老松，真是个"不倒翁"。

遗憾的是，她谢世多年，我才晋升为正教授。那年我专程回故里，去拜谒她并为她祈冥福，匍匐在坟头跟她喃喃细语很久很久……

五、舌尖上的"特贡"

1

她从镇上穿"勾勾鞋"的朝鲜族老妪口中，得知了吃狗肉的"养生经"。同年冬天在镇上她又偶遇一个老叟，牵着一群狗。当地人对朝鲜族老年人的服饰有个很俏皮的说法：艰苦朴素的小棉袄，倾家荡产的大裤裆。眼前牵狗的老叟就是这身行头。镇上有朝鲜族中学，可见朝鲜族居民不少，随时都能碰上。

她好奇地上前同老叟搭讪，得知牵着的这些狗是从居民那里买的，给狗肉馆用。他像广告人般热情地宣传：狗肉俗称"香肉"，"狗肉滚滚流，神仙站不稳"，"要吃走兽、猪肉狗肉"。人说"天上龙肉，地上驴肉"，朝鲜族却认为"天地间唯有狗肉"最香。其实她最想知道狗肉的做法和吃法，老叟边吆喝牵着的狗，边滔滔不绝地演讲。唯恐记不准他说的"天书"，她便不断重复地问。此后，她越发相信狗肉对身体的益处。

真可谓听风是雨，她立即行动，并一发不可收。在农村养条狗是很容易的事，不用花钱就能讨个狗崽，尤其是春季，村里总有几窝狗崽出生，主人极力给它们找新家。狗崽养到冬天，就长成大狗。狗的食量不大，每日给点剩饭剩菜，就拉扯大了。姥家本来常年养着看家狗，此后，每年春天都讨个狗崽，养到冬天，就像家家户户要杀"年猪"一样，姥家也杀"年狗"。对"年狗"的饲养，她格外用心，不时把豆饼烀熟加点盐，给小狗开几次"小灶"，看家大狗得不到这种待遇。而且禁止喂小狗馊了的食物，小狗噌噌地长，同自家的年猪一样，膘肥体壮。

别的日子，她记得马马虎虎，可我哪天放寒假，大约什么时候能到家，这事她一点也不含糊，天天念叨，生怕忘了。在我回家的前一天，她必求人把养了快一年的狗宰了，狗肉放在清水中浸泡一昼夜。第二天早上便开烀，唯恐我到家时吃不上熟的。

烀狗肉很费时，先用文火烧开，怕肉遇强热收缩得太快；烧开后慢慢变紧火、硬火，灶中要加些树枝或木桦子；这时要把锅中的沫子撇出去，再加辣椒之类的多种调料，唯独不加盐。之后还是用文火焖着，过两个时辰再烧一次紧火，后面就用灶膛余火焐着。真得大半天，才能烀烂了。

离别，使爱比常在一起时更强烈，所以重逢的喜悦也成正比递增。我不在她身边，她对我的惦念，发酵般增大，去辽宁那几年，她鞭长莫及。自从初二转回到镇上中学，几乎每周六夜晚她都守候在村东头，等我回来。考到省城后，我只能放假才回来，每烀狗肉时，都是我放寒假回到家这天，念中学那几年也如此。

住宿生都盼放假回家，提前几天就叨念并收拾好包裹，我更是如此。归心似箭，只要允许走，一分钟也不愿耽搁，抬腿就奔。有时甚至考最后一科时，便把回家带的包裹拿到教室，交了卷就开拔了。放假回家，竟有小孩子急着找妈妈的天真快活的感觉。到家后亲人的呵护，在心理和胃口上的享受，让我深深体会到家的巨大磁力吸引，这儿才是世界上独有的"安乐窝"。记得上大一时放寒假的前天晚上，离家半年的"游子"，兴奋得睡不着，寝室熄了灯，人人在床上辗转反侧。跟别人比，我离家算近的，坐两个多小时火车，再徒步走十五里就到了。那时乘火车不挤，全国每年只招收十万名大学生，流动人口也极少。不论是近还是远，这第一个假期，人人都风雪不误地往家奔。而我多年形成的惯性，想到寒假回家，便自然想到第一顿美餐狗肉。

家的院门，永远对游子敞开着。推门擦雪发出的咯吱吱声，那是门在向主人报告，看家的大黄狗最先颠过来，接着便听带子喊"回来了"，是向姥姥禀报。房门推开，厨房中的热气团涌出来，什么也看不清，只听带子说，她从早起就不时地朝门口望，去村东头两次了，刚进屋。进到里屋才看清带子的眼睛笑眯眯的，成了条缝。姥姥拉着我的手，上下打量，永远都说我"瘦了"，平常得真诚，带子总是很乐观地说"长高了"。其实半年没见，哪能有这么大变化。

把我推到炕头上，饭桌就摆在面前，碾好的咸盐花在桌上，这是食狗肉的佐料。食狗肉时不能吃蒜，这是"规矩"，当年只知照"规矩办"，现才知道它们是相克的食物，狗肉温补性热，"易发流动火"，大蒜熏烈助火，火与火相遇容易损人，像我这种火热阳盛体质，尤当忌之。所以食狗肉最好在寒冬。

带子把热气腾腾的狗肉汤端上一碗，说："等一会儿，把身上的凉气散去再喝。狗肉正凉着，凉点吃才有味道。"这腊月天，不怕凉得慢。我边吹边喝，闻到四溢的香味，开始饥肠辘辘了。喝下汤去，唇齿留香，又沁人心脾，好像整个人浸在温泉里一般舒坦，赶走了通体寒气。不时地舔舔咸盐花，汤的味道就更鲜香了，刚下舌尖，又上心头，在吃喝的法则里，风味重于一切。

盐花，是用大粒盐擀碎的，那时农村没有现在这么白的粉末盐，但那是纯粹的盐。不到年节，不炒菜，很少用上盐花。狗肉蘸咸盐花，是传统吃法。不备好盐，狗肉就成了世界上最难吃的东西，难怪说食物延续的历史就是盐的历史。

炸熟的狗肉，不管多大的块，都忌用刀切，只能用手顺着纹理撕成条，且不说西方的刀叉，东方的筷子此时对我也是多余的，米饭也没有入胃的空位，可见我吃得多贪了。我们虽一起吃，但带子像热情的主人待客似的，不停地给我撕肉，碰上一点脂肪，她都清除掉，还煞有介事地说有油的瘦肉才香，只有自家专为食用养的狗才能肥得流油。

看我俩吃得香，姥姥甭提多高兴了。她却没有吃狗肉的口福，一闻狗肉味就不舒服。刚开始试着吃过几次，胃立刻就有反应，现在看来，这叫食物过敏。她坐在炕梢，离我们有两米远，喜笑颜开地看着我们吃，还不时怜惜地叨咕：

"住在学校里吃大食堂，熬肯那，多吃点补上！"

"狗肉能生热，冬天吃，增温御寒壮力。你这黄毛丫头，从小身子骨就弱，走上念书这股道，熬心血耗脑筋，不补哪行！"

我们每次吃狗肉，她都不厌其烦地重复这些话。其实，面对这味道醇厚、肉嫩汤鲜、芳香四溢的美食，馋虫是挡不住的。我们不由得放开量，喝得浑身暖烘烘，吃得脸色红扑扑，这才是仙汤仙药不药而愈呢。

一大锅汤，一整条狗，除我俩美餐一顿，剩下的全冻上，放在仓房缸中。寒假里，隔三岔五就享用一次。

大学二年级冬天，我们学校出了位极左的校长，借机把我们拉到乡下，名堂是"下乡办大学"。本来在校时大学生口粮标准已由原来的三十多斤降到二十多斤，明令取消了体育活动，书记挂帅办食堂，实行"瓜菜代"。突然又被拉到贫困乡下，这里既无"瓜"也无"菜"，用什么能代替粮食！经历了"大跃进"的磨砺，又遭饥饿的恐慌。饥饿中产生"智慧"，就以玉米瓤和黄豆秸代瓜菜，昼夜用人拉磨磨碎了，加到玉米面中蒸窝头，每顿限量一个。男生饿得煮辣椒水加盐充饥。一些人开始浮肿，女生闭经。我的脸和腿肿得很明显，游动巡诊的校医院给发了五包生黄豆粉，说给浮肿的人补充营养。

每包黄豆粉，最多是五六个豆粒磨成的。充其量这五小包也就三十多个生黄豆粒，在饥不择食时，三两口就吞掉，怎么能解决这饥火烧肠的燃眉之急！真是用杯水去救燃烧的罗马城，有心无力的形式主义。

这年寒假总算提前了几天。那时，村里人一律到公社食堂吃"大锅饭"。带子每顿都把饭菜打回家，很少人吃。牲畜和家禽几乎都处理了，院里只有两只老母鸡和一条大黄狗，冷冷清清，没了昔日动物园的生机。只求活命的日子不知何时能熬出头，家中库房积蓄也得从长计划。在我还没回家时，她就同带子商定，把看家狗宰了。

我到家当天夜里，她就央人悄悄把狗宰了。后来我知道，带子摸着大黄狗，掉泪了，所以，这次狗肉带子一口也不吃。我饥肠辘辘地独享了一个假期，开学时，腿和脸的浮肿已消失，当然还吃了几副中药。这是我记忆中过得最清苦的寒假，这年也没杀年猪，连鹅也没了。之后几年又恢复了杀"年猪"和宰"年狗"的习惯。直到我参加工作，才结束了杀"年狗"的"陋习"。但狗肉大补的观念，仍扎根于记忆深处。

所以，我的女儿高考前，虽说是夏天，我还是天天起大早，到家附近狗肉馆去买第一锅狗肉汤。那时肉蛋都凭票，高营养食物十分匮乏，我确信狗肉汤能帮点忙。上个世纪末，我在望京住院几个月，知道这里鲜族人扎堆到几十万，便沿街找到几个狗肉馆，三天两头便从医院逃出来，去加餐狗肉。但始终没有吃到像姥姥烀的那么醇香的狗肉，也没有喝着她煮的那么鲜美的狗肉汤！

2

杀"年猪"时，我多赶不上放假在家。但有两样东西，哪怕不新鲜，她也一定要留着，一是猪血肠，二是猪大肠，这是我寒假的第二顿美餐。

她认为，吃啥补啥。吃猪血就是补血，吃大肠头也如此，我小时脱肛很厉害，她常让我平躺在热炕头上，说是受凉坐的病。岂不自相矛盾，既然能用热治凉，为什么还要食猪大肠！

用带子的话说，别看血肠和大肠不起眼，在我们家却是给"皇帝"的"贡品"。这两样东西带子都不喜欢吃，一嫌没有咬头，二嫌太油腻。对于补啥我并不在意，我根本不知道自己是否"缺血"，我想她也不知道，只是估摸着说的，或者因为担心希望千万不要"缺血"而已。我只记得自己小时脱肛非常受罪，但早就好了。其实，是她一定要留给我喜欢吃的东西，吃啥补啥仅仅是一种托辞而已。

想想看，新出锅的灌肠，软软的潺潺的样子，吃到嘴里那嫩嫩的鲜美淡香；刚煮好的大肠，油汪汪的，嚼起来艮艮的醇厚浓香；满嘴流油时，吃上几口脆脆的东北酸菜，再喝上两口浓淡相宜的爽爽的酸菜汤，立刻冲走了油腻，不仅满足了视觉，又会胃口大开，真是喂饱了馋虫还欲罢不能。再加上寒假中我还有机会吃上几碗纯粹的肥肉片，那真是攒足了下半年消耗的"脂肪"，成为心理和身体的依靠。

当身体储存的食物热量入不敷出时，抵抗不住病菌进攻就会生病。毕业前，我虽患了肺结核，又对治疗结核的特效药链霉素和雷米封过敏，只能用"空气疗""运动疗"和"食疗"。我别出心裁地认为食疗就是补充能量，增强抵抗力，于是在病号灶食堂小卖部每天必买一小盘纯肥肉和一盘带根的拌菠菜。这食谱今人听起来很可笑，但对我产生了神奇效应。为此与一伙伴约好一同去买，那人专门要瘦肉，小卖部师傅一见我们总是很高兴地说："挑肥拣瘦的来了。"

至今我回味吃血肠和大肠的快乐，都有垂涎欲滴的感觉。有如想起吃酸枣和杏子，口中就立刻产生津液一样，食物味道的灵性，成了神经的组成部分，溶入了肉体，这种对习惯的固守，有滋有味地保留在舌尖上。

姥姥把我喜欢吃的东西放在心上，还想方设法让我多吃。有时正赶上我放假在家，有熟人家杀年猪，她便去讨根血肠回来，理由是血肠新鲜，补血作用大，家里的血肠冻过了，冻血如冻豆腐，里面有细孔，口感有点艮，不如新鲜血肠嫩。其实，她就是想找理由让我多吃点。我再三说这次吃足了，她却认为过日子总要互通有无的，等咱杀猪时再回送两根。带子劝我，用不着不好意思，咱杀猪她肯定加倍还这份人情，人敬她一尺，她准还人一丈，一向是穷不失义。

几年前我回故里，老弟找个"东北杀猪菜"饭店，到这儿品血肠滋味，边吃边回忆当年在姥姥身边饱口福的情形，无限感慨她那时的悉心呵护！我写上面这段文字时，因垂涎美味，心血来潮地去附近菜市场寻觅，到处都有血豆腐，我不屑一顾，只精选了一根大肠，自得其乐，重温美梦，既没切出大肠当年的艮劲，也没品出醇厚香味，仔细想想，用饲料催生的猪，代代相传，猪肉已有名无实了。所以，只能在失去的满足中自我陶醉，回味她的那片爱心了。

她知道，我很喜欢吃黏食。年前家家淘米，包豆包冻上，一直吃到出正月。一般人家都淘小黄米，可姥家年年淘大黄米，因为我和带子都认为小黄米黏度不够。包豆包，带子喜欢吃大馅的，我喜欢吃小馅的或没豆馅的，所以她一定要蒸年糕，还留下些面，烙无馅黏饼子。一个寒假，几乎天天都能吃到黏食。她的进补原则还有：

"在学校住宿吃不到的，在家补上，还尽量多吃。"而且她有个更重要的进补推论：

"喜欢吃的东西，你身上肯定缺。什么东西吃够了，不想吃，那你身体就不缺。"

说实话，正赶上国民经济困难时期，多种食品都凭票供应，怎么能有"吃够了"的时候！

记得那年暑期的晌午，她两手捧着个大碗，用布蒙着，从外面回来，还没走到屋就招呼我：

"大黄米豆包，来吃吧！还热乎呢！"

烈日当空，她脸上汗津津的。等我找来毛巾，她已把汗擦到自己衣襟上了。我回头又去倒水，她一饮而尽。夏天，农村很少有人家淘黏米，只有大户人家才淘米。这碗豆包是从小西屯亲戚家要的，她说问磨坊老头，碰巧知道外孙女家淘米。冬天放假回来天天吃黏食，大热天挨这样累，令人心疼的感动已经塞满胃口，怎么能吃下去这豆包。我一直捂在手里，不肯吃。过了几天才知道，是我和带子几天前侃大山，信口说大黄米多么筋道，她在一旁听到了。说者无心，听者却挂在心上。

经验告诉我，在她面前不要轻易说什么东西好吃。还有你同她一起吃东西时，也禁说这东西好吃，她听了准说自己不喜欢吃，唯恐你吃少了。你给她买吃的，她怕花钱，也常说自己不爱吃。这是爱的谎言，生活拮据时更是如此。她对自己吝啬，但对我们却很大度，对别人家的孩子也手松，给她买的蛋糕，她舍不得吃，多给来串门的孩子了。

3

寒假结束，我脑满肠肥昏昏然回到学校。临走时她再三嘱咐：馋了，就回家来。她与现在的学生家长一样，认为学校的饭菜不可口。其实，学校食堂既规律，又比农村家中平时饭菜多变。那些年家里生活拮据，冬日多以咸菜大酱为副食，很清苦。至于我放假回来肥吃肥喝，是她们把我当"贵宾"，给予很特殊待遇而已。

到暑期，她又早早地开始准备，那时农村除过年外，平时很

难见到肉，那禽蛋就成上等“贡品”了。

至今我仍查不出，喝生鸡蛋，是谁发明的“专利”。这一招肯定流行过，不然现在饮食科普书里为什么强调不要喝生鸡蛋呢。当年，她给我立下“规矩”：从暑期到家第一天，到开学离家最后那天，每日喝一个生鲜蛋。十来个暑期，同十来个寒假食狗肉一样，从没中断过喝鲜蛋。除此，日日再吃个“蒸蛋椒”，这是对我最好的奢侈品。

一般说，家中养几十只鸡，喝一个蛋不难。但放假时正赶上三伏天，下蛋鸡不仅三九天歇，三伏天也歇，但总有几个不歇的。她对这样的鸡了如指掌，不时地给它们加餐加料，生怕“住窝”不下蛋。每天早晨打开鸡架时，总要给这几只鸡摸蛋，并能估摸出在上午或下午下。有时不巧，能下蛋的几只鸡同时间休，她便拿着往日的蛋，去邻家换个当日当时的。

鸡下蛋的窝像倒下的坛子，两头有口，放在高处，很容易看到，即便不及时把蛋收起来，也不会被猪狗给吃了。再说鸡一下蛋，便立刻从窝里跳出来，飞到地上嘎嘎大叫，憋红了的鸡冠子还没恢复原色，它通过叫声急忙向主人炫耀“下蛋了”，边叫边拍着翅膀，放松情绪，恢复平静，如人坐久站起来伸胳膊蹽腿一样。她听到叫声，赶忙到鸡窝前，掏出热乎乎的蛋，回屋用水冲洗，然后两手焐着，怕蛋的温度下降，喊我：

“快来喝！”

我曾明确表示生蛋太腥，不想喝，而且以子之矛攻子之盾地辩驳：你不是说喜欢吃的东西，是身体缺；我现在不喜欢喝生蛋，说明我体内不缺。可她反诘：

“你不是喜欢吃熟鸡蛋吗！那就说明你身体需要蛋。生蛋是有点腥，但苦口良药，养身壮力。"接着打个唉声，又开始絮叨：

"这夏天，除了鸡蛋，没啥能给你补补，在学校苦磨干修地念书，耗心血。可不能把书念成了，病也坐成了。"

她常叨咕外地远方亲戚，家中出个上大学的，没念到毕业，生病走了，传出是念书特别用功累的。这几乎成了警钟，或许是她利用所有假期竭力给我进补的动因，当然还有她不愿说的伤心理由，就是她一生所有的不幸，都与亲人过早病故有关，所以她把呵护我们身体健康看成是天大的事。每到寒暑假，给予我舌尖上的"特贡"，都是她深思熟虑后作出的决定，是不能不执行的决定。她也从不鼓励我"用功"念书，是她知道我很"用功"了，还是她对用功心有余悸呢！显然是后者。

我一点都不能同她耍赖，只有硬着头皮接过来喝。她用锥子在蛋的小头扎了个孔，还没等她说出"趁热乎，快点喝"，我闭着眼睛，尽量让自己品不出味道的瞬间，就使劲地把一个蛋吸进胃里。说心里话，只要我听到她说上面那句话，立刻有恶心要吐的感觉，有如听到华老栓劝儿子吃人血馒头的声音响在耳畔。在她面前我必须遵命，不使她操心，更不想听她磨叨。之后的每个暑期，我都习以为常，变得很乖，一点不让她费心这事，自己掏蛋洗蛋，一闭眼便入腹了。但她有哪天不在家，还是提醒我不要忘了，说明她在家时，对我何时喝蛋是很留意的。

年复一年，十来个暑假，我就这么喝生鲜蛋过来。今日说，"生蛋蛋白质不易消化吸收，喝蛋难免有病原体侵入，导致生物素缺乏"。当时虽说不清喝它的效果，可也没有明显副作用和不良反应。何况当年是以纯粮和蔬菜散养的鸡，鸡蛋是高品质的；再说自己当年血气方刚，火力很旺，吸收消化能力也强，该没落下什么毛病。即便完全不看喝生蛋的效果，只看她动机的虔诚，不是远胜过堂吉诃德吗？今日可以弃掉喝生鲜蛋的方式，但我决不能否定她对生命的呵护。何况谁又能说清，不同品质的鲜蛋，在不同的条件下，能神奇地转化为身体的能量，帮我闯过道道疾病难关！

另外，暑期中，我每日还吃个熟蛋。是她对"念书人"的"加餐"。做法简单，把蛋打碎稍加点水搅拌，再掺入切碎的小辣椒葱段和大酱，上锅蒸。带子做饭时，顺便放在蒸饭锅上。因为我一再推辞，带子干脆给我提前开饭。这道小菜很下饭。至今已成了我的私房菜，每有食欲不振，我便自制这碗"蒸蛋椒"，配上小米干饭便胃口大开。每食这道小菜，我都像回到那个农家院的茅草屋里，听到亲人重复的故事，忘了自己吃的是什么。

4

夏日，大地母亲还赐予很多美食。她样样不落下，让我早早尝鲜，唯恐开学走了吃不着或吃不足。

尤其在省城念书那五年，她特别较真，因为平时我不回来，只有放假期间在家。她知道我喜欢吃香瓜和菇娘，但多在暑期结束前几天，才可能熟。她看自家园子里的还没熟，就留意门前路过赶市场的挑夫，卖香瓜的极容易发现，篮子里摆着的瓜，多用瓜叶遮着，很显眼。卖菇娘的多是挎着筐，小户人家种得不多，抢先提到市场上能卖个好价钱。

她一大早到院门口，准能买到这两样鲜货。经验告诉她，赶集市就是要起大早，早点儿到院门口瞄着，准能碰上卖主。卖主半路卖了减轻负担，何乐而不为。吃着碗里的，还要盯着锅里的，自家园子里种的香瓜和菇娘如见黄了，决逃不过带子的眼睛，她乐颠颠地把香瓜捧回来，喊我快尝鲜，自己地里产的，总觉得最甜。带子总是很遗憾地说："再有七八天就饟喷儿了，多的是，可那时你回到学校了，我天天不吃饭也吃不完。"所以，刚熟的几个瓜，她一口也不吃，让急了，她也只尝一口而已。

她还告诉我，瓜地哪旮旯儿有大瓜，一两天内准熟，让我盯着点，已用瓜叶盖上，怕惹眼丢了。返校前几天，我每天都吃很少的饭，那才真正是"瓜代饭"呢。在带子指点下，我学会了挑选真熟了的香瓜。到瓜地，先目测，寻找鲜亮大瓜，阳面微黄，瓜顶甚至有小裂痕，又叫笑痏，用手弹几下，听声空而不闷。再闻瓜顶的味道，如闻到香味，就用手轻轻碰碰瓜蒂，一碰"掉蛋了"，瓜熟蒂落。捎发黄的瓜叶擦瓜的背面，即瓜与土相依的阴面，之后把整个瓜往衣服上蹭几下，就可享用了。拇指在瓜中腰划一下，一拳下去，喀嚓一声，裂开了，干子干瓤，冒出扑鼻的香气，裂开的横断面，闪着面沙。这又脆又面又甜的瓜，入口后水灵灵地爽。常言，这样吃瓜才叫接地气，脚踏在土地上，刚从地上摘的瓜，带着土香就入胃了。

返校前两日，我几乎泡在园里。东看看，西找找，能入口的鲜货很多，从柿子秧下不经意间发现红透黄透的毛柿子，瞬间就能入口。到玉米豆角地里，寻棵黑天天，把嘴巴吃成紫色，又折几根甜秆坐在地垄上嚼嚼，吃到十二分饱才不得不回屋。这些食物都很清爽，但暗含着的精神层面的灵气，还有毫无造作的粗犷食用方式，形成了北方人的大方和对自然的信赖。

离开故园半个多世纪了，无数次梦回"百鲜园"，梦见金灿灿的香瓜。当年带子叫我"瓜痴"，可谓名副其实。故乡的亲人，虽都住城里，知道我吃瓜有"瘾"，至今只要在夏季回故里，亲人们准备迎接我的第一件事，就是提前去早市选最好的香瓜。而我到了他们身边，吃的第一口东西，肯定是香瓜，接着是黄菇娘。从小吃惯的东西，有如种子留在体内生根一样，什么时候想起来，都是有趣的故事，即便眼前不存在这种食物，也像过年一样让我身心愉悦。

一般说，黄菇娘比鲜瓜熟得晚点，姥姥为了让我多吃几天，竟违农时，提前十几天在园中播种。她认为如果真的不出苗，那就再撒一次种子，也搭不上啥，就是费点事。天随人意，苗钻出了地面，她喜出望外地告诉带子，今年黄菇娘能早熟十来天。顺乎爱心，天亦有情。我一放假她就告诉我，今年菇娘能早熟，让我常盯着点。

我吃菇娘，从不摘回家，也不从秧上摘，是坐在菇娘地里品味，比吃鲜瓜还实实在在地接地气。菇娘秧子大约有半人高，垄与垄之间的枝叶像连理树似的相接相交，形成天然的伞，遮着午日当空的阳光。就像坐在树阴下乘凉似的，坐在垄沟里，用手轻轻晃动菇娘秧主干，熟了的果实自然落下，因为果实如葡萄粒大小，又有皮包着，落到地上很轻。就是不晃秧子，熟透了的，也会自然落地。就地取货，就地扒皮，就地饱口福。微黄的皮里包着晶莹的果实，很像一颗琥珀球，清脆果皮中包着柔软的籽瓤，淡甜中有点酸。如果摘下捂上几日就特别甜了。

吃光了眼前落下的，往前移动半步，再晃，再吃，吃饱了，也吃醉了，便飘飘欲仙般离开。

只要通风良好，菇娘能放很长时间。前些年我回故里，老弟给我带一箱回来，每天扒拉来扒拉去，都能挑出几个熟透的，两个多月才吃尽。近些年北京的水果摊上也有了菇娘，虽然没那么鲜，吃上几个，总能引起对故里"百菜园"的美好回味，引起对亲人的感恩和缅怀，这也算知足了。

整个暑假，我都生活在亲人的呵护和完全无污染的自然环境中。脚踏在泥土地上，与院中的动物、园中的植物亲密与共，喝着刚从井里提出的水，饱享有机绿色食物，呼吸着清爽的空气，暑期五十多天，全身的细胞更新了大半，又投入了新学期的紧张生活中。

民以食为天。她以"食补"为本，以"食补"为爱。她的爱看似是物质的，更是精神的。对于人，物的质量是决定自然生命质量的要素，也是决定精神生命的基础。食物转化成灵性，使精神的爱在物质生命中得以延续和发酵，转化成巨大的能量，所以，人有了健康的体魄和旺盛的生命力，才可能使"最初的人"，在生命长河里，一次次战胜疾病。

能有多少人，在那样的年代、环境和物质匮乏的条件下，像她那样穷心尽力地给予"最初的人"以最大的生命关注！奠下走向终极的最坚实的第一步，这样的厚爱，不论贫穷还是富有，所有伟大的母亲都将世代重复着！

六、珍稀的"纪念物"

1

正月初八，我收拾箱子，准备返校上班。祖孙正聊着，她忽然蹭下炕，从柜子里掏出个鼓鼓的蓝布大包，拥在怀里，转身抱到我跟前，若有所思地看着我。

"把这个包带走吧！"她说话语气坚定，然后又补充：

"这是姥姥送给你的纪念物。"

我从她手里接过包袱的瞬间，感觉大包袱又轻又软，像棉絮物或羽毛一类东西。但"纪念物"三个字，掷地有声，大包袱变得雪亮而沉重。没等我问，她很体恤地说：

"这个大毛口袋里，装的是纯鹅绒。差不多六斤重。鹅绒隔凉隔热，什么时候都用得着。"

住宿多年，我只知铺厚点舒服，从没在意过鹅绒垫子与鸡鸭毛有啥区别。印象中，家禽的翅膀和尾部的大羽翎虽好玩，但梗太粗不能入垫子，其他部位的羽毛，鹅鸡鸭的毛都一样。

她说上面那番话时，那疼爱的眼神里有几分忧郁，接着她似乎用眼神在絮叨：

"你呀，这辈子回不来了，不能睡火炕了，睡板床用得着这毛口袋。"

我知道，今年毕业分配，没能回到她身边工作，她耿耿于怀，这个假期每说起上班地点，她总是郁郁寡欢，心中有话欲说还休。她怕我推辞，立刻很认真地解释：

"我这还有个杂毛的，以后再积攒点，也装个厚点的，万一火炕烧得不热，铺上就顶用。"

听了她这一连串的话，我顿时觉得抱着的包袱如暖烘烘的火炉，像小时冬天蜷缩在她怀里，驱散了满身的凉气。

她怕我携带不方便，重新打包，展开两米长的口袋，对折成一尺多宽的长条，从一头开始卷，让我用力慢卷，压出口袋里的空气，最后卷成很实的小包，用绳捆紧。她随手掂掇一下，"哼"了一声："这回带着方便了。"同时又叮嘱，"回去就铺在褥子下面。"

"想藏起来还没地方呢。"我答应着，把包塞入箱子。

回到宿舍，趁口袋还没暄起来就铺上了，床铺又厚又软，偏巧春节后集体供暖已烧得不太热，我的床又是靠阴面房间的西北角，两面是冷苦墙，小北风一旦袭来，室内温度就骤降。铺上鹅绒口袋，如进了"暖乐窝"，有种寒冬睡在热炕头上的感觉。暖气停后，我干脆把毛口袋移到褥子上面，如钻进羽绒睡袋里般享受。

我特意写信告诉她，毛口袋帮了大忙，停暖气后最有用。

小时记忆中，姥家的小院，像个动物园，牛马猪羊猫狗鸡鸭鹅，样样都有。家禽中，鹅的身躯硕大，全身洁白的羽毛，高扬着头，步态优雅，风度翩翩。陌生人一旦进院，它最先连声嘎嘎大叫，通报主人"来外人了"，如果陌生人对它大不敬，它还敢扑过来，用那橘黄色的扁平喙啄对方，完全失去了绅士风度。

鹅的食量很大，人们称它为"大牲口"，许多人家舍不得用饲料养它，说宁养五只鸡不养一只鹅。六○年困难时期，姥家也曾断过档，一只鹅也不养了。后来她说细水长流，就养两只。她表面上说，多养一只鹅多个看门的，逢年过节还能换换口味，其实她心中早有个美妙的梦想，就是积攒鹅绒，连年不断地积少成多。她梦想要装个厚厚的口袋，还远没有达到目的时，是决不会半途而废的。

的确，我们小时候家境贫困，杀不起年猪。但我们比安徒生童话中卖火柴的小女孩幸运多了，过年时总能吃上外祖母的大炖鹅，只是不习惯用烤熟的办法罢了。

姥家的雏鹅，都是老母鸡代劳孵出的，又是她亲手喂大，春节前宰的鹅，多是当年生的公鹅和老得不爱下蛋的母鹅。每次宰鹅，都是她亲手捋鹅毛，精挑细选，三六九等地分开放，她熟悉鹅身上哪个部位的绒毛最好，从不放心让我们干这活。

据说一只鹅身上，顶多能拔二两极品绒毛。她给我攒的这个毛口袋，拔了三十六只鹅的绒毛，积攒了十几年。真是未雨绸缪，放长线钓上的大鱼呀！

那天她最后一番话，让我忧心殷殷，她脸色怏怏不乐地低声道："这毛口袋，够你用一辈子了，看着它，就想起姥姥。"

她的话，像忧伤的音符，使我的心酸酸的，有种悲凉传遍全身。大概不想听亲人说身后的话，或因太年轻，离生命终点遥遥无期。仔细算算，给我毛口袋时，她早过七旬。人活七十古来稀。趁自己明白清醒，安排身后的事理所当然。如今我奔八旬，感同身受，终于明白了她那时的初衷。如今叨咕"晚上脱了鞋早上就不一定再穿"这样的话，外孙听了又塞耳又拍桌地当即截断话头。

两个女儿上大学时，我把毛口袋一分为二，她们分享了太姥的温暖。后来生活条件好了不需要了，我就拿回来，不论床垫多厚，我还是把毛口袋铺在床被下，夜夜睡在上面，收拾床时，看看它，摸摸它，扫扫它，有时晒晒它，就像小时在她身旁一样亲切温暖，并时不时想起她捋鹅绒时的情景。

拔鹅绒是很辛苦的活，要捂上嘴，用巾子把头包上。鹅绒到处飞，飞到脸上眉上和身上。拔下的羽绒，装入质地紧密的布口袋里，用开水冲洗，放在通风地方晒干，然后用小棍轻轻拍打，才能使羽绒恢复原貌。冲洗主要是消毒去味，其实鹅毛与鸡鸭毛大不相同，不仅绒质上乘，而且没有腥味，如今市场上，鸡鸭毛百十元一斤，鹅绒是鸡鸭绒的近三倍价格。我很奇怪，当时她那么有眼力识货，是靠感觉还是靠经验呢，鸡鸭毛遍地都有，极容易积攒，而她锲而不舍长达十几年，打定主意，要给我留下件质量最好的鹅绒"纪念物"，替她伴我睡，伴我醒，伴我思，给我温暖，延续她对我爱的呵护。这是她用心血一笔一画写下的"留言"。我敢说，当今没有哪件品牌羽绒服里，能有这么珍贵、纯粹和原生态的羽绒，它虽不是银狐雪貂，却无价可求。

何况每片羽绒上，都有她的指纹印迹，都挟着她和家的味道，浸着她的汗滴，见证她的辛劳。所以，它散发出的热能，也会注入我生命的血液中，它那柔软舒适的感觉，在我心灰意冷时，能抚慰我的心灵，恢复对生活的希望。

它质朴无华，在人类的"纪念物"中，它既普通却又独一无二，它很软也很暖，它很轻又很重。

2

姥姥从自己衣兜里掏出个小物件，攥在手里。看来是刚才拿鹅绒口袋时一并拿出来的。她的手心自然朝内，如同使用这小物件时一样的姿势，祖孙俩的眼神不约而同凝固在小物件上。她有几分矜持，似乎看透了我内心的不解；但没有踟蹰不前，尽心说服我：

"这个也送给你作纪念吧！以后用得上。别看它旧，磨出来的才好用，若是新的没这么光滑。"

我接到手中，但内心踌躇，用它的时代已经过去了，何时能派上用场，只能是未知。我正迟疑时，她又猫腰从柜里捧出两大轴麻绳：

"求仔细人给你纺的。没妈，没人替你想着。"

她这话使我像被针刺了一下，猛省过来，中断了我心中的疑虑，她如此煞费苦心地琢磨出这配套可用的"纪念物"，深深地打动着我，虽在惭愧中接受了物件，但当时并没有真正理解她的苦心。

几年后，经历了生活的煎熬，才认识了这物件的难能可贵。这是谁都想不到的"纪念物"，在手工鞋匠那里是个宝，没有它寸步难行，在劳动妇女的针线盒里也不可或缺。但作为"纪念物"可谓独一无二，过去现在将来都不可能重复。只有像她那种生活处境，又毕生辛劳的人，只有像她把刻骨铭心的爱化作体贴入微的行动，才能用心良苦地替后人想到，用这普通的物件承载她的爱，留作永恒的纪念。

它，是一把纳鞋底的锥子。

这把锥子是铁做的，银灰色。形状很像刚出生的小蝌蚪，只是比蝌蚪大得多。纳底锥子也有铜质的木质的，形状大同小异。如果加上针长，整体约十多厘米。锥体包括锥柄和锥把两部分。锥柄椭圆形，像蝌蚪身躯，内孔也是椭圆形，靠食指后的三个指头攥在手心里，与捏着锥把的拇指食指合力，才使针尖有穿透力。锥把如蝌蚪的长尾巴，由相同的两个半圆实体合成，实际是椭圆形锥柄自然延伸逐渐变细，半圆体合成后有缝隙，缝隙或紧或松有弹性。半圆体合成的圆心有细孔，锥针才能插入其中，为使针固定在孔内，针插入孔前缠上线加湿，使其变涩乃至日后生锈，同时必在圆柱锥把外套上铁箍并靠实，紧紧束住锥把上的缝隙，才能自如地往鞋底上扎眼，从而穿针引绳。

小小的锥把，虽不是稀罕物，可它已有百岁。是姥姥出嫁时从娘家带出来的物件。她的母亲用过，她与姐姐用过，她的女儿用过，我母亲出嫁前肯定用过，我也用过。从上小学起，我就开始自己做鞋。

我工作的那年代，城里年轻人几乎不穿家做的布鞋，已从穿回力球鞋进化到皮鞋。但"文革"中出生的孩子，处于混乱时期，偶尔在商店见到童鞋，品牌款式单一，号码不全，难选到合适的；再说像我们那个阶层，也舍不得花钱买童鞋。所以，两个女儿直到上小学前，冬天的棉鞋，都是自己做，在冰天雪地的东北，穿胶底鞋很滑，也不保暖。

在无数个不眠夜晚的灯下，一针针地锥，一线线地拉，千针万线地纳，多亏这把锥子和纺好的麻绳。孩子脚上鞋，母亲手中线，没有锥和绳，哪有针线穿。

这种小商品，在那个"宁要社会主义草，也不要资本主义苗"的年代，小商小贩被追得丢盔卸甲，真不知去哪能买到锥子和麻绳。传说一位经济学家，想买擀面杖、指甲刀和掏耳勺，跑遍了大商场也没买到，最后在小摊贩那儿买到了。同事见我午休在办公室纳鞋底，常来借锥子，我总要说这锥子的来历，她们打趣地说姥姥神掐妙算，知道咱今天买不到锥子，老早给准备好了"传家宝"。

她还准备了充足的纳底绳，这种细麻绳，在农村都是手工用纺锤打的。农村女孩从小就学着纺绳，就如从前产棉花地域的女孩从小会纺线织布一样。我很小的时候就学会打麻捻，但我没学会纺绳。她求人打的两大轴细麻绳，纺得很匀，看来是"深加工"的。当然再好的麻绳，用时也要用潮湿布顺茬撸几次，撸下毛刺，很滑润时，拉起来更省力。

而且纺麻绳前，要作很烦琐的准备。春种麻籽，秋收麻籽果实榨油，收了麻籽果实之后，才能将麻籽秸秆割下，泡在水沟里沤，沤透了，扒下秸秆的皮，这就是麻坯子，晒干后用粗齿梳子梳理，使麻坯变得柔软光滑，把它吊到高处，再一根根抽出来，做成麻捻卷起来，麻捻儿的顶端要捻得很尖，才能使绳纺匀。这些琐碎的程序，一点都不能马虎，而且都是她亲手操作的。

至今，我还保留着一轴麻绳，虽说不纳鞋底了，也舍不得干别的用。这麻绳里何止浸着她劳动的汗水，还保留着她那慈爱心肠的温度。随便乱用，岂不辜负了她的好意。

锥把和麻绳，至今静静地躺在针线盒里，那轴麻绳像个橄榄球睡着了，因为锥子休息了，它们都像陈列在博物馆般沉默不语，是本合着的书，书中保留着爱的记忆。

3

姥姥又把手伸进衣兜，掏出个不方不圆的小铁块，棱角不规则，疙疙瘩瘩的有点硌手，不到两厘米，很像小圆饼上掉下来的碎块。后来她告诉我是很多年前从铁工厂师傅那儿要的。

小铁块捏在拇指和食指间，她边让我看边说它的用处：

"等你老了，拿针的手不稳，纫针的手抖，针掉在地上；那时眼也花了，容易找不到针；就是明明看着它，像拔扎在手上的毛刺一样，捡起来也费劲。"

我听她说这些话，真是一头雾水。那时我才二十多岁，"老了"对我是遥遥无期的事情；根本不懂"人老眼花"是怎么回事，也难理解手抖。所以我曾愚蠢地嘲笑过电影里老太太纫针的镜头，看她手举得很高，离眼睛又远，很奇怪地笑"干吗这么假模假式的"，以为那是哗众取宠，纫针时不是离眼睛越近看得越清吗？至于我手中针掉了，手急眼快捡起来，有什么麻烦！所以听她的话懵懵懂懂，甚至兴致索然，根本不懂她手里的小铁块与我"老了"的关系。她看出我满脸疑云，又不辞烦劳慈爱地劝说：

"别小看这铁块，因为有磁性，就有眼有手，能帮你找到掉在地上的针，轻而易举地捡起来。"

她的这番话，虽使我恍然大悟，相信了眼前小铁块的神奇，并与将来的生活"休戚相关"，但从心理上，我仍觉遥不可及。只因是她给我的，我该好好收藏起来。

她把小磁铁小心翼翼放到我手心上，接着还不厌其烦地为小磁铁"树碑立传"：

　　"你小时，就像我身边的小磁铁，做针线活针掉了，你眼尖手快，帮我捡起来。你长大上学了，很少在我身边，这小磁铁代替你，给我捡针，老花镜帮助我纫线。"

　　好像还有很多话没说，她长长地出口气，打了个唉声，眼神中流露出几分忧伤。我的心也很酸楚，便攥着小磁铁认真地对她说："一定保管好。"说着拿手帕想包缠，而且心中释然道，"总有一天，我老了，手抖眼花，小磁铁就会派上用场，就会想到姥姥在眼前帮我。"

　　她的泪珠簌簌地往下流，万分遗憾地感叹："我若能帮你就好了！就算它代替我吧！"

　　我知道，说不可能实现的事，是很悲哀和感伤的。我极力岔开这个话题，去找针线笸箩，从线团上拔出几根针扔在地上，拿着小磁铁晃来晃去，全吸上来了给她看。她终于化涕为笑说："灵吧？"但我心里仍很愧疚，悔恨刚才那睹物思人的话有些失慎。

　　小磁铁一直在我针线盒里，与线团、顶针、剪子和锥子为邻。终于有一天派上了用场。可那时我仍很年轻。"文革"中物资匮乏，逍遥的人中悄悄兴起刺绣之风，我也卷入其中，绣起了桌布枕套之类的饰物。那细小的绣花针，须要小姐的尖尖十指才能使唤，我这又粗又钝的手指，面对放在桌子上或掉在地上的绣花针，越使劲越拿不起来。小小磁铁，比我的手指灵活多了，嗖一下就替我拿起来。

　　搬家时，清理针线盒，小磁铁安然无恙。甚至赴前苏联莫斯科大学执教时，我也习惯地带了个小小"针线包"，小磁铁同顶针小剪刀一样，都塞在包底下。那时我的眼睛已经花了，花镜随身带。在国外几个漫长的假期里，我手工缝制了好几套衣服，每每针掉了，都是小磁铁帮我捡起来。回国前人们尽量减少负担，我也把针线包扔了，但小磁铁却珍藏到首饰盒里带回国。虽说早有了缝纫机，不久缝纫机也"退休"了，但很多零活还得动针穿线，自然能用上小磁铁。

遗憾的是，外孙在两三岁时，发现我针线盒中这有趣的小玩物，记不清是哪次玩丢了。说心里话，丢了金项坠也没这么可惜和上火，恨自己没保护好，对不住姥姥那片心意，很懊恼和郁闷。

几年前，我去美国大峡谷旅游路上停车小憩，大家涌入商店，意想不到这店里卖磁铁块。游客中的小朋友站在木桶前玩，引起我注意，黑灰色的磁铁亮晶晶的，每块约一两厘米的实体，形状不太规则，但表面非常光滑，棱角很钝，适于孩子玩，随便拿起一块，就留下吸上个长串，有趣极了。出售方法很原始：桶旁准备好小布袋，有手机套大小，紫色绒布制作的，口上有拉绳。口袋装满磁铁块，拉紧袋口的绳子，交五美元。我专挑小块的往口袋里塞，塞得袋口都拉不严了。付款时收银小姐笑着用英文说："你真聪明，装得最多。"我不管她是讽刺还是挖苦，一心多装点回来给外孙玩。

而且我确信，一定能从中选到块相似的，弥补失去的那块。果然挑中了块棱角极不规则的，淡然地放到针线盒里，虽然同样能灵敏地寻到针，但对我而言它是赝品，失去的那块是不可复制的奇珍异宝。

针掉了捡起来，是名副其实的"针鼻"大的小事，但却是所有劳作女性生活历程中都可能遇到的小麻烦，尤其是到了老年，能智慧地解决小麻烦，对于老年人就是一种大快乐。

　　我还年轻时，她唯恐这小麻烦将来给我带来不爽，也唯恐自己再没有机会给我这快乐的"法宝"，便提前二十多年，把解决小烦恼的"钥匙"亲自交到我手上。这是多么贴心的爱呀！

　　这块小小的吸铁石，它蕴含着爱的磁场，无形微妙却天长地久。

　　一次，我与老朋友说起小磁铁，她说自己儿子见她焦急地寻找掉在床单上的缝针，给拿回块小磁铁。一个儿子竟如此细心地关爱老母，我当年不仅一点没有意识到要帮姥姥解决这小麻烦，反而当她为我几十年后准备了解除小麻烦的磁铁时，却还愚钝地不理解，这是多么巨大的反差，真是"人比人得死"，我怎能不自责！

　　姥姥给我的"纪念物"，简朴又实用，普通又奇妙。亲人虽早已逝去，可"纪念物"承载的爱在延续。

　　物可朽，爱不朽！

七、她夙夜忧虑

1

夏日午后，带子从生产队部走出来，心灰意冷又满腹狐疑，进家门脱口说出：

"咱镇上也起红卫兵了。"

姥姥听"镇上"二字，茫然不解，有种"兵临城下"的感觉，毕竟镇离自己村才十几里路，她立即问带子：

"前些天，广播喇叭说红卫兵在北京，跑咱家门口来干啥？"当时生产队设有线广播，常用它向社员广播公社大队通知，有时也转播新闻，广播喇叭就悬挂在姥姥房前的电线杆高处。

带子跟她解释：是咱镇上的中学生，还有师范校的，自己成立的红卫兵组织。她茫然地追问：

"红卫兵组织管啥？"

"造反！管学校的领导和老师！"带子还说了红卫兵写大字报和开批斗会的事。她听了这些话，很惊讶地"啊"了一声。带子越说越生气，满腹牢骚，甚至骂咧咧地说：

　　"这成什么体统！把老猫（指老师）都弄得'靠边站'了，耗子（指学生）当家，闹到房顶上去了。真是猫儿得势凶如虎。开批斗会，对校长和老师还拳打脚踢的。黄嘴丫子没蜕的毛孩子，吃了豹子胆，这不是造孽吗！当老师有罪，我这认几个字的文盲倒安生了。"

　　她听了带子这长篇大论后，若有所思地嘟哝：

　　"可也是，被打成右派的，全是有文化的，没一个文盲是右派。看来文盲的日子好过呀。"

　　带子发议论时，她是竖着耳朵听，还认真地问，不像前些天，听露天大喇叭广播，有一搭无一搭不在意，该干啥还干啥。这回是说者"无意"，听者入心。

　　后来带子告诉我，在生产队听说"省城比镇上闹得凶多了"，"我一句没露"。因为心里憋得慌，担心在省城当老师的我，担心镇上当老师的姐姐，促使带子回家指桑骂槐。哪知，带子泄愤的话外音，姥姥真嗅出了异味，她常教育我们，"听歌听声，听话听音"，言外之意是不能听表面的。这回她自己倒真用上，听出了"音"。

　　晚饭时，姥姥像嚼蜡一样，饭在口中咽不下，没吃几口，就撂筷了。坐在火炕头上，身体微微地晃来晃去。往常她饭后常逗重孙子玩，没完没了地唠嗑，今晚沉默不语，任凭孩子在眼前折腾，不时地瞟孩子一眼，心事重重地坐了很久。

　　晚上躺下睡觉，她连连打着唉声，辗转反侧地不知在想些什么。带子看她这么忧虑，暗自后悔跟她说镇上的传闻。

　　其实这种传闻已经铺天盖地，是瞒不住的。人们行必说"造反"，言必说"红卫兵"，只是她蜗居在茅草屋里，还没在意人间烧起的"烟火"。

带子坐在她枕边，给儿子喂奶，有意地宽慰她：

"你犯啥愁，造反也造不到咱家。"

她迅速地直言反诘：

"咱家有当老师的。你姐也是老师。明摆着，能逃过这劫吗！她那儿也不是天外天。"

带子很机敏地解释：

"听说都是造老教师的反，他们是从旧社会过来的资产阶级分子。咱家的老师都是新社会培养出来的。"

"被打成右派的，有很多是在校大学生，那不也是新中国培养出来的吗？"她反驳带子的这话，表明她怀疑带子的解释。所以，她还是唉声叹气，说心里闷得慌，并问带子姐姐怎么样。带子心里明白，姐姐是小学教导主任，可能首当其冲。听说对学生严格的老师最倒霉。这话带子都压在心里，只能心是口非地劝她别胡思乱想，好好睡吧。

真是此地无银三百两，不解释便罢，越解释越令人不安。带子内心的忧虑和表面的平静，一眼就被她看穿了，她知道带子不是那种有嘴无心信口开河的人。

第二天，姥姥照常起得很早，可没去院子里喂猪放鸡。匆忙往内衣兜里揣个牛皮纸信封，那上面有我和弟弟的详细地址。她先往信封里装点钱，最后用别针把兜口别牢，走到带子枕旁，趴近耳边悄声说"去镇上看看"。带子睡眼惺忪地答应，懵懵懂懂地坐起来，揉揉眼睛，看到她满眼血丝，眼皮肿得有点发亮，断定她整夜睡卧不宁，流了很久的泪水。

带子急忙喊还睡着的丈夫起来，用自行车送她进城，然后用开水冲两个鸡蛋加点白糖，递给她喝下。

姥姥坐在自行车后座上，刚出村东头，就说路不平，颠得慌，执意自己去镇上，带子丈夫只好停下。她往前走几十米，便往南拐入姥爷的墓地。六月份，大地里的庄稼还没封垄，也没有坟高。在晨曦中清晰地看见她慢悠悠地绕着坟走，还在坟头站了片刻，才转回到大路上。

上路后，她走得很快。直到她的身影消失在刺眼的霞光中，带子丈夫才放心地转回家。一进门便问姥姥有什么心事，带子自责昨天嘴欠，引起她担心我在省城遭难。其实他干活时，早听到了省城红卫兵造反的事，但根本没往心里去，事不关己，高高挂起。

很小我就记得，她每遇到伤心事，就领我去姥爷或母亲坟上，有时站在坟前悄悄流泪，有时抱我坐在坟头诉说，祈求神灵保佑。这分明是向已故亲人释放自己被压抑的情绪，也是在艰难时世中孤独无助的自慰。我想，假如今早她经过我母亲的墓地，肯定也会拐进去，诉说内心的忧虑。

到镇上，她直奔远房外孙志贤的办公地点。她一向认为他说话办事靠谱，就开门见山，问他红卫兵造反的事，还问省城如何。他像竹筒倒豆子似的，把大道小道消息，滔滔不绝地说给她，她听得很认真。这使外孙愈发奇怪，为什么她这么关心"国家大事"，憋不住地问："今天是特意来找我问这事吗？"她没有直接回答，只是淡淡地说：

"国不宁，民不安"，"我外孙女是当老师的，本来是福，可现在是祸了。"

外孙听了她短短的两句话，恍然大悟，甚至有点后悔刚才说得太细了。

昨夜她没合眼，想去省城亲眼看看，但仍有点迟疑不决，刚听了外孙这么说，坚定了去的决心。现在这种时候，谁说对我不利的话，她本不相信，可又全信；谁说对我有利的话，她本想信，可又全不信。只有自己亲眼看看，到了目的地，才能罢休。

她装了满脑子红卫兵造反的信息，匆忙与外孙分手，托他给带子捎回口信：自己今去省城，一两天就回来。

去火车站路上，迎面遇上了传闻中的"红卫兵"。确实像带子说的那模样：身穿军装，腰扎皮带，头顶军帽，臂戴红袖章，浑身红透，脸上更是红光满面，走在路上，高视阔步，威风凛凛，不可一世。因为她心存畏惧，诚惶诚恐地没敢正眼细看，就走过去了。

她茫然地走到了火车站，坐在火车上，满脑子都是红臂章晃来晃去；到了省城车站，她恍然置身"红海洋"中，还下意识地摸摸自己的胳膊上是否也染上了红臂章，真是大开眼界，方觉小村与大城是两重天。

2

她走进弟弟单位的收发室，又大开眼界，亲眼见了带子说的"大字报"，又近在咫尺地看见了戴红袖章的人，在大字报中穿行议论。

收发室小窗口外大厅四壁贴着密密麻麻的大字报，大厅顶棚还悬着好几道绳，绳下也挂满了大字报，收发室小窗户上方，也当啷着大字报。通向大厅的走廊同样贴着大字报，也不知延伸到

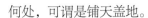

何处，可谓是铺天盖地。

常言道，宰相肚子里能行船，我们常说，姥姥肚子里能飞大飞机，她有宇宙的胸襟，但在红袖章和大字报的海洋中，她变得如此渺小而无藏身之处，心神迷茫。

她拉着弟弟夺步走出收发室，问的第一句话是：

"你姐靠边站了吗？"

她误以为"靠边站"是挨批斗，所以急于问。

"她不是当权派，不存在靠边站问题。"弟弟同时还补充解释："学校停课闹革命。停课的老师，不是靠边站。"

她听后像吃了宽心丸似的聊以自慰，但仍然颦蹙着眉头，问弟弟是不是红卫兵，没等他回答，她就明确表示，"好好干活，不要加入造反组织。"在她看来，做好分内的事，就不会受到造反派的冲击。她哪里知道，这场运动如山洪爆发，处在山脚下的人是躲不开的。"血统论"之风，早从京城的小道传来，搞新闻的，本来耳朵长，知道了与自己命运休戚相关的信息，内心怎能不经受煎熬。

但弟弟对姥姥只字没提。"文革"前阶级斗争不断升温，家庭出身不好的人不用说入党提干，连入团升学都要受阻，这个令人纠结的老问题，已把弟弟锻炼得有相当的抗压性，而且从来都是埋头拼命干活。

弟弟把姥姥送到我们学校。我送走弟弟时商定，尽量转移她的注意力。我们的既定方针是：

"像给灶王爷拜年一样，对'天'言好事。赖话少说，最好不说。"尽力模糊她的视线，减轻她的精神压力。

送走弟弟，我回到屋里，她坐在床上竟发出了鼾声。不认字的农村老妪，芒刺在背地独闯省城，谈何容易。在路上，神经要高度紧张。坐哪趟车，几点进站、上车，在哪买票、检票，去哪个站台上车，全靠问路，她脑子里的钟点，就是又问又看别人。车站上广播员的语调，她听得很费力。即便这么紧张，这次她还是坐过了一站，补票又买票等车，遇上好心人帮她返回。

像她这把年纪外出，不只是体力上的消耗吃不消，心理和精神上的紧张，也使她承受着太大压力。她若不是把亲人的安危看得如此之重，怎么能这样折腾而不叫苦，不发憷！她很疲惫还不肯躺下，硬撑着说，刚眯了一觉，好多了。我想是她见我安然无恙，放松了紧绷的弦，透支的体力瞬间摊下来，就睡着了。

晚饭后，我们到附近园林的长凳上聊了很久，我告诉她单位当下的情况和我个人的"选择"。

此时，校内两派对垒很尖锐，强弱不等。公开参加造反组织活动的教工和学生还是少数，但他们疯狂的活动能量，超过千军万马，势不可当。多数教工和学生，在徘徊观望和对抗鄙视，没有自己的组织活动，这些人被造反派统称为"保皇"。造反派那方是"千马"奔腾，"保皇"这方是"万马"皆喑，偶有"几马"写几篇大字报表态。我属于大多数中的一员。我说到这，她立刻插话：

"这样好！随大溜！千万不要去造反！"

她好像放心多了，来前那异想天开的推测也烟消雾散，眉头终于舒展开，但还是唉声叹气，心有余悸，说造反派"野蛮"，对批斗的人拳打脚踢。我说那是他们误读了"革命不是请客吃饭"而创造出的极端举措，不全那样。

我实话实说，自己与造反有"千里之隔"。因为我有很多

"结"解不开。

多年接受的教育，铸就了我"顺从"和"遵命"的思维定势，而且根深蒂固，使我不会轻易听信于刚凑合起来的"乌合之众"；我还认为，领导工作有问题，大可不必采取"剐"身的偏执情绪和"拉下马"的极端手段；还有反右斗争的教训警示我，像造反派这样骂东骂西，岂不比当年大右派还右吗；最使我无法容忍的是，平时调皮捣蛋耍滑的那类人，成了造反派的主力，表现出聒噪的痞子习气，天赐良机，这种人有了施展个人报复的机会。

我的"理由"是对是错，暂不追究。但我当时的这些真实想法，客观上满足了她的"不造反"的心愿，所以她听后很兴奋地说：

"这回我心里有底了！你是不会去造反的。领导犯大错误有上级管，怎么能随便批斗呢，那不是没了王法吗！"

事实上我们单位的领导，已经被批斗几次了。在大操场上，造反派要求全校师生参加，还请外单位造反派来声援，高音喇叭喊得震天响，"打倒"声此起彼伏，上台发言的人声嘶力竭，甚至有声泪俱下的控诉。可说平生没见过这激烈场面，我当时只能行若无事。同她聊时，我窃喜，天照应，她没赶上这闹剧上演。我一点不想让她知道批斗会的残酷情景，那会刺激她的神经而再生烦恼的。

她问我同宿舍里是否有造反的，我说目前还没有参加造反组织的。她十分敏感地说以后也难说，但还是很肯定地表示：

"文化高的人，做事稳当，能三思而后行。不像小镇上的人，闹腾起来就收不住。"

其实大城市里的大学生们，已经闹得天翻地覆了。我不想让她知道，努力地使她的心清静下来，不再分神，也冲淡她来前塞满脑子的大小道传闻和因此生出的种种忧虑。

我有很充足的时间照顾好她这位天外贵客，趁风暴刮向"当权派"，还没来得及对老师施"魔法"，据说北京已经开始了。我尽力采购她喜欢吃的食品，有意陪她到外面溜达，免得听到宿舍里不着边的传闻，再生烦恼。第二天晚上，我们还是到园林散步，远离单位那种紧张氛围。祖孙徜徉在田间小路上，晚风拂面，心静如水，相互倾听诉说，她很惬意并感慨，农村人一辈子也没这么悠闲过。可她哪里知道，此刻我只是腿脚悠闲，心是烦躁不安的。但我还是想继续劝她放心，哪知她突然冒出一句：

"你不去造别人的反，那造反派就不造你们的反吗！你是老师，造反的学生造完领导的反，能放过老师吗？他们是无法无天的，这是我最担心的。"

她说这话时，非常严肃，一扫刚才的轻松惬意，这是压在她胸口的一块石头，促使她来看个究竟。这也是我最不愿证实的揪心问题。我明知躲不开，而世上最关爱我的亲人，怎么能不知这目前的困境？她单刀直入地挑明，绝不是预搔待痒，而是到了火烧眉毛的时候，我便借机跟她讲起"大道理"：

"大学是知识人成堆的地方，有文化的人文明度高。大学生已进入成年，不会胡闹的。"可她当即反问："外孙和带子说造反派斗领导很凶，他们斗老师还能'文明'吗？"我说省城和外乡不同，省城离北京近，不容易失控。其实我根本不知谁"控"谁，只是推理而已。还有斗批的大方向是"当权派"，是领导，轮不到老师头上。

退一步说，即便是整老师，也是整从旧社会来的老教师或是

摘帽右派老师。她也听人这么说，但还是半信半疑地追问：

"你对学生要求严吗？志贤说这样的老师倒霉。"

她的发问，有如锋利的刀刃，刺痛了我的"软肋"。我带个实验班，不久前被树立为学雷锋标兵班，自然对学生要求严格，尤其对那几个不断溜课谈恋爱的学生。她们都加入了造反派，早晚会跳出来"算账"的，她们那时还没有胆量否定教育部规定大学生不准谈恋爱，但她们造反的宏论百分之九十九的荒谬里，准有百分之一是"正确"的，就是那不敢公开呼唤人性的要求，借机发泄在老师身上。

我没有把痛点说出来，没有直接回答她的疑问，只是敷衍地说，对学生严格，管对了，好学生也会理解的。我知道，如果我加入了造反派，这不会成为问题。可造反派对我虎视眈眈时，我在心理上却对她们横眉冷对。我同样也中了派性的毒，在心理的不断强化中膨胀发酵，越发觉得自己"正确"。

谁都知道，真理变成现实，经过九十九道弯，也不一定能看见曙光的影子，何谓"正确"自己也说不清。

对于她，我必须善意地说安慰的谎言。正道上，是知识铸造文明，但谁晓得那野心家们反倒利用知识来制造野蛮。那种自发的组织，已经离开了智慧和独立思考，只剩下盲从者的骚动，那种接近迷信状态的心理，彻底反噬了自己的智力品质。

她只住三夜，不习惯板床，说腰痛，便返回了。我给带子写了短笺，隐晦地说少向她传"小道"消息。

她走后，我的内心开始无休止地纠结。她在那几天，我把内心的"高兴细胞"都挤出来了。教师队伍的分化日趋明朗，往常"死保"的新党员，突然变脸，旁若无人，同宿舍的人回来毫无顾忌地大发议论。风暴来临之前的寂静，暗流涌动，意味着又一场更猛烈的飓风将要到来。

3

从省城回来，她情绪暂时还很稳定，但一反常态，非常热心听"新闻"，言必问"造反"之事。

以前，同村里的很多老人一样，她嫌广播喇叭吵得慌，村里常有人偷着把广播线给掐了。这回她有些天听不着喇叭播新闻，是带子趁人不注意掐断了电线，不是怕吵，而是不想让她听关于造反的新闻。带子在外面听到的，回家又缄口不言。她几次问广播怎么不响了，带子敷衍她说，没啥可播的了吧。她似信非信地问，造反派不折腾了？带子很幽默地说，造反派得折腾有分量的大人物，咱老百姓膝盖挂掌，离"蹄"太远。

她一向不喜欢没事东溜西窜，说这像二流子。可她一反常态，不再坐到炕上看重孙子，见带子给最小的喂奶，就带两个大的走出家门，开始"出访"了。正是夏日，家家都开窗晾门，很多老人坐在阴凉通风的树下闲聊，或靠在门外打盹，碰上爱拉话的熟人，不管老幼，都是言必说造反，大小道消息扑面而来，对她真是纯粹意义上的"道听途说"了。

有一天她带孙子在外面逛了很久才回来，神情有些异样，看来是"出访"收获了重大新闻，令她闻所未闻，所以她很严肃地冲带子说：

"国家主席刘少奇，还有率志愿军去抗美援朝的大元帅，都给'拉下马'啦！果真是头号新闻。"

她边说边议论，这若不是真的，谁敢瞎传。然后唉了一声重复她的口头禅："国不宁，民不安。"

她还听到省城开批斗大会，斗李副省长，说他早都靠边站了，也没位没权，怎么还斗呢！

带子边给她盛饭边插嘴说：

"他是全省最大'当权派'，不批他批谁呀，靠边站是夺权，还得算他掌权时的罪行。"

她停下筷子，又惊奇又不解地跟带子学：

挨斗的省长，站在椅子上，弯腰低头，两只胳膊像飞机翅膀，叫什么"喷气式"，胳膊稍往下搭拉，两边的造反派就上拳头。

她说的这些，都已是"旧闻"，带子前几天就听说了。她说完批斗省长的情景后，感叹道：

"当大官的威风扫地了，还要遭这样的罪。"

带子听后，很认真地警示她："你说省长挨斗，这是事实，可你不要跟人家说是'遭罪'的话。"带子见她对自己的话不在意，又重复说，"千万不能对外人说是受罪。"咱村也有造反派了，带子已经感受到了这场运动的严酷，并机敏地开始自卫和保护她。

可她听到高官"下马"和挨斗，引起震动，心结打不开，还是继续跟带子磨叨：

"听说各省市都批斗自己那地方的大官，国家怎么有这么多官变坏了？这样闹下去，人们怎么安心过日子呀。"

她脑中的"传统"观念，与这"新鲜"的现实，发生着碰撞，孰是孰非？"传统"的不全是腐朽的，"新鲜"的也不一定真是革命的，对错后人自有评说。

带子边吃边听，还是忍不住地告诫她：

"在家你说什么都行，你说斗老天爷是犯罪，神仙也不会来找你理论，你说斗自己是'犯大罪'，'上天'说不定来给你赔礼道歉。你就是不能在外面说'大官挨斗受罪'的话。"看来她是从骨子里反对斗大官的，她认定"官本位"，又反驳带子：

"这话不是我说的。我听别人说得有理，外面都这么议论，说鸟无头不飞，担心这么乱下去'日子不好过'。"

带子坚持说，别人说我管不了，你说我管。带子说得有道理，这场风暴来势汹汹，能吞没一切"阻力"，高官元帅被视为草芥，像她这样的农村老妪，如沙尘，如蝉翼，不费吹灰之力便会无影无踪。

没过几日，村里游斗队长，百闻不如一见。

几个村联合大造声势，被游斗的人，头戴全黑的乌纱帽，帽上用白粉写着"我该死"，胸前挂着大木牌子，写着"打倒资产阶级当权派"和"罪恶滔天"，双腿跪在地上，用两膝捯换着往前移动。身后跟着几个佩戴"造反有理"红袖章的人，大夏天却脚蹬半勒靴子，满脸杀气，说是从城里过来串联闹革命的小将，他们不时地用脚踢着跪行的人，吆喝着"快点"。这是很难快起来的，胸前的木牌几乎把全身遮住，肯定有重量，用细铁丝挂牌子，铁丝挂在衣领内。显然用细铁丝勒脖子上的皮肉，更令造反派"痛快"。这些只是折磨人的肉体，还有折磨人精神的损招，我推想只有人面兽心者才能发明出来：把一根老玉米瓤子，抹上狗屎，塞在被游斗人嘴里，命令他叼着。这难道不是人类文明史上空前绝后的奇观！难怪后人说"文革"是"民族的灾难和国耻"。

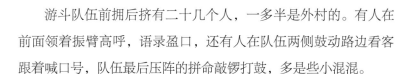

游斗队伍前拥后挤有二十几个人，一多半是外村的。有人在前面领着振臂高呼，语录盈口，还有人在队伍两侧鼓动路边看客跟着喊口号，队伍最后压阵的拼命敲锣打鼓，多是些小混混。

看热闹的小孩子，不时地举着拳头，但他们的注意力，都集中在地上跪行的人身上。他没有手的帮助，只有膝盖像倒蒜似的，行得如龟，而且身体趔趔趄趄，很不平衡，身后又冷不防地给一脚，极容易跌倒。前窜后跳的小孩子，用手指指点点，相互交头接耳，看到跌倒的情景，不时发出咯咯笑声。他们哪里懂得自己幼小的心灵难辨善恶。

这样大张旗鼓的活动是瞒不过她的，姥姥历来不喜欢看"热闹"，但这种"热闹"她非看不可，不是坐在炕上透过玻璃窗望一眼，也不是站在房门外冲门口瞭一眼，而是走出院子，站在路边上跷足而待。家家户户都倾巢出动，路边站满了老老小小，还有青壮年也混在其中，因为提前通知，劳动力今日一律不准出工。

被游斗的队长，五十多岁，干了多年，生产队的事他很热心尽职，就是脾气火爆，对不照章办事的尤其不客气。游斗队伍终于移到姥姥家门前，先前是听人们议论，这回她亲眼看到发生的惨相。嘴说为虚，眼见为实。她目瞪口呆，几次用手揉眼睛，总觉自己看不清楚，揉完了再看，还是目不忍睹的惨相。后来她的眼睛真的是看不清了，那是泪水模糊了视线。她明知道这不是流泪的地方，可泪水还是涌入了眼眶。

带子说自己一直守在她身旁，看她用袄袖抹眼睛，便悄声说"咱回家吧"，"这游街慢着呢，走完还得一阵子"。拉着她回院里，很警惕地跟她说：让造反派看见不得了。她听着哼着，心情沉重地问带子：

"这世道真的变了，人怎么连狗都不如，狗都不吃自己拉的屎。"

"这话万万不要同外人说！"带子小声叮嘱她。她哼着，但还照样担心地说，老队长活不了啦。士可杀，不可辱。这样生不如死。果然，批斗会后不久，老队长就离世了。

街上隐隐约约传来口号声和锣鼓声，这聒噪令她心神不安。按要求，带子到小学操场参加批斗会去了。她自己久久地坐在炕上发愣，被刚才的一幕惊呆了，心在深深的沼泽地里挣扎。虽然她不再说话，也不再流泪，但她沥血呕心地想了很久很多，弄不清世道是怎么了。

她在垂暮之年，赶上了千年未有的巨劫奇变。清算这祸害的大灾大难，都已罄竹难书，谁还能顾得上蜗居在茅草屋，与世无争的孤寡老人的满腹忧思！又有谁能理会，她也在痛苦煎熬中度日如年！她像抛入海中的一粒糖，永远改变不了海的苦涩，因我们是她缺怙无怙的爱孙，才有幸尝到了这粒糖的甜蜜。

4

那天批斗会场上的情景，带子虽没跟她说，但村里人的嘴是封不住的。村里老幼皆知的"大傻"，还有他的疯妈，竟胆大妄为冲入批斗会的台上，像捣蒜似的给台上的造反派磕头，母子泪流满面。造反派一时摸不着头脑，以为是感谢造反派斗队长。但从母子哭诉中，终于明白这母子是恳求放了挨斗的人，说没了他，母子就没房住没饭吃。队长关照母子的善事，全村人有目共睹。造反派见母子蓬头垢面的样子，也许动了点恻隐之心，也许是顾全大局，没有动武，只是强行拉下去，找专人看着，怕他们再闹会场。

会后村里人看傻子，都不像先前那样同他搭讪，怕被诬为怂恿傻子闹会场的后台。但村里人却为傻子磕头求情捏把汗，也为母子俩敢冒天下之大不韪，产生深深的敬意和同情。所以村里人同她聊及此事时，有人还眼圈发红，也有人兴奋地悄悄竖起大拇指，赞叹傻子很"出彩"。她也有自己独特的感受：

"傻子一生，在这件事上，一点不傻；做了尖人没胆做的事。傻子和疯子都懂世上什么是真善，相反，我们不傻不疯的人，在强权面前倒装疯卖傻了。"

带子听着，开玩笑地说：

"这才是不傻不疯的人，背后敢说的真话。"

是啊，傻子和疯妈，只按自己的惯性认知方式，没有理智，毫无顾忌地表达自己的诉求。而有"理智"的正常人，迫于强大的压力，只好违心地压制着自己内心深藏的与傻子和疯子的共鸣。姥姥当时看到游斗情景，边抹泪边私下与带子的对话，不就是一种理智的自控力所使然吗，是她当众既不敢怒也不敢言的发泄。

在那样天昏地暗的日子里，普通人的神经被搅乱了，思维方式也被颠覆了。她不停地发出感叹和疑问，难道不是正常人的不正常吗！人的社会关系，在大动荡时更充分地显示出它的特征，你看她似孤立的人，可她与村里村外的世界，却有着千丝万缕的联系，任何一根神经的微波和震颤，亲密的或陌生的，直接的或间接的，近的或远的，深层的或表面的，都会在她心里引起涟漪或波澜。听爆炸性新闻，她忧国忧民忧日子，而目睹家门口这一幕，她又如坐针毡，开始牵肠挂肚地惦着亲人的处境。

长庚，是她娘家侄，当好几年生产队长了，不想干还推不掉。在她看来长庚很倔，干事拉不开大栓，不是当官的料。这次肯定也躲不过去挨斗，那地方的造反派，说不定更野蛮。

带子认为，造反风刮到长庚那里也得一阵子，劝她别心坎挂笊篱——"操捞"。可她已找人给长庚捎去口信，让他过来一趟。一个星期过去，没见长庚人影，她担心是挨斗脱不了身，便让带子丈夫亲自跑北下坎看个究竟，能脱身就过来躲躲风。可带子却有不同看法：

"跑了和尚，跑不了庙。咱村队长躲到镇上女儿家，不是给带回来，还罪上加罪吗？各地都刮这股风，人家能挺，长庚叔身强力壮的更能挺过来。"

对同一件事，祖母说"躲"，而孙女说"挺"，都想"解忧"，却有"守"与"闯"之"代沟"，而带子丈夫无奈只能遵命跑北下坎。他起大早出发，天黑前返回，说长庚那里才开始学习"文件"，村里听到外地很多传闻，有人想学城里，成立造反组织，被大队部给压下去了。

她听后松了口气，并认为落后也有"好处"。而带子却认为"好"景不长，被压下去的反劲，一旦爆发会更猛。可她说眼前"安生一天是一天"。嘴上虽这么说，她比谁都更为长庚担心日后大乱中挨斗的命运。

紧接着，她催带子去镇上看姐姐，正巧碰上姐姐被游斗。游斗正副校长，姐姐和另外几个老师排在后面，是造反派指定陪游的"保皇派"。带子悄悄跟在游斗队伍的侧面，眼睛盯着姐姐后背，充当看"热闹"的，心里直打鼓，怕有造反派突然闯到姐姐身边，不断为姐姐的平安祈祷。游斗的主角戴着高帽挂着牌子，手拿铜锣不停鼓打，嘴里重复着自己的"罪行"。陪游的老师只戴高帽，上写着"打倒保皇派"，跟着走，跟着喊口号。带子这个特殊的"看客"，忐忑不安地跟到游街结束，她终于挤到姐姐跟前，姐俩面面相觑，哭笑不得，这尴尬的相见，能说什么呢。姐姐报平安，妹妹送温暖并鼓励说：

"苦中求乐吧！挺住了，别惹他们！"

带子回到家，倒比去前心里敞亮了，跟姥姥说，镇上比咱农村"文明"多了，肯定能挺过来。

多年来，书信是我们祖孙之间的一根神经，而且是最敏感的一根神经，永远都切不断的神经。乡邮员几乎成了她的专职通讯兵。她说，只要能看到乡邮员，就知道有我的信，乡邮员准说，今天又是专程给你送信来了。因为从这个小村走出去的人，就是到镇上，用不着写信。其实那时我离家也不算太远，可一旦需要乘坐火车，就有千里迢迢的感觉。

她有些天没收到我的信，问了几次，带子很直接地告诉她，形势吃紧，造反派胆大包天，谁的信都敢拆，万一信中哪句话引起"误会"，就能无中生有而找麻烦。带子虽然根本不懂何谓"文字狱"，但现实斗争的严酷，使她紧张的神经，变得聪明又警惕。她写信告诉我，把信寄到镇上志明家，已约好他会及时送来，并给了我志明的地址。志明是姥姥二姐的孙子，还是我中学同学。姥姥知道带子这么做，夸她想得周到，同时也很心酸地慨叹：

"这世道变得真快，上上下下有这么多坏人，连通信自由都没了，我怎么跟得上行情！"

其实此时省城造反派已刮起了抄家风，批斗高官的罪恶材料，有些就来自于抄家的文字。抓住片言只语，加以曲解，诬陷罗织，上纲上线。

我的报平安信她还没收到，"血统论"的烈火，从京城燃向了全国。"血统论"的"战歌"不胫而走，连村里的造反派也开始哼唱：

"老子英雄（后改为'革命'）儿好汉，老子反动儿混蛋。革命的就站过来，不革命的就滚蛋。"

据说前两句开始时是"对联"，某个造反高官给加上个横批"基本如此"。流传中变成歌，并附上了后两句。

这股阴风，像霍乱菌般飞速传染。正如古老谚语所说：卑劣的行为，总是像有毒杂草一样生长在群体中，群体就注定要干出最卑劣的极端勾当。

当老师"倒霉"这根弦，她已紧绷了两个多月，一点都没放松；而"黑五类"出身子女更"遭殃"的风刮来，使她雪上加霜，又感到大难临头，坐卧不安，最惦记的是我的弟弟。他是"名副其实"的地主子弟，但不是地主"分子"的子弟。而我是"名不符实"的地主子女。说名"不"符实有证据：我两岁离开陈家大院，吃贫困的姥家饭长大，落户分田在姥家，上学时变姓易名；但反对我的人也有证据：说从"血统"谱系推论，我与弟弟本是"同根生"。这种包袱，我们已各自背了二十多年，有了极限的抗压性，总是以最优异的成绩弥补出生前无法选择而又注定了的终生"缺憾"，没料到还要在风暴中接受无限级的挑战。

残酷的传闻，使她困心衡虑，好在我们小村没有一户地主，陈家大院中剩下个枯老头，并不是地主"分子"，批斗"黑五类"风还刮不起来。但她还是产生了去省城的念头。带子不同意她去，上次去省城回来病了十多天，说腰痛，再说年纪大腿脚不方便，上下车没人照看，实在不放心，就是我们真遭不幸，她看着也帮不上忙。带子坚持让丈夫去省城，看看弟弟和我，她认为带子说得在理。

可听到村中大喇叭喊地主"狗崽子"是"牛鬼蛇神"，她又神不守舍，改变主意，非要亲自去省城，带子只好心疼地依了她。

<h1 style="text-align:center">5</h1>

带子跟姥姥约好：家人送她上火车；不到单位看我；当天返回；到火车站接她回家。第二天凌晨，天朦朦亮她就上路了，赶早班火车，上午九点便见到了弟弟。

"你们单位斗'黑五类'子女了吗？"她盯着弟弟一身黑灰色的工作服，急不可待地问。

"没斗，机关干部中家庭出身不好的，被造反派找到'恐怖室'训话了。"弟弟慢悠悠地说。

"造反派没有难为你？"她还是不完全信。弟弟又继续给她解释：

"在车间干活的，是工人。报纸要日日出，我们不能停产闹革命。再说家庭出身是地主，但父亲没有戴'地主分子'的帽子，这大有差别。我们这类大的文化单位，能把握住'政策'线。"

她边听边点头，像从混沌中开窍似的，眼泪流个不停，悬着的心落了地。弟弟又很乐观自信地说：

"入党卡，选先进卡，入造反派卡，入团，还是'放行'了，总不能还限制你好好干活吧！那不荒唐透顶了吗！"

姥姥听了这话，眼前一亮，像走出雾霾似的。其实弟弟一直经历着内心的煎熬，而且也有心理准备"接受再教育"。去公共食堂时她担心"影响"弟弟，最后还是被拉进去，祖孙共进午餐。她说这几天吃饭就堵得慌，今天这顿饭吃得又多又顺溜了，就看你姐是否平安了。

她同弟弟约好，找我来火车站广场见面。弟弟送她到站前广场东北角，找个台阶坐下，背对阳光，盛夏已过，天气不热不凉。笼罩在"红色恐怖"中的老妪，奔波了大半天，没有一席小憩之地，犹如流浪汉偷着溜入"监狱"探视般，又惶恐又小心地期待着亲人平安到来。

在极"左"时期，别说"五类分子"出身的子女内控，对剥削阶级家庭出身的也很严。我念高中时，校长就提示团委书记说：该生不宜重点培养。几十年后满头白发的团委书记，聊天时说出了当时的"秘密"。六十年代初，已"左"得很公开，1964年，"黑五类"出身子女，在高考录取中全军覆没。1965年，北京出现了高干子弟联合批判某校长"赏识""地资"出身的学生。1966年8月，北京某中学，竟对校内一百多出身"黑四类"的学生，实行了"红色恐怖"。"血统论"的对联应运而生，成为全国造反派的"战歌"。

还是回到现在吧！亲人眼熟，站前广场上人虽多，我一眼就锁定了背坐在台阶上的姥姥，她东张西望，我几步就窜到跟前，她忽地起来拉住我的手，像找回丢失的宝贝似的，仔仔细细地从上到下打量我，我仿佛是从战火纷飞的前线抬出来的重伤员，她看到我满身包扎浸血的绷带，老泪纵横，我仿佛是从八级地震震中幸运地活着逃出来，她悲喜交加，流下的苦泪中又有了甜味。

"现在我哪派都不沾边。"

她听后认为："这好。"

在她心里，哪派都不沾边是"安全"的。可她还是追问，你上次说是站在"保皇派"一边。我跟她说了真话：

"保皇派"那时还一盘散沙，"8·18"之后，也成立了自己的组织，不再被动"挨整"了，但红卫兵袖章送给我不到两小时，就来人收回去了，理由是：

"你的家庭出身不清白。"

我知道，在档案中的"家庭成分"栏，明明写着"贫农"，而"备用说明"栏下，又总是如实地填写"两岁离开地主家"。如果我两岁离开的是贫困之家，肯定就"清白"了。是呀，连我的姥姥听说批斗"地主狗崽子"，神经都格外敏感，后成立的战斗队，在"左"而又"左"的新形势下，能放过我这"隐形"的"黑根毒草"吗？她认为这样就"不参加打派仗了"。可我心里很不是滋味，我本想紧跟，反遭唾弃，有点寒心，这话我咽回去自消自化，没有跟她说。

看似哪派都不沾的"边缘人"，实际上已成了造反派的"猎物"，新成立的"造反"组织又怕成为包袱，便甩了，细想甩得"有理"：

出乎我所料，运动前某天与同仁闲聊，有人说毛主席的大儿子在朝鲜牺牲了。我插了句：主席听彭老总报告这不幸消息时，走到窗前沉默片刻，转身很悲痛地说"他同全国人民一样"。写大字报的人上纲上线质问，"那样伟大的人，儿子为国牺牲怎么能悲痛呢？"我看后用钢笔写了批注：伟人为人父，胡不悲！

有了这顶"诬蔑"的大帽子压着，小帽子随手可扣了。造反派给"定性"的"保皇"老师，都糊了高帽，帽上分别写着"罪名"。我的帽子上写着"资产阶级反动路线的孝子贤孙，反革命修正主义路线的黑苗子"。与前后左右的同仁比，我的帽子还算"适中"。好在那顶"诬蔑"的大帽子还没扣上。发帽子同时下令："外出请假"，"不准串联"，"保管好帽子"，"随叫随到"，"到指定地点受审"和"交待问题"。他们说的"指定地点"就是门上贴着"红色恐怖万岁"、门外有人持棒站岗的"恐怖室"。

每到夜幕降临，恐怖室发出的狞笑后便有"保皇派"被传去。教师团支部书记，外号瑰子的被传去恐怖室，因"不交待问题"，挨了打，剃了鬼头，她不停地高唱《国际歌》，造反派无奈把她推出来。从此被恐怖剃头的女教师接二连三。

万幸，姥姥来时，还没轮到"恐怖"我，后来轮到"恐怖"我时，我已去外地生产了。未出世的女儿"救"了我一次。我认识"恐怖"，比知道本·拉登大名早几十年，而"小恐"和"大恐"的共同特点，是都不敢见阳光。

夜里"恐怖"，白日抄家。自然先抄领导家，抄家名目繁多。像我这样的年轻教师，没有古玩字画，也无钞票，只有写字的纸片和几本书。抄家风吹过来，早晚准有"保皇"派的份儿。于是一传二，二传三，我们开始夜以继日地烧教学讲义、阅读笔记，还有阅读时写有批注的书，日记和书信尤其危险。夜里窗口冒着浓烟，怕走漏风声，又改为撕成碎片，扔入下水道。只要有手写文字的东西，被抄去后都可能断章取义，罗织罪名。

由此，我想起件伤心事，不妨说一嘴。那时大批特批"人性论"，高尔基的《母亲》也难逃厄运，我把精装的皮撕下，总算保存下来。快半个世纪了，它仍残立在我的书柜里。每看到它，总能勾起心酸的回忆。八十年代讲授《母亲》时，我到图书馆借了一本全新的，用来备课，没敢碰那残本的"伤口"。反智反爱反文艺，野蛮主宰那时的生活。

姥姥是个绝顶聪明的老人，有鹰一样的眼力和警犬般的嗅觉，敏锐地感知发生在自己身边的事件，预知远方亲人的不幸。不论你跟她说了多少好听的，一切坏的情况依旧朗朗如在她眼前，她的天眼天耳还能洞悉你心里的想法。

我们坐在人流熙熙攘攘的广场角上，聊了两个多小时，她既对"不沾边"的处境"满意"，又提出很多疑问：你是不是一直与"造反派顶牛，被他们盯上了"，原来的那些"保皇派"都成了新一批造反派，"他们能保护你吗"，像你这样哪派都"不沾"的有多少人，有没有"杀回马枪"的等等。

我料到，她提出这些尖锐的问题，自己不仅有预测的答案，而且那答案使她心情沉重而又忧虑。虽然我没说，她还是作了最坏的打算，以此安慰我：

"运动结束，咱回到镇上吧。干啥都能吃上饭，房子我想办法给你买。无论如何要放宽心，挺过来。"

我似乎成了遭下放的"右派"，她作了最坏的打算。下午三点多，送她上火车，她疲惫地踉跄着，泪水涔涔。火车消失在视线外，我还木然站在月台上，呜咽着，彳亍地往外移，滴血的心对她说着：你呀看似与世无争，却同世界纠结得分不开，看似孤独沉默，却牵肠挂肚地把心操碎了。今天奔到家，那将是怎样的疲惫不堪呀！

6

在单位，我临时申请到一个房间，位于集体宿舍一层走廊尽头的朝阳面，有很充足的光照，搬过来，就给姥姥写了信。买了炉子和蜂窝煤能自己烧饭，躲开去公共食堂就餐的不快，因为臂上没有红袖章，十多岁的"红小兵"就把你当成坏人，朝你掷小土坷垃，表示自己的"革命"情绪。

本已寅忧夕惕，提心吊胆，误在精神的盲区地段拔不出腿来，在风声鹤唳草木皆兵中，挨过了炎炎长夏，像过了几十年一样漫长；没料到，又进入了惨淡的金秋，盘旋在头上的暴风雨，终于冲我压来。

一天下午，我的老乡，一个在校人事部门工作的铁杆"保皇"，急匆匆来告诉我，明日下午批斗刘校长，造反派指名十个教师"保皇派"陪斗，名单上有你，这对孕妇太危险，出去躲躲吧。

这一躲就意味着难回来，预产期还有二十多天，于是我决定把生产用的东西带走。好朋友们帮我收拾包裹时，又听到"通报"，明日下午全城都批斗本单位头号"走资派"，怕有"逃走"的，省城火车站今日开始，被造反派"封锁"，就是"监控"着。

于是同伴决定给我"化妆"。身穿米色风衣，不系扣，显得潇洒，掩盖孕妇形体，纱巾包头，模糊面孔，还戴上平镜，给熟人造成错觉，因为我从没戴过眼镜。朋友们送我到远郊车站上火车，果真没有"密探"监视。我们苦笑着说：有点《青春之歌》中的林道静"逃亡"的味儿，可惜我们"只是为了下一代的安全"！言外之意不是为了"革命"。

到了目的地，我立即给姥姥发信。封皮背面写着"请火速送达"，这是写给送信的志明看的，担心稍拖延，姥姥可能去我原单位扑空了。上次在站前广场分手时，她几次表示尽量提前来，说生孩子这么大的事，身边没有亲人，太不放心。我估摸，告诉她房子申请批下来的信，她该收到了。

收到这后一封信，她立刻怀疑是出了什么"意外"，凭直觉她猜出，肯定是这儿生产不安全，"造反派给出难题了"，要不刚申请下房子，怎么能这么快又转移了。这使她心急如焚，同带子商量"提前出发"，加快准备好要带的东西。还说咱们是娘家人，要让我得到有妈的孩子应有的待遇和照料，一点不能马虎。

带子亲自送她上火车。路远迢迢，坐了八九个小时火车，背包摞散地寻找上门。

她挎着一大筐红皮鸡蛋，用碎谷草隔着，一百八十个蛋，竟能一个也没有碰出痕。出伏天后，小鸡很少下蛋，自家攒的不多，她早早在东邻西舍"订了货"，终于凑够了这个吉利数字。带子给做了婴儿被、枕头、带夹子和毛衫。有件是用红孝布做的，村里活到95岁的高寿老人去世，重孙子穿过的红孝衫，她要一块做毛衫，说能长命百岁。还要了一件村中无数孩子出生穿过的旧毛衫，说这能带来多子多孙和人丁兴旺的好运。此外还带了红糖、猪油和新小米。她们用这胜过母亲对儿女的心肠，想到我的难处，也以我想不到的细心和体贴，帮我解难排忧。

送姥姥上车后，带子给我拍了电报，让去接站。她下车后左等右看也没见人接，怕天黑了更难找，就拿着信上的地址东问西问，在好心人帮助下，上了公共汽车，找到了单位。又见人就请帮忙捎口信，最后是个学生帮着送到我的住处。她到屋后，通知我接站的电报才送来。真难想象，几十斤重的东西，又背又挎，就是年轻人出远门这样负重，也会叫苦不迭的。可她累得满头大汗，还乐呵呵的，走走停停地摸上门来。我想就因世上有这样厚重的爱，太阳才不断发光的。她瘦削的身躯中，因装着这样的爱，才潜藏着惊人的刚毅，才有仿佛负山戴岳的力量。

前几天，我虽是突然闯来，但在大学里，临时借间屋，还不算很难。在一栋学生宿舍改成的家属楼里借到一间屋，筒子楼用公共厨房和卫生间，只有两个铝制的饭盒，有朋友和邻里相助，总算能开火烧饭了。就当是在荒山野岭里，还有开火做饭的条件，已很满足了。最令人开心的是，这层楼的住户多是青年教师，又都是"保皇派"，每晚做饭时自然聚在一块高谈阔论，有片快活的空间。

她来后，问为什么申请到房子又突然转移到这来。我没有告诉她真正的原因，只是说，婆婆答应过来帮忙，她希望同儿子在一块，两个人照料更方便些。她似乎很相信，但还是若有所思地问，开始为什么没这么想，我只能说自己想得不周。

第二天，她突然提出：咱回乡下的家吧。我"逃亡"时，首先就想到回乡下，但凝神琢磨，立刻转念：这绝对不行。我预感到造反派一旦追到乡下，她亲眼看到那场景，无法承受的灾难之重很可能会将她击倒。所以，回乡下的家是最安全又最危险的。同时，带子要照顾老小七口人，我再去，又是两三口，怎吃得消；万一生产中出现意外，村中无医院，她又得着急上火。我只跟她说了后面这两点理由，一点没敢提自己对造反派的"预测"，以及我"逃亡"时的"惨状"。

我走后几天，收到朋友的信，说第二天开批斗会时，造反派用高音喇叭叫我和另一个"逃走"的孕妇名字，命令"自戴高帽上台"。我的朋友巧妙地放出"风"，说去"生产了"。造反派又无可奈何；会后便贴出"通缉令"，并公布：从即日起停发此人工薪。紧接着砸开我的房门锁抄家，一个女造反派抢占了我的房间，她家住市里，是没资格申请校内住房的。"造了反"，就有了无法无天的"资格"了。

她看到我这清苦的生活，连三个人吃饭的筷子碗都不够用，虽没说什么，可很揪心。我们更不忍心让她在这跟我们一块吃苦，所以劝她歇两天回去。她执意要留下照料"月子"。我说婆婆过几天就来，她比你年岁小，身体也好，好说歹说，她才勉强同意回去。

走之前的晚上，她痛心入骨地哭了一场，我从没见过她如此绝望，她甚至否定了自己一生最骄傲的追求和付出；第一次以"人生识字忧患始"的负面教诲，说"不念这大书，不当这老师，就会像带子一样，无忧无虑地老守田园，有啥不好"。我知道，她的悔恨是被撕心裂肺的疼痛逼出来的。她若也知道知识越多越"反动"的咒语，那就悔恨得痛心泣血了。我学着她当年"夜话"时说的嗑：

"自己有窝，能住；有地，能种，就有饭吃；井中有水，去挑，娘几个就能活命。"

"可我现在是住着楼房；不种地，就有米饭吃；打开液化气开关，火就着了；拧开龙头，就有水。比你当年好多少倍，还担心不能活命吗！"

她只好化涕为笑。说心里话，只要能平安生产，就是福。已经没有更高奢望了。尽力地劝慰她放心，我们确信一切灾难都会过去的。

第四天上午送她上了火车。可午饭后，她竟意外地推门进屋，我惊呆了，以为出了什么事。她很淡然地说，坐两站下车，返回来。因为坐在车上，怎么想都不是滋味：生孩子时亲人不能不在跟前。同时提出，或者你跟我回乡下，或者我留在这等你顺利生产后再走。只好让她住下，守在我身边。她跟我说了很多往事，并把生产用的东西摊开检查，又洗又晒，然后打包，按顺序放在包裹里。她不仅代替了最爱女儿的母亲，而且用超越母亲的细心和体贴为我作产前准备。

为了想方设法劝她放心地回去，我让她跟我去妇产医院检查，听老大夫亲口说"一切正常"，胎儿体形不算大，"顺产没问题"，她听了以后很高兴，最后总算劝回去了。

带子来信说，日子过得那么难，回来生吧，能照顾好，家里啥都不缺。我想是她跟带子说了很多难过的话。

同时收到了她寄来的一百斤全国粮票和一百元钱。这全国粮票得用一斤半粮才能换一斤。姥姥多年攒的零花钱，几乎是我两个月的工薪，真是解决了燃眉之急。没过几天，我写信告诉她们：顺产一女。奶够吃。婆婆已来照看，屋里暖气来了。放心。

但身与心的"透支"，造成两年前的肺结核复发，我给单位寄了"诊断报告"，勉强延长一个月产假，但一个多月岂能康复？

7

我收到带子的电报：姥病得很重。校临时革委会果真允假，我立即奔上回乡的路。

在这风雨飘摇的日子，寒假我没能回来看她，使她疑心暗生愁，断目销魂，何况人进入暮年，身子骨自然衰老，更是经不起风吹草动的刺激。

扑进家门，我见她卧在炕头，面容憔悴，目光呆滞，见我便忽地坐起来，见其人，闻其声，瞬间满脸欣喜，精神大振，如甘露入心。

"有乐模样了，这回病能好一大半。"带子说着把一碗面递到她手上，并冲我说，昨晚拍了电报，有盼头了，才吃了几口饭，今儿个一碗都不够。正说着，她又要点稀的，喝得额上冒出了汗珠。

她听着带子跟我说话，可眼睛不停地打量我，先是自己小声嘀咕，后来忍不住问，"你怎么瘦成个金人？"我知道，在疼爱你的人眼里，别说我掉了二十来斤分量，就是掉两斤，她们也能敏锐地发出质疑。她们说我瘦，是预料之中的，只是她们问的语气缓和，是因为感到意外和心疼，还有几分沉重。一般人多是大惊小怪又拐弯表示"我认不出你了"。我尽量打趣地说，"瘦得多精神呀"，"你们都不比我胖"。她似乎一点都听不进去，一直怜惜地盯着我，边喝边自语："人家坐月子都长膘，你怎么能掉这么多！"

正说着，带子端着香味扑鼻的大碗面，里面有四个荷包蛋，汤上漂着大片油花。带子从不忘我好食猪油的习惯。好久没吃这珍馐食物了，暗想自己当前在学校的"身份"和处境，感伤的心，被这份爱的体恤深深地温暖着，暖流传遍周身。

带子看我吃得很香，眼眶有点湿润地说："小时候，你就答应过我，不上学了，可你'立场'不坚定。"她用了当下最时髦的"立场"一词，说得既慢又重，然后拍着我的胳臂戏言，"看操劳成个瘦猴样。"我冲她苦笑并做鬼脸，学猴子的动作，还说："现在可以和你媲美了。"带子原本就瘦，生了四个儿子后，也操劳得掉秤了。

老习惯，夜里我照样躺在姥姥身边睡。久不见，还准备听她"夜话"。早上醒来，我只记得她问我很多，可我没来得及"答"，就进梦乡了。她小声叨叨，你睡得好快呀，翻身老是长叹气，还哼哼，哪儿不舒服吗？我只是敷衍她"是坏习惯"。可见她在静夜时，非常关注我的一动一静。我从小到大，唯有她一生对我都这样体贴入微，她真是世界上最疼我的那个人！

第二天，搭村里的马车，我陪她去镇上看中医。可到了诊所，她请大夫先给我诊，只好将计就计了。大夫说得最多的是"肺虚"，我心想，你这里没有X光透视，爱说啥就说啥，她不可能知道真相；我暗中很佩服这老中医，还真说到要害处了。她哪里能知道，四个月前，我在X光前检查，"右肺门有带状阴影"，凭这份查体报告，又延长一个月产假，同时我仍给婴儿哺乳。体能的消耗和心智的损伤，我竟还能活着，真是苍天养着我！瘦也"还有青山在"。

大夫开了处方后，她起身就往外走，到门外说自己找哪个大夫看，都说一样的话——"旧病复发"，该吃什么药自己一清二楚。我本是陪她来看病，反成了她领我来看病，这种本末倒置，看来是她昨夜盘算好的。抓了药，我们到约好的地方搭返回车，路上她告诉我，吃啥都没味，想吃苦菜和小葱拌豆腐。之后她躺在车上一直睡到家。不能埋怨她，今天出来，就只当是春游踏青换气舒筋骨吧。

到家，我立即带两个小外甥，到田里去挖苦巴菜。这种野菜遍地都有，只是得找嫩芽。落日之际，天边的晚霞映红了脚下的土地，还有禾苗、春葱和野菜。没有风，空气凉爽，田野宁静，令人陶醉。几乎快一年，我都没这样自由轻松过了，很羡慕"开轩面场圃，把酒话桑麻"的田园生活，也想起了《桃花源诗》中的"秋熟靡王税"，有鲜美芳草，缤纷落英和交错的田畴乐园，仿佛今晚回归到欢乐的童年。

很快挖了两把苦巴菜和小春葱，赶着去小西村豆腐房，买了晚场刚压好的大豆腐，还有热气呢。小葱拌豆腐，农家乐中的名菜，配上自家刚发酵顶风香的大酱，天赐美味。小时吃惯的东西，如埋在记忆里的种子，只要碰它一下就萌发。人生病时，自然回味起。她吃得可口极了，说苦辣味都吃出来了。"这回病可要好了，"带子笑呵呵地说。看来果真如此，世界上没有一种药，比爱更重要的了，也没有什么东西，会像重逢的心境那样使病更快康复了。

此后几天，她们反倒把我当成病号照料，尽量给我吃有营养的食物"补身体"。除喝中药汤，连杀两只老母鸡熬汤，比对产妇还优待。在门前挑夫那里换了活鲫鱼，也煮成汤，我从早到晚喝着琼浆玉液。这爱的"药"，不仅疗救精神之伤，更是对物质损耗的补充，相比之下，中药汤倒成了最差劲的疗法。

在家"疗养"这几天，我慢慢地回答她那天的"夜问"。我清楚，那些问题就是她发病的导线，肝火太旺，情志不得安生，老病发作又添新病。

我告诉她，正月十六就"返回"学校，孩子留给婆婆，他们母子二人照看比我自己带更好。

但她无论如何都不能理解：刚过百天的婴儿，就忍心断母奶，"金水，银水，不如奶水"，你来信总是说"奶水充足，还有余"，怎么能狠心掐了奶水，还舍得使孩子离开娘呢？她心疼地发出"天问"。带子也帮腔："我们农村人，可下不了这样狠心，就是把孩子交给亲娘老子，我也不放心。"

她们的疑问，是在正常的情况下，像我这样做是不正常的；可她们哪里知道，我是在"非常的情况"下，无奈作出的"正常"决定呀。这"非常的情况"，无论如何不能让她们知道。

其实，我是被手持"通缉令"的造反男女突然"押"回学校的。火攻于心，当夜奶源枯竭。我无负隅顽抗之心，敬谨遵命，随牢头禁子回校。当晚推入"冷宫"，往昔好友小平摸黑送来饭，悄声说"明天多穿点"，至今我也说不清她是怎么知道我回来的。黑夜漫漫，推不走眼前的灾难。凶神恶煞般提审，耳光相间的恐怖，然后倒剪双臂，拳头按在脖上，押进批斗会场，口号震天，山呼海啸。我弄不清自己是在神话世界，还是在魔鬼的"地狱"，台上还有好多双腿，不知何人。我本是戋戋小者，竟这样四面楚歌，兴师动众，虽不敢杀，却大辱哉，小题大做是威风自己，还是吓唬别人！

会后把抄我房间的"猎物"摆出来。我没舍得写一个字的雷锋日记本中，有国家领导人头像插页，中有刘少奇，认定我"站在最大走资派一边"。一本稿纸的背面有潦草的三个短语，其中"学毛著计划"后有个符号"×"，提醒这个计划没敲定。谈话的军宣队认为这是"反对学毛著"，并厉声厉色批评我，胆敢把"备课计划和读名著计划放到学毛著计划之前"。

这风马牛不相及的上纲上线，达到骇人的高度，令我当时啼笑皆非。我想笑，可这会罪加一等；我想大哭，可非但不能"减刑"，又表明我把他说的话当真，岂不太降低自己的人格？于是我忍气吞声，没敢嗤之以鼻。最后责令我写检查并去黑帮队劳改。

我暗中庆幸，没把孩子带回来是上策。她还是埋怨我，当时不带回来，回来后安排好了，总该把她接回来呀。我告诉她回来这几个月很紧张。她哪里知道，我一直在"劳改"，回家前脱下满是尘土的"囚服"，回去还继续穿。这几个月，除听训话和背语录，没同人交谈过，形单影只，笑的本能都消失了。

临走时，她再三嘱咐，尽快把孩子接到身边，我答应着，同样期待着，但回来还照样劳改着。直到放暑假前，通知我"参加学习班活动"，我很纳闷，一个字的检查没写，一个"回马枪"也没"杀"，怎么"解放"了？

从此，也许我能安之若素，当个"逍遥派"了。

8

"劳改"结束，我申请要个房间。革委会领导是原副校长，知道先前批给我的房间被人抢占，很快又批了我的申请。

趁孩子没接回来，我先跑回乡下探望姥姥，我意外地回来，使她非常兴奋，身体比春天时好，基本不咳不喘，也许与季节有关，也许是情绪舒缓了，但还是不断操心我和孩子的安危。带子说她天天盼信，只要接到我报平安的信，就乐呵好几天；只要听说城里有什么风吹草动，就磨磨叨叨地猜这猜那。带子顺便嘱咐我，别怕麻烦，多给她写信，以后不用拐弯寄到志明家了。村里的造反派早就蔫了，他们想发威，没人跟着干，都忙地里的活，不像城里又停课又停工，又辩论又武斗。

她仍追问中药是否接着吃，我当然说"是"，实际上我根本没再去看病，也没有可能再请假。她问我是否去"大串联"，我沉默地摇头；实际上，我才被允许回"学习班"，滥竽于"人民"之中，岂敢奢望浪迹天涯，享受大串联的"自由"。她对大辩论，特别是武斗怀有十分恐惧的心理。我告诉她，那是派性膨胀的各派之间的事，离我遥远，不沾边，我劝她放心。也许我能去听辩论，她认为，还是别去听，躲着点，辩论急了就动武，子弹不长眼，没事少出去。

我的心情也放松多了，挺过劳改，以后还能有什么难以忍受的折磨？之前女儿出生，幸运地"救"了我一把，错过了"恐怖"阶段。经历了"独怆然而涕下"的"炼狱"的磨难，很少对个人生命遭遇不幸而怨艾，而且意识到自己如今背着沉重的十字架，是自我选择的理性中必然包含的悲剧。此后我不紧跟，也不逆反，很沉默，还有了反省自悟，并确信自己头上没辫子，屁股没尾巴，根柢浅，没官可罢，没级可降，没人能一手遮天，把我赶到地球外。人啊，看透了，就没什么忧虑的了，要忧虑的是，精神疗救比身体重百倍，而且路漫漫。

　　我写信告诉她，孩子已接到身边，送到街道私人保姆家，早送晚接，随学习班的时间安排。

　　学习班，由造反派亲自主持，没有造反派成员参加学习，说不清这些浪迹革命之内人的面貌，凡事都听命于安排，跟着流程走。白日学语录和"文件"，进行大批判。上班要早请示，下班前要晚汇报。人人戴像章，有例行喊"万岁"和"健康"的仪式，到食堂用餐或在家开饭前，也同样这样做，私人住户开着门大声喊唯恐邻居听不到。晚上要"业余闹革命"，学唱红歌和跳忠字舞，你来不来是"原则立场问题"，来了表现得好不好是"态度情感问题"，所以人人都来，约晚十来点能结束。我便直接去保姆家，抱着熟睡的孩子回屋。早上蜂窝煤炉子一旦灭了火，娘俩就吃不上饭，因为上班不能迟到一分钟。

　　孩子跟我一样起早贪晚，到了寒冬，一岁的婴儿，深夜冒风雪包多厚的被，也还是怕冻着，保姆天天等我接走才能休息，实际上保姆日工作十四五个小时，给双份报酬也不多，月酬才十元钱。这样的生活，孩子很受罪，我的身体变得很糟糕，几次出现休克。于是我前思后想，决定把孩子送到乡下。以前我总是找理由推迟，经过半年折腾，我感到，暂时离开是为了以后永远不离开，便写信说放寒假时把孩子送回去。

　　她们从镇上买了一桶牛奶，冻成坨子运回来，入到仓房缸里。用时砍一块烧开，家里还养只"奶羊"，增加了新的奶源，相比城里拿户口本订奶，方便多了。至于买的牛奶是否消毒，就顾不上那些了，这还是靠熟人说情买到的。

　　七十多岁的老人得照看几个年龄不等的孩子，实在不容易。我担心她吃不消，可她很淡然地说："一个羊是赶，两个羊也是赶。几个孩子有大有小，还有玩伴。"我女儿最小，才一岁多，哥哥们都成了她的保护神。带子写信说：我走后女儿没找我，跟哥哥玩得很快活，他们抢着抱她。晚上睡着不起夜，对饭感兴趣，不喜欢喝奶。天暖和时，就放外面跑跳。还说农村现在安定，不像城里一阵风一阵雨，孩子跟着起早贪晚地睡不好。最后并特别嘱咐："把身子骨养好，不长十斤八斤的，就别来接孩子。"还强调，"补肺虚的中药坚持吃。"

每收到这样的信，我都反复看，心中暖暖的。她们的关爱行为很平常，但不是所有的人能做到的。"有的人活着，是为了别人更好的活"，她们活得比爱更长久。这一年，女儿的吃喝拉撒睡，从早到晚，从冬到秋，她呵护着。天暖时，她走到哪就带到哪，说像我小时一样成了"跟腚虫"，步步不离地喊着"太姥"。女儿出麻疹时，她昼夜地守着，生怕发高烧时出意外。她们到村里各家寻七星蜘蛛，用火焙了研成细末让我女儿喝下，疹子很快表出来，自然降温了。这国术偏方很灵验，一分钱没花，孩子过了大关。

一年后，我的身体确实有些好转，体重终于过了九十斤，接女儿回来上幼儿园。她们舍不得，挥泪而别。真难想象，没有亲人的保驾护航，我会如何度过危机！

很幸运，第二年我对换调动办成，一路都是绿灯，单位一下解决两个人的困难，教工人数又没减，何乐而不为。据说这是运动中两省首次人事调动。我所在学习班的"造反老娘"，正恭候听我作检查时，我已提前半天上火车了。面临生命危险，羊还要向狼反扑几下，我凭什么不逆反呢？

我搬家后给姥姥写信，她很吃惊。正是初秋，天气还好，她追到了"春城"。这个单位早已复课，是个特殊的外语学校，学生从小学三年级连续读到高中毕业，虽有部分学生在上山下乡大潮裹挟中走了，但多数学生还纹丝不动地上课，像世外桃源。我快乐地重返课堂，给荒芜几年的生活涂上了光明的色彩。她看我上班远，早晚都很紧张，很是心疼；但她知道单位走上"正路"，开始上课，就没时间又辩论又武斗了。再说我初来乍到人地两生不会参与，只要好好干活就行，免得受窝囊气，"人干活累不坏，生气却能气坏"，她总算很放心地回去了。

1976年，知识分子获得"第二次解放"后，我还在乡下走"五·七"办学道路。但在"恢复高考"，"高校教师归队"的春风中，我调入师大，在课堂上迎来了教育的春天，并加倍努力找回逝去的生命春天。

我把这桩桩大喜事，都及时写信告诉姥姥。带子回信说，每次给她念信，至少念两遍，而且念得很慢，她听后总要重复地说，"苦尽甘来"，"这回我能瞑目了"，再也不愁眉苦脸长吁短叹了。

但她是个好了伤疤不忘痛的人，一朝被蛇咬，十年怕井绳。她虽很满足我开始上课，生活安定了，还是两次南下劝我居安思危。

她简单地认为我之前的遭遇和我在学校当教师有关。她明白家庭出身"不清白"改不了，干什么活却是能改的，不要只看眼前安稳，要考虑长远些，便劝我改行回家乡附近的镇上。

我从小就梦想当老师，随着年龄的增长，梦想当大孩子"王"，如愿以偿。家附近的小镇只是停泊的港湾，不是远航的海，不能给我提供这样的平台。我跟她实话实说，当老师，对家庭出身，没有卡进不去的门坎，至于当老师可能"挨整"，别人能挺住，咱也能挺住，这次不就挺过来了吗？再说好好工作的人，倒霉时也不亏心。

我深知，历史有时是吊诡的存在，选择的结果可能与预想的相反；特别是在文化失调的环境里，出现了文化短路时，让人失去信心。但我仍然相信恢复和再造文明的可能。我梦想在教师的岗位上，永远面对着年青学子，从事这太阳底下最光辉的事业。

回到家附近的镇上，何止是离她近，能长期生活在一起，她也更希望帮助我们改变目前的窘境。

她为此两次怀着希望而来，都失望而归。后来我常怀疑自己当初的固执不尽人情，特别是没能为她养老送终，有种强烈的自责和愧意袭上心头。虽尽量找机会回去看她，仍离她的心愿有千里之遥，而且成了无法弥补的憾事。

她那样想，是有充分理由的。最重要的是那场浩劫中留下的伤痛，使她心有余悸。

但她赶上了"科学的春天"，亲眼看到，我寻回逝去十年的兴奋和快乐，看到了改革开放初春的朝霞，看到了我焕发的青春的笑容和敢于担当的脚步，便渐渐心满意足地淡化了那夙夜忧虑的伤痛。

八、她们相呴相濡

1

松花江北一个小镇，在瑟瑟的秋风中，显得悲凉而凄苦。

镇里从南到北，从东到西，有两条最宽的马路相交，构成的十字街口，像圆心一样往四周辐射，是镇中镇。秋收后，进城的人倍增，镇中心尤显得热闹。

十字街往东一百多米，便是镇上最大的中药铺。她衣袋里揣着神秘的偏方，为儿子来中药铺抓几味配方药。今天她来得不算早，抓了药，急着早点往家返。

走出药铺没几步，便见十字街北口聚了一堆人，往前走，见人堆中站在外圈的，踮着脚抻着脖子，往里望什么。她刚才路过这儿，没有这堆人，心想一定是耍戏法的赶早场，但没听见喝彩声。要不就是有疯子和酒鬼出什么洋相，乡下人进城很爱看这种热闹。她与生俱来不喜欢看热闹，今个更是一门心思赶着回家，便三步并作两步走过了人堆。

就在这时，人堆中有两个人挤出来，几乎与她同步同向踽踽地走着，是两个中年男女。男的感叹："真可怜，多小的孩子呀！"女的愤愤不平地抢白："真不是个男人，养活不了自己的孩子！"咂咂嘴后又说："若是我，豁出去要饭，也不送人。"

两个中年男女的对话，她听得一清二楚，憋不住地问：

"那人堆中围着的是小孩？"陌生人齐声说"是呀"，并突然变得很兴奋，侥幸遇上了发议论的"听众"，便起劲地议论刚才看到的一切。

她没听几句，转身往人堆走。人堆中多是交头接耳的嘀咕，相互交换着眼神，有疑问，有怜悯，多是无奈。人堆中间站着个高个子青年，鹤立鸡群，很显眼。他半低着头，侧耳细听人们的议论，眼睛发饧，也无从搭茬，满脸菜色和苦情，甚至是麻木。

她凭直觉认为这肯定是小孩的亲人，于是三蹭两挤地进到人堆里，见高个子腿旁站着两个小姑娘，大的有四五岁，小的约两三岁，穿着麻花布衣裳，蓝地白花的那种自家蜡染布，脏兮兮的。大的站在大个子左边，抱着膀，抄着袖，显然感到很冷的样子，脸蛋被风吹得像麻土豆，鼻尖有点红，眼睛盯着地面，眼皮一眨一眨的，羞羞答答。小的靠在大个子的右腿旁，一只小手搂着大个子的腿，另一只小手抠着嘴，眼睛怯生生的，不敢正眼看蹲着问话的人，一条腿站不稳地扭来扭去。

这一高两矮的三个人，相貌酷似，都是塌鼻子，因为枯瘦，颧骨都略显凸起，都是平粗的眉毛，眼睛细得如条缝。又都像几顿没吃饱饭似的满脸蜡黄，目光呆滞。站在这儿有如要出售的三捆干柴，毫无生机可言，但他们相依为命。

她挤入圈里时，有两个中年妇女蹲在大点的孩子跟前。她刚蹲下，那两个人就走了，她蹲在那小点的孩子跟前，把孩子抠嘴的那只手从嘴边拉过来，感到冰凉，爱怜地问："你冷吗？"小孩子没答，有点缩头缩脑的，与大个子靠得更紧了。她把自己提的药包塞在怀里，用两手焐着那只冰凉的小手又问："你妈呢？"小的终于开口了，嗫嚅地说"死了"，但面无表情，根本不知道死与自己有何关系。

她抬起眼，眼神扫向大个子，继续问小的："他是你爹吗？"小的"嗯"了一声。"那是你姐吗？"她转过半个脸，用一只手指着那个大点的问。

小的把手从她手心抽出来，双臂搂着大个子的腿，扬脸说"抱抱"，没有回答她最后那问。

大个子哈腰抱起小的，她侧过身问大点的："你们家住在哪里？"大的脱口说出"小西沟"。她追问什么地方的小西沟时，大个子嗫嚅地开口"北荒上"，显然大个子很注意地听她的每一问。

她突然像被针刺了一下似的，听到"北荒"这两个字后，立刻补充问："是北荒的河套地带吧？"大个子木然地点点头，表示认同。她自己就出生在这地方，从小就知道，这一带乞讨的人多。河套低洼湿地，到处是条丛，不能种庄稼，勤快人靠编筐编篓，维持生计，死脑筋又怠惰的人，日子就混得难了。她很快从乡愁的记忆中转出来，定定神便起身提着怀中的药包，懊懊不安，悄声问大个子："这两个孩子，你真的想送人吗？"

大个子万念俱灰地点了一下头，颓唐得如丧家之犬，吞吞吐吐地低声解释：

"给孩子一条生路。眼看到冬天，不饿死也得冻死。孩子妈生病时借的钱还不上，两间草房抵债给收去了。人财两空，孩子又没有别的亲人可以依靠。"

停了一下，大个子惴惴不安地说：

"我是大人，去讨饭也能混日子。"

他说这句话时，满脸凄苦，万般无奈，显然他被苦难生活折磨得绝望了，才痛苦地作出骨肉分离的抉择。

听了大个子的诉说，她望着眼前的两个弱小的生命，心中介介。围观的人群中，多是看热闹的，但都流露出几分怜悯；有人看了此景，二话不问，只是悄悄地掏点钱，塞在大人手中，随口说"快给孩子买点吃的吧"，然后无奈离去，那些看着怨声载道的，几乎没有掏腰包的。

沉吟片刻，她期许地问大个子：

"能在这等我一会吗？去找个人商量一下，很快回来。"

大个子听了这番话，眼缝中突然闪现出一丝亮光，像遇上了救命稻草似的，立刻点头，目光中流露出深深的祈望。

她又低头扫视了一眼两个孩子，问问她俩确切的年龄，迅速走出人堆。

2

她奔十字街南口，到南三道街去找牟寡妇。

几年前与牟寡妇相识，她们是惺惺相惜。牟寡妇与她镇上的亲戚是邻居，不到三十岁，丈夫去世。据说不能生育，没改嫁，靠丈夫留下的家底，自己辛苦开个小铺，有娘家哥哥常来帮忙，生活还能过得去。前年从医院里要了个弃儿，是男婴，快两岁了。以前在门口闲聊中，牟寡妇几次说过，若是有个女孩就好了，长大了能贴心。

她边走边问自己：

"我收养那个小的，行不行呢？"可一转念又告诫自己：儿女双全，熬十几年，终于都长大了，闺女出嫁，儿子娶妻，好歹松绑了，不能操这份心了，再说家中也不富裕……

她心中在拉锯，七上八下心神不定。唯一在此时能促使她拿主意的，是怜惜之心，它的重量，把良心秤的秤杆高高抬起，所以她扪心自问：

"人，能见死不救吗！自己掉入河里，别人冷眼旁观，你不就得淹死吗！反过来，别人掉在河里，你站在岸上看热闹，嘴说着急，可却不伸手，那是真有善心吗？……"

想着问着，不觉到了南三道街胡同口，她急步拐进二三十步，到了牟寡妇家，寡妇怀里抱着婴儿。她开门见山便说：

"你不是想要闺女吗，若不是随便说，这回机会送到家门口了。"

牟寡妇十分惊喜，看来她确实期盼过，问明了情况，急忙把怀中孩子送到邻居家，这邻居就是她常来往的远房亲戚。她俩边说边往十字街口赶，寡妇问个不停，甚至还问女孩长得漂亮不漂亮，她没直接回答，不想让牟寡妇扫兴，就正话反说地开玩笑：

"丑妻近地家中宝"，"丑闺女不招风，当妈的省心"，还说"女大十八变"，她怕牟寡妇嫌孩子不漂亮不收，有意给她打"预防针"。

老远，见十字街北口拐角处有人堆着，驻足的走了，路过的又好奇驻足，看个究竟，多是软心肠的中老年妇女。

与牟寡妇边说着，自己心里边拿主意，认为牟寡妇不能收养两个，剩哪个，自己就领养哪个。

到了人堆前，她们看了大个子一眼并点头，示意来了。这会儿正赶商铺开门，路上行人多，驻足的人也多。牟寡妇挤进人堆蹲下身，拉着大点的两只手左看右看，摸摸胳膊摸摸腿，问这问那，还让孩子走几步，嘴里不停地自语"有缘分呀"，全神贯注地看着眼前的"宝贝"，眼神中流露出体恤和兴奋，双方都没有生疏感，各自都像失而复得似的。寡妇终于站起身，两个支撑日子的女人，两个慈善的母亲交换了几句，悄声地对大个子说："到别处去，这儿说话不方便。"

大个子仍是点头表示同意，她们指着十字街西口，于是大个子一手抱着小的，一手领着大的，跟在她们后面。围观的人窃窃私语，用目光送她们西去。

牟寡妇小声对她说，想要那个大的，家里男婴不到两岁，挨肩太近，不好照料。其实牟寡妇从家出来，就是冲着大的来的。正中下怀，姥姥心中暗喜，她想要小的，孩子小不记事，可以永远瞒住。哪个领养孩子的人，都不愿孩子长大与亲生父母来往，怕产生离心力。

姥姥想领养小的的主意，一直没表示，只听牟寡妇喋喋不休地说自己的打算。

到了西三道街口，见没有行人，她们停下了。牟寡妇明确表示领养大的，而且很抱歉地说自己无能为力收下姐俩。姥姥这时紧接着开口：

"我收养这个小的。"

牟寡妇听了一愣，轻轻地发出疑问声。但姥姥立即重复地对大个子表示：

"我喜欢这个小的。"

牟寡妇满脸狐疑，但不停用眨眼来掩饰，因为不便当着大个子的面问个究竟。

然后她们向大个子坦白，虽说都不是富裕人家，但还能把孩子拉扯大，有饭同吃，有福同享。我们都是善良人，绝不会虐待孩子，别看是半路领的，要当亲生的一样对待。

同时，她们还很不客气地说，你这父亲，不能过几年反悔了，又来要孩子。我们没文化，也不能签字画押。你给我们写个保证字据吧，大个子说自己也不认字，非常严肃地对天发誓：一言为定，永不反悔。说着自己把右手冲天擎起。她俩也同时重复这句发誓的话。三个不认字的人只能请老天作证了。

她们还向大个子表示，如果有一天你想看孩子，总能找到办法的。其实这是礼貌的套话。大个子听了不断点头，表示相信对方，也表示自己的承诺是真诚的。

看上去，大个子是个很厚诚内敛的乡下人，但同时也流露出软弱和无能为力，他不停地表示谢谢，并对自己的女儿说："你们得救了。"泪水在眼眶里打转，但他始终克制着这份难以割舍的骨肉情。

她俩把衣兜里的零用钱都掏给了大个子，说怎么也够吃几天饭了，劝他"想得宽点，天无绝人之路"。而且再三表示孩子跟我们不会饿着冻着，让大个子放心。

大个子眼睁睁地看着自己的亲骨肉，让两个中老年妇女给抱走了。非常奇怪的是，两个孩子离开相依为命的父亲，都没有哭闹。就在分开的一瞬间，那母亲般的拥抱、抚摸、温柔的眼神和喃喃细语，立刻冲走了孩子身上的冰冷和寂寞。

久违的母爱成倍涌上来，包围了幼小的身躯和心灵。她俩最后只是与父亲摆摆手，都没有说声"再见"。父亲伫立在街口，目送着她们。她们不想让大个子知道具体住处，有意地拐了几个胡同。但大个子还是很有心计地跟着，看清了她们进入那个有板障子的小院，在远处等了很久，她们没再出来，断定这应是孩子的家。

这个家是大个子心中永远的"无名"地址，也许事后很多天，他都会远远地瞭望这有木栅栏的小院，弄清了这地址的名称和住户的姓名，并铭诸肺腑，深深地收藏在记忆里。

3

"到家了！孩子。"她们不约而同地对孩子说。把她俩放在火炕上，牟寡妇从自己铺子里，拿出饼干和麻花给她俩吃。之前给洗了小脸小手，边洗边说："长得挺俊的。明儿个穿上花衣服，就更漂亮了。""还是女孩好，多听话。"两个孩子狼吞虎咽地吃着小点心，一句话也不说，在陌生环境中一点不陌生，享受着家的温馨。

牟寡妇急忙接回儿子，让姥姥看着三个孩子，自己便开火做饭。人人都是一碗热乎乎的面条。两个小女孩不抬头地往嘴里拨拉，一会儿就吃得干干净净。两个大人几次对视，认为孩子饿坏了，加了几筷子量，她们才说吃饱了。小男孩要大人一勺勺地喂，也没吃进多少，他这饱娃哪知饿娃饥呀。

饭后，牟寡妇忍不住开口：

"这小的，你是给谁要的？"

"谁也不给，自己要。"她踌躇满志地回答，边说边怡然自得地摸小女孩脑袋。

"你儿女双全，为啥操这份心呀？"牟寡妇又吃惊又怀疑。

"你若不信，就都给你留下。给别人我还不放心呢。"她半开玩笑地表示，最后沉下心很认真地告诉牟寡妇："我第一眼看见这小的，就想领养她。真说不清有什么缘分，救条命！也积点德吧。"

牟寡妇仍是半信半疑地劝她："这何苦的！我怕老了没人管，不得不现在辛苦点。你都苦尽甘来了，还找累挨！"

"人啊，不能一竿子支到头啊。你指着的，真不一定能养老，不指着的，说不定能养老送终呢。"她笑得很豁达，像看破红尘似的预见着未来的命运，而牟寡妇仍以怀疑的眼神看着她。

姥姥找了背孩子的背带，小的趴在背上系好，提着早上的中药包，她赶回家的路。一出门，便遇上熟人，搭上了顺风车，这车路过家门口。

坐上车刚出城，后面有个四套马车飞快赶上来，轻车熟路，又遇熟人，两个车老板都甩着鞭子，相互热情地打招呼。她得知赶上来的马车是回北荒的，于是灵机一动。立刻求车老板停车，说要搭那个车。熟人好说话，陌生人顺路捎脚，早成了乡间车老板的美德。

车老板帮她抱着孩子，送她到另外车上，同时她求车老板路过家门口时，替捎个口信，说今天"跟侄儿回北荒了"。上车后，她深深地吸口气，换出憋在心中的郁气，觉得自己有了更充足的时间琢磨，如何跟儿女们交代意外领养个孩子回家。

随着车轱辘发出辚辚声，她抱着孩子在车上晃来晃去，孩子服服帖帖地依偎在怀里，一点不闹，也不眼生，很快睡着了。她的心在纠结中编织着所谓的"理由"。于是她想象这孩子，是娘家表哥的孙女，父母双亡，自己的亲哥哥无奈收养，因为孩子太小，先放到她这儿拉扯几年，再接回去。那时，她哥哥的确是自己带儿子过，难于招架。这样家中儿女能给个面子，暂时接纳。主意已定，明日就让长庚侄送她们回来，不仅能使儿女们明白情由，产生恻隐之心，村里人也知道这是"娘家的血脉"。刚出城时闷着的胸口，舒畅多了，才有心思与车老板拉话，知道他是河套西的，常来镇上定点送筐篓，这边的交易行情好。之后她又在心里琢磨，给孩子起个吉利的名字。

娶儿媳两年多，还没盼来孙子。这回积了德，也许能给"带"来个孙"子"，就叫她"带子"吧，再说孩子本来就姓戴，这有双层意思，虽然孩子自己不明白。

到了哥哥家，说了这件事的来龙去脉，求哥哥帮忙。哥哥先是怨她没事找事，河套这里活不成的孩子多了，你能可怜过来吗？但事已如此，就是烫手的山芋，也得拿着，这是条人命呀。一言为定，此后不论跟谁都说这是娘家的血脉。

第二天长庚背着孩子南下。回到家说是"替"自己哥哥代养的孙女，她的儿子和女儿都有点匪夷所思，儿媳妇耿耿于怀，有长庚在场，当天没有吵，背后冲着丈夫又哭又闹，婆媳反目的无声战争连绵不断；儿子不得安宁，带子也得不到好脸。这条趣闻在小村里不胫而走，好奇的女人还来看孩子。

为此，姥姥前思后想，又一次采取了"迂回战术"，把带子送到自己亲二姐家。二姐就住在道南，一路之隔。二姐生了六个儿子，没姑娘。她跟二姐说："你真想要，就给你。你不想要，也别公开说，我找机会再接回去。"二姐还真想要，可儿子们都反对，认为年纪大了带这么小的孩子，身体吃不消。再说自己的亲孙女都比这孩子大多了，真不知该如何排辈。二姐腿脚不利落，带不了这么小的孩子，她心里明白。但为了家庭关系，也不让孩子受委屈，她还是把带子送到二姨奶家住下了，家里的"战火"也慢慢熄了。

两个月后，儿媳果真怀孕。她喜出望外，心里暗想这是带子给"带"来的好运。不幸的是，快三个月的时候流产了。进入冬腊月，二姐腰腿疼病犯了，她借机把带子抱回来了。

借照料儿媳小产，姥姥总是跟她说，"人得有慈悲心肠"，"人善点，心就敞亮。宽容别人就是积德。"言外之意，不该把带子推出去。所以"人啊，要磨练自己的耐性"。

带子回来后，儿媳妇对孩子温和多了。她假模假式地把带子放到前院几个月，天天都去看看，还自信地认为"命中注定，这辈子带子得同我在一起"。

不久，姥姥的儿子一病不起，一年后撒手人寰。她经受着毁灭性的一击。这时带子又不得不被二姨奶接去。我的腿脚受伤治疗后一直住她这儿。儿媳已再婚。她的小女儿远嫁他乡。不幸接踵而至，我母亲产后，抛下三个儿女也走了。此时她的心被击碎了。

四年前，一个"北荒"的年轻父亲，拖着两个幼童，逃出来找生路。她同情地收养了他的小女儿，还为他另外那个女儿找到了家。

四年后，何其相似，一个年近半百的南荒老妇人，同样带着两个年龄几乎相近的"孙女"，站在"绝路"口上，是倒下还是站着，是毁灭还是生存，谁能比她更有同情心地站出来，使她绝路逢生！至少在她身边没有。

她想，只有自己能救自己。在外人看来，只要狠心推开两个孩子，她的后半生很轻松，可她坚决"不舍弃"，她哪里知道年龄不饶人啊！但女人的韧性，在闯关中产生的耐力，常是男人可望不可即的，尤其像她这样具有慈悲心肠的钢铁女人，勇气无法估量。

4

她领着两个孩子，开始了有声有色的日子。灾难考验人的耐力，而毁灭性的灾难，最能考验人的良知。

带子八岁那年，姥姥得了伤寒。刚开始不爱吃饭，后来高热持续不退十多天，病情加重，神志迟钝，卧床不起，时而昏迷，时而清醒。很少进食，不停地说胡话。她唯一的女儿，从他乡被催回来料理后事。

她最挂念的是带子，稍微清醒时，就同女儿商量，自己一旦走了，让女儿把带子领到自己家，当女儿养大。她劝说女儿，说不定带子能给你带来一男半女的。家里这房子土地，你都折腾出去，怎么也够带子吃穿用了，孩子不会拖累你们。带子聪明，能干活。你结婚五六年也没个孩子，身边有了她，就是个贴身的小棉袄。

可她女儿不喜欢带子，认为带子倔，脾气大，很想领养我。她心里明白，如果女儿领养我，带子就没了去处，不管怎样，陈家大院也能把我接回去有碗饭吃。

女儿考虑她在病中，不能惹她不顺，当着带子的面，口是心非地答应了。带子心照不宣，也嘴上答应，心里根本不同意。带

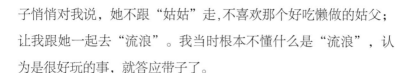

子悄悄对我说，她不跟"姑姑"走，不喜欢那个好吃懒做的姑父；让我跟她一起去"流浪"。我当时根本不懂什么是"流浪"，认为是很好玩的事，就答应带子了。

在这样的危难关头，姥姥顾不了太多，首先是顾我俩活命。她拉着我的手，满脸泪水，说等她不在时，让父亲把我接回去，同弟弟在一起，好好哄他玩。我当即就说"不回去"，"跟带子一块儿去流浪"。她问是带子告诉你的吗？我说是自己想出来的。她十分吃惊，说"万万不能有这种想法"，"流浪就得要饭，还得住在大街上"，我听了她这么说流浪，才知道这不是好玩的事。

她还派人把我父亲找来，很郑重地作了交待。她对我父亲直言："我不担心孩子吃不上穿不上，最担心她受虐待。孩子脚上腿上的伤疤，是时时提醒我们的警钟。那母女七人，不轻易敢对你儿子下手，可这个若回到她们手下，如狼牧羊，随时都有危险。"

她跟父亲说这些话，带子全听着了，私下里还很担心地对我说，不能回陈家大院，那里的人心眼不好。她那时判断的是是非非，我直到十多岁时才明白。

姥姥病重那些日子，我和带子都成了没"娘"的孩子，常蹲在小院门口，东张西望看过路人，老半天也看不到一个，看着人，也不理睬我们。邻居家孩子也不同我们玩了，好像我们能把病传给他们似的。有一天，我俩依在小院门旁，不约而同地哼起了"小白菜，渐渐黄，三岁两岁没了娘"，哼着哼着就哭了。这是我们来到这个世界上听到的最初的歌，也是姥姥一生会唱的唯一的歌。没有刻意地学，就都会了，没想唱，也没心情唱歌时，在那些天里却总在心里和嘴里哼着。现在看，这歌是我们那时的生活，那时我俩的生活就是这歌。带子偶尔被姑姑唤回去，抱柴草，拉生火的风匣做饭。我自己就更没着没落地坐在门前，特别盼路上有很多行人，不管认识的不认识的，都同我说说话，哪怕看一眼摆摆手。这幅画刻在我脑海里，永远抹不去了。

六岁的我，不懂世态炎凉。但孩子的纯真，能感知出，世上只有姥姥最好。有了她，我们才是宝。风来有她挡，雨来有她遮，冷了有她给温暖，饿了有她给充饥，高兴时她为我们拍手，哭泣时她为我们擦泪，害怕时她给我们壮胆。

姥姥卧床不起的那些天，我俩连草都不如。草至少有牛马关注。没人看我们一眼，没谁喊我们一声。有如在广阔无垠草原上，没人放牧的两只羔羊，虽不懂害怕遇到狼，但那无尽的孤独和凄怆，不知不觉地腐蚀着我们稚嫩的心，比被狼咬的伤更痛更难治愈。

残酷的命运之神，终于被姥姥打败了。吃药打针，屋里院里每天都洒消毒水。另外，什么"愚医巫师"给出的"招"，把一只老母鸡的肚子剖开，鸡还扬着头活着，把鸡腹敷在她胸口处，鸡头朝向她的脸，她昏迷中，不断与趴在胸口的鸡"唠嗑"，没完没了地说胡话。经过一天一夜，母鸡头耷拉下，凑巧她从昏迷中也醒过来了。

清醒后第一句话，喊我和带子，我俩跑到她身旁，左边一个，右边一个，她拉着我们的手虽有气无力，但劫后余生的幸运使她眼中的泪花闪着微笑。

"老母鸡替我去阎王爷那里报到了。我就是惦心你们俩才回来的。我跟阎王爷说了很多好话，保证回阳间去做善事，才放了我回来。"那之后，她常说鸡救过自己的命。

"这回我能把你俩拉扯大了。"说这话时，她泪如泉涌，我和带子也哭了。其实我们流的都是皆大欢喜的泪水。我俩这霜打的草，又还阳了。从此我们又相依为命，开始了漫漫人生路。

苦难是生活的老师，经历过苦难，才倍加珍惜得到的幸福。我们再也不去院门口东张西望，而是围在她身旁，听她唠叨。巴不得她吩咐我们干点啥活，只要她一开口，我们像忠诚的仆人似的，痛快答应，小跑去做。她夸我们像几年没见，长大了很多。带子比我懂事多了，学会了馇粥，还能做疙瘩汤。苦难能使人少年老成，迅速成长，苦难也能使老人变成少年，重获生命的阳光。

那些天，如那些年一样，日子过得慢极了。天天盼太阳出来，可太阳很快就走。黑夜一降临，我俩就害怕，像老鼠钻入洞里，萎萎缩缩的相互依偎在一块，总是相互疑问：黑夜为啥这么长，啥时能天亮?

她的病好了。我俩真有种经历无数黑夜，重见了日出的感觉。在她身前身后，活蹦乱跳地嬉闹。原本死一般寂静的屋里，充满了欢声笑语，我俩好像把多少天没说的话都积攒在一起，没话找话地问这问那。她有问必答地坐在炕上，若有所思地看着我们自言自语，"这怎么能舍得走"，"受罪的孩子，又还阳了"，感叹自己活过来，对我们多么重要，对她自己多么幸运。至今记得，她病好了，给我俩做的第一顿饭，是大黄米的黏饭。盛到碗里后，在饭中间扎几个孔，然后放入荤油和白糖，边吃边蘸碗中的糖油汁液。我俩如战乱逃难的流民，饥饿得几天没吃饭，天赐美食和玉液，酣畅淋漓地享用。她看我们吃得那么香，一个劲说："还有很多，慢点，管够!"

日子又进入正常轨道，祖孙三人快活地忙碌着。

我们渐渐长大了几岁，知道分担家里的活，带子很快成了精明的"半拉子"劳力，雇的月工还听她"指挥"。解放后入了互助组，带子就顶"整劳力"，而且当初怕吃亏的互助对子，不得不承认带子的厉害，那真是巾帼不让须眉。

5

姥姥从没想到过成人也会出麻疹。带子二十岁那年春夏之交，患上了麻疹。

她们去看乡医，说是伤风感冒，开了退烧药，往常感冒吃两天药就见效，这回吃了三天，还加了药量，可高烧不退，病情恶化，面色有点发紫，觉得呼吸憋得慌。第四天头上，带子难受得在炕上直打滚，还腹泻呕吐，最后竟无精打采地不吃不喝了。

从没见带子这么蔫，她心慌了，就溜到小北村去找巫婆，本无精神的带子听说后大怒，喊着"我要进城看病"，她马上去求熟人套车进城。

医生检查后，发现口腔黏膜上有细小白点，身上偶见出血性疱疹，确诊为麻疹。因为发病中用药不当，抑制了疹子，才使病情加重，现已合并喉炎，而且肺部也有水泡音。大夫认为必须到传染科住院治疗，把疹子表出来，其它症状就会缓解。

对病人来说，一个能干的医生，要比最爱自己的亲人作用更大。带子住进了医院，姥姥看着打针吃药。担心这病传染，就自己在那里照顾。家里的事全交给她二姐了。第二天带子的疹子就大面积出来了，热度也开始下降，姥姥才松了口气。带子也有点精神了，又要吃又要喝。可她仍觉得奇怪，怎么二十多岁还出麻疹呢？请教大夫，说这种病"传染性极强"，患者周围九成没患的，都能被病毒感染上。她听了以后十分紧张地问："我也能得吗？"大夫认为大人抵抗力强，而且这种病毒在太阳下20分钟就会死亡。她又问："那是不是我孙女的身体差得像小孩，才抵抗不了这病毒？"

大夫认为，抵抗力差那是当然的，这"当然的"给了她重重的一锤，敲响了警钟，引起了她的反思。

出院时，按大夫嘱咐，不能着凉受风。姥姥头天回家备好帽子、被子和头巾，还是她二姐的小儿子赶车接她们回家。

偏巧，这阵子我们中学利用休息日，实行勤工俭学，有两周没回家。这次回家进院门口时，见带子坐在房门外的台阶上，我以为她在干什么活。往常即便她干活，也是迎面走来，笑盈盈地拉着我的手，说这问那地往屋走。这次她坐那儿没动，脸色苍白，明显消瘦了很多，大脖筋挺得很费劲，歪着头朝我笑，又转头朝屋里喊"回来了"，然后连连对我说"你可回来了"。

见带子的面容，骤然间我断定她生了很重的病，还没来得及问，姥姥从屋里出来便急着说："你看带子，病成啥样子了。这都好多了，让她出来溜达，又坐着不动了，走路还打晃呢。"

我问了几次，才知是出麻疹。

带子伸出手，示意要我拉她一把，这个铁汉从没有过的求助动作令我吃惊，拉起来后她把胳膊放到我肩上，开始在院里移动。我说你这小虎打盹了，她说差点没"睡过去"。

北方的春末还很凉，不过阳光和煦，风儿习习，使人感到很惬意。带子告诉我，如果不去镇上看病，毒火归心，我可能就见不着她了，这次是死里逃生。带子从来不吓唬我，看到她那严肃劲，再感受这头"小牛犊"竟自己站不起来的样子，可见当时病得不轻。

没走几步，带子感到累，我俩就坐在柴草垛的朝西南面，晚霞的红光裹着我们，带子脸上像洒了金粉似的，眯着眼睛，断断续续地告诉我，生病期间发生的一切：

"这场病，把姥姥吓坏了。我发高烧那几天，她摸我的头掉泪。不时用白酒擦我的身体散热。加量吃退热药，也烧得像火炭似的。"

"姥姥每天给佛爷烧两炷香，求佛爷保佑，嘴里叨咕：我不能没有她，就像她小时没有我就不能活一样，我也活不了。小时她靠我，我老了要靠她。发发慈悲吧。不然我用老命换她，我干不了啥啦，我的带子，干啥像啥。发发善心，放了她吧！"

说她每次上香都涕泪交流，虔心默祷上苍保佑带子。"她以为我睡着了，其实我也在哭。"带子跟我说时，又哭了，我们一起对着夕阳流泪。带子自嘲："命都捡回来了，还哭啥。"我们又化涕为笑。

"那些天，姥姥常跟家里的小猫小狗说话，以前从没有过。她没时间也没心思喂它们。它们饿得跟着她叫，你听听她说的话会笑的。"

"我孙女病了，吃不下饭，我也吃不下去饭，我以为你们也都不饿呢。你们去求求阎王爷，放了我孙女，我就给你们好吃的。"说完带子自己忍不住扑哧地笑了，夕阳也同我们一起笑了。

"疹子出来那天，她的脸乐得像开了花似的，小孩一样满地走来走去。问我想吃啥，今天不吃医院里的饭，吃点你想吃的。她到小馆给我买猪头肉和馄饨，我吃得香极了。她看我吃饭的样子欢喜地说：'得救了！'"

带子出院回到家那天，她晚上又上香，又对佛爷报喜：

"我孙女得救了，谢谢你们的大慈大悲！保佑她快快恢复，别落下病根。"带子说在医院里谢大夫，到家里又谢佛爷，谁给我治好了病，她心里明明白白的。我说，她那是跟佛爷表达自己的心思。

带子说自己最难受时，满炕打滚，死的心都有了。以为自己够呛了，所以还跟姥姥说不要供你念大书了，高中毕业，找个工作，一块进城生活吧。她不让我说这话，认为我一定能好。那时我可盼你回来，当面跟你说这番话。现在我好了，不说了。

我不让带子再说下去，扶她回屋吃饭，又吃了药，然后躺下，沉沉地睡了。我跟着姥姥忙里忙外，还听她唠叨最近发生的这件大事。她又告诉我今后如何给带子加强营养，如何减轻劳动负担，这次得接受教训。

刚停药，姥姥便开始给带子进补了。我离家前，她很心疼地告诉我，带子这次身体伤了元气，大夫认为大人出麻疹太少见了，要比小孩痛苦得多，对身体伤害也大，得好好恢复，先吃些软食，好消化的，然后给她加强营养。地里的活找长庚来帮几天，早把地种上了。

下一周我回来，见带子精神多了，一直吃小米粥煮鸡蛋，像"产妇"一样。姥姥让带子喝刚生下的鸡蛋，她嫌腥味大，说啥也不喝，姥姥特意去城里朝鲜族饭馆买了一块狗肉，想补体弱，又怕上火，只好煮汤喝了。

姥姥杀了只老母鸡，正在炉上熬汤呢。带子从小就比我挑食，不喜欢喝稀的，这些天，顿顿都是稀的，胃受不了啦。只好破例给她蒸馒头，发酵的食物好消化。这回带子不再嚷嚷饿了。农村不过年节，是不蒸白面馒头的，大跃进时期，白面馒头更是美食，平时吃不上。

带子跟我开玩笑："再过几天自己'满月'了。"意思是休完"产假"，就要下地里干农活了。担心别人帮干的活太粗，连长庚舅帮干活，带子都信不过。

带子一急着要去大地里，姥姥就阻拦，吓唬带子，这种病留下根，一辈子都治不好。大地的活都求人干完了，干不好顶多歉收，今年歉收明年补。人若落下病根，哪年也补不上。实在呆不住，就让带子在前后园子里干点，慢慢磨，不着急，累了就歇着。

这次的病痛，带子一辈子也不会忘。所以十多年之后，我女儿在她家出麻疹时，带子把三个儿子推到我女儿身旁坐着。人家都怕麻疹传染，又躲又隔离，带子却巴不得让儿子立刻传染上，说"传染吧"，"趁小出来"，"千万不要像我一样死里逃生，太受罪了"。说也奇怪，他的三个儿子谁也没被传染上，看来健康的身体，是免疫的保险箱，有天然的消毒剂。

6

要减轻带子劳动负担的最好办法，就是快点给她找女婿，何况女大当嫁了。

终身大事，不能一厢情愿，必须要知道带子的心思。

于是姥姥开诚布公地跟带子说了自己的打算。真是心有灵犀一点通，祖孙同频共振，带子心领神会地表示："要嫁人，但不是出嫁。若扔下你一个人，就宁可这辈子不嫁人。过去二十多年，我们相依相守，今后我们也不离不弃。只是从前，我依你，今后我养着你。"

她听了带子的这席话，深深地被感动了。祖孙间不仅骨肉情深，还心心相印。她觉得自己拉扯大的这个"犟孙女"，不仅有心计，还是个情深义重的"好男儿"。这真是：瓜儿离开秧不能生长，带子没有她，如同孩儿没了娘；秧儿没了水会枯萎，如今她若缺了带子，就如秧儿没水，就如娘没了儿一样。

我告诉带子，等自己工作后，她会有两个家，想在哪就在哪。带子极有预见性地说，她是不会住城里的，因为她舍不得仓房里的"大木屋"，就是"寿木"，她也舍不得这热乎乎的火炕。

姥姥开始到处托熟人，给带子找女婿。她们不想去找周围的乡下人，一是没文化，二是难找到家中人口少负担轻的。担心一大家子人，是不肯让儿子被"娶走"的。她去城里托铁路上的熟人，异想天开要找个铁路工人，而且苛刻的条件是要到农村当养老女婿，这条件听起来真是天方夜谭。世俗都是从小地方往大地方走，她们却是要"倒流"，同河水倒流一样怎么可能呢。

美梦成真了。托的这个亲戚是热心办事的人，他瞄上了筑路工，认为这里干活的全是下层人，牵挂少，整年在外漂泊，能吃苦的才能坚持下来。果真从中找到一个小伙，家住附近小镇上，早年失去母亲，父亲独自把他拉扯大，念两年书就外出谋生了，父亲也不在了。真是沙漠上"独枝"，如愿地填满了她们要求的"表格"。

祖孙俩进城相亲。看人长得墩实，比带子大两岁，很少说话，带子认为美中不足的是"太锈""太囿"，就是不爽快的意思。但他能欣然接受"三原则"：招赘、到农村和养老送终。

交往这一年，他每逢休假日，便往农村奔，"流浪汉"一旦有了家，如鱼得水。每次来都给姥姥买斤蛋糕，表达孝心。到屋就帮着干活，人勤快，也很讨人喜欢。春节放假来过年，忙里忙外不闲着，放下笤帚，就是扫帚，扫完屋里又扫院子。带子终于有了"助手"，把这个勤快人支使得团团转。最初印象"锈"哇，就慢慢淡化了，便认了这门亲事，去城里照了订婚相。

带子二十二岁那年春天，丈夫入赘了，他辞去了铁路上的工作。与今日中国大地上农民工涌入城市，一心想变成城里人观念比，带子招的"倒插门"还真是百里挑一。尤其在上个世纪五十年代后期，早已涌动着知识青年上山下乡的热浪，他倒流到农村还真很"应时"；但很多知青都有机会返城，而他这稀有金属无怨无悔地扎根农村。如果"倒插门"在小镇上有家有亲人，这桩婚事对于她们，就得三思而后行，而且也难说他家能同意下乡成家，可事情就是巧，天配良缘。

他不喜欢筑路工作，认为多吃住在工棚，居无定所。人只要不怕吃苦挨累，总能赚出糊口钱。这或许就是他甘愿做"倒插门"的动因，而且听起来也合情理。就冲这点，她们认为他是个很实在能吃苦的人。世俗观点，都认为农村苦，很奇怪，他这个小镇上的市民，难道是不了解农村艰苦，急于成家，还是有别的打算呢？他的行为让我们既赞许又怀疑，为了解除顾虑，带子采用了"法律"手段。

带子很严肃地让他写下了"照办'三原则'到底的约法，违约则净身出户"，一式两份。把老队长请到家，当面签字画押，老队长作为证人和监督者，也在上面签名画押。带子很较劲地提醒他，"你现在反悔也不晚"，可他心甘情愿，男子汉，说话算数，看样子是铁了心啦。

这之后，她们才放心地准备办婚事。

姥姥那些天十分兴奋，偷偷地跟我说，二十年前，在十字大街上捡了个"孙女"，千辛万苦地带大了。我上中学后就知道了带子的身世，所以她才能这么无顾忌地说。二十年后，在铁路上，又捡了个"大孙子"，没出一滴汗水，成了家中的大劳力。谁说天上不能掉馅饼！这不真的"天上掉馅饼吗！"也许就是善有善报！人啊，得知足呀！

她倾尽全力，掏箱底，像送闺女出嫁，又像娶媳妇入门一样，为两个新人准备"妆奁"，从头换到脚，带子终于也有了棉皮鞋和大氅。"倒插门"看娘家这么重视，很不好意思，总是说"别破费"啦。带子又总是半开玩笑地敲边鼓：别忘恩负义就是回报了。

<h2 style="text-align:center">7</h2>

姥姥独自支撑日子的天，已经几十年，不论多么艰辛和疲惫，都咬紧牙关躬身前行。带子渐渐长大，对她尽心尽力，而结婚后更是锦上添花，三人共擎日子的天，各司其职，各尽所能，有了这分担，她很满足，这分担的交接转换过程，既不能一蹴而就，又不能一帆风顺。

赘婿是从小镇的市井走出来的。在铁道筑路工地磨练了五六年，那种简单而规律性的重复劳作，与农家院一年四季多变而琐碎的活计没法比。说建筑工地天天是重复性劳动，而农家院的活一年才重复一次，各种农活应季应时，有些活环环相连。这对赘婿并不是轻松的事。他只看过铁路沿线旁的庄稼，却从没自己一招一式地种过庄稼，就像他顿顿吃米粮，却对粮食如何从地里生长出一样陌生。所以"倒流"农村，就得适应生存环境需要。

很可喜的是，他决心学好庄稼活，而且手脚勤快。相比之下，他自认为筑路活又苦又累，还整年漂泊，冬季检修路轨，走在路上很枯燥，适合老年人干。带子像个"伟丈夫"，在庄稼地里摸爬滚打十多年，做丈夫的"师傅"，绰绰有余。带子十多岁时，对家中雇的月工干活，就挑三拣四。入农业互助组，对方嫌带子是个"女半拉子"，村上干部做工作，要求团结"互助"，对方才渍渍拗拗地接受了这个"女劳力"。可实践证明，她扶犁、铲地、收割，与男劳力总是完成相同量的活计，你铲一垄割一垄，她一点不少，也没被落下。相反她干活还较真。割小麦时，她不时在邻垄上拾起丢下的麦穗，大声喊："割干净点，到手的粮食白丢了！"不论在哪家干活，她都像个监工头一样。日子久了，村里的庄稼汉们都不敢小看这个"女汉子"，甚至惧怕她三分，同她一块干活不能马虎，公认她"是把手"，确实练出一套"庄稼经"，完全不是刚上学时小孩子背的"庄稼经"了。

"一个肯学，一个能教，就不愁出不来庄稼人。"姥姥很自信地期待着。

地里将要干的活，带子头些天就在家里教，可说是诲人不倦的好老师。学会犁地是种地的第一关，在自家的园子里提前犁，带子扮成拉犁的马，让丈夫在后面双手扶着犁把，她边拉边重复喊："扶稳！压实！"

干这活得用力气，才能扶稳，犁杖就不会左右摇摆，垄自然趟得直；手压实，使犁尖入土深，才能把新土翻上来。没有深耕，后面的细作收效受影响。正经种地人必须学会扶犁翻地，只有半拉子才拿鞭子赶马拉套。播种时犁地，不需用这么大的劲。两人在小院园子里试完了，干脆套上马到屋后大园中实地练。

到了铲地季节，带子要教他，丈夫认为不必了，那就拉他到自家园子试试看。带子要求铲地时松土锄草间苗同时做好，而且不准猫腰用手帮忙，这下把他难住了。带子教他如何用锄板的两个尖角，保留要留下的苗，铲除不要的苗，还要剔走紧贴留苗的草，这就要准要快地灵巧熟练使用锄板角。与别人同样各拿一垄，还不能被落得太远。丈夫开始觉得没啥的活，还是不能放松。带子给的练习"作业"，是把家前后园子都锄一遍，她仍然当监工，边看边指点，可说苦口婆心地教，丈夫小学生一样地听着练着。

有时带子还很生气，觉得丈夫像个牛犊子似的浑身是劲，就是扑不住家雀。一着急就说些揶揄的话，什么"笨得像个熊呀"，"白长两只手呀"，"你还是个男人吗"，回到家还跟姥姥发牢骚。

姥姥背后叮嘱带子，只要他肯学，就夸奖，城里长大的孩子不容易，带子说没吃过肥猪肉还没见过肥猪走吗。姥姥认为得给他练的时间，一生二熟，熟能生巧，功夫到，手里的工具才能听使唤。

我回家时，姥姥让我劝带子不要急，可带子跟我说自己为什么急：

"你看园子里这么多杂活，全是七十多岁的老人忙里忙外，还得给我们做饭。"

"满村里也没有哪家老人这么累！人说多年的大道熬成河，

多年的媳妇熬成婆，奶奶熬了两代，熬成娶孙媳妇的奶奶婆了，还没享受婆婆的待遇！你看咱村那些公公婆婆们都坐享清福了，再看奶奶一年年衰老，谁不心疼！"

我被带子这番话打动了。终于明白她着急的原因，她是真正地感受到姥姥该歇歇了。

她还心疼地跟我说：

"你看村里别家老太太，不管家里多穷，可老人就是老人，婆婆就是婆婆，盘腿大坐炕头上。看奶奶七十多岁，还有多少年熬头。不比不知道，一想就心酸，能不急得发狠骂人吗？这两年，我得把地里的活交班。"她的语气很坚定，看来是一定要说到做到，这我相信。姥姥也早就下决心，把带子从庄稼活里"解放"出来，像个女人，做女人该做的。这些年带子像个男人一样干活，姥姥实在心疼，分担不了，还担心自己生病拖累。但她确信：

"家有一男，只要不懒，不愁耕田。"

家里有了这大劳力，不愁接不下班。她得机会就不断鼓励赘婿，说人勤快，心又灵，没有学不会的农活。城里长大的孩子，能像你这样就不简单了。还告诉他村里人都夸你干活认真。劝他不要在意带子的急脾气，她是刀子嘴豆腐心。你学会庄稼活，准比别人干得还好，有文化。她把芝麻绿豆大的优点，都放大了鼓励他。

经过两轮"传帮带"，带子正式向丈夫交班了，他承担下地里的农活。

带子儿子出生，从此做母亲，做女人，做家庭主妇了，把家务活尽力接过来。

她只准姥姥坐在炕上看着重孙子。这时带子长长舒了口气，不再一心二用了，不用干着地里的活，还要想着家里的事，惦心姥姥太累，又无时间分担。出麻疹之后伤了元气，以前干活不知道累，那之后干活总觉歇不过来，也不敢跟姥姥说，怕姥姥担心分神。姥姥虽说"交了班"，可心和手还没有歇下，还尽心尽力，没像别人家老人那样坐享其成地颐养天年。

祖孙之情，浓于血，重如山，止于至善。

没有分担的爱和没有爱的分担，都不可能有相响相濡的关爱。因为爱引导着智慧的人去寻求分担，以便找到如何为自己所爱的人造福的方法，有了带子对姥姥的这份爱的担当，我才能坚持完成学业，并在外城就业工作。每次回来看到带子的辛苦忙碌，我都很内疚，不知如何回报才能心无愧意。当我决定回乡接姥姥，她已悄悄去了天堂，我只能抱憾终天。

每当我缅怀姥姥，总能依稀看到带子的面容。带子半截眉下的细眼带着微笑，塌鼻子头上的几个小雀斑，显出乐观善良和笃实敦厚的气质，高颧骨闪出的光泽，映出她的执拗、率直和咬钉嚼铁的硬汉性格。我仿佛听到她又对我说：

"不用惦心家里的事，有我！"

"有我"，就是担当，就是关爱。我童年最好的玩伴，在成长中，时时保护体贴我，有时像母亲，有时像姥姥，更多是厮敬厮爱的姐妹。

8

带子结婚第二年，大儿子已出生，家中出了个意外"插曲"，平静生活起了波澜。

三伏天午后，太阳火辣辣的，人都猫在屋里纳凉。一个五十多岁老者，突然闯进大门，说是来看儿子。带子迎上去问你儿子是谁，老者脱口说出丈夫的大名，并径直走入屋里。

面对这种尴尬情景，带子丈夫满脸通红，如芒刺背，手足无措。带子捺着性子不语，且看丈夫如何动作，但已气得七窍生烟，终于还是爆发了。

带子先请老者进屋坐下，然后拉着丈夫进里屋，脱口而出：

"你跪在奶奶面前，对天发誓，说真话。"

姥姥正在懵懂时，听到赘婿说：

"当年怕父亲不同意我辞职下乡，又怕你们不信我上门入赘是真心，我就两头瞒了。这两年没回家，怕父亲担心，就写信说了实情。"

他声音沙哑说出这番话，姥姥才明白出了什么事。带子听了，又怒不可遏地冲丈夫吼：

"走！回你家去！"

老者还坐在外屋沉思着。带子惘然片刻，压了压心中的火气走到外屋对老者说：

"我让你儿子走，不是因为你来了，是因为他撒弥天大谎。连爹都不要的人，谁还能信他有良心！谁还能信他对外姓人诚实！"

老者听带子言之有理，只是点头，无话可答。

然后带子转回里屋，对跪着的丈夫表白：

"我得对奶奶尽忠尽孝，不能跟你走。我不会像你这样丧良心。"

带子说的"丧良心"是一语双关，说他对父亲对姥姥都不孝，对妻子也不忠。但"不能跟你走"这话，表明她并不是与丈夫从此各奔东西的意思。

面对这一幕，姥姥先是诧异，然后心乱如麻，惘然若失。在这种情况下，能说什么呢！所以她坐在炕上始终沉默不语，冷静地琢磨化解矛盾的法子。

正在骑虎难下时，老者如醉方醒突然走进里屋，也冲着姥姥跪下了，求姥姥放过自己的儿子，还让儿子磕头认错，但儿子表示不离不弃这个家。

"快都起来！既来之则安之！从长计议！"

面对尴尬场面，姥姥说了这唯一的话，而且吩咐带子快去做饭。趁带子出去，姥姥同老者细细地叙谈：

"我孙女从小脾气暴，是我给惯的。你不要想得太多，这是两个孩子之间的事，他们自己知道轻重，消消气会想明白的。你想儿子来看，这是天经地义的，谁都不该挡，住在儿子家养老也是情理之中。带子发火，是因为他瞒了她。"

老者听了不时点头。她又对赘婿说：

"你不该瞒。瞒一时，不能瞒一世。当初是你自己说没有亲人，我们信了，当然也没再追问。带子生气是你瞒了她，事后还瞒着。人哪，撒一回谎，要十个百个诚实守信才能补上。"

晚饭后，趁他们父子到院子里，她又跟带子悄声说：

"人人都有爹娘，都不是石头缝里蹦出来的，认吧！他当时可能怕咱们嫌弃，这么做有难言之隐。再说他瞒着不对，他爹有啥错呀？你这样急，丈夫就受夹板气。他爹背后还得骂他。放他一马，他不会恩将仇报，得饶人处且饶人，你敬他一尺，他会敬你一丈。"

她的这种急脉缓受，又个个疏导，使带子剑拔弩张的夫妻关系渐渐恢复平静，带子当晚就向公公道歉。知趣的老者见儿子成家有了孙子，日子过得兴旺，本该高兴祝福，还能埋怨儿子什么呢？自己在铁工厂上班能自食其力，儿子的婚事早给张罗过几次，都因儿子在外地务工过"游击"日子，女方不肯答应。所以儿子毅然辞掉工作，自主选择不是没有道理。老者住了十多日回去上班。之后常来小住，说想孙子又嫌孙子闹，也忍受不了农村冬日的寒冷，只好当候鸟了。

此后，赘婿像得罪了"皇帝"一样，更加谦卑。带子时不时敲边鼓地说：

"看在你这两年对我奶奶还挺孝顺，再看在儿子的面上，还有你像老黄牛似的吃苦耐劳，当然对我本人也不错，我就饶了你一把，要不我真想把你推出午门以外！"

而且带子边说边笑，还补充：

"你以后若对奶奶不孝，我照样不客气！"

其实她丈夫心有定力，知道带子说的气话中都是实话。他自己很知足，从小没妈，姑姑带了几年，几乎没有享受到家的温暖关爱。自己说到这两年，才体会到家多好，"你怎么赶我，我也不会走的。"

姥姥的明智和宽容，不仅使父亲理解了儿子；也给了儿子"救赎"自己的机会；最重要的是，带子的夫妻关系危机时，她给弥合了裂缝，化解了矛盾，使带子今生能平安生活在坦途上，之后又生了四个儿子，日子过得很兴旺。

出了这事，姥姥也作了自我反思。这年假期我回去，她和带子一块跟我说起此事，她很顿悟地说：

"太完美的事情背后，常常有不测风云。我们只看到顺心的一面，不知底下藏着险情。事到如今，你越较真越无路可走，只有宽容，才能得救。"

"两年前，我就有种路上捡个大孙子的侥幸，人人都说我有福，我乐得什么都没追问。我这个最爱刨根问底的人，竟听啥是啥……"

可带子说起这事，火又点着了，跟我拍着大腿很不服输地说：

"别看咱是'女儿国'，谁敢欺负！他这个小男人，吃了豹子胆了，可我当时没饶他。"说完哈哈哈地笑，让姥姥给她作证，还说自己知道姥姥准能收拾残局，化险为夷。

我知道，这个"女儿国"，几十年来就是女人支撑、管理和劳作。招赘入门，他就像"投诚"似的失去了主动，事事听带子调遣，自动地适应，在大小的摩擦和碰撞中适应，习惯了这个阴盛阳衰的生活环境。后几年姥姥不再管事了，带子成了"当家妇"，直到带子的四个儿子长大，号称"四只虎"，家里渐有了阳刚之气，但仍是女人当家。

9

那年的三九天，姥姥得了重感冒，肺气肿加重，这多是北方老年人的"归西病"。这种病越到年老，复发的频率越高，病情还越重。这次她有种不祥的预感，比以往复发时折腾得厉害多了，夜里不能入睡，吸气时尚能通畅，可呼气时憋得慌。

信基督的人，临终前要实话实说地忏悔。其实所有善良的人，在弥留之际，也都把隐藏一生的秘密道出来，轻松上路而无憾。她躬偻气喘这些天，就决定说出藏在心中三十来年的秘密。

夜里孩子都睡了，她叫带子和丈夫过来，"坐下有话说。"

她连连咳嗽，带子轻拍着她的背。咳嗽之后，她攒足了气力，仍气喘吁吁地说：

"有件事在我心里压了几十年，不说我走时不能瞑目。"刚开个头，又咳上了。带子边拍她的背边说："别着急，慢慢说。"

"人活在世上，得有真正的亲人，心才能踏实。遇到为难着灾时，才有依靠。"说完这话，她更加放慢了语速，像数金币似的一字一吐："带子，有个亲姐姐。"

带子和丈夫异常惊愕和惊喜，急不可待齐声问：

"在哪儿？"她吸足了一口气又接着说，但没回答问话。

"带子不是我的亲孙女"。

听了这话，带子和丈夫一点不吃惊。他们嘀咕两年了。但下面的话他俩还是很意外：

"不像村里人传说的，你是我'娘家的根'。你是我在镇上十字街，从萍水相逢的青年那收养来的。"他们紧接着追问："那人为什么不要孩子？他是干什么的？……"她之后细说了收养的过程，他俩静静地听着。最后她告诉了牟寡妇的具体住处。丈夫一笔笔写下来。她还告诉他俩，带子姐姐早已工作结婚有了孩子，同牟寡妇一起住。最后她说：

"自己很累了，一想起这事，就睡不着，你们今晚更是如此。"

今夜带子肯定睡不着了。想到自己的身世，再想到姐妹相逢，人生的苦乐，大悲大喜，还能平静吗？其实带子从惊讶已坠入泥潭中。她咳了几声又接着说：

"牟寡妇让我到死，把这个秘密带到棺材里。你们去认亲时，千万别惊动牟寡妇，也许她到了我这一天，才会说出秘密。牟寡妇比我小，我不能等了。"

刚才带子像穿越地洞一样沉默，这会儿又像走出黑暗，见着光明一样兴奋，抑制不住情绪，突然爆发，大声嚷嚷：

"我有姐姐了！我又多了个亲人！""我去找她，明天就去找！"

这是她从没想到的秘密，激动得心都蹦出来了。至于很早就知道的传言，村里有些快嘴快舌的婆娘传自己不是姥姥的亲孙女，这回只是被证实而已，远没有听说有个姐姐令人兴奋。原本就没有寻根的强烈愿望，这回听说妈没了，甚至对父亲"放她们一条生路"的做法，还产生了些恨意。

两人欣喜若狂，之后几天张口闭口就是"认亲"的话题。春节前，姥姥的病情还没有明显好转，身边离不开人，再说没人照看孩子，无法脱身，两人合计，先让丈夫去探探路。

准备了农村过年的土特产，还有带子的一张照片，找了个星期日，带子的"倒插门"丈夫兴冲冲地找到了牟寡妇家。先自我介绍姓名，然后表示替姥姥来看望多年不见的老朋友，说姥姥身体很不好，不能亲自来。

不论把话说得多婉转，会说的不如会听的，还是一下子触动了牟寡妇敏感神经，她十分警觉，对这个不速之客的来历不仅产生疑心，暗自断定这个来人，就是自己女儿的妹夫，所以她立刻说"我根本不认识她"。

带子的丈夫放下东西便往外走。在炕梢半卧着的一个壮年男子，很机灵地下地送客。走出房门时，带子的丈夫给他使了个出去的眼色和动作，他们便一块儿走出小院板障门。带子的丈夫小声说：

"我是来认亲的。我看你是牟老太的姑爷吧？"，他边说边把手伸进棉袄里，掏出一张照片给对方看。对方先是一愣，然后"啊"的一声说："太像了！""她们是亲姐妹能不像吗！"带子的丈夫抢白道。

两个陌生的男人刹时成了连襟，亲密无间地相互拍打着。两个"倒插门"相约，万不能惹牟老太生气上火，不急于告诉她事情的真相。其实，牟老太家的"倒插门"早就问过妻子，你妈长得大眼睛大鼻子，怎么一点没传给你，看照片你也不像岳父。妻子说："三辈不离姥家根，一定是像姥爷了。"

双方留下了详细的"接头"地点，照片也留给了对方，便分手了。带子的姐夫是个转业军人，参加过抗美援朝，现在政府机关任职，人很正直。星期一早上，在上班路上，姐夫给姐姐看了照片，姐姐似信非信。她把照片带到学校，放到办公桌抽屉里，一天不知看多少遍，还憋不住问同事，自己与照片上的人长得像不像？都说"太像了"。为了不引起异议，她说这是叔叔家的孩子。其实，姐姐依稀有点记忆，当时快五岁了，觉得身边有父亲和小妹，牟老太肯定地说那是舅舅和她女儿，都不在人世了。三十来年过去，女大十八变，可她姐俩变得像双胞胎。由于生存环境和职业的关系，姐姐显得年轻，妹妹在风吹日晒的农家院劳作，显得老成。

带子的丈夫每次进城，都必去机关礼拜连襟，还要拿些乡下的特产。这个姐夫拿回家时，在牟老太面前还得编个"故事"。姐姐的照片早就传到带子手中，并镶入相框挂在墙上，带子天天看，时时盼。终于盼到了姐姐学校放寒假，前两次连襟见面时约好寒假到乡下来。

为了迎接贵客，带子提前扫房，一般习俗是腊月二十三，小年才大扫除。带子提前把埋在冰雪中的冻肉刨出来，烀熟了冻上。还提前淘米蒸了黏糕和豆包。在姐姐来的头天，就把干菜泡上了，泡开后攥成小团子放到仓房里，这就可省时省力方便备用。万事俱备，只等贵客临门。

这天带子起得很早。该化冻的食物，头天晚上就拿回来了，用大盆小盆扣着。自己一次又一次去大门外瞭望。带子的丈夫干脆走出村子，迎面去接。大约九点多，在路上相遇。他也是第一次见到姐姐，十分兴奋，接过她提的东西，不停地寒暄。

姥姥召唤带子，用温热抹布擦擦窗玻璃上的霜花，好看清贵客临门，她欢喜得坐不住了，怕风吹着凉，只能坐在屋里等。这些年，她去牟寡妇家多次，先前姐姐上学，后参加工作，从没碰过面。小姑娘出落成啥样，很想早点见其人，闻其声。带子用温水抹布擦玻璃时，客人进屋了。

姐俩相互凝视，顷刻紧紧地相拥在一起，如骨鲠喉，没有话语，空气都凝固了。相互拍打着背部，悲喜交加，泪水涔涔。两个连襟也被这激动的场面感染，不知说什么好。姥姥从里屋蹀躞着走出来，招呼大家快进屋坐，视线自然落到带子姐姐身上，连连说"还是当年那模样，只是变成大人了"。姐俩终于手拉手，走进里屋，带子这时才明白自己是主人，去端沏好的茶水，招呼儿子认大姨和姨夫。

姥姥对两个"倒插门"说，饭菜带子都备齐了，只要你俩开火加热或炒一下就行，把里屋让给她姐俩说话，咱们在外屋唠。

她向"倒插门"姐夫说三十年前遇到这俩孩子的事，姐夫又把妻子从里屋叫出来听。姐姐不停地流泪，拉着姥姥的手说，"真不知该怎么报答你。""我们姐俩能活下来，今生还能相见，多亏遇上你这善心人。""人生有份，相遇有缘。那天不遇上我，也会遇上别人。今天你们的父亲在这该多好。"她万分感慨地说。可女儿却不想追问父亲今日如何。

　　饭后，他们往回赶，要在下班时赶到家，免得牟老太起疑心。从此，姐妹来往甚密，一直背着牟老太。她看到姐妹之间的亲密，看到带子的快乐，心里又舒畅又踏实，后悔没早点说。明知她们之间骨肉相连，又咫尺相隔，因为捅不破这层纸的隔膜，姐俩却相互享受不到这份真情。

　　那样保守秘密，对自己看似是拥有，其实对她们是一种剥夺。今天"还给"她们时，才知道自己一点没有失去，反而拥有了更多。

10

　　"文革"后期。

　　一天下午，姥家突然来了个外乡人，六十岁模样，大高个子，身板挺直，身躯瘦削，面孔黧黑，表情羞涩，一口浓重的东北音，语调舒缓，给人以深沉凝重感。他手持当地政府的介绍信，说是来看女儿。还自称是东北抗联老战士，当年曾在李兆麟将军的第三军打过游击，抗战胜利后转到省城郊区务农。这些只能说明他是行在人间的正道上。

　　真正能使人承认有父女关系的，最准确的"DNA化验单"，是这位老者的模样，他与带子长得何其相似；还有当年姥姥收养带子时，对今日这位不速之客的全部直觉印象。

其实姥姥说，一眼就认出了这个大个子，像有某种预感似的，认定自己期盼的机会，就摆在眼前，对带子来说，也不突然。她与客人说了这几十年的情况之后，就去外屋，趴在后窗台上，招呼带子回来。带子牵着两匹马，到园子壕沟边找草吃，儿子在旁边玩。姥姥喊了一声，就返回屋里陪客人，说有意不跟带子先打招呼，担心带子的犟脾气上来，干脆避开，无论如何，得让父女见上一面。

带子愣愣地站在门旁，有一只脚踹在门槛上，就停步了。她的眼睛历来很毒，扫一眼，刹时感觉面前的人陌生又熟悉，十有八九是姥姥说的"十字街口"的那个人。带子与姐姐一向都这么称呼，从来不说"爹"字。此情此景，即便是个麻木的人，也会产生针刺的痛感。再说那种天然的血缘关系，使带子的神经像触电一样，无法抵抗地瘫软了。她们姐妹无数次揣测过他是否还活着，也无数次在懊悔中期盼过相逢，而今就在眼前时，却心中怆恍，不由自主了。

来者满脸笑容，迎面看着与自己相貌酷似的女儿，眼睛上下打量着，泪水在眼眶里转，百感交集，又不知如何开口。带子低着头，那种极复杂的感情，把她的内心搅乱了。父与女都缄口不语。内心的风暴和沉默的外表，扭曲了带子的眼神，不知所措地面对这位老者。

"带子，他是你的亲生父亲。"姥姥先打破僵局，声调低沉，眼神里充满了渴求，字字声声都浸着泪痕。

带子看了老者一眼，父女目光相撞，又互相躲闪，可谁都没说话。

"去倒碗热水来。"姥姥又一次打破沉默。

带子终于"解脱"了，慢腾腾地去外屋倒了两碗热水。她告诉我，是满碗水，也是满碗泪。一碗放在老者面前，说了声"请喝水吧，天很热"，一碗放在姥姥面前，手抖了一下，差点弄洒了。

紧接着，带子返回到外屋，拿一条干毛巾递到长者手上说"擦擦吧"，显然她瞥见老者泪珠簌簌地往下流，这三十多年积下的思念决堤般涌了出来。

姥姥让带子坐下，她却说孩子还在树带壕沟旁看着马，得牵回来，借机"逃"走了。带子后来告诉我，自己边走边哭，希望一步迈到天边的无人区大哭一顿，永远看不见这场景才好。

大个子跟姥姥说，自己有了家室，生活过得去。只是惦记这两个女儿，常梦着她们小时的样子，今儿个看到，她生活得很好，就放心了，不会再来打扰，说着起身要走。

她又去喊带子回来送"客"，临行前他很痛悔地对女儿说：

"我是个不称职的父亲，对不住你们姐儿俩。幸运地遇上了好心人，把你们养大，好好尽孝报恩吧。"

带子倾听着，刚揩干的眼睛又有点湿润，但她努力克制着，也没有答话。

大个子说这番话时，嗓子哽咽，一口喝下女儿倒的这碗水，抬脚往外走。姥姥知道他没见到大女儿，便告诉他，两姐妹早已相认，经常往来，牟老太还不知道。然后，她提议：

"如果这几天你还在城里，就留个地址，让小女儿去单位找姐姐，一块去看你，这趟出来不容易，都看着了，回去就甘心

啦。"

大个子听后十分高兴，连声说：

"那太好了！几天我都能等！"他说这话时，眼睛一直盯在带子身上，看她没有异样反应，心里很踏实。他说自己恳求牟老太，牟老太就是不让见，直到他答应不见，牟老太才告诉了这儿的住处。之后大个子很得意地补充：

"其实我看到了墙上挂着的大闺女的照片了！"

姥姥马上感叹："父女情，难割舍呀！"

大个子留下了具体地址，并约好明天上午见。

第二天，带子起大早进城，赶在姐姐校门口等候。走前，姥姥叮嘱，舍弃孩子的父母，都是事逼无奈；那连心连筋的痛，你还体会不出来。这次老天给你们重逢的机会，要尽量安抚他。带子听着，用眼神答应了。

父女三人相逢，在当年的十字街头旁，寻亲的父亲就住在那附近的客栈里，他老早就等候在门外，可见这是他一生都忘不了的地方。父女叙了很久，因为姐姐要赶回去上课，才不得不结束。他说"不虚此行，放心回去"。分手时，带子把与姐姐的合影送给父亲，他小心翼翼地揣到衣袋的深处，手一直捂在衣袋外，还很豁达地告诉女儿自己后面的行程：继续去北荒老家，祭奠亡妻。告诉你们的母亲，你俩一切都好。看来大个子这次外出，是完成自己埋在心底很久的夙愿。这是个有情有义的父亲，大大改变了姐俩以前对父亲的看法。

此后，大个子没再出现过，是因为他有愧疚之感，还是怕打扰女儿的平静生活，还是因为女儿对自己"冷漠"，说不清，也许他就是很"放心"了。

带子很详细地跟我说了父女相见的情形，并颇有感慨：

"我与父亲只有血缘关系，没有父女之情。是奶奶把我拉扯成人，三十多年，时刻攒下的祖孙情，有谁能比！"

说这话时，带子眼里含着泪花，我想这是很复杂的情绪，一言难尽。带子很后悔没留下父亲的地址，也没请他吃顿饭，但还是宽慰自己：

"我对有恩的人尽孝，就顾不上那些了！"

她还在对比中，认定自己当时对父亲的"冷漠"是有"理由"的。认为姥姥独身一人能把我们养大，父亲这个男子汉怎能把亲骨肉遗弃！而且姥姥至今还在帮自己拉扯孩子。父亲过去没有付出，现在也没有分担，说不定十年后找我养老，谁知他说自己有家是真是假。

说了上面的一席话，带子冷笑一声，又自嘲：

"将来我得开个'托老所'，收谁也不收他。"

我听得出这"他"是指父亲。我知道带子嘴硬，说气话，实际上她的心肠可软了，如有需要，她肯定会收的。

此后，我在带子面前，再也不提"冷漠"一事，唯恐引起她的心痛。拿人心比自心，我自己幼年时的不幸，本跟父亲没有直接关系，但对他还是忧心殷殷。每次他来看我，姥姥总希望我和他亲近些，可我却是远远地看着，什么话也不说。他问我话，我或摇头或点头，甚至无视他来了。

其实我和带子稚嫩的心，曾受伤的疼痛，在姥姥的抚爱中早已消失了，没有一点记忆；但情感神经上留下的伤疤永存。在不经意间偶尔轻轻碰它一下，便会引起一阵痉挛。或许之后得到加倍的爱能弥合裂纹，但我们却永远都没有得到父亲的补偿，怎么

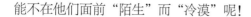

能不在他们面前"陌生"而"冷漠"呢！

缺失的父女情愫，靠理性是补不上的。虽然姥姥在我们面前，从来都说父亲的好话，但仍不能弥补情感上的空白。

11

带子生到第五胎，还是没有盼来闺女，她"认命"并"停产"了。五个儿子各各都相差两岁多，她说是一串不甜的糖葫芦，还把人折腾得骨节酸，从早到晚忙个不停。

老大是个病娃，格外让人操心。两岁多高烧痉挛，留下后遗症，发作频繁，影响了智商和语言的发育，最后导致生活不能自理，很是拖累人。带子认为没有治愈的希望，几次发狠放弃。

可姥姥舍不得，只好完全"接管"，吃喝拉撒睡全包。让孩子睡在自己身边，睡觉起床脱穿衣服、洗漱、喂饭喂水喂药，还照顾大小便。孩子独自跑出去，怕他惹祸也怕挨欺负，她就随时跟着。邻里熟人见姥姥追孩子跑跑颠颠很费劲，心疼地劝她别操这份心啦，自己都泥菩萨过河啦。

她一笑了之，说这是来到人世的生命，得尽心尽力让他活下来，多累也不忍心放弃，带子实在累极了。一直呵护到十五岁，还是夭折了。他的父母都说"解脱"了，而姥姥伤心得大病一场，惋惜没能治好，难以割舍朝夕相伴十多年的祖孙情。

后面的四兄弟，她尽力帮着照看，直到个个都上学才撒手。有时还看着他们写作业，她虽然不认字，可能管住他们坐下拿笔写。

直到八十多岁卧炕，她还说自己有眼有手，总能分担点带子的劳累。如春蚕吐丝，如蜡炬成灰。说带子若是有妈怎么也能帮着忙乎，减轻点负担。

看带子缝缝补补的活越来越多，她就用自己攒的零钱，买了台缝纫机，那时村里还没人买这么有档次的东西。我想那年头如时兴洗衣机，她也肯定张罗买到家。

做冬衣用的棉花，不管是新的还是旧的，都要事先用手弹成很匀的棉片，她每天坐起来时，就断断续续地弹点，全给带子准备好，拿来便用，省了不少工。孩子小时穿的鞋，都是带子自己做，做鞋用的袼褙和麻绳，她都早早备足。

夏天，她常让孙子把园子拔来的菜，端到自己身旁，坐在炕上收拾干净，若是豆角要掰成段，土豆削了皮，葱蒜扒干净，让孩子送到厨房。其实她干的这些杂活，都是我们小时替她干的，如今又轮回到她手上了。

她明白，带子照看一家老小七八口人，是家中的顶梁柱，不能有一点闪失。所以她越心疼越想法分担。

难怪带子"冷漠"父亲时，首先想到姥姥恩重如山，没人能比。

庄子说：泉涸，鱼相与处于陆。相呴以湿，相濡以沫，不如相忘于江湖。是说干涸泉边的鱼儿们，相互吐口水沾湿求生，鱼儿在困难时相互竭力相助，活得非常友爱。植物也有如此灵性，在困难艰苦的季节里，很多植物的枝条和肥厚的叶子，能自动放弃体内的积蓄，把点滴汁液输送给最顶端的嫩心活下来。

她也如枯泉相助的鱼，如奉献的枝叶，在自己行动不便时，明知生命衰老，可还自律，自动"挤油"，直到一无所能，而内心仍发光照亮。

带子的特殊经历，使她与姥姥共同生活的岁月，长达四十多年。从两岁起，"祖孙"朝夕与共，从小到大，结婚生子，成为独当一面的家庭主妇，堂堂正正地自立于人海中。带子以贴身的体验和最近的距离感受着她日渐衰老，继而凋零，即从庄稼地转到菜园子，又回到屋里，最后萎缩在炕上，再也无力支撑起来的全过程。

我与弟弟都没有带子与姥姥共同生活的日子长久。我寒暑假回到她身旁，像稀客似的享受她的"款待"和"给予"，没有自觉地转换角色。相反，她那强烈的爱，掩饰了她的力不从心，而我们竟把她的加倍呵护，误认为是理所当然，误认她身体健康，毫无醒悟的迟顿，完全没有意识到她早已过了奉献的岁月，而应享受老年的时光。"文革"中，我成了陷入阱中不能自拔的"求援者"，还把女儿送到她跟前"避难"。完全忽略了她潜藏的健康危机，更没理会她内心的渴望和精神上的孤独，既不能陪在她身边照顾，也不能常回来看看，只有放假时来去匆匆。偏偏就在她离去那年的暑期，我没回来。为女儿小升初奔波，完全忽略了她在病中。不管她离开多少年，每想到这个假期没回去，悔恨和心痛都随时间延长而加重。

照料她晚年生活，特别是最后时光的担子，完全落在了带子肩上。

都说久病床前无孝子，姥姥卧床近三年之久，这"持久战"全程只有带子陪护，喂饭喂水喂药，换洗衣服帮着翻身，从生活半自理到最后完全不能自理，老人的所有麻烦事，通通都是带子料理。在她生命最后的日子里，带子不仅是称职的"护工"，更像是精心的"月嫂"，同照料"月窠儿"中的婴孩一样，时时都离不开。

带子经历过这种生活的磨练和煎熬，非常感慨地跟我说了下面这些弥足珍贵的话。

"小孩子吃上东西，越吃越长也越懂事；老人吃什么灵丹妙药，也越吃越缩心变小，越变越'不懂事'。"

这是带子体会出的"老小孩"哲学。

小孩的特点是"不懂事理"，"老小孩"也如此，甚至还有点"胡搅蛮缠"。看来带子隐忍地吃了不少"苦头"，但一点没有怨言，还说自己将来老了，也一定这样，谁也掌握不住自己老了以后的变化。带子没有实践这一人生"哲学"，六十岁那年像个老青年，卧床三天溘然走了，她活得快乐，走得迅速，自己少受罪，也没拖累儿子。

"她不讲理，但你要'顺着听'，'不能戗着跟她说'。"就是"顺情说好话"。人老了，有的很固执，甚至有点让人哭笑不得。"你可千万不要跟她讲什么大道理"，夸夸其谈地教训老人，同她辨是非，甚至与老年人"算旧账"。这无异于同动植物讲大道理一样可悲，是对牛弹琴的零智商。这也是带子陪伴姥姥悟出的箴言。

"当人面磨叨，背后自言自语。"她磨叨的话不外是"我变成废物了，对你们没用了，还拖累你们，谁都不朝我看一眼"，背后自言自语，也多是别人"不理睬"这类悲观埋怨话。为此，带子丈夫和孩子回到家，她总是用眼神提示，到里屋同姥姥打招呼。其实她卧床前，他们远没有现在对她"礼拜"的多。

带子很理解姥姥的磨叨，她自己没时间倾听，就把与姥姥对心思的老人找来唠嗑，只要两人能说到一块，千万不要在意她们说啥，什么家长里短是是非非，都不要在意，只要她们说得很尽

兴，那今天就舒坦了。

所以带子又得出条结论："陪老人说话是治'老年病'的灵丹妙药。"自己顾不上陪，就找她中意的人，实在找不来，也让重孙子在她身边闹腾。

试想，人老了生病，缩在只有几平米的炕上，中断了与外面的交往，不能看书看报，眼前没有影像声响，给大脑输送信息，屋里静悄悄，除躺着就是坐着，隔窗望太阳，这无异于牲畜圈在圈里，这么闷得慌，若不自言自语，不就憋疯了吗！

无疑，"磨叨和自言自语"，是孤独感受到压抑后，一种对抗性的"痛苦"释放。是老年人悄声地"呼喊"，这种"抗争"，是老年人不甘心退出生活而倒下的抗争。尤其像姥姥这样刚烈性格的人，"失能"的痛苦的心，难于理解自己的无能为力的行为。

带子说的这些肺腑之言，我虽久久地记着，也被感动，但还是在自己渐渐老化中，才体会出其中的妙道，而且比当年更加敬佩带子的孝心，更加感激她对姥姥的宽容理解和辛苦付出。

都说血浓于水是常理，但看带子与姥姥的相响相濡，超越血缘的"祖孙"情，人间还有情浓于血的"公理"。

九、守望相助外孙

1

母亲白天有了临盆征兆，接生婆来过两次，第三次来是晚上，就没再走。三九天的寒气逼人，夜里呼啸的西北风透过厚厚的墙壁，把屋里吹得冰冷，灶膛里的火，一直没熄，不只是随时备着温水，也是尽量使屋里暖和些，为迎接新生命。

今日，陈家大院的气氛格外紧张。

几年前，母亲头胎生个女婴，没几日女婴夭折，因为对女婴不在乎，女婴夭折，失望者当然漠然置之。

两年后，我出生前，又受到家族的特别关注，母腹中躁动的胎儿承载着家族二十多年的期盼。随着婴孩落地的哭声，同时传出"丫头"一语，据说父亲像泄了气的皮球，垂头迟缓地走出屋去爷爷那里。他怅然不语，爷爷连问的勇气也没有，父子双双沉默地坐着，陈家的这半边天又骤然阴霾四起。

但另一半天，大娘和她几个闺女都喜出望外，窃窃私语，雀跃相告已出嫁的姑奶奶们"还是个丫头"。她们心中的愁云散去，老天满足了她们的意愿。

母亲陷入了尴尬的境地，内心的纠结无法言说。三天后，姥姥来"下奶"，母亲含泪自馁地说：真是没有福气。姥姥没有随声附和，还颇自恃地表示：

"有福不怕晚。人算不如天算。"

她边劝母亲，边看襁褓中的婴儿。母亲怅然，说出生三天，没人来看过一眼。姥姥连声说："我看。"

"你来到人世，除了你婶，我是第一个欢迎你的亲人，没想到，最后竟欢迎到家不走了，这才是前生后世的缘分呀。"她无数次跟我说这话。嘴角上都挂着微笑。

今日父亲坐卧不安，看似沉默，可内心异常焦虑。二十多年来，他多次经历像今天这样的煎熬。由于期求一次又一次落空，失望到了冰点。

爷爷为这个家深谋远虑，白日里他心疼地劝父亲：这胎还不如愿，我立即请媒人续亲。接着又安慰父亲：

前几日自己请了大南屯有名的阴阳先生，来仔细相看咱大院的风水，说这是"龙盘虎踞"的好地方，万不能"弃院重建"。

看来爷爷肯定无奈地跟风水先生说过迁居的打算。

当风水先生从爷爷口中知道家有"属虎"的，是第七个孙女，惊喜地拍着大腿，并猜料出这第七个孙女之前，失去个不属虎的姐姐，就是留着老七的位置，必在虎年出生。爷爷越听越神，也相信是天意。即我这个属虎的"七仙女"，预报了一定有"龙孙"出生。风水先生很坚定地下结论："今年是龙年，是你家的吉年。"

父亲被无望折磨得不敢再希求了，他似听非听，但爷爷的话，似乎使他心中又燃起希冀之火，情绪在自然地升温，或许能升到沸点。

夜深人静时，果真"龙子"降生了。

父亲在堂屋，听到了婴儿呱呱坠地的啼哭声，就有了某种预感，又听到接生婆抬高八度声调笑着：

"真是个小子！""龙来了！"

他闻声悠然站起身来，千真万确亲见婴儿出生的大娘，从里面转出来，迎面对父亲说：

"男孩！"

又急忙转回屋去。他疾步推开房门，便去爷爷那里，站到爷爷的外屋报喜。爷爷睡意朦胧中问"是真的吗"，回答"真的"。话音刚落，爷爷感慨"老天爷终于开恩了"，披衣走到堂屋喜笑颜开地说：

"盼星星，盼月亮，终于盼来祖坟能冒青烟了。"旧说"祖坟冒青烟"，意是家庭里有男孙延续，就有了上坟祭奠前人的烟火。现在泛指家中出了人才或大喜事。

爷爷连说"大喜"后，又吩咐父亲，过些日子找个好天气，去祖坟上给你爷爷报喜，上供送香火，求保佑孙子平安。"孙子"这两个字，他第一次说得实实在在的清楚和得意。

月儿弯弯照大院，有人喜欢有人愁。且不说爷爷和父亲是如何地心花怒放，母亲也长长地舒了口气，如释重负地对姥姥说：

"一身轻松，好像心都空了。"

可见之前，她的压力多大，心的纠解和腿的趔趄，使她的心身如牛负重。

另一半天，恰恰相反，大娘和六个闺女，无精打采得如丧考姗，只有大娘假惺惺地来看过襁褓中的弟弟。至于那群闺女，出嫁的和待嫁的，一个没露面，像怕瘟疫似的躲在各自的角落里，期待身怀六甲的大娘，两个多月后生产时，能出现奇迹。

果然，大娘也生个"小龙"。陈家大院百天内得了两个后嗣，整片天都晴了。爷爷和父亲确信风水先生说的"时来运转"，出嫁的闺女急匆匆地抱着孩子赶回来，看刚出生的小龙。年近五十的大娘踌躇满志，像笑，泪水不断地流，像哭，可嘴角向上翘，眼中闪着喜悦。可谓五味杂陈，自己也辨不清什么味道。再看看自己快两岁的外孙女，边喊姥姥，边嚷着要看刚出生的小"舅"，这生生不息的兴旺，令大娘很有幸福感了。

她们母女七人，打蔫了两个多月，今日又还阳了。他们剧冷剧热，使自己原形毕露，搅混了大院的空气，预示了母亲，我和弟弟生之不幸和活之艰难。

2

回头看，母亲走入陈家，就是走进陷阱。大娘母女七人扬言：好虎驾不住一群狼。自命为"群狼"，后来的所作所为证明，她们比狼还狠毒。更何况母亲天性就没有一点"虎"的威风，相反她柔弱、忍让、内敛，又势单力薄，"狼"简直是无所顾忌地逞凶了。母亲本来毫不费力就可以避免险境，可嫁到陈家，陷入险境后，像她那样的性情，不可能有惊人的勇气和毅力，挣脱出万劫不复之地。

后来知道，当年爷爷为给父亲续亲，几起几落都被大娘搅黄了。大娘第四个闺女出生后，爷爷担忧家无子嗣，断了祖业，就明确提出续亲，大娘寻死觅活地把家闹得鸡犬不宁。父亲为了息事宁人，苦口婆心劝爷爷，再看看后面的情况，爷爷只好依了。三年后第五个闺女出生，爷爷一天没吃饭，满嘴起了火泡，大病一场，绝望到了极点。这次倒是父亲主动提出续亲，大娘又故伎重演，哭闹不止，甚至装疯卖傻。爷爷认命了，又一次压下了续亲的念头。看来闹是有用的。直到第六胎还是闺女，爷爷恒心已定。他眼看一奶同胞的哥哥，只比自己大三岁，儿孙满堂，家业兴旺，后继有人，孙子辈都开始接替父亲的班，经营田产，重孙子也出世了。看自己这族，一群丫头，出嫁后将空巢。人过三十天过午，他唯一能指望的儿子已过四十，还没有帮手，二十来年就他自己掌管家里家外的事，要辛苦操劳到何时。

这次爷爷明确摊牌有言在先地说：大娘如若反对续亲，立刻以"无后"之由"休妻"，搬出大院，闺女随去，供养生活。果然这回他们没敢龇毛炸刺，全鼠迷了，可谓明效大验，这也拖了五六年才提至日程。

媒人盯着姥姥家不放，后来了解陈家有口皆碑，爷爷美名"活菩萨"，父亲绰号"拼命三郎"，在陈家同辈排行老三，干庄稼活不要命。媒人再三赞扬大娘善解人意，亲自为父亲寻亲。拖了一年多，姥姥勉强答应了这桩婚事。

其实爷爷的高压，只能使问题掩盖起来，大娘一直怀恨在心，所以母亲进到陈家，就如撞枪口，首当其冲成了大娘的出气筒。弟弟出生没几天，便对我下了毒手，用意是折磨母亲，分散她精力，让刚出生的弟弟不得安生，这叫作害屋及乌吧。她们对母亲处处找小脚，整天指桑骂槐，说三道四。母亲忍气吞声，咽泪装欢，瞒瞒瞒！从不跟父亲抱怨一句，更不跟姥姥诉苦。一次大娘无端指责母亲，终于激起老实人的愤怒，顶撞了她，大娘野性大发，大打出手，几个闺女也成了帮凶，一直追到马厩里还不放手。院里干活的长工告诉父亲，才赶来命令"狼"们住"口"，"虎"被咬"得"一病不起，弟弟从此断了母奶，只好喂米汤面糊，那时他才一岁多点。

弟弟虽先出生，可他是庶子。大娘的儿子后出生，但他是嫡子。大娘根本不懂什么叫嫡子庶子，但她口口声声说自己的儿子，是"正根"，说弟弟是"旁根"。言外之意，"正根"才是陈家大院将来的"主人"，还讽刺挖苦说弟弟"是萝卜梗不稷，长在金銮殿上"，怎么也挤不过"正根"，"老鸹夺不了凤凰窝"，她喻自己儿子为"凤凰"，而把弟弟视成"萝卜梗"和"老鸹"般的眼中钉。

两年后，母亲又生一男孩。爷爷和父亲神采飞扬，自得地拍着大腿确认，运交华盖的日子来了。但对母亲来说"运交华盖日子"在延长。产前，姥姥接母亲回娘家，因为母亲身体很虚弱，免得生闲气；主要是担心母亲生产那几天，弟弟无人照看落入她们手中，像我两年前一样遭不幸。产后一个多月，父亲执意要接回家，回去不久母亲就撒手走了。

设想，一个母亲能创造生命，却无力呵护幼小生命平安成长，那将是怎样的一种悲哀！弥留之际，母亲最痛苦的是放心不下两个儿子，虽说有爷爷和父亲两座大山可依靠，但小孩子的吃喝拉撒睡琐细事情，他们是绝对管不了的，一旦落入她们手中，就如落入"狼"群的羊羔，不会有好结果的。

姥姥知道母亲的心思，不断安慰她，说自己前半生为儿女活着，后半生要为孙子孙女活着。不论在什么情况下，都不会撒手不管。看到外男外女，就是看到自己的女儿。她把照看外孙的种种设想，一一说给母亲听。母亲确信不论姥姥多么辛苦操劳，都能说到做到，她是个能支撑得住，有定力能担当的人。母亲入土后，姥姥立即同父亲商量两个弟弟如何安排。

她想自己开个"幼稚园"，把两个弟弟带去，找个临时奶妈，给小的喂奶，大的跟两个小姐姐一块，将就两三年，孩子结实点就送回来。父亲知道姥姥对孩子是真心实意的，当初没有姥姥的当机立断，我最好的结果是残废人。像我这样一个对陈家无足轻重的稚童，大娘她们都想清除；而两个弟弟，是爷爷和父亲的"心肝宝贝"，是陈家家族的延续人，大娘唯恐自己儿子丢了"王位"，岂能对两个弟弟善罢干休！姥姥明确表示，我们双方都留个字据，摁下手印，免得你们不放心，我会按时把孩子送回来的。父亲听后没有表态，但姥姥猜得出，他不会由衷地同意，可也不宜直接反对。

还有雇个奶妈在陈家，专门照料小弟，姥姥把大弟带走。父亲当即表示这样减轻了姥姥那边负担，办法可行，爷爷也没有异议。但与大娘通气时卡壳了，她认为两岁多的大弟跟她儿子一块有伴，也好照料。小的送到她三女儿那里，她有个正吃奶的孩子，一岁了，把奶水让给小舅，这样省心省力又不破费。看来这"精明"算计，讨了当家人的好，沓斋的土地主很容易就中计了。狼若披上羊皮，常使短视的善人上当受骗。

面对土地主的"霸道"之气，姥姥逆风而上，去找爷爷，直言极谏：

"你们把自己孙子送入了陷阱，如同我当年把女儿送入陈家一样，都不会有好结果。当年我就是凭你们父子的为人，把女儿嫁过来的。实际你们父子是当不了大太太和她那群闺女的家。"

姥姥虽把话说得针针见血，可爷爷这个"农夫"还是很相信"蛇"不会咬人。

爷爷反复说明，这样比找外姓人当奶妈更叫人放心，"那是自己的'亲'姐姐，会真心实意的。"爷爷是个地道的东郭先生，中山狼利用了他的仁慈和迂腐，还有吝啬。后来知道姥姥苦口婆心地劝，爷爷主意不改，她奇怪这个"活菩萨"心肠硬得不尽人意，原来是父亲与爷爷争论此事中，续弦的奶奶左右着爷爷，这个奶奶对孙子没有一点亲情，没有连心肉，而且也没有一点同情心，她的话都是不走心的。

那些天里，姥姥尝到了"不能当家作主"的痛苦。想起母亲临终的嘱托，想起自己"不撒手"的承诺，想起两个外孙像两棵小草一样被风吹得摇曳，就流泪不止，呼天不应，呼地不灵。可她还是捎信让父亲过来，劝给孩子找奶妈，父亲不语就是反对。在万般无奈的情况下，她竟和盘托出：寻个善良的人再续亲吧，把女儿也领回去，保护三个孩子平安长大。

这异想天开的主意，别说守旧的父亲没有勇气接受，就是一心想安度晚年的爷爷也一点不会动心，因为他要孙子的目的已经实现。

人说"女人头发长，见识短"，可姥姥却说，这些头发短的男人的见识，比女人还短。权力在头发短的人手里，你再焦思竭虑，也无能为力。可她主意已定，我后半辈子是为外孙子孙女活着，决不撒手！挂在心上，时刻守望着！

3

她的种种努力都无济于事，虽说鞭长莫及，仍不放弃。

小弟百天时，根本没人在意，姥姥记得清楚，专程去看他。一路上不断提示自己，不论看到什么意外，都保持平和情绪，决不说碍人的话，那样人家会不悦，反倒会把气撒到孩子身上。

她进屋时，小弟的三姐坐在火炕上，给怀里的儿子喂奶，孩子吸着她的乳头已经睡了。她一只胳膊搂着孩子的头，另一只手拿着玻璃奶瓶喂小弟，姥姥亲眼看见，小弟聚拢嘴唇吸吮瓶中的水。

这场面怎么能不让姥姥心寒。她说自己立刻想到"小白菜"歌里唱的"他吃菜来，我喝汤"，心里酸酸的，接过奶瓶说"我来喂"，映入眼帘的玻璃瓶，里面是清水，手还能感觉到水的温度。

姥姥的突然造访，使三姐措手不及，她很机灵地解释，儿子这几天发烧，不爱吃饭，就让他啃几口奶。这真是此地无银三百两。她以为自己会说，别人就不会听！

小弟平平躺着，两眼瞵视着姥姥，两个月前的小圆脸，变得瘦骨嶙峋，像个小瓜籽，上宽下窄，额头突起，脸蛋塌下去了。两只大眼睛在眼眶里转来转去，闪着柔弱的目光。姥姥逗他，他还天使般笑了，非常可爱地瞅着姥姥。小细脖下衣襟上的嘎巴硬硬的，把脖子腌红了。瓶里的水喝得一干二净，还含着奶嘴不放。之后姥姥把捆胳膊腿的带子松开，他伸胳膊撂腿好高兴的样子。姥姥用小货郎鼓响声逗他翻身，他怎么也没侧过来；帮他趴着，他下额触到炕上，头抬不起来；竖着抱起来，两手架着他的腋窝，他腿软绵绵地蹬不住。她说自己已使劲地抿着上下唇，让泪水咽下去。正好三姐拿上来米汤，姥姥说去张先生那里抓药，就匆匆地离开了。此情此景，姥姥心如刀割般疼痛，憋着的泪水终于涌出来，像穿线珠子般流淌。为此，她在院墙外站了许久，踯躅不前，擦干泪水，让自己平静下来，才去了张先生家。

张先生是这一带的名医，姥姥常来抓药，很熟悉，说今天给我抓点消化药。张先生顺便问这大晌午特意过来抓药吗？姥姥告诉他，也是想来看看百天的外孙，"我女儿去了，小外孙放在你们东院他三姐家。"三姐丈夫与张先生同宗族。两院相邻，三姐几乎每天都抱着儿子过来。张先生很疑惑自语，怎么没听她说家有这么小的孩子啊，有奶妈给看着吧！姥姥没有澄清事情的真相，一笑了之。无意中，又多知道了小弟的生存境况。

回到家，她捎信让父亲过来，含着泪水求他和爷爷亲自去看看小弟，建议把小弟抱到张先生那里看病，特别嘱咐亲自看看小弟吃的是什么。

后来她又去过两次，越来越失望，怎么能如此地巧，一次也没碰上小弟吃三姐的奶。当然，喂米汤面糊，如精心应时，也可以活命，问题是小弟骨瘦如柴，快五个月了，仍然不能翻身，呵护过孩子的女性，都明白这是怎么回事。她每次看小弟回来的路上，都拐到母亲坟上哭诉：

"对不起呀！远水解不了近渴，我有劲使不上呀！你去保佑小弟平安吧！"

她用泪水泻出心中的疼痛和悲愤。小弟出生时比大弟重一斤多，而且夜里从不像大弟那样哭闹，满月时体重八斤多，小脸胖得溜圆。可怜的孩子，就在耗身上的肉，五个多月时夭折了，摆脱了人世间的苦难。母亲付出生命的代价，也没能留下这条"根"。

她终于明白：这样的爷爷要孙子，这样的父亲要儿子，最终只是为要自己，可怜天下孙子儿子的心啊！人沦为工具还何为人！孩子沦为工具还何为孩子！

去看望大弟时，她的心同样地纠结和酸痛。头两次大弟不知为什么有点胆怯，一时不敢靠前，远远站着，可眼睛偷偷盯着姥姥，眼神中流露出一种渴望的目光。姥姥主动把他抱到怀里，贴心贴肺地坐着，直到姥姥走，他都不愿下去，雏莺乳燕都知与莺妈燕母亲亲昵昵，孩子何不知谁亲！亲人的怀抱，是世上最舒服的摇篮和童车，孩子醒着是天使，睡着是睡美人。

孩子刚学步走不稳时，走得多趔趄也挣扎着走，一旦会走会跑，又很想找大人抱。弟弟正经历自己想找人抱的过渡期。后来姥姥每次去看望，他总是张开双臂扑到怀里，紧紧搂着姥姥，生怕分开，有时像羊羔吃奶似的跪在姥姥怀里，头顶着姥姥下额拱来拱去。她每次从陈家大院回来，跟我们说见着弟弟的情景，最后总要重复这句话：

"可惜，我只能坐一小会儿。渴望大人抱抱的要求都得不到满足，孩子心里该多委屈呀！"

看人家那个，跟他差不到百天，长得白白胖胖，水灵灵的，都三岁了，还吃母奶呢，几个姐姐抢着又背又抱的。我哪次去，都没见那个孩子在地下走过，也从没见过有谁抱过这个，他像小狗崽似的跟在人家身边脚后。人家那个活蹦乱跳的，无拘无束地喊叫，可开心了。再看这个，像被猫盯上的小鼠，缩手缩脚靠在门旁，就像一动猫会扑过来似的，既不敢逃之夭夭，也不敢随心所欲地玩，小脸冷冰冰，眼神怯生生，没谁正眼相看。真的正眼看时，准是小的告状，又哭又叫，给小的撑腰的人，开始对他吼，不问青红皂白地挨训了。这种尴尬的场景，姥姥无意中碰上过，但她有意躲开。因为你无法带走"狼"口下的"猎物"，一旦介入冲突，反倒使"猎物"处境更危险。

没妈的孩子，本是霜打的草。弟弟的精神状态，决不是天性使然，是稚嫩的心，在生存环境中时时受到伤害的结果。母亲在时他哇啦哇啦说个没完没了，还有他那咯咯咯的笑声，通通都消失了。

弟弟三岁以后，姥姥要求父亲隔些天要把弟弟带过来，离开"鼠洞"。到这让他自由自在地玩耍，放开嗓子喊叫，尽情地在院里疯跑。带子，既能哄我们玩，也能满足我们吃喝。她领我们去村中小铺，用鸡蛋换烧饼和麻花，弟弟说在家只看那个孩子吃，没人给他，想要不敢。他记住了这个小铺，每次来都缠着带子去换零食，就像今天的小学生放学时，必去零食小店一样。

平时，我和带子嗑瓜子，嗑出大的瓜子仁，都留着，积攒在盒里，等弟弟来，他爱吃，但自己还没学会嗑，说只看那个孩子吃，很馋。

如果赶上园子里的瓜果熟了，样样东西都让他吃个够，他说在家从没吃过香瓜菇娘和甜秆。他每次来姥姥家，固定的经典菜是炖鸡，最满足的是烙油饼，他一来，我们就能享受这样的美餐。

在姥家的"乐园"里，吃足了，也玩疯了。我们脱下衫子扑蝴蝶，捂蟋蟀和螳螂，追逐还飞得不高的雏鸟，在院里柴草垛里玩捉迷藏，笑声朗朗，其乐融融。

今天回忆起来，在那快乐的伊甸园里，姥姥是"怂恿"我们尽享自然和天性的"魔蛇"，不再怕"上帝"来，当然后来"上帝也真的死了"。

这里贫穷，但我们拥有丰富的爱；这里虽是小屋小院，但我们的童心，能在无限空间里自由自在。所以弟弟每次来，都不想离开，最后只好次次许愿："过几天还带你来。"

那里富有，但弟弟难得父亲的一点点"偏爱"，那里虽有宽房大院，弟弟的童心被挤压在地缝里，畏首畏尾，也不知哪一天能飞出"牢笼"。

临走时，姥姥总要叮嘱父亲，不能忘了我是如何伤的，小弟是如何走的。你家有饭，孩子不一定能吃饱，你家不缺水，孩子可能常喝不足。要天天注意孩子的吃喝冷暖。你们干活也要顿顿吃饭，吃饭时首先想到孩子，"万不能把孩子全放给他们"。

说弟弟是姥姥怀里的宝，父亲肩上的宝，爷爷心中的宝，这是漂亮的空话。而对稚嫩的孩子来说，他们只能是远处的山，对岸的船和天上的月亮，遥不可及。因为他们不能时时提供满足和安全，也不能守护在身边，给予温暖和滋养。最实际的生活，弟弟还是在她们的冷漠、阴郁、压抑和敌意中分分秒秒度过，成为霜打的草。爷爷和父亲的存在，她们不得不慑服，但以雕虫小技慢性侵蚀弟弟的童心，从未停止。

即便父亲偶尔给了弟弟点点的关照，也会引起她们的嫉妒，还把情绪传给了"那个弟弟"。据说父亲临终时，已到成年的那个弟弟还耿耿于怀。这种人，终了只能使自己的心钻入地缝，自食悲哀之苦果，这叫"因果报应"。

4

清扫房间的老家丁，看到了这悲惨的一幕。看似没有料到的意外，实是不同形式的必然。

据说兄弟俩坐在火炕上，围着火盆吃爆米花，吃着吃着霸槽子成习的小的，就把装爆米花的筐抱在自己怀里，不让大的吃，大的偏要去筐里抓，小的就抱着筐跑下了炕。兄弟俩你跑我追，筐掉了，爆米花洒了满地。大的愣愣地站着，看地上的爆米花，不知如何是好，小的又哭又嚷嚷，呼喊姐姐。两个撑腰的闻声赶过来质问"谁欺负你了"，这其实是在"叫战"，要煮豆燃萁了。

老家丁猫腰往筐里收地上成堆的爆米花，低着头想尽量多收些。

小的哭着从火盆里抽出烙铁，撑腰的大人看到孩子手里操着这种家伙，应立即缴械，意识到它的危险性，然后再劝和。小孩子护食，抢零食吃本是鸡毛蒜皮的小事，也很正常。大人以自己霸道的思维，认为能哭能闹的就一定是挨"欺负"了，在她们的天下，老鼠还可能欺负猫吗？只能是"猫"假虎威，更加肆无忌惮。所以"谁欺负你"的话音没落，小的操起手中的烙铁，转身向大的头上砍去，烙铁迎面落在太阳穴上，大的转身躲时，又一烙铁落在后脑勺下，顿时，血流模糊了半个脸和脖子，大的倒在地上，晕厥过去，没有哭出声。

这时，那两个撑腰的大闺女，才把烙铁夺过来，扔到地上，喊娘"快来"，抱着小的溜了，根本没瞅倒在地上流血的如何。

试想，这与今日在马路上疯狂飙车的纨绔子弟、富二代的不肖子孙，撞伤人逃之夭夭有何区别！这可是与她们血脉相通的同父的小弟呀，仅仅四岁多，躺在血泊中。她们扬长而去，说她们有蛇蝎的心肠还过吗！

大娘过来，看到躺在地上的弟弟，直挺挺地站着，与她的两个女儿一样无动于衷。是吓得发怵，还是冷酷无情到也没了人味！她猫头鹰似的眼睛盯着"猎物"，像木偶人站在那里，四肢一动不动，立即朝门外喊干活的长工找父亲。一向矜持的大太太，此时当着父亲的面，咋咋唬唬地说着埋怨话。

收爆米花的老家丁，把弟弟早抱到怀里了，用手捂着伤口，不停地呼唤弟弟的乳名，还老泪纵横地说：

"我只顾哈腰捡地上的爆米花了，怎么就没看到他操烙铁呀！我真是老废物呀！快醒醒吧！宝贝！"

有罪者放肆大胆，趾高气扬地溜之，无辜者反而羞愧满面，局促不安地自责。这真是高贵者最卑鄙，而低贱者最高尚。

大娘见父亲进屋，喋喋不休地说"两个孩子打架"打成这样，为她自己的儿子推卸责任，实际是为自己的卑鄙辩护。

父亲心里明白，大的挨欺负是家常便饭，大的若忍了，就不会挨打的，今天肯定是忍无可忍，再看满地爆米花渣子和屋角上的烙铁，他明白了大半，根本没想问究竟是怎么回事。

他赶忙用毛巾给弟弟包头，查看流血的部位，并喊伙计快套车，还嘱咐车上要压两麻袋粮食。说着他扯过棉被，把弟弟包上，便往外走，大娘没有跟出去，还直挺挺站着，像冬天立在外面的铁杆一样，父亲最后喊老家丁上车。

父亲抱着弟弟，眼盯着头上的毛巾慢慢地被血浸红了，不停地呼唤弟弟，一个劲让车老板快马加鞭。虽说车上压了很沉的麻袋，跑起来还是颠簸得厉害，老家丁让父亲把弟弟的头稍抬高点，以防血流得太多。

后来老家丁说，在这儿干了十几年的活，从没见过二当家的（爷爷是大当家的）掉过泪，今儿个抱着不说话的儿子，泪水滴滴答答地掉，还不停地叨咕，"怎么打得这么重啊！"老家丁劝慰他：

"那是个有棱有角的铁疙瘩，落到谁头上，都得开瓢，万幸，这是孩子打的，手劲小。"

快进城时，弟弟终于睁开了眼睛，但问啥都不答，这使父亲非常担心。到了医院，就是几年前要给我截肢的那家，给两处伤口，缝了二十多针，说侥幸没有骨裂，但有轻微骨伤，脑震荡是肯定的，失血不少，要住院观察。家长护理中，要密切观察孩子的意识、瞳孔、脉搏、呼吸、体温等肢体活动。还要轻声呼他的名字，跟他说话，不答，也要对他说，观察他的眼神表情，推测他是否听懂了。

头两天，弟弟睁眼看看，之后多是昏昏欲睡，喂水喂粥都能咽下去，就是问话不答，父亲又请医生检查了弟弟的耳朵，诊断没问题，让家长耐心护理。

第四天早上，弟弟终于开口要"喝水"，父亲悬着的心放下了大半，还是非常担心脑内受震动刺激留下什么后遗症。

父亲终于有机会昼夜守候在儿子身边，从老家丁嘴里，知道了儿子这次受伤的经过情形。老家丁整年屋里屋外干活，非常清楚大娘她们对弟弟的虐待情形，他看在眼里，也疼在心上，既不敢怒也不敢言，这次终于有机会同父亲说说心里话。他说自己喜欢弟弟仁义，偶尔逗他说几句话，事后因孩子跟自己说话，还要挨骂；后来老家丁只是看他笑笑，摸摸他的小手，交换下眼神就足够了。孩子姥姥来过后，孩子也要挨训，说孩子没记性，不是多少次告诉你"别理她吗"。说今年夏天孩子去姥家，他亲姨从外地回来给孩子穿了一套制服的短衫短裤，可洋气了，父亲说记得这身衣服，穿上特精神。老家丁问："你见他以后穿过吗？"父亲说没有。"她们当天就命令孩子脱下来，说这衣服太大，给二闺女的儿子拿去了"。姥姥也问过那套漂亮制服怎么不穿了，弟弟说给别人了。

老家丁还掏心窝地说："孩子太小，不知道如何保护自己，大人就得时时注意呀！有一点点闪失，都会难以弥补。这回发生的事多后怕。"

父亲听了老家丁的话，很受震动，深知这次受伤的危险，也决非偶然。以后该怎么办，这是个迫在眉睫的问题。

5

弟弟出院了，爷爷急匆匆赶过来看孙子，他先攥着孙子的小手，又轻轻地摸着头上的药布问"疼不疼"，弟弟说"有点痛"。"活菩萨"满脸笑容地鼓励："再过几天，就一点也不疼了。"

之后，爷爷颓然把孙子的手放下，像突然想起什么要事，提醒自己似的一怔，正襟危坐到炕边，完全收敛了笑容，矜持片刻，冲着大娘"发难"了：

"你把闺女都叫过来。今天匆忙，不然把出嫁的也叫回来，我有话说。"

大娘很窘地走出去。爷爷向父亲目语：我没有同你商量，我想你不会反对。

父亲心领神会明白爷爷要说什么，其实自己也憋了一肚子气想借机发作。

父亲宽厚、耿直、木讷寡言，能忍则忍，这一点是爷爷性格的克隆；而他火山喷发之烈性和拼命干活之急性，爷爷说这是奶奶性格的翻版。这次即便是爷爷不大发雷霆，他也忍无可忍准备杀杀她们的威风。

爷爷怒视站在面前的大娘和她身后的几个闺女，直言正色地质问：

"你们是怎么看的孩子？发生这么危险的事情，性命攸关的大事，你们想过后果吗？"

这几个人像几根被烈日曝晒失水的草，蔫蔫地低着头。爷爷说着把两条腿盘到炕上，心头火起，怒气不可抑制：

"有些过去的事，是不想说的，可你们欺人太甚，以为不说的事我们不知道，今天我就跟你们算总账！"他连珠炮似地数落出：

"我的那个小孙子，是你们给喝清水和米汤饿死的。你敢对天发誓，给孩子吃了几次奶水？我的那个小孙女，是你们故意伤害她的腿脚，差点残废，你们敢对祖宗发誓说不是？"

他停下来，但他的疑问声音仍在回响，他的眼神逼得她们缩成个团。空气在燃烧，火山岩浆还在喷发：

"这两个孩子的妈，是你们生生给折磨死的，你们以为天地鬼魂能放过你们！

对我这个孙子，你们还想斩草除根吗？你们平日对孩子使那些小伎俩，以为我们眼瞎看不出吗？你们做了这么多孽事，不怕老天有眼报应？”

大娘的脸色煞白，手也在抖，连说怪自己没看好孩子，避重就轻想蒙混过关。爷爷提起了手杖，敲打着炕沿，发出响声。那几个大闺女缩在大娘身后，如同丧家犬一样狼狈不堪。

爷爷一不做二不休，继续训斥：

"你们拍拍自己的良心，若是有谁把你的孩子打成这样子，你们得像疯狗一样咬人。这个孩子躺在地上流血，你们身不动膀不摇，连这点善心都没有，是人还是畜牲！搅家不良，陈家这股就败在你们这堆女人手里。做贼还心虚呢，你们做了这么孽事，难道不怕老天收拾你们！"

爷爷越说越来气，本是一张朱砂面孔，这回成了白脸包公。最后他用手杖杵着地发誓：

"你们谁再敢动这个孙子一根毫毛，我就要你们的命！我豁出自己的老命，替天行道。"

说着他把手杖狠狠往炕沿上一杠，咔嚓一下折成两节，吓得那母女几人后退好几步，以为要打她们。

父亲劝爷爷，气大伤身，让她们自己反省。

可爷爷又大吼：

"想想你们的恶德，还不改，就都滚出陈家大院！"

这话一出口，大娘拉着几个闺女，扑通一下跪在爷爷面前求饶，表示今后一定好好看孩子。

爷爷拿着半截手杖，指指天又指指地：

"做人若不知天恩地德，就不仁不义。不仁不义的人，带不出好孩子！"

爷爷抬腿走出屋，回头指着炕上躺着的弟弟，对父亲说：

"把孩子抱我那屋去。"

他的潜台词是"我不放心",他知道这些人本性难移。从此,弟弟白天跟爷爷一块,夜里与父亲一起。直到伤痊愈,再也没去她们那屋里。大人谁也没不让他去,有时还让他找小弟玩,可他摇头。大概那里使他伤得太重,有太多抹不去的痛苦记忆,大概那天亲眼看到爷爷对她们发怒,他也终于有了勇气和机会离开她们。

我们步入老年,每次见面只要遇到雨天,我都开玩笑地问:

"老弟,伤疤痒吗?雨都下一天了。"

他总是很严肃地回我:

"不痒,但有点痛!"然后笑笑说,"有头发掩护,别人看不到这痛,自己可知道。"

6

弟弟的伤快痊愈时,姥姥才知道,急着过来看。

弟弟趴在爷爷的炕上,手边放着一大盒玻璃球,爷爷一个个往外拿,正教他加加减减数数。姥姥进来了,弟弟一跃站起来,扑到姥姥怀里,小脑袋贴在她脸上蹭来蹭去。她看到头上和脖子上缠着刺眼的药布,顿生难耐的感伤,不禁潸然泪下。祖孙俩面面相觑谁都不说什么,谁都懂对方想说什么,有相通的心,语言就多余了。他抱着玻璃球盒,反身坐在她的怀里,这是他独享的宝座,它能弥补缺失的母亲的温暖。姥姥盯着明晃晃的纱布绷带,眼神燃烧着愤怒,脸上的冷色明显地在疑问,逼得爷爷不得不迅速"迎战"。

爷爷领教过姥姥的厉害，更知她对外孙刻骨铭心地疼爱。没等她开口，爷爷主动告诉姥姥孙子受伤和治疗的详细情况，特别显摆自己如何大发雷霆，灭她们威风的情形，奶奶在一旁还帮腔补充，说人家官升脾气长，而他越老越威风。其实在这之前，父亲已把爷爷大怒一事跟姥姥说了，认为有生以来从没见爷爷发这么大的火，姥姥听后憋的气已消了大半，她早就希望爷爷这么做，所以她半开玩笑地调侃：

"让你这菩萨显灵发威，可实在不容易。若是早点这样，孩子们准会少受罪。你那小孙子说不定还活着。"

姥姥后一句话触动了爷爷敏感的神经，令他沉默不语。她觉得该刺激就得刺激，有钱人过享受日子，就忘了别人的疼痛，所以，她又惋惜地加了一句："好饭不怕晚哪。"

爷爷哈哈大笑，知道是在挖苦自己，批评是实，表扬是虚，便自我调谑地说："晚了点。"

她确信爷爷这回管了，就不会轻易放手。但她知道，爷爷这大当家的，不可能天天带孙子。续弦的奶奶，吃粮不管事，事不关己高高挂起，更不可能天天看孙子，她既没有同孙子的血缘关系，也没有菩萨心肠。

一言以蔽之，他们都不能"越俎代庖"，弟弟最后还要回到她们手下。所以，必须找个切实可行的办法，离她们远点，才是安全的上策。

弟弟受伤，如同我几年前受伤一样，都给大人敲了警钟。姥姥认为爷爷的大怒难使她们痛改前非。

所以，姥姥坦诚地直接问：

"孙子的伤好了，你还带吗？"

爷爷苦笑，不置可否，因为他没有想那么远，或许他对她们还抱有希望，认为她们能有慈悲心肠。

"不能落到她们手里！"这是姥姥对母亲的应诺，作了多次努力都受阻，这回机会来了，决不放过。

在去陈家大院的路上，她不停地问自己：

"怎么办？"

她不寒而栗地想到她们对母亲、对我、对小弟的心狠手毒，再想到弟弟这次受伤，所以"既不惹你，还能躲你"，成了姥姥的既定方针，"离她们远点"，在狼眼下的小羊，终有一天会被吃掉或咬伤的。

"往哪里'躲'呢？"

一筹莫展时，眼前的场景，使她计上心来。于是她离开小路，顺地界埂，拐向"草场"。她早就认识这个羊倌，是她远房亲戚的儿子，当年为了去陈家放羊，还找过姥姥说情。

她拐过去，同羊倌搭讪，聊了好一会，觉得这人很厚道，也很实在。良好的印象，使她眼前一亮，觉得刚才心中朦胧的想法，渐渐清晰，给了她某种可能性的启示。

所以，她想对爷爷说自己刚才在路上萌生的念头，商量可行性，便开门见山问：

"你家羊倌的为人怎么样？"

"干活很靠谱，从不惹事，在这干五六年了。你怎么想起问这个人？"

爷爷随口回答，但不解，正说看孙子的事，与羊倌有啥关系。可他对羊倌的好印象，促使她立刻有勇气试探地问：

"让孩子白天同羊倌一起上山。这样分开，就少碰车了。天气不好就在家，同你们一块混，这是不是个办法？”

爷爷先是吃惊，但并不怃然，最后迟疑地表示：

“了解了解，也许是条路。眼看开春了，孩子五岁多了，到野外跑跑，是件快乐的事。”

看来爷爷难与姥姥同步思维。他对孙子的关爱还停留在眼前，或许他认为孙子伤痊愈后自然应恢复从前的状态。可姥姥想的这个权宜之计，决不是敷衍，是安全第一，又实际又长远，她立刻又追加了一句：

“人若可靠，考虑给加点月工钱。这对他是个美差。”她见爷爷若有所思，没有马上表态，又很刺激地扔出几句话：

“若不，就让孩子到我那里，两个小姐姐也能带他。反正不能回到她们手下！两年前我说带走，你们不同意，孩子差点没丢了命，这回我不会放弃……”

爷爷最怕把他孙子带走，一是他想孩子，二是陈家大家大业，保护不好一个孙子，于情于理于颜面都过不去。看来她的刺激话很起作用，爷爷立即表示跟儿子商量，仔细了解羊倌，再定夺。

7

春节前，弟弟头上的绷带都拆下来了，还长出头发茬，但两条很深的伤疤一清二楚，是缝合的技术不佳，还是伤口深缝合得不及时，说不清。头发长长点，后脑勺上的疤痕会被掩盖上，右太阳穴上那块，靠梳分头的大半将来也会盖上的。

肉体上的疤痫永存，心里上的疤痫更是抹不掉。随着年龄的增大，经历了人生的沧桑，虽更多是淡忘，不免也有剧痛。

立春后，阳气往上升，陈家大院的"龙子龙孙"，就要沦为小小的"羊倌"了。用诗意的语言称为"牧童"。其实，弟弟比画中倒坐在牛背上快乐地吹笛子的牧童小多了，才五岁，也许你说这更有诗意，但也可以说这多么无奈和凄怆，陈家大院的长孙被"流放"到羊群里了，不是件怪事吗！

弟弟知道同羊倌一起牧羊，高兴得跳起来。小孩子有鲜明的选择性，宁愿同羊群在一起，也不愿同常欺负自己的伙伴在一起；宁愿同不熟悉的羊倌在一起，也不愿同所谓的"家人"在一起。姥姥说这虽是无奈的办法，可却是下策中的良策。远离危险，获得一份平安；远离枷锁，获得一份自由。孩子虽不懂牧羊是大人的良苦用心，但他感到快活，就是精神上的解放。

为了稳妥，她几次去羊倌家中，同他父亲攀谈，希望他嘱咐儿子，用心看好外孙，陈家是绝对不会亏待他的。果真月酬增加了两倍，三十多岁的羊倌，像待自己孩子似的，几乎成了弟弟全天候的大朋友。羊倌还跟姥姥表示：

"我是放羊的，但看好孩子是头等大事。人家信得着咱，就要以德报德。"

春暖时节，羊倌领着"牧羊娃"出飞了。像雏鸟第一次出飞，快乐而胆怯，爷爷一直跟到草场上。百十只羊自由自在地觅食，只是要留心狼的出现，此外，大小羊倌便可放心地玩耍。大羊倌给"小羊倌"备了厚厚的垫子，怕他着凉。还备了个小鞭子，鞭鞘系上皮条，教他如何甩出响声，教他如何吆喝羊群上路；让他帮着数羊羔和大羊的数目；指给他看领头羊的模样，哪只公羊厉害别惹它；哪支母羊快下崽了。如果有狼混入羊群不用怕，拼命把鞭子甩出响声，或者用衣袋里的火柴，点着身旁的树枝干草，狼害怕就走了。

太阳高照，野花争春，青草茸茸，羊儿快活，大小羊倌也其乐融融。羊倌爬树去掏乌鸦喜鹊蛋，寻杨刺罐儿，给他烧着吃。夏天庄稼长高了，时常在地头捉迷藏，偶尔收获到黑天天，享一次口福，吃个黑嘴巴。赶上有片好草，他们坐下来抱只小羊羔玩，或讲个稀奇古怪的故事。

羊倌早上出来，总是悄悄地给他带上干粮和水。羊倌背他、抱他，有时让他骑到脖子上，甩着鞭子，吆喝羊群上路。羊倌时时把他放在心上，拉在手下。他与羊倌也格外亲，偶尔父亲外出，他就与羊倌同吃同睡。

爷爷有时也溜达到牧场，跟他呆一会儿。偶尔早上起晚了，爷爷就给送到草场上。父亲只要在附近地里干活，总要过来看看，有时直接带回家，长工们抢着又背又扛地逗他玩。

姥姥想外孙时，找准点，直奔草场，带上好吃的。祖孙俩"吃喝玩乐"一阵子，心满意足地再见了。再不用去看大娘她们的脸色，也不担心自己走后孩子挨训。

经过伤痛的教训，父亲的变化最大。他虽然独自经营近百垧土地，很忙碌，但也常把弟弟带在身旁。教他牵马、骑马、驾车。也许是男孩子的天性，弟弟非常喜欢马。有匹脾气很温和的枣红马，竟成了他的朋友，当弟弟的小手一摸它的前腿时，马就低下头用嘴吻弟弟的脑袋，还打着响鼻，表示自己很高兴。就是这年秋末，他独自牵着枣红马，马背上驮着几斗刚磨的玉米碴子，从小路给姥姥送来。姥姥坐在炕上从玻璃窗看到外孙牵马进院，眼泪簌簌地往下流。很多年后，她还回味五岁小外孙独自牵马给姥姥送米，是多么"英雄"和"孝顺"的真实童话，每一次

幸福的回忆，她都掉下泪花，享受那天伦之乐。

长工们知道弟弟这次经历的危险，都格外怜爱和关照他，晚上收工后，常去羊倌那里找他玩。离开那几个女人，弟弟进入了底层男人的天地，在纯朴勤劳的人中，受到了异样的熏陶。贫民阶层中一切有价值的东西，在那冰冷无情的陈家大院的背景上，像是一个始终召唤着弟弟的温情之岛，磁场般吸引他不想离开。

与善良纯朴的人为伴，与可爱的羊羔嬉戏，在阳光、草地和野味的自然怀抱中，那纯粹的人格和纯美的环境，对纯洁无瑕的孩童的熏陶，才是真正自然乐园的教育，是今日人为的乐园无法代替的。至今他还向往去草地上撒欢打滚，甩鞭子，吹草叶的口哨，还想去烧鸟蛋和玉米棒及黄豆荚，还想去捉几个蝈蝈放在窗前笼子里晚上听它歌唱，还想迎着朝阳吆喝着羊群奔向草场再听羊倌讲鬼怪的故事……

8

土改时斗地主，陈家大院虾荒蟹乱。没收土地和财物，她们失去了大院和坐享其成的生活，更失去了昔日的威风。一夜之间一无所有，住进了马厩。昔日不可一世的地主小姐，只能人托人，到外府去找"门当户对"的地主小伙，才勉强嫁出去。

羊倌走了。弟弟不得不回到她们中间。阴差阳错，昔日互不喜欢的两个"小冤家"，今日又成了真正的"难兄难弟"。

她们自顾不暇，没有胆量和心情恣意妄为，也不敢对弟弟吆三喝四了。

想吃人的人，最终一定被道义良知吃掉，这是天经地义的。

就是不遇上土改，她们的日子也不会长久。

大娘侥幸没有挨斗，多亏她的大女儿当年"造反"。这个地主大小姐，暗恋上了给自家扛活的一个长工，此人长得奇丑无比，我记忆中，他很像《巴黎圣母院》中的卡西莫多。当然有点夸张。但任何比喻都是有缺陷的。据说长工人品很好，大小姐非他莫嫁。昔日长工女婿土改时成了农民协会的领导，他以陈家有两个六岁孩子，没人照看为由，使大娘"蒙混"过关了。

一年后兄弟俩入农村小学，又考到十里外高小，两年后考入镇上中学。村里考上中学的只有四人，陈氏三兄弟，加一个"造反"大小姐的女儿，我在外省也考上了，这使父亲着实地高兴了一阵子。但初中毕业，弟弟失去了中考报名的机会，镇医院查体，说患有肺结核。

若是现在，孩子体检出这么大问题，家长和学校都不会轻易放过。弟弟长期住校，家人也不知道，那时的孩子岂敢怀疑体检报告，只能听从学校安排。

姥姥听说后，焦急万分。旧时说肺结核就是"痨病"，即无法治愈的"绝症"。虽说五十年代中期，已有了治疗肺结核的特效药，可姥姥哪里知道呀。为了治疗，她带着弟弟去医院诊断病情程度，可X光透视，肺部根本没有结核病灶，难道痊愈了？两次检查相隔不到一个月，结核病绝不会恢复这么快，就算是奇迹，也得留下钙化点，而且几十年都存在。

查体时，弟弟确实感冒了，那顶坏是肺纹理增粗，怎么能有这么大的误差？反复跟大夫说是来确诊病情程度，一再求大夫仔细看，结果还是没有，虚惊一场，有惊无险。

弟弟当时学习成绩很优秀，他的成绩考高中绰绰有余。没能报考，班主任老师非常惋惜，另外，1956年大批中专招生，初中毕业生是供不应求的，失去了所有机会，后面的机会何时能再来！

人生关键几步走对了，就成功了大半。最初的几步走对了，就奠下了成功的基石。当你还是不经事的少年，亲人指引就是迈步的方向，此时，弟弟正处在选择方向的路口。

守望者姥姥，当机立断：明年再考。她去弟弟所在学校打听，同意明年参考。但在校户口必须迁出。明摆着，户口迁回农村，就断了再考的路。如果明年真的不准考，只要户口在城里，就有多条路可选择。当今农村户口转到城里难，那时也难。为此，姥姥便四处开始拜佛求神。

先去找远房外孙志贤，他在镇政府工作明白政策，规定临时户口可落到亲戚家，派出所能同意，迁出的学校必须要出示证明信。明白了这个程序，又去志明家。志明是姥姥二姐的孙子，母亲早故，与父亲妹妹三人相依为命，他小时姥姥给过很多关照，把姥姥当亲奶奶，他们一家进城后，从没断过往来。

户口落到志明家，姥姥想他家不会不同意。但弟弟吃住复习在这儿，有点不好开口。思前想后硬着头皮去说了，志明家三口人一点都没打奔儿，说都是没妈的孩子，同命相怜，几个孩子都很仁义，放心吧。

街道派出所那关，让志贤去给通融，说以前没有先例。去中学开了误考证明信，姥姥自己去跑的。磨来磨去，跑了好几天，总算一路大开绿灯，办成了临时户口，注明明年中考后迁出。

她心里十分清楚，这件事只能先斩后奏，生米做成熟饭，再告诉父亲，他反对也没用了，不反对更好。事情办妥了，她捎信让父亲过来，说明情况并交待：每月给志明家送一斗小米五元钱。当时我在校住宿每月交五元钱，包全月伙食，所以姥姥定下这么高的伙食标准，是有意酬谢志明家。

父亲当时没有表示异议，答应过几日就送去。他心里明白，大娘的亲儿子没考上高中，户口由五姑爷给迁到南岔铁路局，他外孙女干脆在镇上订婚，户口也没迁回来，他怎么好坚持把弟弟户口迁回家呢？其实大娘一直催父亲快把弟弟户口迁回乡下，可惜他动作太慢，而且根本没想到姥姥有这么大能量，把户口落到城里。爱多深能量就有多大。

今日回想起来，姥姥果断的决定，正确而又有远见。否则，弟弟将完全走上另一种生活之路，可能与当年陈氏三兄弟中老大的生活大同小异。

所谓"老大"，是五叔的儿子，三兄弟中年龄最大，土改时也被划为地主。"老大"中考后户口迁回农村老家，成为村中仅有的一个初中生，文化最高，人很聪明能干。但因为是地主子弟，除劳动外，村里的很多活动，都不准他参加，连修水渠都警惕这种人"破坏"。他样板戏唱得很有名，但上台表演参加比赛也不准，认为他没有资格，原因是家庭出身不好。娶亲也很困难，降低条件好歹成了家。上个世纪末，我和弟弟回去给母亲上坟，请他帮忙寻找原坟深埋的位置，几十年不见，当年的翩翩少年变老是自然规律不可抗拒，但他完全变成了鲁迅先生笔下的闰土，枯老干瘪，驼背弯腰，乌黑的脸抽得像核桃，毫无生气，眼睛暗淡无光。他很感慨地说，农村以前"唯成分论"很厉害，当年他若是不回乡，在城里的大世界，文化发达，政策也明确，会宽松多了，等政策真正改革到农村时，可惜他的身体也干不动了。

回头看"老大"，更觉姥姥当年的决策，确有先见之明。

当年，弟弟住在志明家，安下心来复习备考。姥姥常来看他，对他充满着希望，鼓励他：

"九年寒窗都熬过去了，就只有这最后一哆嗦了，离上大学'念大书'就一步之遥了。"

"无论如何都要去'念大书'，念书越多才越有出息！"

为了实现我们姐弟"念大书"的梦，姥姥殚思竭虑，她不只盯着关键时刻不让我们掉队，还深知日常点点滴滴的努力积累，都是人生迈大步上台阶的准备。

弟弟给自己订了很细的学习计划。虽说自己掌握时间，可以灵活机动，但他按时起居，严格按计划复习。经过一段独立的复习，他深有体会地跟我说：

"以前学习，多是跟听课，跟作业，忙忙碌碌，自己独立思考的时间太少，很多知识消化不良而不自知，囫囵吞枣就体会不出知识之间的连续性。"

听他的体会，我感到他真的进入了学习状态。

9

弟弟复习三个多月时，刮起了知识青年上山下乡的飓风。那是1956年冬天。当然与后来知青上山下乡的大潮比，这次只能是小打小闹。

从派出所查户口到居民检举，一个不漏，整个镇里查出几十个没有就业的青少年，是多年积下的小学毕业生。镇上只有两所中学，面对方圆百里的农村，还有没设立中学的小镇招生，大批的小学毕业生被淘汰，多年找不到工作，就成了镇里的闲散游民。

弟弟虽准备明年中考，又是临时户口，但大潮裹挟，势不可当，还是少有的高学历知青，因未成年，姥姥想让他返乡劳动，镇上不允许，弟弟自己也不同意，只好随大伙一起走。新年前，赴西北荒开辟农垦农场。

天寒地冻，来到这亘古及今酣睡而肥沃的荒野，住进劳改犯用过的棚户里，蹚着积雪去砍柴做饭取暖，白手起家，很有开天辟地的豪迈劲！

熬过严冬，雪化冰消，阳气还没浸透冻土层，垦荒者便扛着铁镐，冲进了处女地，一镐又一镐，蚂蚁啃骨头式地开荒了。

当时口粮是计划供应，对垦荒者重体力劳动也不多给。他们是冬天过来的，没有蔬菜储备，油水少，觉得吃不饱是正常的。很快传出"挨饿"的传闻，传闻说他们饿得无法忍受，跑到附近农田里，捡过了冬的黄菜叶和冻菜帮子，到甜菜地里去搜挖秋天收获扔的小疙瘩或深挖土里残留的疙瘩尾巴，还有人从农民园子里的辣椒秧上捡干瘪的小椒，通通放在一起加盐煮水喝充饥。其实四年后，我们突然被赶到乡下去"念大书"，比这"传说"苦多了，因为那时我们的口粮被减去三分之一。

姥姥从街里听到这传闻，焦急赶回家，立即把豆包饼子咸菜大酱打包好，雇村里最壮的劳力，徒步一百多里，给弟弟送去。可弟弟给姥姥回信：

"千万不要再送吃的了。生活虽然艰苦，每顿都有定量的饭。"

开春后，父亲去农场给弟弟送衣服，回来很豁达地说："饿不坏，长个了。他们自己开荒种了大片蔬菜，还养了肥猪和家禽，生活很快会好转的。"

那里的生活状况到底如何，姥姥莫衷一是，她一直惦着想亲自去看看，路远交通不便，老年人出门不容易。但有一条"新闻"终于促使她启程，说就算爬也要爬去，可见这事多重要。

前几天，姥姥在邻居家听到一条"新闻"，意外到不能相信的程度，用我们现在的话说是"爆炸性"的。

这邻居是姥姥大姐的孙媳妇，娘家住东房深沟，是祖传名医张先生的孙女，回娘家时听到的已经是"旧闻"，因为事情发生在两年前，现在正是发展时，也可以说是新闻：

"邻居老王家的姑娘今年二十，前两年找了个十四岁的小女婿。"

这种新闻本身就很有传奇性，在旧社会司空见惯，新社会就少见多怪了。

"姑娘家的父母可满意了，说女婿小就小点，总有一天会长大。像这么好的条件很难遇上，男孩大个，长得漂亮，村里少有的中学生；又是正经过日子人家，土改被分，不到两年，就盖起五间大房子，是村中独一份砖瓦房子。"

"是男孩大姐亲自出马来说亲，看中王家门风，姑娘长得出众。说自己父母已近花甲之年，急需有人料理家务，找个大点的早早娶到家。"

这个孙媳妇看姥姥听得"津津有味"，越说越起劲，最后还说：

"我一听就知道准是姨奶的外孙子，可就不知是哪个？听说陈家有两个同岁的兄弟，同父不同母。"

"你猜是哪个？"姥姥笑着问她。

"肯定是你的亲外孙。"孙媳妇转了转眼球，笑眯眯地说。这个孙媳妇八年前嫁过来时，比丈夫大三岁，说是"女大三，抱金砖"。

"为什么？"姥姥追问

"因为她们偏向呗！"孙媳妇脱口而出。

"偏向谁？"姥姥打破砂锅问到底。

"当然是自己的孩子啦。"孙媳妇的丈夫是过继子，家中等着用人，便娶个大媳妇，她明白自己过门后的辛苦。

姥姥悉心听完，又打听了姑娘家的一些情况，非常镇定，没有表示自己不知道这件事，只是说了句："我还没见过这姑娘。"孙媳妇说：

"很快就过门了，嫁妆都准备好了。"

孙媳妇不是个扯瞎话的人，姥姥确信这事肯定是真的，她联想起弟弟户口落到城里后，很固执地不肯回乡下家里复习功课；从镇上去垦荒队，姥姥同弟弟商量跟上级要求返乡劳动，他坚决反对，一定跟垦荒队走。还有，姥姥把弟弟户口落到城里，父亲那种不反对也没表示高兴的不温不火的态度，其实是一种无奈，想拉弟弟回家，弟弟偏偏"躲"。联系起来看这事有点蹊跷，姥姥觉出弟弟有难言之苦，他们父与子各揣心事，只有姥姥被蒙在鼓里。

两年前弟弟才十四岁，刚上初二。旧社会地主家娶大媳妇，如今解放七八年了，还有人敢公开包办娶大媳妇，目的明确，用心良苦。"七匹狼"真是怙恶不悛，就是要把弟弟拴在她们身边，老守田园当她们的"奴仆"。

10

这么大的事，父亲怎么一句没露过！

我敢说，他是真的没有跟姥姥"报喜"的胆量，也没有与大娘那伙人斗争的勇气，他也是被"养儿防老"的传统观念左右，驱使他看不清这荒唐背后的别有用心。他的忍让和狭隘怂恿了她们的言行，而永远不会像姥姥那样去思考弟弟的前途命运，虽然他绝非别有用心。

她非常庆幸把弟弟户口抓紧落到镇上，否则，此时媳妇肯定已经娶到家了。她甚至想，去开荒苦就苦吧，受她们那伙人的愚弄，那才是没有天日的大苦，能离开她们，老天帮了大忙。

我和带子听说此事，都怒不可遏。若说"孝"，大娘自己娇生惯养的儿子该对她最忠心了，再娶个听使唤的媳妇不是更能尽"孝"吗！其实，她们根本舍不得让自己未成年的儿子担起这生活重负，傻瓜都能看出，这是阴谋，而且早就谋划好的，把自己儿子的户口迁到外城。带子非常尖刻地说："她怎么不把嫁不出去的闺女找个小女婿！她倒反朝天，让太阳从西出，男十四女十八，婚姻法规定男二十女十八，小二黑自由恋爱，白毛女逃婚，这'七匹狼'贼心不死，还敢明目张胆犯法，我们跟她们斗定了。"

祖孙三人拍案而起，说就算这姑娘是"天仙"，是"皇帝的女儿"，也得弟弟愿意才行。我们的帅小伙不缺如云的美女，更不能未成年就挑起家庭重担。

为此，姥姥决定立即去垦荒队，弄清事情的来龙去脉，听听弟弟的想法，表明我们的态度。春末夏初，天气很好。她走走歇歇，偶尔还搭段顺风车，半路去长庚舅那儿住下，经过两天，总算到了农场。

原来是这样：

弟弟初二放寒假，父亲一再跟弟弟说："自己老了，那个小的难指望上。"希望弟弟毕业回乡帮把手，支撑日子，根本没打算让他继续念书。

看来父亲在给弟弟"下毛毛雨"，打前阵，以父子亲情感化弟弟。

又过几天，大娘带弟弟去王家，走进大门时才说明看看王家姑娘，问"为啥"，才说出"相亲"，弟弟正犹豫该怎么办时，就把他拉进门了，大人们将计就计，没说几句话，大娘就把彩礼钱交给了姑娘的父母，看样子之前已把"生米做成熟饭"，领来是走过场。

真比去商店买货还容易，一手钱，一手人，订婚交易完毕。大概因为心怀鬼胎，没敢张扬。

弟弟上初三后，大娘几次说，"毕业就结婚。"所以弟弟一直躲着，宁肯住在镇上，宁肯去垦荒队，就是不想回家。今春父亲去时跟他商量请几天假回家一趟，弟弟知道她们想早点办婚事，就借故说现在请假，垦荒队就当"逃兵"看待，家庭出身不好的，那是"罪"上加罪。父亲没有再说啥回去了。

"你想解除婚约吗？"姥姥明确地问弟弟。

"当然。可不知道怎么才能解除。"他还是个少年，真是太难为他了，只知"躲"。姥姥说，你写封信，我办后面的事，你不必回去。信中说：从垦荒队回家乡，几乎没有可能，这里要求人人扎根农场；按婚姻法规定，你还要等四五年，不能违法提前结婚；等下去，误了你的青春，我自愿解除婚约。

她在那住了一夜，祖孙俩说了很多心里话，弟弟还领她沿农场地界走一大圈，并看了宣传栏上的光荣榜，告诉她那里有自己的名字。临走时，农场领导还特地派车送姥姥一程。

揣着弟弟的信，她仔细琢磨，这是陈家的大事，一旦同他们商量，就会炸窝。她们既然打了这如意算盘，就难罢手。信如不交给姑娘，误了人家的终身大事，咱们不人性；如交，谁去交，事情很棘手。

夜长梦多，不如自己把这"祸"惹到底，快刀斩乱麻，一不做二不休。于是她打听好姑娘的具体住处，便自送上门了。

姥姥自我介绍后，王家人格外热情，女主人马上说陈家急着用人，等中学毕业回乡就成婚。这毕业快一年了，也没个信，春天亲家去垦荒队说请不下来假，还拖着。最近姑娘常过去，帮老人干点活。啥都准备好了，就等人回来择个好日子办事。

借着这个茬儿，姥姥插嘴说：

"我今天就是为外孙子的终身大事来的。知识青年上山下乡是政府的统一行动，非去不可；去了就让扎根边疆。我也盼他早点回来，那地方又苦又累，原来是犯人劳改的地方，他也不知怎么熬，可啥时能回来咱说了不算，官身由不了自己。"

"外孙说自己再三斟酌，不应耽误姑娘的待字之年。所以他亲笔写了封信，表达了自己的意思。"

姥姥把信交给了姑娘母亲，同时表示歉意。说信捎到我这儿，不得不及时送过来，另外，外孙还捎话说，彩礼不要再提了，都是过去的事。

姑娘正巧不在屋，话好说些。姑娘的母亲，开始时怔怔地站着，沉默瞬间，像醒过来似的眨了眨眼，不断地"啊""啊"，混着惊讶和疑问接过信，虽意外，也没有过激的表现。

姥姥很快退出来，她说自己心里也很不好受，看样子是个正经过日子人家，主人很和善。此后多少年，父亲从未跟姥姥提及过此事，他明白，只要提就自找"挨训"。至于姑娘家与陈家是否有纠葛，至于大娘她们愤怒、责怪还是悔恨，我们一概不想知道。

不光明正大的事，可能没有勇气露在阳光下。她们最后一计，败了！

11

这年秋天，省里来镇上招工。

志明本在镇上有工作，听说省里来招工，想跳槽去省城，也去报名。他在报名处看到一些家长，说自己孩子在垦荒队，建议去那里招，还给孩子报了名。志明是个很有心计的人，他认为招工组回答家长建议时话中有话，于是他特意跑到乡下告诉姥姥，她认为事不宜迟，当即就跟志明到镇上招工的地方。

招工组正在接待家长，他们非常清楚镇上的无工作青少年去年冬天都被转移到下面去了。姥姥手里攥着弟弟的照片，给工作组看，说外孙从小就仁义，从不惹事生非。学习好，中考误诊不给报名。现在垦荒队几次都上光荣榜。她特别强调两岁没妈，吃了不少苦头。工作组的人把她说的都记下来了，态度认真和气。第二天下午，她又拿原中学的误考证明信和复查的X光透视报告单，同时向学校索取了一份学习成绩单和班主任的操行鉴定，一并交给工作组。可说她把工作做到位了，这是姥姥一贯的风格。

其实她心里最打鼓的是弟弟的家庭成分，那时"唯成分论"很厉害，尤其是农村，家庭出身不好到处受歧视。为此，她特地去找在镇上工作的志贤，请他向工作组说说这孩子的特殊身份，即母亲去世后，不得不同羊倌一起吃住。志贤也早知弟弟的不幸，他让姥姥放心，一定跟工作组谈。

后来才知道，招工组去垦荒队前，早已通过镇政府给垦荒队下过文件，让他们备好推荐材料，这回到镇上是摸底，据说手中早已掌握了推荐名单。听家长报名介绍，正中了他们想进一步了解其人活材料的意图，而且在镇里，已把推荐名单中每个人的档案查完。去垦荒队就是面试，直接宣布决定。事后知道弟弟在推荐名单中。

面试时招工组给他提出的几个问题，都是证实他的从前情况，根本没涉及垦荒队的事情。他们问：

"你几岁没有母亲？"

"两岁。"

"最关心你的亲人是谁？"

"姥姥。"

"你去年中考体检误诊啦？"

"是。"

"你还想考高中吗？"

"有工作就不想考了。"

"为什么？"

"垦荒这一年，证明我能自食其力。"

招工面试的三个人，只交换了一下眼神，坐在中间那位提问的人，脱口说出：

"后天你跟我们回城，去收拾东西，准备好！"

弟弟只顾高兴，也没敢问回城干啥，风一样离开了。几分钟前紧张得心跳，还准备汇报自己的表现，现在是激动得有点不相信自己的耳朵，所以转身又问：

"真的回城吗？"

"真的。"三个人同时说出。

这几天大家就传招工的事，弟弟心里已有"八打儿"，意思是可能招回来，也十分担心受家庭出身影响上不来，今日一锤定音，没想到这么干脆。

临行前的早上，他跑到稻田里，凝视发黄的稻穗，稻穗在朝霞中向他招手。他也像告别老朋友似的，举手长劳劳，并说，"我不能收获你们回家了。"

这批招走十多个人，直接带到省城，有几个分到报社，弟弟被分到报社照相制版车间。

在这人生节点上，先是按社会需要去垦荒，现在接受社会选择来当工人，十六岁开始了学徒生涯，可说是童工。与他同时招来的，有人走了，理由是工作太辛苦，工薪又太低。当时学徒工，规定月薪十八元，三年满徒才能晋级提薪。如今的学徒工，月薪增加百倍难说能坚持三年！

经过生活煎熬的人，生活稍给点眷顾，就很知足很珍惜，总是努力地去适应生存的需要，从不苛求生存的环境适应自己。

弟弟学习技术十分刻苦，老师傅很信任他；别看是徒工，很快能独当一面。他认为一门技术学会容易，学得纯熟需要功夫。

最使他苦恼的是入团，由于不气馁，最后被接纳了。直到改革开放初期，才入了党，还做了车间书记。记得他写信告诉我这些好消息，信纸上的字迹，被斑斑点点的泪痕浸得模糊，完全能想象出他写信时的激动心情。我给两个女儿看，她们说：

"舅舅是最纯洁的共产党员，永远不会变质。"

在"科学的春天"中，恢复了高考，也恢复了函授大学招生。他凭几十年的实践经验，考入专业对口的北京印刷学院。他像上了顺风船，飞速前进在人生航道上，拿到大红毕业证书时，又激动得眼含热泪。当年的一步之差，错过了，三十多年后改革大潮流，提供了弥补之机，实现了当年的梦想，晋升为高级工程师。但从个人方面，如果没有持久的耐力和毅力，如果缺乏承受磨难的勇气和智慧，如果没有惯性的勤奋和吃苦精神，即便机会摆在眼前，没有那几十年的准备也难抓住。

用现在的话说，弟弟就是当年地道的"农民工"，与当今很多农民工大不相同的是，他不因辛苦赚钱少而"跳槽"，看重的是学习一门技术；他不因家庭出身受歧视而气馁，看重的是实实在在做人，所以在平凡的岗位上坚持不懈四十多年，直到退休。

他总结自己的一生，很感慨地说：

"邓小平彻底解放了我的后半生，卸下了家庭出身的'大包袱'，使我轻装走上坦途。姥姥的力量管不了的那些大事，邓小平全包全管了，使我才可能实现姥姥的梦想。"正如他给我的信中所说：

"话说回来，我的童少年时代，如果没有姥姥这慈爱的守望者锲而不舍的'拯救'，很难走过生命的道道关卡。

没有她老人家的决策、远见和胸怀，把我们从那样的环境里解救出来，就难有今天。"

进入老年，他越发珍惜这份厚厚的祖孙情，多次专程回故里，祭奠姥姥，跪拜在坟头深情地倾诉感恩之语：

"想念你，姥姥！梦里常见，你肯定知道！"

"你的慈爱活在我们的生命血液中，已经是我们生命的一部分，你还活着！"

"我们最大的遗憾，就是没能在你身边，陪你走到终点！去天堂弥补吧！"

"你生前对我的希望，现在都变成了现实，你在天国看到会很欣慰的。相信你还守望着我们。"

"安息吧！你的一生太辛苦了！"

每次弟弟来我这儿，风尘仆仆进屋的第一件事，是去我的书房，站在姥姥的遗像前三叩首，呼唤着"姥姥——"，洒上一杯上好的茅台，以表达深深的缅怀之情。

十、支撑日子的"天"

1

姥姥幼年父母双亡，在姐姐哥哥的庇护下，经受着生活的煎熬。

父亲临终时嘱咐家中最大的女儿：

"带着弟弟妹妹过日子。劳动为本勤为生。老天爷饿不死瞎家雀，有眼有脑有手的人，怎么都能活下来！"

从此，这个十六岁的少女，成了弟弟妹妹的主心骨。父母在世时，大姐磕磕绊绊地学了点编织活计，如今她成了教弟弟妹妹编织活的"师傅"。她提着父母用过的镰刀，带着弟弟有模有样地去野外割条子，肩扛手拖弄回家，削皮劈成细条，经过多次处理，用来编筐编篓。

家中唯一的"男子汉"才十二岁，就充当了大劳力，他多去野外割条子，隔三岔五又挑担去十几里外集市，叫卖自家的编织物，并按姐姐的要求换回生活必需品。

只有八岁的二姐，除了给哥姐干活时打下手，还充当了"小厨子"，馇粥贴饼子，并照看家中最小的妹妹吃喝。

如今六岁孩子背着书包快乐地上学，而姥姥六岁时开始当"学徒工"。哥姐编大件甩下的条子梢，成了她开始学艺的宝贝。大姐手把手地教，给她起好头打好底，然后让她模仿。开始她眼睛跟不上哥姐编织时手上的动作，大喊："慢点，我看不清！"哥姐逗她说："你老了眼花，才看不清。"小孩子分不清编织的经纬线，横竖交叉错位的规律掌握不住；手小没劲，自然松紧不匀，编得七扭八歪，那就拆了重新编。嫩嫩的小手磨破了皮，斑斑点点的血染在条子上，姐姐看了十分心疼，让她歇着。可她缠上布条，执拗地不停下，觉得这活很好玩，而且玩出了兴趣。终于有一天，编出个西瓜大的小筐，大姐帮她收好口。俗话说，编筐编篓全在收口。收口前大姐把小筐泡软，松紧不匀的横竖条尽量拉平，并冲她说：

"咱后院的傻子，都练得编出很漂亮的筐，养活自己；小妹脑瓜聪明，心灵手巧，怎么能编不出来！这个小筐在市场上是稀罕物，肯定能卖出去。"

她听了大姐的鼓励话，搜罗废条子，一鼓作气，又编了两个西瓜筐，央求哥哥一块拿到市场上去。大姐悄声嘱咐弟弟：这小筐给钱就卖，没人买也别拿回来。

果然卖到最后，也没人搭茬这三扁四不圆的小筐，哥哥竟送给路旁小铺老板。老板看是新筐还挺结实，能装点小东西便收下，信手拿一小包糖球作"酬劳"。哥哥把糖球带回家，四人共享过年才能吃到的美食。姥姥很自信地告诉我们：

"从一袋糖球开始，我就不再吃闲饭了！"

同时她还很感慨地冲我们说：

"你们今天吃一把糖球，也没有我当年吃一块糖球那么满足和快乐。"

她当年每给我们讲糖球的故事，好像嘴里还甜滋滋地含着糖球，很享受的样子。这个糖球故事留在我的记忆深处，每每吃糖时，都会浮现在眼前，教我珍惜，真惭愧，我却教不了后人。

此后，编织弃下的废料，都成了她"学徒"练功的宝物，她还去邻居家搜集，而且越编越精，越编越小最后竟编成了小孩子们的玩具筐。哥哥卖筐时，担上总有几串袖珍筐，很惹人眼球，成了抢手货，不愁卖不掉，竟还有订货的。哥哥为了鼓励她，每次都给她买几个糖球回来。她说那花花绿绿的糖球，是她童年唯一的小吃，那自编的小筐，是童年唯一的玩具。童年是在编玩具筐中度过的，这种有趣的活计，练得眼疾手快，还收获了自信。

2

姥姥的故乡，地瘠人稀。了解外面世界的，都慢慢逃出这个穷地方，许多姑娘，借择偶之机逃往异乡。她的两个姐姐，先后离开这里，嫁到土地肥沃的南荒平原。但她哥哥执意坚守祖宗生活的故土，她便同哥嫂一起生活，虽能编织小件和干家务杂活，刚进门的嫂子还是嫌弃她，说"宁添一斗，不添一口"，意思是她是家中多余的一张嘴，便怂恿丈夫，给这个刚十一岁的小妹，找个人家去做童养媳。

两个姐姐不在身边，此时她缺恃无怙，哥哥很无奈，真给姥姥找了个殷实人家。据说这家兄弟五人，男孩排行老四，才八岁，哥哥成家后，另立门户，女主人巴望找个早进门干活的人手。她哥哥答应几日后领去相看，估计不会有什么问题，认定能被看中。

无意中，姥姥听到了哥嫂议论此事，听得真真切切，知道了他们打的"算盘"。自己悄悄流泪，哥哥哪里知道，"豆在釜中泣"，是因为哥嫂之"萁在釜下燃"！她住的村里，有户人家两年前买了个童养媳，才九岁，挨打挨骂吃剩饭，从早到晚干活，穿着破衣烂衫。东邻西舍都可怜这小姑娘，说一定是没妈没爹才受这份罪的。

她想到自己也将像那个小姑娘一样，既恐惧又难过。她知道哥嫂是不会相信眼泪的。只有去南荒找姐姐，她确信姐姐能救自己。回忆夏天跟哥哥去南荒时走的路，朦胧中有了大方向。

平常多是嫂子叫醒她起来做早饭，可这天夜里她先是辗转反侧睡不着，像是刚睡着一会，又被自家鸡鸣唤醒了，静静地等着天大亮。哥嫂已出去干活，她照常馇好粥，灭了灶膛中火，就赶紧走，奔村东头朝南的大路，很巧搭上了顺风车，坐在前沿的右侧，担心哥嫂看到，尽量使自己缩成个团，两手捂着脸低着头，车越走越远时才直起腰。到了岔路口下车，车老板嘱咐她接下来如何走，真是遇到了好心人。

独自出远门，姥姥心里忐忑不安，怕走错路，还怕碰上狼，所以在路上只要碰上行人，就心中暗喜，能问路还壮胆。特别到了岔路口时，等向路人问明白才敢走，还要随时盯着路旁的树丛，树木或稀或密，高低错落，这是狼出没地带。好在太阳冉冉升起，霞光普照林丛，林丛的空隙都一清二楚，这才舒缓了恐惧心理。看来阳光不仅给人温暖，还给人胆量。

走出北荒下坎地带，上了南荒岗地，便是一望无际的庄稼。

金色秋季到处都有忙碌的身影。在徐徐的熏风中，姥姥也有了如释重负的轻松，想着只要逃出来，就甭想把她拖回去。只要看到路旁收庄稼的人，就问路，确信自己走对了。饥渴时，就折两棵玉米秆，嚼得津津有味。过了晌午，总算到了大姐家，扑到大姐怀里，号啕大哭，吐出了一肚子的委屈。

大姐既心疼又气恼，百感交集。让她安心住在这儿，后面的事与二姐一块处理。还没等两个姑奶奶回娘家找哥哥"算账"，哥哥就找上门来了。

哥哥原本很木讷，这次明知自己做了龌龊的事，不敢先开口问，大姐一直沉默不语，果真是在"沉默中爆发了"：

"你不是担心小妹出什么危险来找她吧！你们是唯恐不能把她推进火坑着急吧！"

"爹娘走时，她最小，日子最难，我们都熬过来了，她跟着我们吃了不少苦。现在你和老婆一个鼻孔出气，忘了姐妹手足之情，推她进火坑奴打爷揍吗？"

大姐火冒三丈地质问，甚至说：

"你胆敢这样做，我就不认你这个弟弟。"

同时给哥哥下了逐客令：

"现在就直接去那家结束这事；如果拿了人家钱物，明天分毫不差送回。"

"我们有空，回去找你媳妇算账！记着，早晚有一天你们会用得着小妹，请都请不回去。"

哥哥遵命返回。

姥姥住在大姐家，帮看孩子，二姐也常喊她去，她成了香饽饽。三年后，哥哥硬着头皮来接她回去，说嫂子生孩子后一直病病歪歪的，让她回去帮把手。

大姐半开玩笑半讥讽地说：

"回去可以，不能当'童养媳'待！"同时还对她说：

"如果他们不把你当妹妹看待，随时回来！"

她一点也没犹豫，像是全忘了从前的事，跟哥哥回去，也从没跟嫂子提那件伤心往事。倒是嫂子很不好意思，悄悄地跟她说"对不起"，"不该那么做"。

也许是命中注定的缘分，嫂子过世后，她这个老姑没少为没妈的小侄操心。小侄到了而立之年，是老姑一手为他操办娶妻成家；小侄失去父亲后，老姑成了他唯一的依靠。他就是年年春节前，路远迢迢背着哈什蚂①，给姥姥送年货的长庚舅。

3

"老死有个妈，穷死有个家"，这是无妈无家人的口头禅。姥姥这几年东漂西泊，在哪儿都小心谨慎地帮着干活，看人家的眼色行事，生怕给亲人惹来麻烦。虽然姐夫和嫂子对她都很客气，可她在心理上总觉得是个"多余的人"，常盼着有个自己的家。贫困和不安腐蚀了她的天真，催她早熟。

和二姐一样，她熬到十六岁出嫁，结束了漂泊的生活。

她嫁到姐姐这个村，并在这儿终其一生，显然是在两个姐姐的撮合下完婚的。丈夫原是个大户人家子弟，祖辈过世，家道中

---

①哈什蚂是东北特产，生长在河套阴湿的地方，其油可入药。看来我们那时无意中食用的野味，如今竟是高级保健品。

落，分家后各自落户他乡。丈夫落到这村五年多了，据传念过几天私塾，人很厚道内敛，好脾气，与人和睦相处，从不惹事生非，也没不良嗜好。经营自家十来亩地，够吃够穿。其内人过世快一年了，自己带个七岁女儿，很拖累。下地干活，有时把孩子送到前院，求她二姐帮着照看，天气好就带到地里，让孩子自己玩，他急于早点成家。

两个姐夫同他地挨地干活，相互很熟，都认为这是个知根知底的庄户人家子弟，很勤快，经营自家土地，从不误农时，与邻居换工干活实实在在，不藏奸耍滑。

使三姊妹唯一犹豫的是，嫁进门就当继母怕她应付不了。但这种过日子靠谱的人，可遇不可求。农村几乎家家都有点土地，靠种田养家糊口不成问题。但干活朝三暮四的二流子，又抽又喝又赌，日子过得缺吃少穿的比比皆是。

又考虑两个姐姐在同村，相互照应，心里也踏实。她思来想去，终于拿定了主意：

"不能求全，让事事都随自己心愿。你善待别人，公平的老天，也会善待你的。"

姥姥在二姐家曾几次与这人打过照面，印象是人很面善，将来不会挨欺负。可说众里寻他，近在咫尺。当时提亲的还有邻村两家，虽说男方都是头婚，家境也不错，但上有公婆，下有小姑小叔，敬老抚小，一大家子人，关系复杂，负担重，岂不更难应付。在比较中她加速了自己的选择，远比两个姐姐还果断，作出了"非他不嫁"的决定。

婚事办得简单而迅速，从此她有了自己的家，有了责任和担当，丈夫兄长般对待她，心情格外放松。她不担心做不好饭带不好孩子，过门前，就在哥姐家"实习"了多年，现在是努力做得更好些。姐姐鼓励她，哪个女人都没专门学过做饭带孩子，从小看着别人做，熏就熏会了，再说小妹聪明勤快，又善琢磨，不愁管不好家。

自己也说不清从哪天开始，突然开窍了似的，适应了家庭主妇的角色。本是个大孩子头，有时还领着七岁的"女儿"，拿着刚缝好的布口袋抛来抛去，在院子里比赛跳圈跳格玩，了解她们关系的瞥见了，都啼笑皆非。反过身她又是家庭主妇，名副其实的称职，担水、做饭、洗涮和缝补。上苍赐给女人天生的本性，她超前发挥出来了，也许是生活提前给了她机会，也许是难得的舒心自然打开了天性的闸门，丈夫很快放手放心，把家务琐事全权交给了她。两个姐夫常担心地跟这个连襟开玩笑：

"谁都打小时过来的，你可别欺负小姨子呀！"而她丈夫满足又夸奖地回他们：

"我现在都听她指挥了，还哪有欺负人的本事？"

她过日子的心气很足，同丈夫商量，院子里要添活物：

"院子里有活物，才有生气，才是真正过日子人家，家像家，日子像日子。"

小小的家庭少妇，放出过日子的大话，而且说到做到。不到一年，猪狗鸡鸭满院跑，连抓耗子的小猫也悠然地趴在窗台前晒太阳，成了"女儿"的玩伴。

按世俗说法：到你家相三相，相相锅台，相相炕，再相屋里院里光不光。

她原本生活很邋遢，这回她大扫除，把屋里屋外收拾得整齐干净，连丈夫都奇怪她长疯了。

确切地说，她还是个黄嘴丫子没蜕净的"女主人"，在世俗人的眼里，这是很不幸的人生经历，因为她超负荷地担起了家庭主妇的重担，又超前做了母亲，完全失去了少女的无忧无虑的生活。

但她远嫁到南荒平原，像进城看大世界的孩子，实现了梦想。在这新天地里，有了扎根的家，有了丈夫的关爱，不再像蒲公英的花絮飘舞，不再像野草在风中摇晃。一个从小在苦水中泡过的人，生活那怕光顾她一小点，都十倍地满足，从没有过高的奢望。

这旦夕之福，令她满足又珍惜。她每给我们讲这段生活，情绪都很亢奋，嘴角上挂着笑容。

了解她生命历程的人，才知道这段"扭曲"天性的生活，竟是她一生中很难得的美妙时光。可见命运是如何地捉弄她，而她却又是如何不屈地成为巾帼强者。

4

一晃十多年，日子过得舒心，家庭和睦，人丁兴旺。前妻的女儿，长成了大姑娘，靠亲友相助，嫁到镇上一户殷实人家，实现了她一心想进城的梦。后面的四个弟弟妹妹若长大成人，父母还要挑担长征很多年。

就在这年春天，来了飞灾横祸，家中的顶梁柱丈夫遽然长逝。那天太阳还没出来，他扛着锄头去铲地，走出村东头，遇上下地锄草的村里熟人，边走边聊，猝不及防，突然跌倒在路边壕沟里，昏厥过去，不省人事，偶尔睁眼，说不出一个字，几天后完全失去知觉。大夫认为是严重的脑溢血。年仅三十六岁，就撒手人寰了。姥姥说丈夫最后一直睁着眼，不肯瞑目，是放不下她们娘五个。

"天塌了！我家的天塌了！我怎么能撑起来呀！"

她痛心泣血，为逝者泣，为生者痛。她呼天喊地，苍苍的天不应，茫茫的地不灵，这个家还能凤凰涅槃吗！

人都是福至心灵，祸至神昧，她面对这迅雷不及掩耳的灾难，精神恍惚，说自己的脑子像锅粥，混沌得不知东南西北，只有一个念头，跟丈夫"一块走"。两个姐姐听到这话悬心吊胆，昼夜守在她身旁，怕她做出傻事。

百结愁肠无昼夜，昏天黑地，她昏昏然不知所措。但面对眼前嗷嗷待哺的婴儿，再看看围在身边三个大点的儿女，都蔫蔫地不说话，眼巴巴地望着自己，这无法割舍的血肉之情，让她的心疼得碎了。

回想当年自己失去父母时，就如同眼前这刚失去父亲的孩子一样，年龄几乎相近。当年十六岁的大姐，能毅然撑起腰杆，带着三个弟弟妹妹活下来；而今自己是二十八岁的成年人，难道不能把孩子拉扯大？！

她沉浸在极度悲哀中不能自拔，但残酷的现实逼她必须冷静地面对。姐姐哥哥诚心诚意地劝她改嫁，说服她狠狠心把后面两个小的孩子送人。人挣扎在生命线上的年代，有哪个单身男人能大度接纳五口入门！即便到了二十一世纪，经济独立的母亲带着一个孩子再嫁，都困难重重。退一万步说，也难找到单身的，否则，前一窝后一窝的孩子，得如何操心耗神，处理好相互关系。

她已有过做继母的体验，说对自己的孩子重重地打两巴掌，孩子还像"家鸡"一样，围着你"团团转"；可人家的孩子，哪怕你轻轻地责备两句，便会像"野鸡"一样"满天飞"。她自己也有失去父母的体验，说没爹的孩子，没了靠山，觉得比别人短一块；没妈的孩子，心理自卑，觉得自己没家的温暖，没有安全感。过寄人篱下的日子，孩子憋得慌，大人也难舒畅。

在这同时，还有另一股阴风吹来。她丈夫本家的兄长放出风：如果她改嫁，只能"净身出户"，"房子和土地都不能带走"。蛮荒的东北农村，二十世纪初期，还存有族权的淫威幽灵。旧传统寡妇改嫁难，拖儿携女改嫁更难，而一无所有更是难上难。她十分清楚兄长放出这股阴风的原由，是当初分家时，丈夫的母亲以老了同小儿子一起生活为名，为小儿子多争得一点财产，引起了兄长不满。其母过世后，兄长就蠢蠢欲动，这回借弟弟离世，又垂涎欲滴，找到了"报复"的借口。

面对族权的无理威胁，她一点没有后退，也放出风："已找好了律师，等着对簿公堂。"其实她心里明白，兄长是想借机分得母亲遗下的几亩地产。

这样的纠葛绝不会影响她的抉择。她瞻前顾后考虑的出发点，就是让孩子活得少受委屈，自己吃多少苦都心甘情愿，最后横下一条心，作出决定：

"自己支撑日子的'天'！"

这艰难的决定，首先是勇敢的担当，更有自我牺牲的痛苦。难怪高尔基说，在涉及孩子的生存和生命安危时，母亲的全部慈爱都将转化为勇敢无畏。同世界各国女性比，中国女性多放弃个人情感，而选择为孩子幸福成长铺路。至今仍有单身母亲在孩子长大成人之前绝不考虑重组家庭。这是中国女性柔与刚，母爱与勇敢的独特品格。

她，像中国古代神话中的女娲一样，准备折断鳌足，支撑家的四极，再炼五色石去补家的"天"。

"现在自己有窝，能住；有地能种，就有饭吃；井中有水，去挑，娘几个就能活命。"

出于人性的本能，她想得简单而实际：活命。她想得朴素而尊严：独立。

唯一的期望，就是把孩子拉扯大。

她对苦口婆心劝嫁的姐姐哥哥说：

"苦，我能咽。累，我能吃。过日子的这片天，我能撑。只求老天，别让我身子骨出毛病。"

这是一个年轻少妇，在家这片天的危机时刻，用满腔沸腾的热血，发出的吼声！是对天地和亲人承诺的独立宣言。

她用常人想不到的铮铮铁骨做脊梁，支撑起将倒塌的"天"，完全不取决于力气和能力的大小，真真是因为爱孩子。爱，弥补了力气的不足；爱，激发她自己也估量不到的潜能；爱，使她勇敢无畏，顶天立地。

她的姐姐哥哥，也不得不确信，当年那个倔强的小妹，如今得刮目相看了，事迁情随，亲人只有竭力相助。

5

三间茅草屋，就是她说的"窝"，十来亩田地，就是母子五人活命的"粮仓"。老天从不会把馅饼掉在碗里，饭到碗中，就要去耕耘，这是唯一的生命线。

她体格不健壮，个子不高，但血统里有种积极向上的动力，没有惰性的基因。怠惰在她生活中从没有落户的缝隙；而从小生活在窘境中的磨炼，已养成了她的勤劳习性；不幸的命运激发她迅速地转变生存角色，做个称职的"耕夫"；从此"双肩挑"，做母亲，还做"父亲"。

当年她以编筐篓的勤为生，如今以耕耘土地的勤为生。丈夫在时，除拔草间苗，别的庄稼活没干过，现在要从播种开始，到锄割收藏，样样活自己着手。

勤能补拙的道理，她十分清楚。人一己百，别人干一会儿的庄稼活，自己可能干半天，那就慢鸟先飞，跬步不休，总能到达"千里"的目的地。

而且她认为，庄稼活不比绣花难，小姑娘时能学会刺绣，成人怎么能学不好庄稼活。俗话说"没吃过肥猪肉，还看过肥猪走"。只要吃得起辛苦，不停地练，能学会也能学快，起早贪晚，顶风冒雨，忙碌在田间，样样活都干得较真，做得到位，从不敷衍。

耢地、拉地和打场的活，要靠农具和牛马拉套完成，以前丈夫是以自己劳动换工，如今谁好意思同女人换工，只能求亲靠友相助。她确信"人在难处见真情"，"人间有善"，说到这儿，她总是念念不忘村里帮过她的人和事，历数张三李四的慈悲。

两年后，她明确地意识到，选好种子，是有好收获的"根"，施肥是庄稼苗的"奶水"。于是春播前便换好种子，标准是高产、耐寒、早熟又耐旱，这样能早播早收避减产风险。但必须上足了肥粪，家里的肥源不足，有闲空便让孩子出去拾粪，马路上行车，总有牛马粪，沟边有猪狗和家禽活动，同样有粪便可拾，日积月累，下功夫就有收获。小苗喝足了有营养的"奶水"，自然壮实，决定了收成的大半。丰收后她总结出：

"只知勤，不讲'巧'，那是野蛮的耕种。"

看来种田能糊口度日，已不成问题。经过几年的磨练，她还炼出了"生存经"，至今我仍记得这经典妙语，并以此鼓励自己。

俗话说"心比天高，命比纸薄"，这是很悲观的说法，只给人负能量。她说自己也这样怨天尤人过，但这几年拖儿带女度日，感到这话只说对了一半。

人活在世上应该有"天高"的心气；但顺境不多，总要遇到困难、挫折、不幸、灾难、阻力，甚至是毁灭性的打击。面对这样的逆境，一种人以此为借口，认输了，必说自己"命薄"；而另一种人坚定勇敢，在厄运面前硬着头皮，迎面走，不肯停步，勤奋与毅力，智慧与胆量，帮她不屈不挠挣扎，走过了荆棘之路，花明柳暗，这时"纸"一般的"薄命"，却变成了"地"一般的"厚命"。虽说这样做她并不富有，但有了战胜"薄命"的精神能量，永远胜过财富。所以，她告诉我们：

"心真比天高，命就能有地厚。"

多么乐观知足！还有点哲学的逻辑。这或许就是她一辈子不倒的信条。

而且她对"人算不如天算"，也悟出了自己的不同看法。她认为，"天"确实"算过人"，可"人"也不断地去"算天"，很动脑筋地"算"。不是吗，天有冷暖温热，人就算出了春夏秋冬，便知防寒防风防雨防暑，利用季节的温度为自己生产食物。一年365天是人自己"算"出来的。

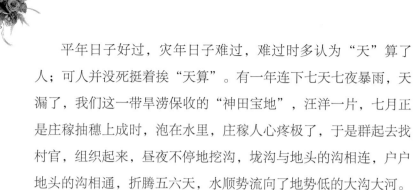

平年日子好过，灾年日子难过，难过时多认为"天"算了人；可人并没死挺着挨"天算"。有一年连下七天七夜暴雨，天漏了，我们这一带旱涝保收的"神田宝地"，汪洋一片，七月正是庄稼抽穗上成时，泡在水里，庄稼人心疼极了，于是群起去找村官，组织起来，昼夜不停地挖沟，垄沟与地头的沟相连，户户地头的沟相通，折腾五六天，水顺势流向了地势低的大沟大河。庄稼得救了，虽然减产不少，但在"天算"人的时候，人也组织起来"算了天"。否则，这年依洪水肆虐，人们颗粒不收，就会过荒年。

虽然这年人们也"算了天"，可她仍心有余悸，担心下年"天再算人"，所以，开春在粥里加了野菜和榆钱儿，尽力节省，让米囤子有余底。过日子"把有当无"，"把多当少"，以备后患，形成了她的口头禅：

"宁可抛了，不可缺了。"

这句语录，深深地影响了我们的生活方式，成了我们性格的一部分。也许是过苦日子过怕了，总习惯把新的存着用旧的，才心里踏实。甚至吃剩饭菜，也先吃剩得时间长的，竟把节俭的美德推到极端，变成了"恶习"。

她支撑着男人的半边天，还要管家，十来岁的大女儿，全包了照看弟弟妹妹的吃喝拉撒琐事。她多次感慨地对我说：

"你母亲小小年纪，就重复着我小时那些活，没有快乐的童年。可你们小时，我努力地往回补。"后来我又在自己女儿小时补自己的童年。

其实，她更是超负荷地劳作，不仅体力上夙夜不懈，更是心力上的日思夜虑。

6

"一年三斤油，连吃带点用到头。"

这话听她说的次数多了，竟像文身的烙印存在记忆里，抠不去，忘不了，但长时间也并没理解。

常言"不当家不知柴米贵，不做饭不知油盐缺"，只有自己走入琐细的生活，又赶上粮油凭票供应的年代，她的这句话回响在耳畔，才知足了眼前的生活境况。直到后来慢慢形成一种惯性，只要往锅里倒油炒菜，记忆深处便响起"少倒点"的警示，真与如今提倡保健少食油，有异曲同工之妙了。

当年她家有四口人，三斤油，又熬菜，又点灯照明，急用还不断档，并坚持到年终，究竟如何精打细算地节俭，我实在说不清了。但到我上小学前后，经过二十多年，我已是隔代人，家境有所好转，也还不能天天熬菜。

一般情况下，日食两餐，只有夏天在田里干活的人开三顿饭。早餐从没熬过菜，我们也从没有过渴望熬菜的念头，似乎吃咸菜是理所当然的"规定"。冬天的晚餐，多是玉米大渣粥加咸菜，即便夏天晚餐有炖菜，都是用捞小米蒸饭滤出的米汤，吃时放点猪油，能见油花在汤上浮着。

只有在招待客人和逢年过节时，才偶闻到炒菜爆锅的油香。而且炒熟的菜一出锅，总要放两勺米饭，在锅底上蹭来蹭去，这种"油炒饭"，大人舍不得吃，是我们小孩子的"美食"。其实锅底并没有油滴，只是炒菜油蹭得有点亮光而已。至于盛菜盘底上的油光，在洗盘子之前，也总是用舌尖舔舔或用米饭蹭蹭。

我们小时候生活条件比先前好多了，她用油还这么节俭，可想而知，当年她们母子一年三斤油该用得多金贵！除了"食用"，还要"灯用"。

　　到上个世纪四十年代，她家还以食用豆油点灯照明，村里极少有人家点上有玻璃罩的煤油灯。是这样，把豆油倒入碟中少许，用棉线或棉絮做成捻儿，浸在碟中油里，便可点着浸过油的一端捻，点着的这端露在碟边上，露出的越短，火苗越小，就越省油，本是豆大的火苗，还要随时注意剪掉燃尽的灯花，再把浸在油中的捻儿往碟边上拨点。

　　《儒林外史》中的那个吝啬鬼临咽气说不出话时，还用手比划着弹掉灯捻上的灯花，怕耗油。姥家的油灯置放在门旁的墙窝里，灯座旁总是放把剪刀，以备及时剪掉灯花。虽说吝啬和节俭的动机不同，但方法和效果是相同的。

　　"太阳是昼灯，星月是夜灯。无星月时才点油灯。"

　　这也是她的节油之道，利用大自然的恩惠节俭，其实在为自己"造币"，增加看不见的收入。

　　但儿女生病和过春节，在能承受限度内该花的钱她决不"俭"，认为花钱"消灾"和"买乐"，就是"留得青山在，不怕没柴烧"，健康和快乐都是攒钱的"仓库"。她常言，吃不穷，穿不穷，算计不到受大穷，这是过日子的法则。

　　她最小的儿子，两岁时夭折，误诊麻疹为感冒，痛悔莫及。紧接着五岁小女也染上麻疹，便进城住院治疗，虽已是肺炎合并症，还是抢救过来，安然地度过了难关。由于过度劳累，着急上火，她自己撑不住了，但坚持不看医生，说自己心中有底无大病，用拔火罐、放指尖血等土法，没几天挺过来了。我确信即便她赶上当今公费医疗，也一定是个不会"过度治疗"的节俭者。

"自己小时特别盼年，能吃香、穿美和乐和。""如今自己当家作主，一定让孩子在年里快活得'过瘾'。"她听孩子们唱着："小孩小孩你别馋，过了小年就大年。小孩小孩你别哭，过了小年就杀猪。杀猪宰羊喜洋洋，吃肉喝汤油满肠。"

从歌里知道，贫穷者的味觉富有，当今胃里富有的人，味觉倒贫穷了。她早心中有数，置办年货。杀不起猪，就事先到熟悉人家订货，自产鸡鹅，宰几只；去市集买糖果，从腊月二十三开始，就提前给孩子"开斋"品年味。

"过新年，穿花衣"，也是一种民俗。杨白劳那么困难，还能给喜儿买上二尺红头绳，她这么勤俭的母亲怎么能不满足儿女过年的心愿。借过年之机，把儿女打扮得漂漂亮亮，收拾得干干净净。让孩子生活在年的气氛中，欢欢喜喜地玩。

年复一年，三个儿女渐渐长大，都能替她分担，自己精神上也放松了许多。

虽说女大当嫁，但女儿出嫁前，她说突然感到日子过得太快，不再盼她长大；虽说男大当婚，儿子十八岁订婚，自己又感到日子过得太慢，一心想早点把儿媳娶到家。

她每给我们讲送嫁迎娶的情景，那狡黠的表情和神秘的一笑，显露了当年那复杂而兴奋的心理，有种"大功告成"的满足。

7

转眼儿子娶亲两年，她盼孙子，嘴不说，心可急。在她眼里，儿子是延续家族这一支的独苗；往近点说，儿子也应养儿防老。传统观念，姑娘嫁出去，就是泼出去的水。父母吃儿子的骂进骂出，吃女婿的谢进谢出，花儿子的钱坐着，花女婿的钱站着。有女无儿，若不寄人篱下，就得孤守残老。这种传统观念，扎根于她脑中。

她急得暗中找算命先生，得知将儿孙满堂，高兴得走路轻飘飘的，更有精神头偷着为儿子讨偏方了，神不知鬼不觉给儿子吃下去，可久不见效果。

从镇上十字街收养个幼婴，给她改名为"带子"，正如盼男孩的人，给女孩起名叫"带弟""招弟""代小""来小"一样，企望以这名字的谐音，招来好运。吉祥的名字是梦，她的梦被残酷的现实泯灭了。

非但没有"带"来孙"子"，儿子却一病不起。不断地跑医院，说是血液出了问题，治愈很难。也许她讳莫如深，不想让别人知其真相，也许是小镇医疗水平有限，给了模糊的诊断，所以，她从没有说清儿子血液中究竟是什么病。

为给儿子治病，她卖掉一间半房子，卖掉手上的镯子，还向亲友借了债。中西药不停地服用，儿子的病情却日渐恶化，病魔夺去了这个年轻的生命，她也力殚财竭了。

这对她是晴天霹雳，五雷轰顶，她虽走过了太多的沟坎，饱经磨难，但这么沉重的打击，人们担心她承受不住。

姐姐认为她得了"魔怔"，神情恍惚，仿佛置身于世外，无视眼前存在，日夜重复着：

"我的心空了！我的心头肉被掏走了！"

祥林嫂的儿子被狼吃了后，不停地说"我真傻"；而她的精神状态也同样，只是嘴里叨咕的话不同；她泪水涔涔，哽咽不止，不知饥渴，不分黑天白昼，蹀躞在送走儿子的路上，茫然地游来游去。夜阑人静时，整夜坐在儿子的坟前，不停地用手扒坟上的土坷垃，拈来拈去，同样叨咕着那句话。

多亏她的姐姐强行拉回家，逼她吃喝睡下。她醒来后号呼欲死，喷淌着泪泉，释放痛楚彻骨的悲伤，渐渐地才恢复了常态，人瘦去一大圈，苍老得判若两人。

心上的伤口仍在夜里渗血，还没有从失去儿子的巨创深痛中走出来，祸在旦夕，儿子坟上秋天新生的茸草，经历严冬，在春风中还阳时，我母亲撒手走了，白发人又送走个黑发人。

本以为女儿嫁到富裕人家有福可享，姥姥哪里知道富裕生活的"乐趣"，不能抵偿贫困时的"痛苦"煎熬。她又哪里能懂，山谷里的一朵朴素小花，移植到暴风雨和烈日下，很难成活。这桩门不当户不对的婚姻，是雨送黄昏花易落，使母亲过早殒命。

哀莫大于心死，她陷入了万劫不复的境地。母亲离去的日子，她常带我去墓地，为小弟夭折而坐在坟前哭诉。她让长眠的母亲放心，一定守护好她留下的两条"根"。"你的女儿，她们休想碰一根毫毛。你的儿子，我千方百计地盯着，守望他平安长大。"

当年的姥姥很开明，认为儿媳年轻，又没留下儿女，帮她重组了家庭。她的小女远嫁他乡，音讯杳然，对母亲的不幸一概不知。之后几年，她仍无条件地给予小女儿包容一切的温暖，甚至同意我做她的"养女"，这真是天惠的伟大母爱力所能及的给予。但她这唯一的女儿仍过早离世，还是白发人哭黑发人。

舅舅和母亲去世后，姥姥身旁只有我和带子。幼小的生命，虽没有力量，但它昭示了黎明一定会到来。可别人不这么看。

8

她又一次面临着抉择。

嫡亲好友都帮她出主意，一致认为：带子原本就不是自己的亲孙女，把她送人；把我送回陈家大院，吃穿不成问题。这样姥姥一个人，便可重新安排后半生的日子。可她却说：

"这些人真是站着说话，不知腰痛，以为没有骨血关系或者外姓人，说扔就能扔了，那连筋连心的痛疼在我身上，谁能替我分担！"

丈夫本家族的一个侄儿，带着老婆主动来"请安"。他们以谨小慎微的谄媚，假惺惺地表示希望做她的"过继子"，煞有介事地起誓发愿要孝顺她，并养老送终。同时还拐弯抹角提出把我和带子送走，她是不会寂寞的，他们有三个不大的孩子，很可爱。

她说自己心中有数，知道抹在嘴上的蜜，心上不甜。一个二十来年不走动的本家，突然造访，那无异于黄鼠狼给鸡拜年。她的胆识、远见和洞察力实非常人可及，所以她明白地告诉不善的来者：为给儿子治病，家中房子卖了，故意说"全卖"了，借的一笔债还没还，实在还不上就得卖那几亩地。他们听了这番话，相互顾昐，脸上的热情，怃然消失大半。

接着她很直接地表示，这两个小孙女，我答应过她们的亲人"有难同当"，俗话说，宁卖祖宗田，也不能食言。如果讨饭我也领着，身边总算有个说话的。他们听了这番话，愀然作色，露出了猥琐的狼狈相，只好悻悻地退了。

虽说再没敢登门，但贼心不死。土改前夕，他们知道她的房子赎回来，又添了几亩地，便托人来说情，被拒后挟恨在心，借土改中反封建迷信之机，诬蔑她家先前雇的月工，是"反动会道门的头子"，借干活"窝藏"到她家，煽动土改中的痞子兴风作浪，妄图迫害她。土改工作队经内查外审，弄清这个"月工"曾因病许愿剃头入庙当小和尚，病好走出庙堂在地主家扛活多年，后以打零工为生。

狼以为吃嘴边的羊不费吹灰之力，没想到羊还能反抗挣扎，幸运地碰到牧羊人，获救了。

她经历过一而再，再而三的不幸，已近暮年，双手已软弱无力，但她咬紧牙关，抖擞精神，携着四岁和六岁的幼童，起锚出发，同命运的"鲨鱼"群开始新的搏斗。

她那宽广的胸襟，涵容了海一样的苦难；而那前半生苦难的历程，又铸造了她钢铁般的意志；所以，她那坚韧的神经，隐忍了巨痛的折磨，仍十分清醒；在新的抉择路口，她那刚烈的性格，又燃起了不灭的希望之火。

在开启后半生的路上，她不再做"耕夫"，变成了土地的管理者，她没有当年的体力和精力，只能把田地出租给佃农。一年到头，除租金和公粮，剩下的勉强度日糊口。出租契约结束，便开始自己经营。农忙季节，陈家大院带农具车马过来突击，剩下的零活，便雇月工完成，按月付酬。她说有钱人家能雇长工，我们小门小户人家就雇个短工，忙时用闲时辞。

这样经营两年后积攒了余钱，还有家禽家畜也补充了她的腰包，便还上外债，赎回一间半房。又野心勃勃开始"扩张"，一年后买了几亩田地。她似乎是琢磨出了什么"生意经"，从此把土地全播种小麦，一次性播完，不用铲不用耪，也不用间苗，适

时拔大草即可，小麦收获在大秋之前，打谷场上不忙。

除了省工省心，小麦收割后，土地可以二次利用，种秋白菜。这是东北气候能收获两季的好方法。家家户户腌酸菜和冬储菜，需要量很大，雇个月工就很从容地完成这点活。她担心大白菜长势慢，赶上早下的霜冻，便去城郊菜农那里取经：一要抢种，二要抢施肥时间，"抢种一天，早收三天"。按这样做，效果确实很好。

她这样经营了四五年，我们长大了不少，能帮她干点零活了，并如愿地送我们进了本村新创办的小学。

因为她雇过"月工"，土改时认为这是"剥削"行为，要给划成"地主"成分，但由于土地数量不达标，侥幸被"宽大"处理了。

从此不准雇月工，带子小小年纪，一年学半年上，成了家中的"小半拉子"劳力，自家买了头老掉牙的耕牛，以牛换工，带子也当了"牛夫"，还能按时耕种和收获。

农业互助组成立时，把耕牛换成老马，带子从"半拉子"劳力，硬充"整劳力"，才带着老马平等地加入了互助组。姥姥无大儿，我们无长兄，这个十五六岁的少女，竟成了"女儿国"里的"顶门杠"。

9

"要做能做的事。能做的事一定要做好。"

这是她从管理土地，"转岗"到园子里劳作常说的话。

房前有个小菜园，房后有个大菜园，这里的活几乎都是她干。园中有几十种季节性蔬菜，从选种、育苗、栽种，到施肥、间苗、锄草，她都一清二楚，适时经管。还很顾及我们的喜好，带子喜欢吃皮薄豆大的"兔子翻白眼"豆角，我喜欢皮厚豆瘪的"家雀蛋"豆角，她都分类种点。

自从她专心管理园子，餐桌上的蔬菜花样翻新。而且园中种植有序。为自家熬红糖必种甜菜疙瘩，它秧子矮，皮实又不挡风，牲畜不喜欢吃它，就种在园子的外侧。为了腌咸菜，收获又晚，在离房屋远的地头，必种一排雪里蕻。靠树带的壕沟边种麻籽，发出的气味就能把牲畜熏走了，自然保护了园中的植物，秋天收获了打麻绳的麻坯和榨油的麻籽。靠房子的地边种满地爬的南瓜和冬瓜。而园中间多种柿子、香瓜、菇娘、黄瓜、甜秆等，这是菜园中的"果园"，是我们最愿光顾的"食乐园"。

前院的小园子，多种生长期短的蔬菜，靠窗前种花，满足我和带子的乐趣。我喜欢蝴蝶，带子喜欢蜜蜂，没有花招不来，从早春的扫帚梅到深秋的大老芽，常开不衰。

"土地闲着，白瞎了。如同人闲着不干活，白活了一样。"她还很萌地说，"在布上绣花，能满足眼睛，在土地上绣花，能大大满足胃口，何乐而不为！"

1999年暑期，我有幸游绍兴鲁迅先生的"百草园"，它与我童少年时期的"百菜园"比，真的很逊色。如今的"百草园"已成了单调乏味的"三味书屋"，并且没了书、经、史的三种味道。她的"百菜园"虽无传说故事，却是我魂牵梦绕的伊甸园，几回回梦在园中，寻找童年的"生命果"，醒来一天都舒畅。可世纪初我回故里寻梦，老屋拆了，"百菜园"荒芜，天正下着小雨，而我的心和眼流下的"雨"，远比天雨更急更酸更痛。

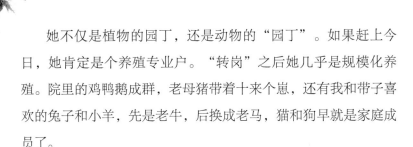

她不仅是植物的园丁，还是动物的"园丁"。如果赶上今日，她肯定是个养殖专业户。"转岗"之后她几乎是规模化养殖。院里的鸡鸭鹅成群，老母猪带着十来个崽，还有我和带子喜欢的兔子和小羊，先是老牛，后换成老马，猫和狗早就是家庭成员了。

院里生机勃勃，动物的叫声此起彼伏，很像"合唱团"。打理这些动物，她非常精心。

"你对它们不精心，它们就不填乎你。"她说的"填乎"就是回报的意思。院里动物多认识家人。你在院中出现，鹅迈着绅士的四方步，鸭子一跩一跩的，都向你频频点头。老母猪摇摇摆摆地朝你哼哼，看家狗前钻后跳，两只前腿扑到地上向你礼拜，小猫蹭着你的腿，喵喵地献媚。这种情形下，你真有种满院都是朋友的快乐。她在院中出现，就像子孙奶奶似的被它们包围着，尤其到了进食的点上，简直无法脱身。

对猫和狗，像对孩子似的喂养，她说：

"猫和狗是家的保护神。猫是小神，保护家中食物不被小老鼠吃了。狗是大神，守卫家的大门不进盗贼。"还说，"供的门神爷和灶王爷，都是'心神'，让你心情快乐。猫和狗不用供它，它们时时都是'行神'，真正为你做事。"

看来万物在她眼里都有灵性，还与她相通。果真都很"填乎"她，禽蛋拎到市场上换回油盐之类生活用品，有时在货郎那儿交换针头线脑，从挑担小贩那儿换鲜鱼，到村头小店换烧饼麻花。

真正能增收的是老母猪，一年生两窝崽，还供不应求。母猪生崽时，她日夜守护在圈旁，生怕刚出生的小崽被压着。

生活条件好转时，自己也养"年猪"。年前宰了，留足自家过年用的，大部分卖掉，知情人早早来订货，跟她当年知道别人家年猪喂好料肉香一样。记得有一年她的年猪重五百多斤，像牛犊似的，宰后抬到锅台上用开水燀毛，意外地把灶台压塌了，一时在村里传为佳话。说肥膘比大豆腐块厚，熬了几十斤猪油，油再也不像当年那么金贵了。

养动物，最怕遇上疫情，可多少年来，她的猪和鸡都安然无恙。只要听到疫情传言，她便开始喂盐水，同时在院中到处撒盐粒，之后在食物里加药，喂饱了就关起来；万一发现有打蔫的，就立即放血灌药隔离，过两天准恢复正常。除此，她事先也很注意给禽畜防疫。

10

那些年，我和带子早春就开始挖野菜，既为给人消灾，也为给禽畜防疫。

野菜和野草一样，是报春的植物，而且野菜比野草生长得还快，阴面墙根的雪还没全融化，阳面墙根的蒲公英就钻出几片小叶。田野上一阵春风，一阵热浪，"远看一片青，近看无影踪，只要猫腰寻，菜芽缝中生"。苦巴菜、婆婆丁、荠菜、车轱辘菜、野芹菜和鸭食菜等，都争先恐后钻出土缝。尤其是生长在沟边、地头、小树林朝阳面和坟地的野菜，秋翻地和春播时，很难碰着它们的根和落下的种子，严冬就睡在枯草和雪被下，耐寒的根和种子，稍有暖意便破土而出，长势旺盛。

我留有极快活的挖野菜记忆。憋了一冬天，像小鸟出笼子一样，提篮飞到野外，沐浴着春光，暖风拂面，碰上几个小伙伴，边挖边玩，偶见小野花就掐下来夹在耳丫上，直到筐满袋满，才想起回家。

到家听她夸几句，就完全忘了流汗的辛苦和瞥见"狼三"的恐惧。

野菜芽，我们多是生吃。野菜放叶后，她怕我们吃烦了，就焯熟。还炸个鸡蛋酱做诱饵，准能一扫而光，偶尔也做玉米菜团子，我们吃得更来劲了。

野菜吃多了，总有倒胃口的时候，我们便发牢骚，表现出不愿吃的情绪。她不等到"夜话"的点，就接我们的话茬说：

"冬储菜只剩下土豆，秋天晒的干菜也用光了，这苦春时节，阳气往上升，人的火气旺，不吃新鲜蔬菜，人会生病的。"

小孩子只凭直觉表示好恶，哪想这么多。她又接着给我们讲"科学"：

"苦口良药利于病。野菜是鲜中药。这是药店郎中说的，不能不信。"因为我们不爱吃时的理由总是说"野菜苦味太重"，她就用"野菜去火"的"科学"说服我们。她甚至还冲我们说：

"过荒年时，吃糠咽菜，以菜代粮，那菜就是野菜。野菜救过人的命，不被饿死；野菜也治过人的病，少吃药。等园子里家菜下来，野菜长老了，连牲口都不吃了，你们想吃也咽不下去。"

看来过贱年吃野菜，如果没落下什么病，还真是歪打正着了。现在生活好了，人们倒更想吃这"苦口良药"了。

她推而广之，给家禽和牲畜也吃野菜。动物的疫情多发在春季，而早春时节，她就地取"药"，给家禽牲畜开始喂"苦菜"，这苦菜很杂，人不喜欢吃的各种野菜，包括菜根，通通混在一起，剁碎了，拌在食料里，隔三岔五就喂一次。这一计，一直坚持。她胸有成竹地说："动物同人一样，春火旺，就爱生病。早春野菜，生命力强，败火消毒作用就大。"

人和动物食野菜，好处很多，而且不花一分钱，这是一种智慧的节俭，是人生用不完的美筵，我们慢慢地接受了"苦"中之"乐"。如今城里人，把人工种植的野菜当宝了，其实那是赝品野菜，因为上了化肥。

院里的各种垃圾，在她眼中全是宝，我们一时难以接受，她却认为"在别人眼中没用的，不等于在你手中无用。"她甚至直白得令人难以入耳地说：

"你觉得自己很干净，其实人人都在吃垃圾活着，只是垃圾变了'魔术'，你眼睛看不见罢了。"

她的这番话，是被我们激出来的，或者说是气出来的。一次，我们扫院子，扫得很认真，从房门扫到大门外，把扫的垃圾推到院外的壕沟里，其实那就是自家的沤粪坑，同时把她攒在墙角的马掌钉、铁皮、鞋钉和猪毛等破烂，也推到沟里埋上了。为此，她同我们急了，我们只好拾回来，是被迫的，并没有懂她被激出来的那番话。

直到我们长大，学了点知识，明白物质不灭和循环变化的规律，才觉得她说得虽难听，实有一定道理。我们扫院子，只想到干净，她扫院子，是搜集院中的"宝物"。如同果戈里《死魂灵》中的吝啬地主泼留希金一样攒垃圾，不同的是她攒的废物，果真被收破烂的买去了，还说废铜烂铁回炉，猪毛是作火药的原料。

她扫院子，总是把黄菜叶、菜根和扒下的葱蒜皮，推到墙角，让猪拱鸡刨，自由觅食，最后把残渣扫入粪坑中。院中的动物粪便、草屑和小土坷垃才能直接入发酵坑，至于从禽舍畜圈掏出的"垃圾"，更是难得的宝物了。

　　有时同她一块走到庄稼地头，让我们看庄稼长势，明显地看到地里有几趟庄稼又高又壮，颜色深绿，她说这是往地里送肥时的粪堆底子。若是土地的肥追足了，都会像粪底子那儿的庄稼一样，能不丰收吗！看着庄稼长势，她又很兴奋地讲她的"土科学"：

　　"禽畜加料能长壮，庄稼上足了肥有好收成。人吃了地上跑的土里长的，一部分变成了生命，生命不需要的排泄出来，又回到土地里，在土里变了'魔术'，又回到庄稼上，你说人不是'间接'地吃了'肥料'吗！"

　　她知道这个简单的道理，什么都能派上用场。淘米水拌饲料，有时发酵洗头，最后入发酵坑。洗菜水澄清，清的入泔水缸，浊的灌菜垄。她说过日子人家，废水都不够用。节约用水对她只能是句空话。

　　她连烧柴的灰也视为"农药"，除了垫畜圈，栽土豆时，要洒灰，这样就不生专嗑土豆的蛴虫。小麻雀的粪便，在她眼里也是良药。春秋气候干燥，我们的手脚常被风吹裂口子，她便让我们去院里捡麻雀粪，用温水泡软搅成糊，抹在裂口处，没几天就愈合了。至今我也不解其"科学"道理，她也只能告诉我们，别人这么做效果很好。

　　智慧的节俭，就像增加分数值一样。缩小分母，能增加分数值，可这只能是"守"业的节俭；增大分子，也同样增加分数值，这却是"创"业节俭。这两种增值的方法，是两种思维，她虽然理性上不懂，但在实际生活中，都不自觉地用上了。可惜生活局限了她，只能在那些小事上节俭，但那种清贫又淡泊的节俭智慧，已成了她自开的"造币厂"，足以使她在贫困线上成为"致富"户，活得习惯而享受，并很有尊严。

11

她生于社会底层，又没文化，但不苟时俗，不喜娱乐。这烙印几乎刺入我们的骨髓，影响我们一生。

她家那带，名为"南荒"，实为"南大仓"。闯"关东"的人，有如当年美国开发西部的移民，血液中流淌着"闯"的冲动和勇气，其中一些人能脚踏实地，用勤奋和智慧实现移民的"发家梦"，也有人不费大气力，就过上温饱的日子，然后躺在"温床"上，坐吃山空，打开了潘多拉的盒子，人性在诱惑中不断地蜕化。

闭塞落后的农村，在愚昧中滋生着不良的民风和低级乐趣，即普遍吸烟，还有酗酒赌博，他们自认这么做是北方汉子的"豪侠"。甚至刚刚发家，就出了吸毒的败家子，这样的"富二代"很快败家到卖儿鬻妻，披着麻袋片流浪街头。这种情况先在小镇上出现，又渐渐蔓延侵蚀到农村富家子弟。

农村吸毒的极少，但到了农闲猫冬季节，特别是春节期间，却赌博成风。名为玩牌，实为赌钱，而且十局九赌。不仅那种自称"豪侠"之男赌得倾家荡产，还有争"平等"的婆娘也碰运参与输得净光，过讨乞日子。

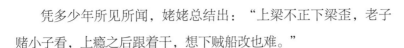

凭多少年所见所闻，姥姥总结出："上梁不正下梁歪，老子赌小子看，上瘾之后跟着干，想下贼船改也难。"

所以，她对玩牌有极高的警惕性，甚至只看到玩牌的弊端，完全忽略和抹杀了它原始的游戏娱乐意义。她听姐姐说，父母在世时，即便过年完全休息，也没有碰过牌，熟人约他们玩，都婉言谢绝。而且多次提醒自己的孩子，决不能去看这玩牌的热闹。她们姐弟几人，谁都没参与过这种游戏，过年全休那几天，闲得实在无聊，姐姐就带着兄弟妹妹玩嘎拉哈。嘎拉哈是当时农村女孩传统的玩具，她哥哥只好"入乡随俗"地跟着姐妹一块玩。

由此可知，她对自己的儿女，是多么严厉。每到春节前的"家教"中，她一定要重复地明确：

"一不准参与玩牌，二不准凑去看打牌的热闹。"

我们的童少年时期，赶上了解放，政府严禁赌博，可那些早赌出瘾的人，手痒憋得慌，还在暗处赌，赌风还在民间悄悄地刮。

她生活在那样晦气弥漫的环境中，能一生清醒，洁身自好，自然也要求我们出淤泥而不染。记得有一次，带子与几个半大孩子学玩牌被她发现了，数落带子一个晚上，我也受到"株连"，其实我也很想玩牌，就是没有带子的胆子大。我们早在背后议论：小孩子手里一分钱都没有，只是玩玩，为什么不行！也许她看出了我的心思，所以，这次她的"家教"课上得特别认真，以致我终生不忘，至今记得她说的顺口溜：

"歪戴帽子，散趿拉鞋，谁敢动我小王爷"，"瞪圆眼睛，硬装傻，满嘴喷出俏皮话"，"东走西溜，串百家，不知下顿能吃啥"。

她说这些俏皮嗑，是老百姓给不务正业的二流子编的。这种二流子，个个都不笨，可个个是赌博"高手"，又都抽烟喝酒。一年辛苦的汗水收获，一个正月就输光，只能过讨乞的日子。想当初，他们也是想玩玩，没料到玩上瘾了，人在鬼迷心窍时就管不住自己的手脚了。

至今在东北的某些小品中，这样的形象还鲜活地存在着。外域人误认为这是真实的东北农村人。错！错！错！波斯人有句谚语："粗鄙浅露的笑话，过分的滑稽是谄媚者的技艺，是智者的瑕疵。"那种披着大众化的外衣，行俗不可耐的低级趣味的"小品"，实在糟蹋着真正艺术的教育作用。这种痞流艺术，等同用温水使青蛙快乐死亡；这种痞流艺术，等同观众在无聊笑声中，却不知自己的精神遭到粗野的污染。艺术净化人的灵魂、提纯人的精神的教育作用变得荡然无存！

还有东北习俗"大姑娘叼着长烟袋"，自己人从来不觉怪。当年何止是"大姑娘"，是男女老幼皆把这一"怪"发展到极致，成了全民皆烟，男女老少爷们喷云吐雾，还有些人玩着纸牌喝着烧酒，可谓昏昏然不知黑白。

但姥姥家世代是"无烟区"。她的父母和姐姐哥哥都不抽烟。当时与我们同龄的孩子几乎都抽，或明目张胆，或偷偷摸摸。我们出去玩，她常警告我们："不要好奇地抽几口。"

后来带子的赘婿上门的第一天，她注意到他被烟熏黄了的指头，当即毫不客气地下令：戒掉烟。而且近乎苛刻地说：

"不抽烟，不会饿。天天抽，也不顶饿。你爹娘抽，我管不了。你和你的后代，我能管，不准抽！"

这太上老君的令，招赘怎敢拒不执行。

有的人在不顺心时，拼命喝酒麻醉自己的神经，同时大口吸烟，也能解忧。她独自承受着那么多的不幸和坎坷，却没有选择这信手拈来的烟酒，排解情绪，不能不说是一种毅力。只有脆弱的神经，才借酒消愁，借烟解闷。她生活在充满低级娱乐情趣的环境中，能保持清高的态度，真比那种庸人不知高出多少倍，可谓遗世绝俗。

当然，她过度讨厌这种习俗，与我们今天为了保健提倡不吸烟少喝酒，完全是两码事，她只是从周围的生存状况中，总结出持家之道。

她对民间流行的文艺娱乐，也有不同程度的鄙视情绪。如唱戏、跳二人转、扭秧歌、耍龙灯、踩高跷，还有下乡耍猴的杂技表演，她都不屑一顾。村里有这种热闹，她从来不凑去看。还说"打情骂俏"式的二人转"是二蹦子耍狗驼子"。讨厌那种俗不可耐的二人转，当时大有人在。我们小孩子追着看热闹，她倒也没阻拦过。

她一生没有自己的兴趣、欲望和癖好，不喜欢玩乐，很少说笑话，很古板，端庄但并不典雅。也许是苦难折磨得她心碎了，也许是终年劳作使她精疲力竭没了情绪，也许是太多的操心事使她自顾不暇，也许是经历了一次次生存危机已不习惯放松自己的神经。

虽说她这样矫枉过正，是缺点，但在那样的环境下，也是可爱的缺点。因为没有可恶之处的人是没有的，那我们怎么非要求她完美和事事通情达理！

12

姥姥顽固地相信正宗的传统，使其在习惯中继续。

敬慕祖先，她总是应时应节。除夕清晨便忙碌供祖谱。不知她从什么隐秘地方拿出一米多宽的硬纸卷，打开后有一米半长，硬纸的最上方只有两个人的名字，她说这是高慈公高慈婆，家族的老祖宗。下一排的名字，是他们的儿子，每往下一格，名字就增多，辈分也低，至少有十几格，那就十几代了，最下格有她丈夫的名字，再往下有她儿子的名字。

解放前，家谱悬在外屋正面墙上，解放后怕人说供祖宗是"封建迷信"，就悬在里屋墙上。祖谱上方横匹下有五彩挂钱，两侧有大红对联，年年更新。供品她亲手做，虽不能像鲁四老爷家那么排场，但八个供菜很讲究。必有整只鸡、整条鱼，象征"机"会有"余"。还有方块肉摞成的塔和"小象"，象征"步步登高"并如象一样"稳坐泰山"。小象是用猪肚做的，猪胃小头那端插入两个葱心尖，视为象牙，胃端多出那块肠就成了象鼻子，胃内塞满了白菜鼓起来。这是我最初认识的象。祖宗板上还要有四个素菜和两摞特大个馒头。铜烛台上竖着红蜡烛，香炉和酒盅排在最外侧。她供祖宗，我们就贴年画、门神爷、灶王爷、里里外外贴春联福字窗花，贴得屋里屋外红红火火的，很有过年的气氛。

除夕晚饭前，必先给祖宗上香，燃亮蜡烛，点着酒，然后磕头，祈祷祖宗保平安，再去外面放鞭炮，表示欢迎祖宗回家过年，宣布"我们开年饭了"。其实，年前就去坟上送纸钱，我们小时跟着她去，她年岁大了，我们代她去，从没中断过。平时遇上难事，她一定去坟头哭诉，有高兴事，也去坟头告慰先人。可谓天不老情难绝。

对传统的端阳节，她更是情有独钟。年年借这个阳气最盛的节日，给我们"消灾化难"，调节身上的阴阳平衡。节前她亲手教我们缝荷包，彩色包中塞入自家种的香草，香味甚浓，还用它做枕头，以"香"驱"臭"，即驱"邪"，保平安。

她还要在我们的脖颈、手腕和脚腕上，系青赤白黑黄五色线绳，五色表示东南西北中和木火水金土五行的对应协调和完美，祝福健康长寿。到了端阳这天，她起大早去野外采集艾蒿，一定要当天采的，上有露珠，把它插在门楣上，泡入洗脸水中，趁我们没醒时，把艾叶夹在耳丫上。艾蒿本是药材，以浓浓味道驱除病魔。她忙碌地做这些，虽不是理性地知道节日的文化内涵，但丰富了生活的趣味，让我们在精神上得到了极大的满足，再吃上糯米粽子，胃口大开，又体会到节日的实惠。

可她从不张罗过中秋节，只是给我们买几块月饼随便吃，从没带我们赏过圆月，还说"月亮从没圆过"，"十六也没圆过"。我们满足了口福，没再想什么，多少年后才明白，象征团圆的月亮，对于她永远是企盼团圆的梦想。她说得对，月亮只有一闪的圆，总是"圆缺"，古今"难全"。

自古民俗，入土为安，而她赶上二十世纪六七十年代，破"四旧"的大潮来势汹涌，家乡规定田地上已有的坟通通深葬，之后的死者或深葬，或送入城中火化入骨灰盒。而她逆潮流，立下自己的遗嘱：

"不进炼人炉，不入骨灰盒，也决不深葬。"

　　她用"三不"表示，人活着有宅，死了有屋，这屋就是高高的坟，自己的灵魂站在坟上瞭望亲人，并使身体安眠在地下。她寻寻觅觅很久，觅到了万全的地盘，是什么"潮"都冲不到的宝地，即一块三角荒地。这块地与她先前自己那片田地中间，有条收获时过车的窄路，地头与窄路构成的三角上，立着一根经过此地的电线杆，两个直角边内侧与电线杆各距离有三四米，耕者不愿拐弯多种那几平米地，另一个直角边外侧，是通往城市的大路。这块较大的三角荒地很开阔，是公家不管，耕田者不管，立电线杆的也不管的三不管荒地。果然她就长眠于此。真是千里孤坟，无处话凄凉。这儿没有松柏相伴，也没有鲜花簇拥，只有青青的野草，还有草上的露珠。2012年夏天，我和弟弟回去上坟，因为在离三角荒地三十多米的大路上，横空出现了南北走向的铁路，我们迷路了，以为三角荒地被毁，最后是那根电线杆帮我们找到坟地，祭奠后，用事先备的新锹，把土填得很高很高。

　　延续"传统"，她做得很较真，像唐吉诃德一样。其实她生活得比谁都实际，同时，又远比谁都在"传统"中更"虚无"。她清楚，祝福是心理的依赖和美好愿望的寄托，而实实在在的生活，不仅要平安健康，更要使"后人出息成人"，自立于人群之中，所以代代家教的传统不能丢。

　　她说的"家教"，是自家的"权威"人士，用自家的"家史"对自家孩子，实行家庭"授课"。决不是如今家长望子成龙，请老师给孩子"吃小灶"，提分竞考的那种"家教"。

　　我们的"家教"是个性化的，没有书本，内容是她自己如何战胜不幸和苦难而活下来的奋斗史。她认为，庄稼苗要靠阳光、水分和营养才能成长成熟；小孩子，吃饱喝足睡好，身体健康，要能"成其人"，就得使心和脑支配自己勤劳、善良、正直、勇敢，在人群中明辨是非真伪。

她对我们的"家教"多是在睡前，又称"夜话"。她"夜话"的内容，是我出生后，最初岁月里的启蒙课本，心灵接受的影响，似乎是朦胧而浅淡的，却给我人格打上了极深的印记。她这不识字的"先生"，靠生活和思考炼出的要言妙道，成了雕刻我生命的最早的诗篇。

"人活一辈子不容易，总要遇上沟沟坎坎，只要你不怕，都能挺过来。"

这是她每次"夜话"的开场白，有时她刚开头，我们便能齐声相和，可她拍着我们的被子说：

"说容易，做可难了。嘴是说话的，上嘴唇碰下嘴唇，话就出口了。心和脑才是带着身子去做事的，要日日夜夜，月月年年；顶风冒雨，爬冰卧雪，不管多苦多累，只要你不停下……"

我们小时，哪里懂人生的"沟坎"，只是听的次数多了，自然记住了，像唱歌似的与她随声附和。直到长大些，才渐渐悟出点她说的"沟坎"的意思，并亲身体会到她带我们走过"沟坎"多么不容易。

"夜话"时，她万分虔诚，我们舒舒服服地躺在被窝里，她盘腿坐着，而且摸黑，多是白天我们惹了什么祸，或是她在外遇事受到启发，才引出她"上课"的念头。她思若泉涌，滔滔不绝地讲，还不时有经典"语录"，引起我们的好奇和复述，有时也很感动，随着年龄的增长，也引起我们的静夜思。

要知道，平静的夜晚，人的灵魂中有种坚强的力量，从感情的源泉里淬砺出来，不仅能三省其身，又能信誓旦旦。寂静的夜，不只是庄稼拔节和孩子长个儿的最佳时光，也是人省悟和憧憬的交接钟点，更是人的意识梦想迸发的时辰，尤其是凌晨醒来时，清静的大脑，常能异想天开冒出思考的火花。

她磨破嘴皮地说，我们的耳朵也听出了茧子。说实话，这个"愚腐的老学究"，总是重复"纸头发黄的教案"，虽说她诲尔谆谆，可我们也常听之藐藐，视她的"夜话"为催眠曲，不知不觉进入梦乡。我多年在外地上学，没有带子听"夜话"机会多，但每放假回来，肯定"补课"，要听她那"陈芝麻烂谷子的磨叨"。但无论如何，她的"老一课"，还是潜移默化渗入我们的灵魂中，那种做人做事的要素溶入了我们的血液，成为我们生命的一部分。不可否认，上面写她前半生的文字，都摘录于她的"夜话"留在我记忆中的沉淀。

13

倔强的性格和刚毅的精神，如严酷的艺师，雕刻出姥姥颇具象征性的外貌：

一株孤傲兀立不留阴影的冷杉，而这高龄老树沧桑的枝干，始终透着一股常绿的生机。

冷杉直指天际岿然不动，而她的一生，不管遇到多大风浪，也如此地屹立着，熟人都称誉她为"不倒翁"。这种屹立"不倒"，是指她经历人生一波三折的大起大落，没有被击"倒"；是指她战胜重重灾难也没有被压"倒"；更是指她在风烛残年时重新扬起生活风帆日夜操劳也没被累"倒"。这些都是指她的精

神"不倒"。

而我想说的，同她一起生活的岁月里，记忆中却很少留下她小息和夜睡时"倒"下的模样。这本是日日司空见惯的生活现象，然而我脑海里相反却有另一幅画面历历在目。

人过花甲之年，本该失去狮子般的冲劲和骆驼般的耐受力，精气神过了黄金期，只能如忠诚老犬守家待业。假如生活条件优裕的，就像猿一样或在春光下游荡，或在夏日树荫下瞌睡，享受自在的时光。而她还支撑着经营着重组的"祖孙之家"这片天，挑着本该她的儿女辈应挑的生活担子，与青壮年们比肩姗姗前行，不知歇脚，她那超人的精力和坚韧的神经使她终生"不倒"，而"鞋脚"的超负荷劳作就是佐证。

"我什么都能节省，就是穿鞋费，坏得太快。"这是她常对我们感慨的话。

一般人穿鞋，多是磨鞋底又磨鞋帮，可她双双鞋先磨漏鞋底。自家手工做鞋，对她的鞋底本是"特制"，有意加厚又密纳的，可无济于事。只有趁鞋很新时前后加胶掌，或自己缝层皮子，直到鞋底再也挂不住掌钉或缝线又漏了，才不得不扔掉。有人说她走路姿势不对，而我都不相信。

"三寸金莲"的裹脚走路，脚跟先着地，承担全身重量，鞋底跟才磨损厉害。而她不是，虽曾裹过小脚，半路扔了裹脚布，最后长成了"解放的民装脚"，同普通人脚大小一样，走路姿势也正常。马走多了，蹄掌磨损，人走多了鞋底磨薄。她起早贪晚，总是睡在我们之后，又醒在我们之前，贪睡的我们难见她的睡相，她可谓是独卧独起又独行，大概也独思独虑又独愁。

　　我确信，是她眼中有事，手中有活，而且动作敏捷，手脚麻利，脚自然移动频率快，鞋自然磨损多，岂能不费！在这一点上，她又完全不同于耐寒不动的冷杉树了。

　　白日小憩，她坐在炕头上，那位置就像皇帝上朝的龙椅，非她莫属。她坐姿如铜钟，身板直挺挺的；如放松些，略有点驼背，又很像暮冬敛翅的兀鹰在枝头小憩，身体四不靠也很泰然。她也从不靠墙壁，结束打坐时，总要耸耸肩膀，舒展筋骨。我若在附近，准能听到她的肩骨活动低沉的咯咯声。双腿盘坐，内心十分宁静。身子微微左右晃动，有节奏，是慢拍。宁静是无声的音乐，使她变得敏感而弘大。只要她坐在炕头，我们便知她在小憩，动作轻轻也不言语，屋里鸦雀无声，空气都凝固了。

　　她一只手摸着盘在腿上的脚脖，另一只手摸着膝盖，面部肌肉放松，闭目养神，完全进入休息状态。可过一会儿她改变了两手的位置，深深地舒了口气，一只手托着下颚，另一只手五指磕着膝盖的内侧，每磕一下都像在打个问号而且在寻求答案。有时还磕着上下齿，眼睛似闭非闭地在聚焦，完全进入了沉思。一旦发出咂嘴声，显然思绪不通畅，想到了难以决断的事情。这时上身便有点前倾，集中精力作出选择，如还能舒口气，那一定是大脑的"政治局会议"有了结果。

　　精神是相貌的雕塑师，她的行走与坐姿，可说是同一风格的不同形象，尤其是四五十岁以后的精神雕刻的人格画像，更具有内在特点。

　　直到七十多岁，她才有少许的花白发丝爬上头顶。据说有花白发丝的人，是急性子，她倒真是个急时能冒火星的人，不是表现在激昂的语言和情绪上，只表现在雷厉风行的动作上。

她的方正的宽额头，八十岁后略有几条皱纹，倒像是思索的痕迹，一望便知思索中能产生火花。眉脊稍高，像额头一样有点隆起，两道从未修剪的淡眉下，是一双稍稍下凹的眼睛。眼睛不大，在瘦削的长方形脸上倒显得颇为有神，目光自信而果断。但细观察，右眼虽双眼皮，还是比左眼稍小一线，眼神有种莫名的不安和冷峻；左眼单眼皮，可眼球比右眼稍宽一线，透出一种坚不可摧的正气。当眼眉蹙着时，你窥不透她海一样的胸襟和丰富的内心，还有特立独行的意志。

在她脸上占据最重要位置的是，高高挺挺的鼻子，很古板，略显长。有如顶梁柱立在屋中间，使她整张脸及个人，都产生了山一样不可撼动的力量。鼻子同眼睛一样，燃烧着冷色的严峻，太缺少温和与热情。只有每次送别，我们到村头分手，那怅怅然的瞬间，我才能感受到她那孤独而游离的目光和鼻子的抽噎，显得那么无助和柔情。我猜想她一转头，内心就会升起一份无奈的感伤，而滴滴嗒嗒地流泪。即便流泪，她也双目平视，头颅微仰，那凛然的傲骨，使她抹泪时，也都不会是揉眼睛，而是用手背从鼻梁往外眼角揩，看似很生硬的动作，正是她软弱时的刚强。

她的嘴闭着，像是被鼻子压长了的"一"字，自称是"吃四方"的大嘴，下唇比上唇稍厚，显得稳健而冷静，有很强的自控力。我们从没见她开口大笑，就像从没见过她放声大哭一样，她的情绪从不特别激昂，也不易过于低沉。嘴角流露出的刚毅多于温柔，也显得有点自负甚至尖刻，给人感觉她独自承受着难以测知的苦难，而且充满了过敏的警惕性。由于保留着全口的自然牙齿，下颚很丰满，给面部增加了生机，八十多岁时还喜欢吃家炒的爆米花，可见葆有旺盛的活力。

贴在头两侧的耳朵，天生很大，年老时不仅没有萎缩，耳垂还变厚变长，这本是长寿的自然象征，可她硬说是耳环坠的。她十分珍惜自己的耳环，这简洁的银圈，是结婚时丈夫送的信物，直到入土都没摘下，戴着它去天堂见丈夫了。真可谓天涯地角有穷时，只有相思无尽处。

那时村中的妇女，包括老妇人，即便家境贫困，也很流行涂胭脂粉妆，只是有人涂得典雅，有人浓妆显得卖弄而已，还流行用刚燃过的火柴头上的碳灰描眉和用缝衣服的线绞脸上的汗毛。可她的脸面从没搽过粉，连润肤的雪花膏也不抹，更不用说绞脸描眉了。头发用包网缠成发髻紧贴在脑后。假如冬天戴上棉帽子，从面相上肯定认为她是个男性。一口东北音，很低沉，像是从身体的音箱里发出来的共鸣声。

她中等身材，有点瘦削，老年时也没发福。衣着简朴，但不寒酸。我们很熟悉她外出时穿的"老三件"外衣，一律青色，一短两长。在家劳作穿短外衣，粗布的，很宽松，冬天套在棉袄外，夏日穿，使体格显得更瘦削，但不失精干。外出时，夏穿单冬穿棉长袍，带大襟的，不是收腰的旗袍。合体又平整，穿上个子显得修长。俗话说，人有神气，穿麻袋片也是"精装"。她外衣的青色，显得深沉凝重，本是大众色，倒也随和。

她从不在意外包装，这是她的个性使然。同时个性在这简易的装束中，也有意无意地驱使她修炼着内心。

这就是我心中道德宗教的老师，被她的内心世界外化了的形象。

14

如果说人的一生，只能攀一座生命之山，经历日出和日中天，夕阳西下时，便精疲力竭地走入低谷。可她前半生攀了一座生命山，后半生又攀了一座生命山，一鼓作气，两次沐浴山巅上与太阳更近的光辉。

前半生她很有精力时，收获的"生命果"自己还没来得及享受，果实便苦涩地失去了；虽说歧路亡羊，但她首先拯救和捍卫了自己，迅速滤掉巨大的痛苦，毫不踟蹰徘徊，又果断地去攀另一座生命之山。她坚持不断始终不懈地尽自己的体力，所需要的毅力一点不亚于完成英雄事业所需要的毅力。这次她收获的"生命果"，正是在她最需要时，最及时地享受到了它的甘甜。

带子已练成了庄稼地里的"行家里手"。

这个年轻的"耕妇"，竟使马虎的庄稼汉惧怕她干活"挑刺"。入赘的丈夫很快被她训成独当一面的耕夫，接下带子"耕妇"的担子。带子转到家中"上岗"，使姥姥从家务琐事的操劳中解脱出来。不久，姥姥开明地宣称"交班"，"功遂身退"了。

从此，她再也不说自己穿鞋费了。四季变换的冷暖，还没等自己去张罗，带子已及时为她备好换季衣裳；每日不再看太阳老爷的脸色，提示自己该去院子或园子干什么活；也不在意吃饭的"钟点"，倒有人把热乎乎的饭菜端到眼前，躺下睡时更不用想明天该早起……她的神经完全放松了，劳累一生的肌体终于有了"休眠"期，开始了无忧无虑的日子。

她说唯一的"操心事"，就是关注家人平安健康。看带子吃饭不虎实，听重孙子咳嗽，就一定问个究竟。总期盼邮递员来送我和弟弟的信，长时间见不着，就发个电报，催我们回来。

尽力帮带子照看孩子，是分担也是享受。五个重孙子身前背后嬉戏，使姥姥过足了要孙子的"瘾"，而且真是带子给她"带"来的孙"子"，圆了三十多年前盼孙子的梦。她有时嫌重孙子太闹，可一天不见哪一个，又磨磨叨叨惦着。带子说有个孩子去城里看病很晚回来，她竟眼盯着那孩子穿过的小鞋悄悄流泪。文革中我"劳改"，把女儿送到她跟前"避难"，接走时她老泪纵横，不肯放手。高尔基说得对，人没了操心事，就如狗没了主人一样。所以她宁愿小孩子在跟前闹腾，也比"静得慌"更好受。

我实现了她期望"念大书"的梦。

方圆几十里传着她"供出个大学生"，她说这是自己这辈子最得意的事，吃多少苦都值。

外孙子平安长大开始独立生活。

她时刻守望相助的外孙子，比我和带子的年龄小，阴差阳错地最早参加工作。

带子、我和弟弟，幼年时都很不幸，可我们有幸得到了姥姥最及时的拯救。毫不夸张，她就是我们的救命恩人。她千辛万苦教育我们成为"有出息"的人，自立于人群中，成为她幸福老年的"开心果"。前半生命运对她的不公平，在老年时得到了补偿。

谁的心中没有爱，生命就将按同样的比例被削减，相反，谁的心中充满着爱，生命也将按同样的比例在增长。她这一生爱家、丈夫、儿女、外孙女、外孙子、重孙子、重孙女，甚至没有任何血缘关系从大街上捡来的"孙女",她把自己的全部都献给了他们,老天怎能不赐福于她!她说没想到像自己这么不幸的人,还能活到八十多岁,同周围儿女双全的老人比,她觉得自己晚年生活更舒心,"知足了"!

还差几天,就八十四周岁,她无挂无碍,解脱净尽地长逝了。如此高龄久病,走得不算意外,但还是觉得想不到。

她无儿无女,却有满堂孙儿和重孙送她上路。她曾独自支撑的那片天,后继有人,而且群力共擎。

如果她有在天之灵,回眸自己的后人,那张过于冷峻的脸,一定会露出灿烂的笑容!

在别人看来,她的一生并不完美,也许这就是她生命的魅力所在;她留下的精神遗产,就在她生命的遗憾中闪光。

十一、祖孙轶事

1

姥姥有过被狼追踪的历险经历。

那时她已年过半百，之前与狼打照面的事，记不清有多少次了，可这次不同。

她起大早回北下坎，去看生病的哥哥，本打算第二天回来。可当天的下半晌，见门前有过路的大马车，随口打听，知道是去镇上拉货的，索性搭车往家返。

搭车一大段路程，到岔路口，分道扬镳了。下车后她往南走，开始走的是大路，后来图近便走上田埂小道，离家还有十多里远。田间小路有两种，一种是地与地之间的界，这种界多是直角边，不是南北走向，就是东西走向。这种界勉强能通过收获庄稼的马车，路窄不平，杂草丛生，秋后很少有人走。另一种是斜在地垄里的毛毛道。她此时走的是地界间的窄路，路面被车轮轧得凹凸不平。不当心被土坷垃绊得趔趄了一下，脱鞋倒出土粒，半转头提鞋时，意外发现离自己六七十米远的地埂边，有只狼，灰中带黄，同秋天枯草一样，与自己同向走着。

　　她说当时脑袋嗡一下变大了似的，不相信自己的眼睛，定睛看，眼前冒金花，心荡神摇，确信田野里不会有狗，疯狗多是在春天出没。此时，不论是胆大还是胆小，是机警还是愚笨的人，凭本能都不会束手待毙。

　　秋后一望无际的田野，没有庄稼遮拦，能往哪躲，前不着村后不着店，路上也无人影，她边想边加快脚步，只能相机而动。她说可大步快走，万不能跑；若跑狼也会跑着追。

　　奇怪的是，她快走也没把狼落下，放缓点步子，与狼的距离大约还是那么远。她判断狼是否真的跟踪自己，索性站住，稍停一下回头瞥，狼也停下了。她站定盯着，狼竟蹲在田埂边，抬头望前方。此时她完全明白自己与狼之间的利害关系。心跳加速，但内心的定力，仍使她很沉稳。

　　眼看太阳西沉，俗话说太阳升起时快得如骑马，午间慢得如骑牛，下落时如骑葫芦头，是叽里咕噜滚下去的。她觉得今天晚上，太阳滚得更快，留在地平线上的余光也很暗。刚走出一截地，天色就有点灰蒙蒙的。

　　狼仍然不紧不慢地尾随在后面，这聪明的动物，也许认为胜券在握。她不时回头，见狼仍不慌不忙地跟着，倒增加了几分希望和自信，心想还有七八里路，掌灯时也该到家了，村里的灯光会照得狼不敢往前跟。

　　就在这时，她突然发现，在东南方向，有蓝绿色火苗跳动。她知道再往前一截地，向东拐百多米的地角，是这一带有名的乱葬岗子，很大一片荒地，家中没有土地的，人死了就埋在这里，无家可归的"路倒"，也被扔在这里。坟冢间长着参差不齐的树木，都是亡者家属自行其事，无序栽的。

这里常出现"鬼火"。自己年轻时，很怕鬼火，后来知道是死人头发和骨头里的磷，遇到空气燃烧而发光。可因为是死人身上发出来的，总觉得很瘆人，一向视为"鬼灯"，确有些阴森可怕，但愿狼也有这样的感觉。她立刻想到"鬼火"也许能帮自己吓跑狼，就壮着胆，偏离朝前走的田埂，斜着走地垄，往坟场方向奔。这时远处的鬼火，不是一点两点，而是有四五处忽明忽暗地晃着，在刚刚落下夜幕的大背景下，鬼火显得很亮。

此时，她的右胳臂下意识地碰到衣大襟右侧的内衣兜，她突然"啊"了一声说"有了"，计上心头的快感促使她低头拾地垄沟中残留的玉米叶子，玉米叶子早被秋风吹得响干。她边拾柴边回头瞭着狼。脚步仍在加快，心跳也在加速。而且还依稀听到，坟场树上晚归入巢和兜风的乌鸦在低语，偶尔传出"哈——哈——"声，像小孩哭似的。乱树昏鸦，雏鸦呱呱，空旷田野有了活气，她也心生希望，迅速地躲入坟地。立即蹲下，掏出衣兜里的火柴盒，心想只要划着一根就能燃着干叶。果然干柴烧起了火苗，放到坟地的野草上，柴与草相助，火势不大，在微风中蔓延着，远超鬼火的势头。这时她几步跨入坟场中央，气喘吁吁地靠着一棵粗树，像遇到救命恩人伸出援手，拉着自己下沉的身体。借着天幕上清灰的月光，她看到那只狼停住了。它的皮毛像有光泽似的与黑土地形成对照，那两只眼睛像闪闪的两点鬼火，又凶又怯地盯着坟场方向。

它耐心等待这顿"夜宵"，"但愿它不太饿，还能耐住性子"，她边想边警惕地扫视自己周围的几块坟，说不定坟中有狼窝，也有夜归的狼，转念劝自己：凭天由命，有你就出来，老天

保佑，我家中有两个未成年的孩子！

她一边想着，就蹲在刚靠着的那棵树下，树旁有个刚起走坟的深坑，坑前面是个新坟，坟上光秃秃的，但坟头很高，成了天然屏风，完全阻断了狼的视线。

她从树根滑到坑里，离坑边几步远，淡蓝鬼火仍在跳跃，坟场边上成片的"野火"仍在燃烧，静静地蔓延着。她说与狼"竞走"时腿还很利落，现在腿不知为什么有点颤抖，使她无奈地坐下了。终于顾得上用袖子擦脸上的汗水。心想狼不掉头，自己就不能走。

就在这鸦雀无声的瞬间，她抬头看到树杈上的鸦巢，自己刚靠过的树上，斜对个的树上，周边几棵树上，都有鸟窝。

鸟窝，使她又顿生一计。太阳落下时，鸡上架，鸟回窝。她迅速地开始从周围摸大块土坷垃，自己坐在这个坑里备足了土坷垃，自言自语：

"这是老天给预备的"，"有天保佑，这回我能得救了！"她拼力扒拉到身边十来块大个的，站起身子，瞄着离自己最近那棵树上的鸟巢，抛土坷垃，人在紧张害怕时手没准，抛几块都没打中，但碰到树枝和残叶上，发出了沙沙声，划破了坟地死一般的寂静。

借月色，见狼还趴着。她想只要狼没往前走，就还有时间，便继续往树巢上抛土坷垃。终有一块打中了鸟巢，哗啦一声，两只乌鸦耄的冲出来，发出惊恐叫声，"嘎嘎——"，那真是仰天长鸣，惊动了别的乌鸦，也发出叫声。她继续抓起土坷垃，干脆跳出坑，疯了一样往周围树上抛，七八只乌鸦逃出来，在坟场上空盘桓，叫声连成一片，撕破了夜幕，向远处传去。乌鸦是智商很高的鸟，老巢遭到攻击，自然有极高的警惕性，不会轻易回窝。她直视狼趴着的方向，发现它站起来了。鬼火和野火使它却步，鸦声难道使它耐不住性子，准备拼命？她手里的土坷垃不停地往树上抛，心想，树枝不静，乌鸦就不敢归，就不会停止鸣叫。

须臾，狼掉头走了。她目不转睛地盯着，直到它消失在西北方向的夜空里。喜上心头，确信自己得救了，泪水簌簌地流。说人的泪水有不同的味道，跟人的喜怒哀乐有关，我想此时她的泪水，一定是酸甜的。

趁乌鸦还没安静下来，她走出坟场。求生就有路。顺地垄沟往南，还不时地回头看看周围。此时，她虽没走在平坦路上，因头上有月光关照，身后有野火护卫，乌鸦还在叽叽喳喳欢送，心情就如走在笔直大路上一般轻松，也像有同行者相伴，没了恐惧。

走了两截地，终于上了大路。大路向西直通自己的村子。天灯高悬，村里静悄悄，偶听狗吠声，也有几家窗户透着微光。

夜阑人静时，她到家了，是二姨姥给开的门，我们一点不知。她说怀着对鬼火的敬畏和对乌鸦的感激，沉沉地睡了。

第二天，我们发现她的眼眶眍䁖了，脸色苍白，除了喝点水，啥都没吃。说心咕咚咕咚的跳声，自己能听见，直到晚上，才喝点粥。

恢复了好几天，她才给我们讲了那天晚上绝路逢生的故事。我和带子一左一右拉着她的手，听着听着都吓哭了。她摸着我们的头说：

"人啊，谁知能遇上啥难事，遇上了先扛，你不扛，怎么知道自己不能扛过来。没想到，几点火光和几声鸦叫，有这么大威力，能驱走大狼。平时讨厌鬼火和乌鸦，生死关头，它们却救了我。"

小孩子，除了害怕，怎么能明白什么叫"扛"啊"救"啊，只是劝她以后不要走夜路。但她甩掉狼的敢劲和智谋，在我们幼小的心里，真真播下了"不怕"的种子。

2

故乡有关狼的传闻，不绝于耳。北大荒原始的"主人"是狼，开拓者进入这荒原，便搅乱了狼的"天堂"。它们从霸主变成人人喊打的"盗贼"，仍顽强地在夹缝中求生。

数不完的人与狼险遇的传闻，很少听说有谁被狼伤害了。狼见人，从不像饿狼逢羊、苍蝇见血那样立刻疯狂行动，大概是因为对人的畏惧，所以从没听说狼闯民宅。可家畜家禽被狼叼走咬伤的事比比皆是。或许是人太自我太霸道，狼性永远不被理解。那年代生活在蛮荒僻野的农村人，没见过狼的，只有没出生的，或在襁褓中的。死人竟常与狼同室为邻，尤其是新坟，多有狼窝。

带子九岁那年，面对面同狼"较量"过，至今我仍觉得是奇迹，还没有从传闻中听到这样的故事，也没有从书中看到这样的故事。

夏天的午后，带子牵着自家老牛，出去找青草啃。家附近沟沟坎坎上的草，早被牲口啃光了，带子便骑上牛去小西沟草甸子。路过玉米地时，发现地塄上有一条青草，还很厚实，就信步拐进去。

老牛慢悠悠地吃草，发出嘎吱嘎吱的响声。带子把缰绳搭在牛脖子上，鞭子放在地塄上，钻进玉米地去寻黑天天。黑天天现在学名叫黑加仑，成了上好的保健品，是一种生命力很强的野生小果，果秧不高，果熟时紫黑色，如黄豆粒大小，连成一簇的嘟噜，不小心果汁弄到手上不易擦掉。每到夏秋，小孩子们都结伙钻入庄稼地里寻觅，相互喊着壮胆，饱餐之后，个个带着个黑嘴巴，心满意足地回家了。

带子在比人高的青纱帐中，寻来寻去，不时地猫腰从秸秆缝隙中瞟老牛一眼，怕它祸害地埂边的庄稼。

她在苞米地里审来审去，还真找到一棵黑天天秧子，枝繁叶茂，但果实还绿绿的，扒来扒去没见一粒熟的。她想接着找，忽然听到老牛闷声闷气地叫了一声，她猫腰从秸秆缝中往地埂边望，惊惧地"啊"了一声，见有一只狼诡谲地冲老牛站着，虎视眈眈，相距两三米。只听说狼吃羊和猪崽，还没听说吃牛马的，但伤牛马的事常有。她毫没犹豫，跨步钻出苞米地，捡起地埂上的鞭子，搭在牛脖子上，拉着缰绳，一跃就上了牛背，然后抓起鞭子，眼睛盯着狼。狼纹丝不动。她心想决不赶牛掉头走，与其让狼追上来，咬牛腿，不如在狼面前施展自己练了很久的"真功夫"，教训它一把。

老牛照样吃着地塄上的草，移动着小碎步，方向仍冲着狼，它既不发出犨声，也不却步，难道它也像主人一样勇敢！知道自己在狼面前是庞然大物，一炮蹶子就能把狼踢走！她稳稳地站在牛背上，一蹲一起，又一蹲一起，重复五六次，狼眼巴巴看着她和老牛，一动不动。带子说自己本来还能单腿站在牛背上，今儿个有点紧张，怕万一掉下去让狼捡了便宜。她仍站在牛背上，亮开两只胳膊，揎拳捋袖，右手攥紧鞭杆，左手握紧拳头，冲着狼开始拖展甩鞭子功夫。鞭鞘都是细皮条，会甩便能发出响声，她早就练就了甩鞭子的功夫，常与村中小男孩比试。

刚开始甩，鞭子发出砰砰的闷声，狼没动；再甩几下，鞭子发出啪啪的响声，狼的头动了动，但仍然盯着带子和老牛。带子再用力甩，鞭子终于发出了喀喀、喀喀的清脆响亮的声音，而且颤抖的空气冲击波传出去的鞭声，像有回音一样。在静谧的午后田野里，鞭声的威力，使阳光、空气和庄稼都同时为它呐喊。

站在对面的狼，终于在这强大气场冲击中，逼得受不了啦，歪了一下头，有如人不服气时，歪头哼了一声，无奈地掉头走了，夹着尾巴悻悻地离开田埂，钻进苞米地里，头都没回。

带子骑在牛背上，拉着缰绳走出田埂，到马路边壕沟棱上啃草渣，边吃边往家溜达。她悠哉地打起了口哨，把手放在嘴里吹出特响的长音，显然是得胜回朝了。牛进村时，带子像往常一样，还是稳稳地站在牛背上，路也平坦了，牛迈着四方步，她一手拉着缰绳，一手拿着鞭子，自如地与熟人打招呼，俨然像远征归来的英雄一样。

她每走进院，如果大声招呼我，那一定是有什么高兴事要告诉。今天一进大门，她的喊声抬高八度，我想一定有好事。

回屋后，她咕嘟咕嘟地喝了两碗凉水，像武松上景阳冈前大碗喝酒一样。然后给我讲刚才发生的事情。她很兴奋，不慌不忙，好像不是在说看见狼的事，一点没有恐惧的表情，也没有神秘的眼神，就如说遇着谁家爱咬人的赖狗一般。但我听时，可有点心惊肉跳的，一个劲攥拳头。

五岁后，我就是她的"跟腚虫"。今天听了她这样的故事，更佩服得五体投地。我一个劲儿问，你真没害怕？她笑眯眯地说，怕它干啥呀？"那你浑身没哆嗦？"我问。她说："你害怕，狼就胆大，它能看出来。"我问她为啥不跑呀？"老牛呢，我保护它，它也能保护我。"她从容淡定地回答。

她真是个初生不怕虎的牛犊，何能怕狼！她聪明、胆大、淘气，村里男孩子也惧怕她几分。但谁能想到，狼也怕她的"功夫"！

她吓走狼的事，是我告诉姥姥的。姥姥听到后，没有大惊小怪，只是叹了口气。这对生活在偏远荒凉地带的人，是司空见惯的事，不足为奇。但从她的叹气声中，我明显感到她为带子的安危非常担心。晚上睡觉时，她又开始给我们"上课"了，这次是单刀直入，开始就说：

"以后别去小西沟那儿放牛了，那儿离村子远。在房前屋后地边上，让牛啃点草渣，溜达溜达就行了。"接着她直言尽意地表示：

"以后遇上狼，一定骑牛上大路，万不能同狼耍威风。"

带子为自己的行为辩解："那样狼会追的，万一狼蹿上来抱住牛腿，就危险了。"

"那你就扔下牛自己跑。狼有了肉吃，不会追人的。再说，一只狼是斗不过牛的，伤牛也不能伤人呀。"她说得斩钉截铁，不容分辩。

其实，带子在野外放牛，不止一次碰到狼，多是在远处一闪就消失了。这次是狼停在牛前不动，胆大包天地垂涎欲滴了。冤家路窄，你既不能跑，又不能坐以待毙。带子说小西沟老牛倌告诉她，狼怕一蹲一站，怕甩鞭子和划火柴，他用这法每次都把狼吓走了。不过老牛倌是站在地上一蹲一站的，而且没有这么近。带子是站在牛背上，这又危险又保险。带子还知道，狼是麻杆腿，一打便折。今天，如果狼有胆扑上来，就用鞭杆抽它的麻杆腿，或用鞭绳勒它的脖子。今儿个它没受伤，也没死在我的鞭子下，算它幸运！这初生牛犊竟能这样夸海口，说自己的鞭杆是硬木的，很结实，上面缠满了皮弦，可惜还没用它打过狼腿。说完自己扑哧笑了，她的勇敢欲望真是没有边界。

带子每次跟我说狼的故事，总要嘱咐，千万不要把这告诉姥姥，说姥姥知道后又担心又唠叨，把咱那不大的胆，唠叨得更小了。可这次我既很佩服她的勇敢，又为她担惊受怕，便悄悄告诉姥姥了。

3

带子还有个"引狼入室"的故事。

她上小学后，又念书又干农活，念两年就成了家中的"大劳力"。春季的一天，她扛着锄头从东地回来，正巧我放学也到家门口。她悄悄地告诉我：

"村东头田四家地里的坟，被狼掏了个洞，里面有两个狼崽。"她说狼崽时，眼睛眯眯地笑，就像手捧宝贝似的开心。接着又笑着说：

"刚会走路，一大一小，跟狗崽没什么两样，毛茸茸的，特别好玩。"

我问她怎么发现的，她说田四儿子铲自家地，发现祖坟上有洞，喊周围铲地的人看。洞口朝南，两个崽子相互依偎，晒在阳光下，他们拿出来玩一会儿，又放进去了。大狼白天出去打食，晚上才回来。她还说大狼能反刍食物喂小狼。

这事听了，我又好奇又害怕。问她明天铲地有伴吗，她告诉我有一大帮呢，然后自得其乐地表示：

"明天咱俩去抱个狼崽回来，放在狗窝里养。"我原以为她就是想跟我说趣闻，没想到她竟冒出个"抱回来"的怪念头。

我知道，带子特别有主意，她想干的事，什么都不憷。九岁那年，猝不及防遇上狼，敢站在牛背上甩鞭子，现在是个"大半拉子"劳力，已胆大如斗了。她再三跟我解释，养大了就成看家狗，比狗厉害多了，连黄皮子都能吃。

她心里早就算计好了，如果姥姥问，就说是狗崽。吩咐我，明天放学后去东地，拿着麻袋和绳子，说着就去准备，告诉我放在仓门旁。

第二天上课，我不知溜了多少回号，盼快点放学。因为带子说去晚了，大狼万一回来，就不敢去掏狼崽了。所以，我几乎是踏着老师"下学"的话音，就冲出教室，出校门跑到家夹起口袋直奔东地。

走到村东头，我一眼就看到带子猫腰铲地的身影。那个方向还有好几个人，都是在铲头遍地，大地生机勃勃，好像黑土地本身也在发酵，冒着气泡，散着阳气。哼着小曲，感觉人在春天无比畅快。

到带子跟前，她说小田四回去拿铁锹，让大伙帮他把狼窝堵上，先等一会儿。

小田四大吼一声，附近铲地的老少爷们跟着，往地南头走。到了坟前，都不说话了，几个人拿着大土坷垃往坟上扔，试试大狼在不在。没有反应，小田四让大伙拿好手中的锄头铁锹，做出防御的架式，他几步蹿到坟顶上，又跳又喊，猫腰往洞里看，伸手掏出两个灰黑色的"小狗"，它们相互依偎着，吭吭叽叽地，眼睛还睁不大，可能有点怕光。

我拿着口袋，站在带子身后，不敢直视洞口，狼崽就在眼前，我也不敢蹲下去摸。带子蹲下去摸了摸，果断地说："我要这个大的！"说着两手捧着，让我打开口袋，轻轻地放进去，便把口袋系上。小田四把那个小的也装起来。然后大伙挖土填洞，填平后上去踩，用锹拍打实了，一哄而散，各自回家了。

太阳还没落下地平线，我们就到家了。一路上我扛锄头，带子抱着口袋，她那种占有感和窃窃的欣喜，使她走起路来连蹦带跳的，用大麻袋把狼崽裹了好几层，说裹的层越厚，小狼崽身上的味道越不容易散发出去。看来她早知道老狼会凭嗅觉寻自己孩子的。

进院后，我们直奔狗窝。带子给狗窝又絮了一层麦秸，找块木板，斜在狗窝里角，外面还钉上个木楔子，挡得很牢靠。

接着她把家中大黄狗叫到跟前，给它看小狼崽，拍着大黄的背说："这是狗孩子，你们是一家人，晚上要搂它睡觉，它怕冷。"大黄摇着尾巴，像全听明白了似的，还舔了舔小狼的脑袋瓜。

晚上吹灯前，带子特意出去，把隔板拿掉，用绳拴住了狼崽的一条腿，拍拍大黄说，看住！别跑了。

带子早上起来，先奔狗窝，看狼崽依偎在大黄腹部，睡得很暖很香。然后她急忙拿两个鸡蛋，到村头小铺换几个烧饼，抢在西院王婶的儿子吃早奶之前，去王婶那换奶水，。王婶儿子三岁了，还吃母奶，带子说让小孩吃个烧饼，少吃几口奶，要个狼崽，不会吃东西，很可怜。王婶说孩子能吃饭，不要烧饼，带子还是说小孩喜欢吃烧饼，给她留下了。

这奶水，小狼崽全舔着吃了。母亲的奶是血液变的，人与狼此时血脉相通了。带子白天下地干活，又把狼崽隔在三角窝里。午间回来给水舔，不好意思去要奶水了，晚上给它舔饭米汤。

昨夜老狼在村东头，仰天嗥叫，叫声忽大忽小，忽长忽短，一直到鸡叫时才停下。第二天村里人议论纷纷，特别是住村东头的人家，说狼嗥得很恐怖，像哭似的悲悲切切。我和带子是绝对听不到的，我们的头只要一碰枕头，就实实地睡到天亮。但带子听到议论时，心里忐忑不定，没敢答茬。

又一个夜深人静时，老狼又来村东头嗥叫。与昨夜不同的是，多了几只狼，或一块儿嗥叫，或此起彼伏；如果说昨夜长嗥，是凄凉的乞求哀鸣，那今夜的群嗥，就是愤怒抗议，不依不饶。

村中有经验的人断定，一定是谁偷了狼崽。一大早村人见面都议论狼嗥。前天拿狼崽时就约定，回去不许乱说，要保密。可村东头黑柱没有得到狼崽，很憋气，大狼又偏偏在他家墙外怒嗥，他没守住约定，说有两个狼崽在咱村里。这种传闻风一样刮到人人耳边，姥姥也知道了。

她当时"啊呀"一声，便往家走，进院眼睛直盯着狗窝，猫腰见窝角趴着个黑灰色小东西，转身进屋，直冲带子说：

"你要的不是狗崽，是狼崽！"带子没吭气。接着她不容分说地命令："趁天大亮，老狼不在，送回去！"

带子还愣愣地站着不动。姥姥有些气恼地说："你不送，我去送。"

带子终于开口辩解：

"狼窝已经用土堵死了，往哪送？"

她情绪有点激动，便脱口而出：

"那就给掏开！"后面又说些埋怨话：

"狼崽怎么惹着你们了，你们有能耐去打大狼呀！"这时带子竟敢趁机嘟哝着："打死大狼，小的不也得饿死吗？"言外之意，不如我们养着。

她情绪稍缓和些，开始讲大道理：

"老天造物时，造了狼，肯定是一物降一物，老天没让它降人。"带子反应极敏锐，灵机一动说出：

"你不是被狼降过吗！"

祖孙几乎唇枪舌战，你一句，我一句，老的说服不了小的，小的也战胜不了老的。姥姥还是进一步辩解：

"它也没降服我呀！它犯规，老天不是没让它伤着我嘛！"

带子紧跟着嘟哝：

"你病了好几天，那不是'受伤'吗！"。

姥姥的口气慢慢缓和下来，说出了具体办法：

"去找小田四，一起把原来的洞扒开，把狼崽放里面。你若不送回去，今天夜里可能来更多的狼嗥，狼是凭气味来找崽子的。"

带子实在顶不住了。她认为家里压，能扛住，可顶这村里人的压力，自觉力不从心了。想把小狼养成看家狗的梦破灭了，带子简直是垂头丧气。

我跟着带子，去找小田四。她抱着可爱的狼崽，没装口袋，狼崽蜷缩在她手上，靠在身上很老实，只哼叽几声。小田四也正在家挨训，其父让他叫上几个伙伴，拿着铁锹和木棒，去坟地。

到那一看，洞口四周都是土，老狼已扒开了原洞。他们拍拍狼崽，恋恋不舍地把它放入洞里，还担心它会爬出来。伙伴们说，不用担心，爬到哪，老狼都能找到，狼比人了不起。人的孩子丢了，谁能嗅到孩子的味，找上门去?

我们的"家教"授课钟点到了，但今天她破例叫我俩坐到跟前，很严厉地说：

"记住，下不为例！"我们知道她指偷狼崽的事。接着又说了句文绉绉的话，使我们感到很新奇：

"曲木取直终须弯，养狼当犬看家难。"

她说这是有教养的人家墙上字画中写的，她听说后牢记着。后来她还说过多次，所以我至今记得。谢天谢地，今晚没讲"老一课"，我们还学了一句新词。后来我们一旦做不好什么事，就用这句话安慰自己。

这天夜里，狼没出来嗥叫。过了两日，带子又与村里的几个伙伴，去看狼崽。洞还敞开着，但狼崽没了。他们确认狼搬家了，是害怕才走的。"没费劲，就赶走三只狼。"伙伴们哈哈笑着，非常得意，可带子还在幻想"养狼当犬"的梦能成真。

4

我与狼也狭路相逢过。但没有姥姥的智谋，也没有带子的骁勇，只是侥幸逃脱，但终生没忘那惶恐之后的教训。

初三的寒假，我去区政府开申请助学金的证明信。年前去过两次，一次说秘书不在家，一次说过年前休假了。拖到正月初八，开始办公第一天，这次不成，我还有时间再来。

区政府在我们村西南方向，走大路有十多里，这大路近似两个直角边。若走小路，几乎就是走斜边，近不少。

我出家门时，是想走大路，可到了村西头，一条清晰的小路斜卧在雪野里，伸向西南，路上的雪踏得很实。我犹豫了一下，还是踏上了小路。

冬阳高照，晴空万里，田野和村庄银妆素裹。我尽量眯缝着眼看远天，担心雪盲。鞋踏在雪路上，嘎吱嘎吱响着，腿惯性地在垄台上行进，即便踏在垄沟，也没有明显高低不平的感觉，积雪实在太厚，风把路刮得很平。心天马行空般，洋洋得意地翱翔九霄。斜过一截地，便走上了地界间窄路，向西几十米又上了小路。

零下三十多度的气温，帽檐挂上了一层白霜，呼出的气还层层冻为霜花，我用手闷子从上到下轻轻拍打，打下的霜粒落到脸上眉上，倒使视线更模糊了，掏手帕擦脸上眉上的水珠，揣手帕瞬间，发现小路前方，有个像狗似的动物，相向走来。

我停下脚步，定睛看，断定是狼，相距不到百米。

"向南"，大脑即刻发出指令，"离开小路"，腿与心同步拐入无路的茫茫雪地。雪有一尺多厚，分不出垄台垄沟。一腿陷进去，另一只腿拔出来，有如行走在沼泽地上，鞋底被烂泥沾得抬不起腿。想跑，腿不听使唤，只能趔趔趄趄向前蠕动，眼看右前方三四十米处有两处坟和几棵树，是唯一藏身之地，但就是爬不到。

几次回头看，狼都没改道，也没加速。我身后留下一串深深的雪窝，像白纸上明显的墨点，这等于给狼留下了追寻的记号。拼命地奔，总算隐藏在坟的南侧的雪窝里，是风遇阻打旋形成的自然窝，因为坟的右侧有两棵老榆树。树上雾凇沉沉茫茫，好像与地上的雪连成一片。我朝东北方向，瞭着狼的走向。

坟挡着视线，不见小路上狼的影子。我抬头看树上的大杈子，离地有两米高，是上树还是立刻离开往前走，我犹豫了一下，顷刻回头，清清楚楚看到狼拖着大尾巴，沿小路向东北方向颠着，一步不停，匀速前行，也不回头。我知道它过了我刚才往南拐的地方。我的惶恐顿消，长长舒了口气，才想起用手抓脸上的汗水，才觉出涔涔的汗水浸着内衣，风吹透的地方，从热变凉，令我不时打着寒噤。

狼沿着既定的方向，像一心一意去某个地方赴约，根本没在意我的存在，就如在窄路上，两个陌生人相遇，各走各的路，谁都不理睬谁一样。我一直望着狼的背影，直到消失在视线里，都没看它回过头，它只专注地往前赶路。

我返回小路，心想继续向南或向西走，就得在一尺多深的雪中跋涉，享受"开路"的艰难。但也只有这样才离狼更远，离目的地更近。我便抖擞精神，跟自己说"扛"过来了，"有惊无险"。我继续向南，在雪窝中爬行，不过比刚才轻松多了，刚才腿灌了铅般沉重。

走出多半截地，肯定有路，因为远处隐约有村庄。三拐两拐，走上了通往区政府的大路，终于到了区政府办公室。

开介绍信的秘书问我很多情况，我几乎期期艾艾地回答，而且语无伦次。之后我摘下了帽子，头呼呼冒气，像刚开盖的蒸锅，头发水洗般湿透了。秘书见我这狼狈相，随口问，为什么这么着急，我说碰着狼了。他一点也不吃惊，毫无同情心，边移动手中的笔边说："下雪天，狼没食，乱窜。"最后埋怨似的嘟哝，"应该让大人来开信，怎么能让小孩子干这事。"我心想，自己早是"大人"了。他按下印章，递给我证明信，我揣在怀里，用别针别牢，重新戴上湿帽子和手闷子。秘书良心发现似的跟出来：

"小同学，回去走大路。狼不敢上大路。"

我回头谢了他，改变了对他的最初印象。

走大路，偶遇几个行人，很壮胆。到家后我酣睡半晌，在噩梦中喊叫。带子唤醒我问，你怎么喊"狼来了"？我悄悄告诉她上午发生的事，她后悔没跟我一块去。

我俩当即约好，这有惊无险的事，切切对姥姥保密，带子认为：她知道担惊受怕，还无效分神，可能又给咱上"老一课"。还认为，自己经历了可怕的事，如果说了，又吓唬别人一次，特别是亲人，这不够人性。最后她半开玩笑地说：

"狼害怕人，才走小路，人害怕累，也走小路，狭路相逢，险不险！狼走大路不安全，人走大路安全。"

其实，带子是在批评我。带子的批评与区政府秘书的劝告，不约而同。

返校那天，赶上鹅毛大雪，带子一直站在大门外等路过的车。搭上车，她嘱咐我，下雪天就别回来，回来也要"走大路"，兜里带几张纸和火柴盒。她真像个久经沙场有防身经验的老兵。车行在大路上，可我的心还纠结走小路的危险和教训：

那天本想走大路，想必大路平坦好走；但走到小路前，见雪后小路也被踏得很平实，信步拐上去，何必舍近求远呢。人啊，习惯走捷径时，大脑变得简单，根本没有想到雪后小路上不安全，同样夏天庄稼起身，青纱帐中的小路也不安全。说到底贪捷径是因为怠惰，该受惩罚。

5

少年所有的梦，都渴望变成现实，并在做梦与现实中成长。

那些年，我们吃麻雀蛋的梦想，年年都能成真。一到春季，便享受麻雀的赐予。即便是挨了吓唬、训斥，还有"上课"之苦，我们仍不思悔改，年年重操旧业。我们认为，这没危险，也不妨碍别人，饱了口福，更主要是好玩，获得了无比的快乐。直到小学三年级，我离开故乡，才自然收场了。

那时的农村，家家都是土坯砌的草苫房，姥家也是，而且多年没有翻新，这种房子的屋檐是麻雀最喜欢筑窝的避风港。

房脊大柁的两端是山墙，山墙顶端的屋檐，墙脊檩头两侧的犄角旮旯，是麻雀筑巢最安全的地方。我们小孩子，就是爬梯子，也够不着。

房脊大柁托着的很多条椽子头，与苫房草构成的前后屋檐，也是麻雀筑窝的风水宝地。姥家南北两侧屋檐下就有八九个鸟窝，正是我们获取猎物的方便地方。

对东西山墙上的鸟窝，我们垂涎欲滴。带子借院墙与山墙相接处，爬到房顶的最高处，去掏那最安全的窝，手就是够不着，她摸大柁头的木头很朽，只好罢手。

掏南北屋檐下的鸟巢时，带子当梯子，我站在她肩上，举手之劳，随心所欲地入巢取蛋，但万不能在太阳下山后。每隔三五天我们扫荡一次，窝窝不落，最多一次能收获十多个蛋。

有一年换老朽的苫房草，在朝阳面屋檐下的椽子上加一条木板，托着苫房草，也利于雨天沥水。抹墙时，对墙和房盖相接处的棱角，都格外用泥塞实，严丝合缝。姥姥不时地叮嘱工匠，一定要抹严实，麻雀盗窝，屋里就透风。可聪明顽强的麻雀，照样光临。它把土墙啄个洞，拐进木板和苫房草之间，这种巢更安全，至少我们掏蛋时得加长胳膊了，即加高"梯子"。

这回把喂猪的槽子扣到平地上，带子蹲在上面，我站在带子肩上，总算够着了。可屋檐下的地面并不都很平，槽子扣得不稳时，我们人仰马翻地摔下来多次，不过带子多是抱着我倒在地上，挨摔时从不喊叫，擦破皮，也不在乎，姥姥从不知道我们挨摔的事。

六七岁时，我们就开始掏鸟蛋，当然是从大孩子那儿知道的。最初，我们掏到了，当作美事，拿着蛋跟姥姥显摆，以为她能夸奖我们。相反，她却警告加吓唬：

"鸟窝里常有蛇，蛇去找蛋和鸟充饥。你们掏蛋时正赶上蛇在，人掏蛋时仰头张着嘴，蛇就会钻到你嗓子里。"她这故事真挺吓人，但我们并没住手，只是我掏蛋时，带子不时地提醒我："别仰脸，闭上嘴！"

我们从未见过蛇，也没看过蛇的图形，只知它叫"长虫"，所以她说的"故事"，我们半信半疑，再长大几岁，就全忘了，只陶醉在捣蛋的快乐中。

如果今天有人问：

"你吃过最香的蛋是什么？"

"麻雀蛋。"我毫不犹豫地说。

"你吃过多少？"今人还追问。

"无数。"我还是痛痛快快地说。

想想算算，从六七岁就开始掏蛋，直到小学三年级，我是九岁才有机会上学。每年春天要掏很多次，次次不空手，怎么能算过来呀。

手摸到鸟蛋瞬间的感觉，我至今回味，还是心花怒放，忘乎所以地大喊大叫。与现在小孩子单调的生活相比，我们在小溪中，弄得浑身是泥水，终于摸到了小泥鳅和小蝌蚪；在草甸子追逐蝴蝶，终于悄悄地在野花上扑到了；在草丛里爬来爬去，终于用手扣住一个蟋蟀。那快乐的童年，才是无忧无虑纯粹的童年，是今天孩子享受不到的童年。小孩子有生之母，但还应有个伟大的自然之母，陶冶孩童的心灵。

掏麻雀蛋的季节，家中的火盆就不再蓄火了。只好把蛋放到灶膛余火中烧，从没煮过。烧之前，带子把蛋放到耳边晃几下，里面有声，就认为是"坏蛋，扔了"。蛋埋在余火中没一会就熟了，蛋壳烧焦了的味道就是报警的信号。

麻雀蛋长两厘米左右，底色米白，上面布满了紫褐色、灰色斑纹，这只有小手指肚大小的蛋，很金贵，比鹌鹑蛋小多了。放到嘴里含着，舍不得吞下。带子每次都说"细嚼，才有滋味"，"就是比鸡蛋好吃"，然后又遗憾地说"可惜太小了！"并且自我安慰：

"也许因为小，才好吃！""鹅蛋大，很腥。"

每次烧蛋，带子顶多吃两个，她总是借口"还是有一丁点腥味"，"这些都是你的了"。她的手像不怕烫似的，趁热很麻利地把蛋壳扒掉，说"趁热吃，腥味小"。我从没闻出腥味，总是吃得津津有味。带子还推论：

"飞禽的蛋比家禽的蛋好吃，飞禽的肉也比家禽的肉香。"因为我们吃过北下坎长庚舅舅送的雉鸡。其实雉鸡飞不太高，它只是野生的。

也不知从哪年开始，我们又别出心裁地想孵小麻雀。就把蛋放到正孵蛋的老母鸡窝里，认为老母鸡能替鸭鹅孵蛋，怎么能不替麻雀孵蛋呢！可老抱子用爪子翻蛋时，麻雀蛋被大蛋压碎了，放了几次，都如此。最后用棉絮包上，放在有温度的墙窝里，每天摸两次，可被小猫发现，给吃了。我们无奈地说："还是老麻雀自己孵吧！"这样我们掏蛋时，留下几个窝不掏，过了一些天，我们终于听到雏鸟叽叽声。

如果今天有人问：

"你童年最好的玩具是什么？"

"麻雀崽。雏鸟吧，文雅点。"我仍然毫不迟疑地答。

很小的时候缠布娃娃，六七岁时，缠腻了。狗崽、猫崽、雏鹅、雏鸭、雏鸡，都引起我们的兴趣。甚至很多虫子，还有耗子崽，全身粉粉的，不会走只会爬，我们都曾放在手心玩，但那袖珍的麻雀雏鸟，是我们最爱。一寸长的小毛球，会叫会走会吃，让我们感到很神奇。雏鸟同它母亲的颜色一样，头是栗褐色，身上是淡褐色，缀有黑灰条纹，肚子是淡灰色。只是看上去像在雾里，朦朦胧胧，颜色和花纹都不清晰，翅膀和尾部还没有羽毛。这使我们玩起来更放心，它不会飞走。

把雏鸟放在盒里，底下垫上棉花。怕猫吃它，我们时刻拿在手里。抓虫时也拿着，随抓随给它吃，有时就是用手捧着，让它叨树叶上的小线虫，就是今天孩子们说的"吊死鬼"。喂饱了，就送回鸟窝里。因为小猫眼尖爪快，稍不留神，就成了它的美餐。

后来我们把飞不太高的雏鸟，养在笼子里，那笼子是长庚舅给编的。可它不停地撞笼子，不知疲倦，最后累死了。姥姥告诉我们：

"麻雀同别的鸟不一样，气性很大，宁可撞死在笼子里，也不会安静地生活在笼子里。"用我们现在的话说"不自由，毋宁死"，这小麻雀还是不屈的鸟。此后我们连笼子都扔了，再也不养麻雀了。

我们还有食杨剌罐的癖好。每到春天，杨剌罐附着在杨柳榆树干表皮上，外层有很硬的蜡质壳，很牢固地粘在树皮上，只有手指尖大小，圆形，灰白色，同树皮色相近似。壳里包着的是蛹，还没有过渡到成虫的胚胎。觅到的杨剌罐放在火里烧，香味扑鼻，扒去外壳，就可吃了，味道鲜香，口感松脆，真是大饱口福。

春天，我们总要借机到有树的地方，去寻杨剌罐。姥姥不准我们吃，说这就是夏天树上的毛毛虫，贴树皮虫，成虫蜇人还有毒。可我们抗不住那香味的诱惑，年年吃，小伙伴们也吃，没出过意外。我们从小就以身试"毒"了。现在才知道，它与蚕蛹同属高蛋白。据说世界上有上千种虫子都能吃，五百多种上了餐桌，也不知是否包括杨剌罐！它有没有个学名！它小得不起眼，却浓香诱人。

6

麻雀有个不雅的绰号，叫"老家贼"，又叫"大家贼"，可说名副其实。春夏它多吃草籽和虫子，而秋天靠食谷物，那是它的黄金岁月。它们成群结队，有时是铺天盖地，像蝗虫一样，扫荡着谷类的果实，尤其是要收割的谷子，是它们的美食。所以农民常用稻草人在空中挥舞，吓唬它们。打谷场上，也留有专人轰它们，至于晒米谷时，人就是活的稻草人，手中还要拿着大扫帚，来来回回地轰赶。它们那种集团军似的进攻，带来大扫荡般的灾难，这怎么能不被称为"家贼"！

好景不长，雪天，连续的雪天，它们觅食很困难，恰恰是我们小孩子的快乐时光。

堆雪人，打雪仗，不是我们最盼望的，扣麻雀才是我们的美差。

在院中央，选很平坦地方，把雪扫走，撒上米粒或谷子，谷子是有皮的小米，这是吸引麻雀的高级诱饵。

一个很大的柳条筲箩，不是"百草园"中说的竹筛子，那容量太小。筲箩扣在撒米的地方，把二三十米长的绳子一端拴根三四寸长的木棍，用它支起筲箩的边沿，这是引鸟入围的大通道，被支起的这边，一定要朝向房屋的窗户。绳子的另一端拉入窗台，通过窗户上的小孔，拉入室内，这小孔是有意捅破窗户纸形成的。

一切准备好，我就坐在窗前，盯着大筲箩下的"通道"，观察麻雀进去觅食，一旦有只麻雀发现这"新大陆"，它们用自己的独特语言，千呼万唤迅速传递消息，筲箩下一五、一十、十五或几十，耐心地等还会来更多，但也会走很多，可推断它们知饥饱，并不贪婪。我随时向带子报告"军情"，她照样干自己手中的活，她总是说"米足够，再等一会"，可我报告有跳出来飞走的，她认为这时该拉绳子。

拉绳是个技巧活。手要稳，迅雷不及掩耳般快，这活总是带子干。

拉下筲箩边的支棍，筲箩严严实实扣在平地上。鸟真到了为食亡的时辰了。它们在笸箩里扑啦扑啦挣扎，发出啾啾啾的叫声。

带子在笸箩边与地面相接处，抠个小孔，使麻雀的小脑袋能钻出来，飞蛾都扑火，黑暗中鸟也奔亮，这样揪出麻雀，往笸箩底上一摔，就一命呜呼了，收入口袋，回到屋开始烧雀"野餐"。

烧雀同时，还要处理好琐事。

留出八九只麻雀，其余的放入口袋，吊在仓房顶棚冻上。猫是保卫仓房的"警察"，但它却是获取麻雀的"盗贼"。即便你挂在房梁上，它也能飞檐走壁地得到。所以，冻实后要收到箱子里盖严。

为了拉绳子，不站在外面挨冻，有意把窗户纸弄个洞，这洞必须立刻糊好。这可不是件容易的事。厨房的水缸是有冰碴的，可见是零度上下，而白天窗户外是零下三十多度，你把纸抹上糨糊，一到洞前，糨糊上冻了，根本贴不上。

我们煞费心机，想提高窗户上洞口的温度，也提升我们抹好糨糊纸的温度。就把厚厚的手闷子用火烤热，捂在窗户洞口上，把冰冷的窗纸焐热。带子拿着打补丁用的窗纸，抹好糨糊，也放在烤热的手捂上，跑到窗外，迅速地按在我刚才焐热的洞上，我再跑到屋里，从里往外摁洞边的窗纸，肯定是粘上了。注意纸必须贴在外侧，否则，里面化霜时，就会掉下来的。然后我递给她火盆中烧热的烙铁，她换下了已凉透的手闷子，用热烙铁熨窗纸，坚持几分钟，糨糊不仅粘实，而且干了。以前我们糊不上洞，用棉花塞，风一吹洞更大。这是姥姥不让我们扣麻雀的重要原因。她说，你们弄一个大洞，屋里要进多少冷风。她说得的确在理，我们也深受其苦。

可不能因冷废食。小孩子乐此不疲想干的事情，大人是难于理解的，无法用成人的钥匙去开我们精神世界的锁，而我们却能用自己的钥匙去挣脱成人的锁。

我们在忙着收藏和糊窗户的同时，埋在火盆和灶膛里的麻雀烧出的香味已散到屋里，小猫喵喵叫个不停。但真正的馋猫是我们。我特别着急，上蹿下跳，总是说"烧煳了"，"快扒出来吧"，带子沉着老道地说：

"那是鸟毛煳味，不是肉煳了的味。"还给我解释说，鸟毛中有更多胶质，有如烧胶鞋底味，肉皮里有胶质又有油，烧焦的是油香。

我才不听带子的解释，闻着香味，唾液剧增，口水都快流下来了。就如说吃酸枣时，口中立即流酸水一样。

"扒出来吧！"带子终于发话了，还补充说，"找火最旺地方先扒啦，放在盆边热灰上！"指示完便过来，看是否真烧熟了。

鸟被烧熟，身上的毛烧焦，形成一层胶质的东西，轻轻一碰就掉了，露出整个鸟的身体，鸟皮焦黄，鼓鼓的，像刚出锅的饺子，皮里有气，皮外亮得冒油，还发出吱啦啦的冒油声，这才叫皮酥肉嫩，鲜香四溢。

带子拿在指尖上，边吹边摘鸟身上翅根腿根里的髭毛，然后揪下小脑袋，用两个拇指一掰，毫不费力地取出比绿豆粒小得多的脑子，乳白色，递给我，还颇内行地说：

"吃脑子，补脑子。"

然后她掰下两条腿和两个翅膀给我，就像母亲呵护孩子似的叨咕：

"尽量把小骨头嚼着吃了，吃骨头长个。"

"麻雀虽小，五脏俱全，"带子边说边把五脏扒出来，一定要找到心肝给我，还重弹吃啥补啥的老调。

这时我回她："你和姥姥一样唠叨。"她准说"现在我就得当姥姥了"，说完自己还嘻嘻地笑。带子对我有母亲般的权威和慈爱。我们之间的隆情厚谊已达到了无以复加的程度，自从我不再当姥姥的"跟腚虫"，就与她几乎形影不离。直到长大了，我们之间都从没有红过脸，更不用说吵嘴。这份情我未尝一日忘怀。

还回来说吃麻雀的享受吧，最后她把胸脯肉给我，说"吃了这块肉，才算真正吃了麻雀"，"细品，一丝一丝往嘴里送，慢慢地嚼，那才能过瘾呢"，这块肉确实是鸟身上的精品，又嫩又香。

小猫围着我们叫个不停，小麻雀能有多少残渣骨头给它，带子干脆扔给它一整个，它叼着去离我们远点的旮旯享用了。

这之后，带子像女主人一样发话，你自己扒着吃吧，别烫着手。她终于开始自己品味了，边吃边计划：

"明儿个找空，咱连着扣两次。糊一回窗户也值。"我明白她说的"找空"，就是等姥姥不在家时。

等我们把灶膛里烧的麻雀吃光了，这顿野餐才收场。最后都吃成个黑嘴巴，脸蛋上油渍渍的，可算是"脑满肠肥"。

那些年的冬天，我们无数次这样享用过。有时姥姥回来正赶上我们"肥吃肥喝"，我们像待贵宾一样，给她扒鸟胸脯往嘴里塞，还逼着问"香不香"，我们唯恐她唠叨"不要扣"之类的话，先把她的嘴封上。但她终归还是要说："麻雀是'家贼'，

也是朋友，适可而止地吃几个就行了。"

甚至她很迷信地说："老天创造它，一定是有用意的。不能把它伤得太重。"言外之意，我们好像可能遭报应似的。还说什么"死后过不去鸟山"之类的话，我们哪里能听得进去呀，不仅不听，反而更疯狂。现在看，那也许是一种逆反心理！

在那样闭塞落后的环境中，这何止是满足匮肉的胃口，在更大的程度上，弥补了生活的枯燥，释放了童年过剩的能量，并充盈着鲜活的生命。那是纯属自然的情绪，今天看才有了点理性。在今天这环保时代，方显出寒雀世界中，我们这样的造化小儿实在可恶之至。

其实麻雀遭到最惨的一次浩劫，是五十年代末"除四害"时，把它与苍蝇、蚊子和老鼠并列，被指控为"四害"之一。我参加过全镇一起清剿麻雀的行动。全镇老幼妇孺齐上阵，人人手执一个能敲响的铜盆之类的东西，至于锣鼓和铜钹是重型武器，统一指挥同时开始敲打，麻雀在天罗地网般的响声中，不敢落下栖身，拼命飞躲，直到累死掉在地上。

这灭绝鸟性的损招，并没有使麻雀断子绝孙。它们照样生机勃勃遍布世界各地。我亲眼看到，北极圈内克拉半岛白夜的荒山上，海南三亚鹿回头雕塑的鹿角尖上，长崎原子弹爆炸后残留的颓垣根上，自由女神塑像巨大的底座上，都有麻雀自由的身影。它不管是否为自己翻案正名，仍与人类共存。

如果有人问我：

"你童年最快乐的事是什么？"

"扣麻雀！"我真实地回答，但内心极羞愧。

如果有人问我：

"你一生中吃过最香的野味是什么？"

"烧麻雀！"我诚实地回答，但惭愧无比。

如果有人问我：

"你出生后最先见到的鸟是什么？"

"是麻雀！"我推测性地回答，而且一定正确。因为它遍地都是，我与它生活在同一个屋檐下。

如果有人问我：

"你一生见过最多的鸟是什么？"

"是麻雀！"天天都能看见它。且不说在农村，现在城市，即使我几天不下楼，窗前从早到晚都能听到它的鸟语和歌唱。

我确信，在我的故乡，不会再有像我那样的顽童。而我如果能返老还童一次，也不会重复当年对麻雀的"暴行"！为了忏悔，我经常往窗外撒些米粒，希望它光临寒窗！我们是"冤家"朋友！

7

"小燕子，穿花衣，年年春天来这里。"我每唱这支歌，甚至听天真的孩子唱这支歌，都顿生惭愧之情。因为我的童年，与燕子有段不愉快的"情缘"，令我心酸。

姥家厨房的屋脊上，原有两处燕窝，冬天就闲置着，到了春夏秋季，天天都有大小燕子，叽叽喳喳地飞进飞出。姥姥从来不嫌燕子吵，夏日白天，房门几乎总开着，就是刮风下雨，她也是关一会儿就打开，怕燕子没地方躲。春秋天凉关着房门，她发现燕子在窗前低飞，便叫我们给燕子开门，还说"给雏燕打回食了"。她以自己的母爱之情，度燕子之意，度雏燕之心。甚至她白天不在家，走前也嘱咐我们注意给燕子开门。

她还常为燕子唱赞歌。说它是"报时鸟"，知暖，还知冷，深秋就走了。还知雨，雨前低飞。说它聪明，记路记家，千行百里飞到南方，又千行百里赶回到北方以前筑的窝。有人好奇，给燕子腿缝上红布套，第二年春天回来，红套还在腿上。地上有路，咱出门还总打听，怕走错了，燕子却知道自己的老家，天上是没路的，可燕子能记道。还说燕子辛苦忠厚，用叼来的草，和上嘴里的黏液筑窝，到处叼虫喂雏燕。燕子粪掉在她衣服上，擦下去，什么都不说。

可我和带子，对燕子很反感。甚至她越为它唱赞歌，我们越不喜欢它。燕子好像从不把粪拉在窝里，总是把剪刀尾巴掉在窝外侧，当然不管窝底下有没有人，就随便了。我们头发上，肩膀上，甚至手中的器皿上，都曾落过燕子粪。可恶的是燕子粪落下是一摊，像蛋清里加了什么泥土，不易擦干净。

还有那雏燕，带着黄嘴丫子，大概是因为饥饿，盼燕子妈妈叼虫回来，整天叽叽叽叫个不停，关上门安静一会儿，一开门屋子亮了点，它们就开吵。有时大概吃了大燕叼回的虫高兴了，就老小一起吵，母子情深吧。有时我和带子说话，它们就叫得更厉害，是讨厌我们说话，打扰了它们，以示抗议，还是兴奋地参与人间的议论，说不清。

老百姓说，鸟粪掉在身上，会遇倒霉的事。我们虽都不信，但心里也不喜欢这不吉利的预兆。一次，我们当着姥姥的面，发誓把燕窝捅下来。她用民间传说吓唬我们"捅燕窝会瞎眼睛的"，就像我们小时吃饭掉饭粒，她吓唬"总掉饭粒，下巴会漏的，形成个洞。"我们真信，立即用指头沾起吃了。那时我们听吓唬，长了几岁，这善意的谎言，对我们无效了。

又一年春天，似曾相识燕归来，又有新燕啄春泥，在屋脊上筑巢，交替着飞进飞出，从早到晚忙碌。起初我们没在意增加了燕子，后来发现屋脊与山墙相接处，多出个窝。三个巢，六只大燕，又加上四五只雏燕，成了合唱团。有一只叫，就如领唱似的，老小全跟着，唱唱停停，没完没了地吵。我们接燕子粪的机会更多了，大燕还常在飞进飞出中便粪，让人防不胜防。

我俩几次密谋，除掉燕窝。可一当真，就又下不了手。不是怕"瞎眼睛"，是可怜雏燕怎么办，它不会飞，燕妈妈找不到它，找到也抱不走，准被小猫吃了。犹豫了几次，最后定下"大计"，秋凉它们走了，咱就动手。

深秋，燕子从屋脊消失了。我们迟迟没动手，是等姥姥不在家的机会。她去镇上那天，我们蓄意已久的阴谋计划开始实施。

屋脊是屋里最高的地方，又没有梯子，怎么能够得着燕窝呢？就是有梯子，必须把上端靠在墙上才能支起来，只能捅掉墙脊上一个窝，那两个也够不着。

我们只好把烧火棍绑在锄杠上，还是差一点，又绑上块木棍，带子站在灶台的外角上，木棍好歹够着燕窝了。燕窝很结实，拼力捅了几下，才掉下一块，像石灰颜色的硬块里，有柔软的植物纤维和羽毛。捅了几十下，哗啦一声大块掉下来，随之落下些细草和绒毛。屋脊南侧的两个窝，捅得面目皆非，山墙角上的那个怎么也够不着，棍长莫及，无奈这个新巢侥幸留下了。

有趣的是，第二年春天，房前屋后有燕子嬉戏，但没有往屋里飞的，虽然房门开着。我们猜测，去年新筑巢的那两个，与老巢的燕子是一家的，它们知道在这儿住不下，或很危险，寻找别的地方去了。

不知为什么，我们这样议论，并不快活。姥姥没有注意少了两个燕窝。有一次她见窗外翻飞的燕子自言自语：

"今年燕子怎么没回家报时？"唉了一声又说，"家里少了活物，就少了生机。燕子来家住，是吉祥，能预报有好兆头。"我两听了她的话，没敢搭腔，明知心中有愧，只能回避，也有种无可名状的淡淡忧伤。

这年厨房很安静，也没了鸟粪，可似乎也少了什么趣味，少了燕子不知疲倦的歌唱，少了燕子进进出出的忙碌，也少了它们带回的大自然的生机和气息。

下一个春天，燕子又来了！是新居民还是从前那几个，不得而知，它们又筑了新巢，那个老巢也用上了。面对归来的燕子，我们羞愧难当，任它里外穿梭地飞翔，任它无休无止地吵嚷。在窝下方的地上放了块破席子，既给它们接粪，也警示我们绕行。

后来我上学了，学习燕子"春天来这里"的歌，心中泛起了酸味。再后来念了王尔德的《快乐王子》的童话，被童话中的王子和燕子，感动得流泪，也想起捅燕窝的粗野。现在我看到天空飞翔的燕子，尤其雨前低飞于窗前的燕子，我都把它视为童话中那只精灵燕子的复活。雨前气压低，很多小飞虫只能低飞，这是燕子啄食的好机会。但无论如何，它与我的距离，再也没有当年那么亲近了。尽管姥姥吓唬我的"寓言"是假的，现在我宁愿信其真了。

8

　　小孩子，同小动物之间的纠葛是无休止的，在纠葛中寻找乐趣，虽然说不清那乐趣是什么；在纠葛中产生苦恼，也不知苦恼在哪一天消失了。乐趣和苦恼都是成长中不可缺少的要素。

　　姥家年年春天孵小鸡，有时两只老母鸡同时趴窝。除了孵鸡蛋，总要再加几个鹅蛋和鸭蛋，我们也偷偷加过麻雀蛋。那时，在我们眼里，老母鸡很厉害，别看个头小，却有本事孵出小鸡，还像护孩子的母亲一样，呵护雏鸡长大，遇空中有老鹰低飞，便用翅膀搂着雏鸡。所以那时我们说，不爱孩子的母亲不如老母鸡。鹅鸭个头大，可没鸡有本事，又缺少鸡的爱心。

　　用冬天取暖的泥盆当窝，窝里絮上很软的麦秸，是用木锤砸软的麦秸，之后才能放要孵的蛋。精选出来的蛋，都是强壮爱产蛋的母鸡下的，个头也大；还要借晚上的灯光，照照里面是否有"茸儿"，没茸儿的是寡蛋，孵不出雏鸡。"茸儿"，是连着蛋黄伸在蛋清中的一个小把柄，十分清楚，它不像蛋清那么透明。

　　蛋被孵几天后，还要在温水中检查，去除不合格的。这些事都是姥姥领带子做，好像与我无关，她们认为我这个小孩子根本不懂。

　　抱窝的盆要放到热炕上，温度适宜，一般放在炕梢的最里侧，安全又安静，人又能随时关注到。

　　老母鸡昼夜趴在盆里，不时地用爪轻轻地翻蛋，本能地让蛋受热均匀。白天，它要离窝一两次，到院里活动，吃点食。姥姥总要给它加餐加料，说它的冠子没了血色。鸡冠子正常情况下就像人的嘴唇一样又红又润，抱窝的老母鸡，昼夜趴在蛋上，消耗着自身的热能，又不能运动，辛苦了。老母鸡离窝后，要及时用棉垫把蛋盖上，保护热量不散失。孵二十一个昼夜，雏鸡就出壳了。

趁老母鸡出去"休息"，我们歪着头，侧耳在抱窝的盆上倾听，便能听到细微的声响从很多蛋中发出来，那神秘的声响好像在招呼："快来帮帮我！"立刻把我们的神经刺激得兴奋起来，磨拳擦掌。我让带子再仔细听，确认是真的，手掐着指头算，确定到二十一天了。

于是，我们检查每一个蛋，根据听到雏喙啄蛋壳声音的大小，选择声大又急的，不再放回盆，被好奇心驱使，还包括对弱小生命的同情，认为用喙啄蛋壳太费力了，不如帮它一把，从那不能伸腿抬头的"小球"里快出来，足足闷了二十多天，太可怜了。

我们用锥尖和剪尖，找准雏鸡叨蛋壳的具体部位，从外往里轻轻地敲，虽说锥和剪子同雏喙比，威力无比，可牛犊子扑麻雀，有劲使不上，怕伤了雏鸡的喙。只能把蛋壳敲出一道痕，使痕由小变大，由浅变深，然后用手扒蛋壳，几乎扒去一小半，再捅破壳下的薄皮。雏鸡的喙在捅破薄皮前，位置就确定了，我们捅破薄皮，小心翼翼地扒下大半，提着雏喙和湿漉漉的小脑袋，让雏鸡伸开脖子，大半个身子都从壳中提出来。然后把带着半个蛋壳的雏鸡，放在热炕头的垫子上躺着，等它自动脱去半个壳，就跟跄地站起来。

我们兴致勃勃地把二十多个蛋都敲开了。怕小猫叼，用大眼筛子扣上，通气又安全。我一直守在旁边，不时地向带子报告

"又站起来一个！"捷报频传。站起来走的，立刻给它泡水的小米吃，又吃又喝的小生命，开始了壳外世界的生活。不一会，雏鸡的湿毛干了，毛茸茸的，又不停地叫，不停地走，相互依偎在一块时，就趴下睡了。在我们眼中，这一切有趣又神秘。

老母鸡散步归来，一直等在门外，我们故意关着门，不让它看到刚才发生的一切。

它愕然地站在盆边上，低着头咯咯咯，咯咯咯，见窝中只有几个大蛋，像是在疑问：我的蛋哪去了？最后无奈地跳入窝里，用爪刨刨窝底，仍是几个鹅鸭蛋，只好趴下东张西望，是疑问又是寻觅，炕头筛子里终于传出雏鸡的叽叽声，老母鸡听到了孩子的呼唤，抬头深情地发出咯咯的回应。我们就把雏鸡捧到它跟前，它咯咯地不断点头，又高兴又感谢我们，把雏鸡搂在翅膀下，享受母子相逢的温馨。我们也像完成伟大壮举似的，享受那份特有的快乐。

筛子下的雏鸡，不断有脱壳站起来的，我们那种助鸡为乐的行为，像是不断地得到了肯定，而且主动地在姥姥面前显摆自己的"善行"。

她非但没有表扬我们，还埋怨似的说："这样出生的雏鸡不硬实，要靠它们自己力量出生才壮实。"我们问"为什么"，她胸有成竹地解释，别看雏鸡体弱，它可有力气冲出蛋壳，经受了破壳的磨难和锻炼，证明是强者。若死在壳里的那就是弱者，就该淘汰，侥幸活下来，也是病病歪歪的落渣，跟不上群体。这就是优胜劣汰呀。

我们真是感觉不出这强弱之差别，第二年第三年，照样还"拔苗"助生。后来，老母鸡孵蛋快到日子时，她提前警告我

们，而且到二十一天，她肯定守在家里。

可我们还能趁她不在屋时，去给蛋敲痀，我们确信，蛋上有了痀，有如门上的锁开了，鸡崽推开门就很容易出来，不扒蛋壳就悄悄放到窝里，我们乐此不疲地做这种"善"事。

9

记得我六岁那年春天，姥姥看我发茶，打蔫，不爱说话，也不玩，饭也吃得少，用手摸额头又用脸贴贴，认定我发烧了。便给我喝碗糖水，说趁热喝能出汗降温，之后让我睡觉，她出去了。

大半天才回来，她在外屋小声对带子说，去"跳神"家算一卦，让咱农历四月十八去庙上"跳墙"，才能消灾化难。去之前，先在灶王爷前烧点纸，叨念叨念，求求情。我已经醒了，这些话都听清了，但我没有精神头问什么叫"跳墙"。

盼到了四月十八。我的烧早已退了。北方春寒料峭，早上天仍很凉，再说春风着人不着水，我一点也没少穿。搭本村进城逛庙会的大车，她抱我坐在车中间，有人挡风，又听熟人说说笑笑，不一会便到镇上庙会。

她像虔诚的朝圣者，笃信"跳墙"的好处。市集上的热闹她视而不见。其实，庙会就是在寺庙周围进行城乡交易，搭台唱戏，是商家招揽生意的妙招。寺庙周围人山人海，摩肩接踵，热闹非常。

她生怕我被挤丢了，紧紧地拉着我的手，在人缝中挤来挤去。先去铺子买了供品和烧纸，然后径直奔入庙堂。入寺庙大门，沿着石子铺的路到了正殿。这高墙深院，对我来说，有点阴森可怕。正殿门开着，她小声告诉我，脚不能趿门槛，要一步迈进去，这是"规矩"。于是她提着我的胳膊，帮我跨到门里。

门内立着个中年僧人，大概是庙祝吧，他面无表情，目光呆滞，像似道行很深。姥姥向他说明来意，交给他一包供品和烧纸，又按他的指点，反身去东厢房，买跳墙必用的纸扎的童女。

至今我依稀记得，那满屋子纸扎的金童玉女，色彩艳丽，令我眼花缭乱。我们选了个上着粉袄下穿黑裤的玉女，头顶两侧有个小小的发髻，一看就是丫鬟的模样，身高不到两尺。我好奇地拿着纸娃，心想比自己缠的布娃漂亮多了，拿回家玩多好。

返回正殿，僧人已摆放好供品。吩咐我这个"主角"上香。别看我小，上香我很在行。姥家过年供祖宗，一天三炷香都是我上。

上好香，僧人让我面向供桌跪下，这时我才仰头看清面前巨大的佛像，比起村西头小庙里的泥塑土地佬，大得没法比，而且金光闪闪，慈眉善目，端坐在高台上。虽说佛像硕大威严，但一点不让人害怕，把我进殿时的恐惧，一扫而空。

僧人敲着磬，嘴里念着什么经，小孩和大人全然听不清，顷刻他转向我俯下身子说：

"你从墙里跳到墙外得改头换面。必须剃光了头发，再生出新发。"

我听到这话，十分吃惊，脸转向她，似乎在找救命的人。她一直伫候在旁边，那充满期待的眼神，给我注入了力量，生怕我有半点逆忤，完不成这人生的"洗礼"，小声说：

"别怕！小孩跳墙都要经过这关。"

我简直想站起来，大声哭，可她的目光，竟能使我憋住。

僧人的话音一落，另一个小僧过来，站在我侧面，手持剃刀，俯下身子，我的头上发出唰唰响声，焦黄的头发散落下来。因为我是女孩，后脑勺留下一小撮头发。这之后我仍跪着，在她的帮助下，把小纸人和烧纸放到大铁盆里烧完，才允许站起来。烧时她反复叨念着：

"替身娃已经去了！替身娃长得很漂亮，她聪明，有了她，放我外孙女回来吧，保佑她平安长大。"

她的意思是纸扎的玉女，把我从王母娘娘那替换回来，我终于跳出了王母娘娘的院墙。而且我改头换面后，王母也找不到我了。

这中间，僧人一直拱手诵经，看我站起来，他完成任务似的说：

"从西王母那里把你换回来了。一切灾难都消了！"

他见我哭丧着脸，终于面有表情地说：

"头发很快会长出来的。"看来这人很理解小女孩不愿剃光头的心理，说了安慰话。

我们从殿门往外走，迎面碰上好几个人带着孩子往里走，提着装供品的篮子，怀抱金童或玉女，肯定也是来"跳墙"消灾的。

走出寺庙，我忍不住哭了。姥姥紧紧地攥着我的手，知道这比劝我"别哭"更有效。她不问为什么哭，最关心的是怕我剃光了的头着凉，便从口袋里掏出早备好的帽子，给我戴上。走进吵吵嚷嚷的人流中，在街边给我买了串冰糖葫芦，边走边吃，冰糖葫芦的甜很有疗效，使我忘了庙里的委屈。

她拉着我的手，重复了几次：

"这回可好了，还了愿，消了灾！"

之前，我为什么发烧，怎么好的，这是无须追究的糊涂账。在她心里，相信是许愿"跳墙"的结果。

长大了才知道，这是多么可笑的消灾化难的治病方式。美丽传说中的西王母娘娘，与人世间生病的孩子，本是风马牛不相及的，可那些愚弄善良人的巫师与僧人沆瀣一气，硬把凡人与女神搅在一起，使爱孩子的家长心甘情愿地去当一次堂吉诃德。劳民伤财是为了给孩子"除病害"，这"病害"是"风车"，还是"羊群"，家长们全然不知，只要为了孩子扪心无愧地"战斗"过就够了。

所以，就不要去看这"消灾"形式的荒唐，只看动机的真诚就足够了。何况动机不错的行动，也并不能保证结果的正确。

10

人如果只有生理生命，而没有社会生命的新陈代谢，就不能成长进步。青少年在社会生活中，同自己的生理代谢一样，其社会生命同属于迅速代谢的群体，相比之下，老年人如她的生理代谢一样，其社会生命的代谢缓慢而萎缩，由于传统、守旧和固执绊着腿脚，陷在某种习俗中不可自拔，甚至成了牺牲品而不自知。

当年落后农村缺医少药，生病时找巫婆跳神"治疗"。巫婆多在傍晚，穿着花花绿绿的巫衣，手持小鼓，边敲边说些"咒语"，之后浑身颤抖摇晃，甚至满脸流泪，自说神附身体，能驱灾除魔，其办法多是"还愿"，轻则大把烧纸，重则要病人家属杀猪宰羊，

335

上供请客，甚至要搭台唱几天戏，才算还清了"愿债"。

小时，我们多次看过"跳神"的热闹。不论村中哪家来跳神的，屋里屋外准挤满了人，带子领我去看这"东洋景"，比看乡下来耍戏法的还积极。我们生病时，姥姥去求巫婆给"算卦"，我六岁去庙上"跳墙"就是遵巫婆之命。

随着我们年龄的增长，特别是解放后，政府对巫师、赌徒和懒汉整治过；我们也通过学校教育接受些新思想，说不清是从哪一天开始，在自己的精神世界里，明确地排除了看"跳神"的兴趣，虽村里还有人偷偷摸摸地"跳神"治病，我们不仅怀疑，根本就不信了。

带子二十岁那年高烧不退，难受得在炕上打滚。姥姥无奈偷偷去找巫婆，回来告诉带子明晚夜深人静时，请跳神的来给治病。她的话一出口，带子怒吼：

"巫婆来，我就当面赶她走。你说，她给谁治好过病！你生病时，她说你到寿了，吓得我们哭天喊地，你又活十几年还这么健康。二十年前，你求孙子，去找巫婆，说你儿孙满堂，事实如何？"这番话已刺痛了姥姥的软肋，可带子接着又以威胁的口吻说：

"明天我去镇上看病，不回来！"

带子的攻势，逼得她必须退却。当天，就求人赶车去镇医院。走前让二姨姥的小儿子去婉言谢绝巫婆，说家中无人。

带子在医院得救这件事，使姥姥受到很大的震动。带子还乘机挤兑她：

"若是拖一夜，等巫婆来胡说八道，我的命可能就没了。医生有文化，讲科学，巫婆是个文盲，讲迷信。你一向看重念书有文化的人，为什么治病时就忘了！"带子的话使她深有感触："人受一次挫折，就能长一分智慧"，"失败是成功之母"。

两年后我闹眼病，半年多不好，她又琢磨着去找巫婆算卦，悄悄跟带子说。这条道当即被阻断。带子还揭老底地掰扯：她从小就咳嗽，你带她去"跳墙"，没起作用。你年年冬天去土地庙上供上香，送大咸菜疙瘩，村里咳嗽厉害的人也去送，庙里积下很多块咸菜，"黥不佬爷"吃了那么多咸菜，咳嗽的人照样没好。可姥姥还是偷偷去找瞎子给算命。

后来，我们把"封建迷信"的帽子拿出来"吓唬"她，看来很有效。之后的二十多年，她虽小病不断，却都是去找医生开药，没再提过"跳神"。

她坚守的某些陈规陋习，我们稍长大点也开始叛逆，但没采用激烈的反对形式。

年前，大搞卫生，她很来劲，一个犄角都不落，但过年时她规定，正月初五前，扫屋地要从外往里扫，垃圾堆到里屋角落不能扔。说往外扔垃圾就把"财源流走"了。小孩子时，我们遵命照办，因为扫地擦灰活都是我们干。长几岁后，我们开始质疑：年年往里扫，也没觉"发财"。不发财也罢，这五天的垃圾堆在屋角，何止大杀"屋景"，而且有种难闻的气味，岂不叫人发病吗？不"发财"反而"发病"的疑惑，促使我们开始口是心非，趁她看不见时，就把垃圾倒出去；开始还留个底子，最后全清除。我们的各行其是，她是看不见，还是她放弃了陋习，我们不想追问。可她若真提出异议，我们一定坚持己见，与她讲理辩论。记不清从哪年开始，她看到我们往外扫，再没说"往里扫"的"吉利"话。

正月里"不能洗头"也是一条"禁令"，至今在民间流传变味成"不能理发"了，但当时俗称不能洗头。我们信以为真遵命照办了，可十几岁后，有点忍受不了啦。农村卫生条件很差，灰尘也大，一个月不洗，头发擀毡，梳不开，且不说有多痒。我们终于吐槽了。带子说自己没妈，也没有舅舅，有也没见过，洗头与他无关。我两岁多，自己还不会洗头，舅舅就去世了。我们开玩笑地说：肯定是大人们糊涂，在正月里给我洗头了。我们找准机会，相互"放哨"，一年又一年地蒙混过关，洗多少次，她都未发现过。

而她老老实实地信守这陋习，经常挠头，说痒得厉害。为此，她竟在除夕晚上洗头，尽量使那个月"短点"。只要出了正月，一小时都不拖，赶紧开洗，几次换水，还怕洗不净，可见她在心理上遵守陋习是有"煎熬"的。我们偷偷地笑她虔诚，并劝她，你舅舅早就没了，还担心啥呀？她认为"规矩就该遵守"。

还有更不能接受的禁令——"正月里洗脚臭大酱"，多么荒唐！

农村一年四季离不开酱，这盐与大豆的神奇转化物，越是贫困时越不可缺少。她做的酱那浓郁厚重的味道，是村里人公认的，独树一帜，给我记忆中的诱惑永存在味觉中。每年春季大酱发酵时香飘四溢，总有人来讨。我至今回故里，都把它当奢侈品带些回来，虽说那不如她做的好。

那时，我们一年又一年地蒙混过关，自我意识到必须洗，正月与平时一样，数不清洗多少次，而家中年年春天下酱照样飘香扑鼻，所以，我和带子每违反"禁令"时都会意地开玩笑："去年大酱飘香院外，今年飘香村头，顶风能香几里。都是因为我们把脏水泼走了。"

　　她这一辈子，束缚在很多清规戒律中不能自拔，生怕越轨遭"不幸"。落后就愚昧，愚昧时就认"救世主"。这"救世主"，除了神仙，就是清规戒律。这些锁链，环环套在苦难人身上，打破谈何容易！

　　终有一天，趁她高兴时，我们如实地告诉她，早已丢弃了"陋习"。她这么开明的老人，却笑了笑说"我习惯了"，我们能奈何！今天也许有别的陋习套在我们自己身上，而后代在叛逆中丢弃，我们却不知不觉，这就是进化，或称为革命。

十二、"知足"与"不足"

1

在书柜的显要位置上，有她的老照片。我坐在写字台前，面朝书柜，虽不开言，但两两相对，可谓是别来几十载，何止梦中见。

朴素的本色木框里，镶着她的半身照。当年洗相片时，就是小五寸的黑白照，可说是标准相：正面，免冠，露耳，耳下的圆圈坠子，都很清楚。穿着青士林布衫，很平整。头发梳在脑后，一看便知是用包网缠着的发髻。

相框左侧，放着三寸多高的蓝色瓷瓶，瓶中插着三枝含苞待放的蓓蕾，代表我、带子和弟弟，守候在她身边。瓶中间还插着两枝高过相框的白色康乃馨，这是几年前，我从莫斯科有意带回来的，视作我们对她的缅怀和献给她的爱。

相框的右侧放着金色袖珍马蹄表，指针在十二点不动，带子告诉我，她是在夜里走的。相框正面放着别致精美的金色鲤鱼、元宝和烛台，祝福她安康、富裕和快乐。有时候放水果和月饼之类的供品。每次我外出回来，都像快乐的小学生放学到家一样，先来到书房报到，说声："姥姥，我回来了！"

这是她生前留下的唯一的照片。我们多次劝她照张相。她执意不去，说花钱照相，看相不如看人。我们说，姥爷、母亲、舅舅你还能看见人吗？她失语。实际上，她舍不得花钱，对每分钱，真有点锱铢必较，因为她切身体会过"一分钱也能憋倒一个英雄汉"，"没钱就如人断了血脉。"她虽不能把钱掰两半，可也真能攥出汗，不该花的，一分不动。

她甚至同我们辩解"看照片也不能顶饭吃。"你能奈何，因为她是从活命的生存环境里走出来的，身不由心呀。

天赐良机，暑期结束，我准备返校，头天晚上我问她"上街不"，说去买点药，快到秋天，又该犯老毛病，在村里买的药都是散装的，不便宜，还有点不放心。

我跟带子私下商量，明天想方设法让她进照相馆。带子说千万不要跟她提照相，要跟她不停地唠嗑，趁她没注意，就闯进照相屋啦。

第二天她换上了"老一件"短上衣，我偷偷把梳子揣在书包里就上路了。出村搭车，很快到城里。先去药店买麻黄碱，出来时，她说瓶装的药可信，量比散装的多，还打开瓶看看，把药瓶揣在衣兜里。我们又走上刚来的路，没走几步，我拉她横穿马路到路北。

我很熟悉照相馆的位置，就在十字街路北口，初高中毕业，多次来这儿与同学合影留念。镇上数这个照相馆口碑好。她迟疑地问我，你怎么不往火车站走，去火车站应往相反的方向。我说时间还早，去省城火车有很多趟，就寝前到就不算晚。没走几步，就溜达到照相馆门前，我拉着她推门而入，照相师傅热情地迎出来。她欲说无语，欲走也没迈步，往外看的眼睛正巧扫到墙上和橱窗里的大照片，猜疑地嘀咕：

"照相？"像是问我，但脸冲着照相师。

"都六十多岁了，还没照过相。"我面朝照相师口气很埋怨地说。照相师十分默契地配合我：

"这么大年纪，哪能不留个影，后人想了，好看看呀！"她似笑非笑地回了一句："不会那么快就走。"

她似乎不愿说出"走了"的话，但又把"走"音拉得很长。

师傅移动相机架子，还继续劝她：

"早早晚晚都得照，早点照好。等以后你老人家行走不方便了，想照相就麻烦了。"

我边同师傅聊，边拿出梳子，她不由自主地坐下，我心里踏实一大半。她若真转身走，我也得软磨硬泡地拉住她，机不可失。

她坐在方凳上，右侧有个齐胸高的台柱，上面放着细高颈花瓶，里面插束假花，花朵很大，不像牡丹也不像芍药。我站在她左侧后面。摄影师喊："大娘放松点，笑一笑。"还说，"姑娘往前点靠。"

她忽一下站起来推我：

"不行！我是土埋脖子的人了，有早上无后晌，不能跟年轻人一块儿照。"

我心中很埋怨这位师傅，矫正什么位置呀。但我知道，今天她能坐下来照就胜了，万不能惹她不快。我拉她坐下，表示让她自己照。我退到师傅跟前，小声说："快照。"随着他"往前看"的声音，"咔嚓"一声，留下了她此生第一张全身照。她并不知道那咔嚓声是怎么回事，像听话的小学生一样，还坐在凳上不动。

趁她还没站起来，我小声同师傅说："再照张半身的。"然后凑到她跟前刻意说：

"姥姥，你刚才没笑，没照上，重照一下。"我把她的位置移到大幕布前，离开有花瓶的背景，师傅移动照相机支架的方向。我跟师傅使了个眼色，用手往下划，让他快照。她机警地推开我。无奈我顺势闪开，心想来日方长，哪知失去了的机会再没来，这竟是她生命中的绝照。

又抢拍了一张标准相，果然面部表情自然多了，仍没笑。我书柜中的这张照片，就是这么来的。

拿着票据，我们走出照相馆。她没有埋怨，这让我感到很惬意。后悔这事早该做。交给她票据，让带子一个礼拜后来取相。还交给她梳子，她说："原来如此，你从家里出来，就打算照相啊！"我夙愿得偿地说："很多年前打算，今天才照成。"中日当空，她往西，我往东。

两个星期后，带子写信告诉我，那张全身照她说自己看不清，半身相照得好，她特别喜欢，把照片放在腰窝里。农村的火炕，多在炕头这面墙中间，有个方方正正的小洞，可放点随手拿到的小东西。谁来她都给人家看，说自己这辈子也"上相了"。在她看来，"上相"是件很大的事，她还后悔，自己哪个孩子都没留下张照片，想念时，只能闭眼睛琢磨，哪如这照片，鼻子眼睛都看得真真切切的。

有空，她就坐在炕头上翻出来看。有一次她看得掉泪了，对带子说：

"这辈子进了照相馆，上了相，将来人没了，还能有个影，知足了！"看来她想到很久远的事，想到有朝一日天上人间两分离的必然。

带子说："找机会，咱们去合个影。"她还是很坚定地反对，并重复那所谓的理由。祖孙三人相依为命，竟没有留下一张合影，真是很遗憾。但这张珍贵的老照片，终究还能同我天天在一起。

我坐在写字台前，不仅能看到她的遗容，还能感受到她长眠的那片黑土地的气息。

写字台的一角，放着一个斗状花盆，拳头大小，烧工十分精美，如泡茶的紫砂壶般小巧玲珑，花盆边角棱都是褐色，四个斗面是淡黄色，一个对称面上分别写着"万物生辉"和"清风明月"，字体很浪漫潇洒。另一个对称面，分别画着芭蕉叶和清趣荷花，可谓是诗情画意。

这个小花盆，是我在昆明逛花卉市场，偶然碰上的。

一包金贵的黑土，终于有了合适的去处。上个世纪八十年代末清明节，我和弟弟专程回故里给姥姥上坟，土是从坟头上包回来的。搬家时带到北京。一直遇不上满意的花盆，我不太喜欢青花瓷质地的花盆，它漂亮得招摇，还缺乏暖意。从遥远的南疆觅到的这个紫砂小花盆，朴实宁静又含蓄。

把土置入盆中，先后栽植过小柏树、文竹和铁树苗，都没养好。最后植入仙人柱，以沙漠植物的顽强本性，长到北大荒的沃土里，接上这有灵性的地气，它终于活了，从一寸多高，长到半尺了，像个绿色玉米棒。十几天不浇水，也很精神地立在盆中，浑身规律性长着钝刺，刺是深绿色，刺与刺的空隙间是淡绿色，刺由柱体底部向上逐层变小，最顶部的小刺上有白色绒毛，十分可爱。

我每天坐在写字台前，仙人柱首先映入眼帘，它后面就是姥姥的老照片。仙人柱像青山一样不老，老照片里的生命火焰，又像仙人柱一样顶天立地地燃烧着。

她生生不息的那片沃野，虽与我有千里之遥，但她生命后花园宅地中的黑土，就在我身旁，哺育着生命。

2

民间流传的风俗，人到老年，便备寿木和寿衣。借"寿"之吉意，希望寿登期颐。依我看，借吉祥之意是虚，生前享受死后之福，瞑目而走才是真。

她刚过一个甲子，就张罗做寿木。到镇上求人相助，于木材厂买了上好的松木板，堆放在自家山墙下阴干，上面压了很多沉重的东西，这样风干，木板才不能翘棱。两年后，请手艺好的木工到家制作，按她的要求制成四六型的，即棺木的四帮和底厚四寸，棺木天厚六寸。最后请细工画匠漆成大红面，在四帮绘上二十四孝图。这样的棺木，只有富裕人家、辈分高的人才能享用，她清楚自己的超越很不容易，所以，她抚摸着绘好的棺木，非常欣慰地说："这大房子结实又宽敞，防风抗雨，住几十年都不会漏。"接着感今怀昔，"同前面走的人比，能住进这样的大房子，知足了！"

我们虽然能听懂她的话，但理解不了她那"知足"的心理，也插不上话。我们从来不提"棺材"二字，只说"大木屋"，放在仓房的最里角，还用麻袋盖上，可直眼看，仍有点发瘆。我偶尔去仓房拿东西，总使目光有意避开屋角。我们畏惧死亡，自然畏惧与死亡相关的物品。也许是我们年少生命旺盛，也许是我们涉世很浅，认为死亡是遥远的，也或许是根本不愿意面对亲人的老去。而她在之后的二十多年间，依然关注"大木屋"的变化，她总是最先发现红漆捎色了，哪个部位的漆成片地翘下来，像关心住屋一样及时地修缮，据说重新漆过两次。

她一生蜗居在茅草屋里，草房靠不断修缮维持着，始终没能进一步改善，便把希望延到自己的"下辈子"。为改变自己下辈子的命运，她节衣缩食，分分角角地积攒，亲眼看着筑成了"大木屋"，尽享亡后的满足，实现生前的梦想。这大概就是她常说的，人不管是活着还是死去，都要体面和有尊严。哲学家认为死亡恐惧是人的天性，没人能逃脱这一天命。而她活得如此开明、淡然和从容，既不逃脱，也不恐惧，悖逆了哲学家的宏论。

做寿衣，她也毫不含糊。衣料要用纯棉细布，只有高支纱的布才是又薄又软又平的细布，她遗憾自己生前从没穿过，而且讨口彩绝不用"斜"纹布料，一定要"平"纹的，因为"平"字连着"安"，"斜"字的同音字是"邪"。更不能用"绸缎"面料，其音是"仇子""断孙"，太不吉祥。缝做寿衣，要找儿女双全又针线活好的人，私人关系很铁才好求，所以她把布料分给了好几处。她知道，这会给人增加负担，事后便一一还了人情。她一辈子的习惯，总是念念不忘地感恩。

随着年龄增加，她的身高确实有点变化，她这操心耗体忙碌的人，不可能发福，只能越来越瘦。七十岁后有点驼背，个头缩了点。老年人，不驼背，个子也会自然缩矮。她把压箱底多年的寿衣掏出来试穿，稍显长，说"鞋不差线，衣不差厘"，便让我给修短点。我的针线活她信得过，如格外用心还能做到严丝合缝。把衣服修短点，很容易做好。都不用动剪子，拆开底襟边，往里掖点，然后仔细把边缭好。只是有一次好麻烦，改寿衣的肥瘦，这要拆从袖口到下面开气儿很长一趟缝，拆比缝费力，用针挑缝线，生怕损坏一根布丝。拆后用笔画好并绷上，让她试穿合适了，才能精心地缝。最后把新缝的缝儿，熨得平平的，棱是棱角是角的才能通过她的"检查"。改后试穿很合体，她特别高兴地跟我们开玩笑：

"再活三五年，说不定我长高长胖了，就做套新的。"

她的乐观与豁达感染了我们，我和带子相互对视，异口同声说"肯定会的"。带子还补充道："行善的人，能返老还童，再活一回"。

她听了带子的"童"话，咧着嘴笑，没有笑出声。她最高兴时，就是这么笑，从没听到她的哈哈大笑声。她又冲着我俩逗趣：

"你们俩就等着哄一个老小孩吧！"然后，她收敛了笑容，很严肃地说："心里踏实了，不管何时走，都能穿上合体衣服，住上敞亮的大房子，知足了！这辈子知足了！总算在生前享受到了！"

她把修改好的衣服又叠又拍，弄得平平整整，按顺序一件件摆起来，最先穿的内衣放到最上面，大袍和大衫放到最下层，边摆边嘱咐我们穿时的顺序。系上包裹，叫带子放好，还叮嘱，记住放的位置，"别用时麻爪了。"听上去死亡随时都会到来似的。带子说"你放心"时，瞟了我一眼，那是只能意会不能言传的一眼。

几年后，带子告诉我，她几次掏出来试穿，让带子给修改，其实，带子心想这种衣服太合体，真穿时很费劲，就以自己的针线活太糙为由没给修改。说实话，我们都不愿看到这寿衣，每次折腾，我们的心都酸酸的，有种难言的隐痛，甚至还有点恐惧，好像大难临头。

她是我们在这个世界上唯一的亲人，没有谁像她这样对我们体贴入微又锲而不舍。特别当我们走入生活之后，倍感她给予我们的爱弥足珍贵。对于我们，她若去了，就是永远的失去，世上没有来者与之相比。我们就会像没了根的蒲公英花絮，在风中飘泊。

每次为她修改衣服，有如她弥留之际，守候她身边似的，会产生莫名的痛苦感觉。那一针一线的穿来穿去，想到它真正派上用场时的情景，想到这是她人生最后一程的寒衣，便滴滴嗒嗒地流泪，泪水落在针线上，浸在布纹里，手在颤抖，针不时地扎在手尖上。这时很想放声大哭，明知人不能永生，怎么用到她身上，竟觉得不公平和残酷无情呢！

这种感性和理性的悖论在我们心中存在，同样，就像回避棺木一样，我们也回避寿衣。此后几年，她说过试试衣服，我们都以她体型没变为由，否决了她的想法。也许是我们伤了她的心，她再也不提试穿的事了。很后悔，既然她认为试穿能延年益寿，何不顺她心意折腾出来，让她心里充满期待。自己老了才明白，年轻人与老年人这种较真，无端地使她不快，不经意中伤了她的心。

面对寿衣，她从来没有难过的表情和悲观的话语，而且总希望衣服锦上添花地合体。她的一生活得艰辛和不屈，对将到来的最后时刻，又那么坦荡和一丝不苟，我们那时无法理解，她那善良的软心肠，面对死亡，怎么能如此坚强冷静！

至今，我回忆给她修改衣服时的情景，总是泪流满面，此刻我的笔尖因泪水而停下，心隐隐作痛，缅怀中获得的勇气，远不能排除对死亡的恐惧，这是何等的虚无和渺小！

3

那年冬天特别冷，寒假回到家，她见我头巾和额前的头发满是霜花，拉我上炕头坐。小时我在外面疯跑玩到天黑，回屋她总是把我的两只小手攥到掌心，又捂又搓，那暖暖软软的感觉，可舒服了。很久没有这样的机会了。今天她又把我的手捂着，可她的手容不下我的两只大手，只在我的手背拍拍揉揉，把温暖传给我，不断问怎么这么凉，冻透了。

嘘寒问暖间，我有种异样的感觉：她的手单薄干枯，虽比我的手热乎，并没感受到这血肉组织的柔和，像一把干树枝，疙疙瘩瘩地硌着。于是我抽出自己的手，捧起她的手，映入眼帘的是皮包骨的枯瘦指头，手背上暴露着青筋，有数不清的褶纹及深褐色斑点。我十分惊愕，但没有直接说出来。只问最近是不是病了，她漫不经心地说：

"人到老，手都会这样的。"她看透了我的心思。

我又问人老都是这样吗，她唉了一声："人老，血气不足。

人活的是血脉，血脉不足，就如断了线的风筝，自然就该飞了。"

其实，她的手是渐变成这样的，只是我根本没在意而已。后来在外国影片中，我见过一个特写镜头：年迈母亲的手背，与姥姥的那双手一样。如今我写字的这双手也如此，像老榆树皮。

听了她那席话，我随口说：

"我血气方刚，若是能输给你点血就好了。"

她沉默须臾，低着头说：

"那就延长我的寿命了！"

我抬头时，她正抹眼睛，怕我看出她眼含泪水。看来我脱口而出的话，深深触动了她，而且还久久没忘，充满了期待。她的儿子得过血液病，使她对血液话题高度敏感，甚至有点神经质。

我从电影和小说中，知道战场上给失血过多的伤员输血，就是从战友胳膊中抽出，然后输入的。这是我那时脑海中有关输血的全部知识。

没想到，姥姥非常在意我说的这句话，并告诉带子我要给她输血延年益寿。返校前，带子特意问我，方知问题严重了，我想她一定希望输血很快变成现实。

于是回到学校，我去校医院，请教大夫。大夫很认真地问：人在哪住院，得什么病，是外伤还是大手术，你们的血型相配吗等等，一连串问题对我是一头雾水。我实话实说，人老了太瘦，说是缺血。大夫哈哈大笑，说有钱难买老来瘦，弄得我十分窘迫，满脸通红，难为情地走了。无知被嘲笑，会逼人长见识的。

后来我去医院查了自己的血型，是B型的，还请教了有关输血的常识，知道姥姥若是B型或者是AB型，我真能给她输血。

暑期回来，带子批评我：跟老年人说话要有准儿，又说姥姥盼着我给她输血呢，我为自己的愚昧而懊恼。我决定同她一块去镇上的医院，好说歹说，她才跟我进城。

跟大夫说查血型和输血，大夫很奇怪眼前的"患者"，流露出疑问的表情。验血后说她是A型的。我知道配不上，又提出给她化验血液，看是否贫血，大夫问有何不良症状，我说人老了感到血亏，看亏到什么程度，想给她输点血。大夫冷笑，流露出对我不屑一顾的眼神。可我不想分辩，还是认真地同他商量，医院中血库的血，与她相同血型的是否可以给她输？大夫用轻蔑的一笑，回答了我的"无理"要求，很不耐烦地说：

"血库当然有血，也能配上血型，但要经过批准才能动用，你有什么理由申请！这太荒唐了！"

我还坚持人老贫血补充的理由，大夫鄙弃地一笑，竟变成了愤怒，但仍很克制地解释：

"同志，贫血是化验人的血液中，红细胞或血红蛋白的含量，低于正常值。你没有局部外伤失血过多，又没有什么症状，怎么证明你贫血？"

"假如给你化验出贫血，也不会采用输血办法补血。"

我立刻请教大夫："如果化验出贫血，有何办法补血？"

"如果是缺铁性贫血，饮食中含铁丰富，可以食补。另外服用维生素B_{12}和维生素C，也很有必要。"我提出化验血，但因不是空腹，今天不能化验。

走出医院，同她商量，在镇上住一夜，明早空腹来化验血，她执意不干，很沮丧地嘟哝，人老了血不足，还用验吗？说着加快脚步，径直往外走。

在路上跟她实话实说，我不能给她输血的原因是血型不配。她本是个通情达理的人，可这次抑制不住脸上的懊恼神情。

回到家，我告诉带子具体情况，她还特别叮嘱我，这种事可不能随意说。我真感到羞愧和心痛。无效的爱，教训了我，一定要能做到时才说出想做的，千万不要以想当然，说出能代替的行动。"甜言"，做不到，就变成"苦语"，这才是自讨苦吃呢。

无知是愚蠢的同义词，头脑简单必酿无知的苦果。

后来我专门去药店买了B_{12}和维C。她仍半信半疑。还特意嘱咐她多吃蔬菜，是最好补铁造血的食物。带子后来告诉我，她按要求，把B_{12}和维C都吃了，自找"感觉"起"作用"了。还说我没能给她"输血"，是因为"血相"不相匹配，若是相配，肯定能输。"外孙女有这份心思，就让我知足了。"说"知足"时，仍没有忘了那份期待。

4

刚上班没几天，我就盼着发首月工资，领到后包了又包装入牛皮纸信封，放到书包最底层，系上包，紧了又紧，直到把书包挎在身上，才觉得安全了。这之前，身上最多带过20元钱，包包裹裹地放在挎包里，上火车挎包朝前，坐下时两手总要压在包上，心里才踏实。身上从没带过今天这么多钱。此后的二三十年出远门，在内衣上缝个兜，把钱藏起来，大家都这么做，甚至当时市场上还专卖带拉链的裤头。

我找好朋友小唐当"高参"兼俄语翻译，径直奔往市内最有名的南岗秋林商场，它是俄国人创建的。听说这儿的东西高档昂贵还洋气，售货员是"老毛子"。穷学生对这种店只能望洋兴叹，在这城市学习五年，从没来过。小唐经常来，是有意与"老毛子"练口语，她知道这儿有一些白俄，语音还算标准。

商场里琳琅满目的货物让我眼花缭乱，左顾右盼眼睛不够用，还不如当今第一次进城的老农自在。其实，柜台里不全是俄国销售员，五十年代末，中苏关系破裂，有些俄侨回国，中国服务员就置换进来。我们七拐八拐，穿行在人流中，终于看到柜台上竖着毛衣"模特儿"，便停下。

这个柜台的售货员是位俄国的老太太，非常热情，动作敏捷，能说简单的汉语。她主动帮我们挑选，认为我们来得不是季节，再过两个月，毛衣的品种会很多。在她的帮助下，我们选中了一件纯毛开衫，银灰色的粗毛线织的。很厚实，两侧有兜，其实就是现在说的老头衫。我们说不清衣服的尺码，只好在往来顾客中，找与姥姥个头体型相似的，把毛衣放到她们身上比划，那时不准试穿。最后敲定一件中号码的，单价29元。

小唐听了价格，"呀"的一声说："太贵了。"我们一个月薪水才46元，剩下17元，生活还不如徒工（一年后转正为56元）。我跟她解释，姥姥一辈子没穿过毛衣，穿就穿件好的。其实小唐是姐姐供她念书，她早就发誓，从第一个月发工薪起，就"解放"姐姐，自己每月给家里寄20元。当时我们头脑中，还没有名牌观念，之所以去名店买，是认为那儿的商品质量好，出于对亲人的真诚，就该买品相好的。

没过几天，她收到了我寄回家的毛衣，带子回信：

"穿上很合身，样式和颜色都很可心。毛衣放在身边，翻来掉去地看，又摸又攥，认定是纯毛的，还跟串门的人说：'这辈子也有毛衣了，还是从外国人开的店买的。'"

看来名店也产生了效应。她把毛衣给邻居周奶奶看，周奶奶可羡慕了，说自己有儿孙一大帮，哪个也没给买件衣服，更甭说毛衣了。咱村老薛家最富裕了，你看那九十多岁的老祖宗，不就穿件厚秋衣吗。姥姥心满意足地说：

"不比不知道，越比越知足了！"

发第二个月工薪，我去邮局给她汇十元钱。信中说这是给她的零花钱，随时买点想吃的东西。给她寄钱，是我很早就决定的，盼着自己赚钱时变成现实，此后每月发薪后都照例这么做。

寒假回到家，她兴致勃勃说社里村里的新闻，但说得最得意的还是邮递员小马。小马每月都专程给她送汇款单，称她是村里"最富有"的老奶奶，社员一年到头赚的工分，结账时都余不下十元，有的还倒贴生产队的钱。小马甚至抱怨自己整天骑着车送报送信，每月才赚15元。她劝小马，邮递员这活是个美差，别人抢都抢不上，意思是让他知足，然后很自豪地显摆，我外孙女是"念大书"的，当"大孩子王"，赚得不多，可她孝顺，我才有这份福气。

村里人知道她每月都有汇款单，有人想跟她临时借钱。带子横挡着"不行"，我们家人都分毫不动用，更不能外借。带子很有趣地比喻，老年人手中那点钱，就像老猫抓住个小耗子似的，舍不得马上吃，扒拉着看着，玩来玩去，耗子一动，老猫就急，用爪子捂住。想借钱的人，只好却步。

除夕，我们劝她穿上毛衣，她舍不得，怕弄脏了。不容分说，带子从柜里拿出来，还翻出件新的衬衫，我们连拉带扯地给她换上了，拿镜子照，夸她像城里的老太太，漂亮干净还时尚。

而她更知足地说：“城里老太太，也不一定能穿上这么好的毛衣。”

转过头，她对重孙子示意，太奶穿毛衣了，你们看看，别往我身上扑。刚会走的孩子，只知凑热闹，像个小泥鳅似的，越发往她怀里钻。

除夕吃一年一顿的大餐，油水足，她很小心，怕菜沾衣服。年初一，有来拜年的，毛衣又穿了一天，晚上就收起来了。那时农村买件厚秋衣，还要凭公社发下的票，到农村指定的供销社买。带子分到一张票，花两元多钱买了件厚秋衣，春节时也拿出来穿了。

每年春节，她都穿几天这件毛衣，十多年后，这件毛衣还是崭新的。

过初五，我得提前返校备课。临行前，趁屋里就我俩，姥姥悄悄地塞给我个小纸包，小声说“收好了”。还没等我问，她又补充：“是你每月寄给我的钱。”

她怕我不收，接着解释：“我有零花钱。你呀没妈，没人帮你，自己攒点，日后用得上。”说心里话，刚毕业，眼前的事情都应付不了，哪想得那么远。

她让我把小纸包收起来，又叮嘱：“以后你还按月寄，我还按月给你攒着。”

听了她这话，我不解其意，愣了一下，她干脆直说：

“你不要问为啥费这个事，想想就明白了。”

我半答应着半思索着，收起小包时恍然明白，她因处在复杂的家庭关系中，想让人知道我对她也尽赡养义务了。

我便对她说，放假前集中邮一次，免得你总去镇上邮局取款，她又坚定表示"不好"："我每收到汇款单，就像抽签中奖似的高兴；一到月中就盼乡邮递员小马过来送汇款单，然后去镇上邮局，真拿到钱，甭提多高兴了。"

看来，收汇款单和取款，倒是使她快乐的"游戏"。"游戏"了两年，在她手上过的永远都是一张十元的人民币，转来转去，它为我无声地完成感恩的使命，又给她送来神秘的"快活"。

虽说她为我着想，可我心理上过意不去，觉得没必要这样做。是带子现在支撑这个家，照料着她，我才能安心地把书念到头，并在外地工作。

所以，她悄悄地把钱给我，我又悄悄地转给带子。"文革"中遭停薪后我女儿出生，我已力不从心，也就不玩这"捉迷藏"了。后来我跟她说了自己的想法和做法，她一点都没有表示异议。

5

姥姥喜欢吃小鲫鱼。记得小时候在乡下，每到春秋，门前马路上常有挑夫叫卖鲫鱼，鱼不大，多一拃长。每听到挑夫的吆喝声，我都好奇地跑去看热闹，姥姥也必买。

小鱼挤在桶里，捞到秤盘上，就又蹦又跳的，水点四溅，好玩极了，凭空给我们添了几分快活。交易很随便，用钱买，用鸡蛋和米换都可以，个人从河里捞的，自己做主，希望快点出手。

买回来的小鲫鱼，放到大盆里加足了水，鱼儿得水，如孩儿找到娘般快活。我们从中挑出最精神的放入水缸中养起来，能活一年多。小猫的鼻子对腥味特别灵，围着盆叫个不停，总要给它一条"享受"才能罢休。

姥姥做鲫鱼是用盐卤，然后煎，能放几天不坏。吃剩下的放在小筐里，挂到四面不着边的棚顶窗钩下，这之后，与其说姥姥喜欢吃，不如说我们才是真正的馋猫。

"文革"初，姥姥来学校，我们已停课，我有很充足的时间照看她。首先想到的是给她做鲫鱼，跑市内，一连走了多家铺子，都没有活鲫鱼，我很纳闷，省城这偌大市场，怎么能买不到鲫鱼呢！我挨个铺子寻，都有海鱼干和带鱼，走遍了农贸市场，还不见鲫鱼。

幸好有个老板娘提醒我：这些店铺根本不卖活鱼，再说这也不是卖鲫鱼的季节，你去松花江边碰运气也许能买到。然后她指着斜对个的铺子，那家有刚杀的大马哈鱼，比鲫鱼好吃，又鲜又肥还没小刺，是咱们黑龙江产的。

我立刻转到那个铺子的柜台前，老板掀掉盖鱼的布，有大碗口粗的多半条大鱼，头尾都没了，鱼皮的灰色中，有绯色宽斑。老板还特意让我看鱼的横断面肉质多么新鲜。说实话，这鱼名我是头一次听说，可毕竟是刚杀的活鱼。姥姥的话响在耳畔：吃活鱼才能吃出鲜味。她收拾鱼时，一旦发现死的便给小猫。于是我决定买。老板一刀下去，还锯了几下，便砍下一大截，四斤多重。虽担心姥姥不喜欢吃，但还是既来之则买之，总不能白跑一趟。

把鱼直接送老乡家，请她帮我做好，我拿走大半，在食堂买了饭和青菜，端到她面前。她以为是鲶鱼，很惊奇鱼之大，吃几口连说好吃，并认为是鲜鱼才能有这样的味道，我终于放心了，

觉得心意到了，佛也知了。

她知道这是黑龙江里产的大马哈鱼，更是惊喜不已，很早听说，没吃过。我鼓励她少吃饭，多吃鱼。

看她吃得可口开心，我非常高兴，而且很感激那个老板娘的热情。

我问她同鲫鱼比，哪种好吃，她犹豫了一下，说鲫鱼味足，可大马哈肉多又嫩。

第二天午后，她休息时睡着了，我径直奔松花江边。从单位到江边很远，就等于从城市的最南到最北，有公交车，不担心走不动，一心想买到松花江中的活鲫鱼，决心远征。

到了江边防洪纪念塔那儿，哪有卖鱼的呀？我向江边散步的老人打听，个个摇头。不停地问，终有位老叟，很殷勤地告诉我，这儿的江水太急，有鱼也钓不上来，再说这儿也不准钓。你往西走，走到没有防洪堤的河汊子，有人天天又捞又钓。

顺着老叟指的方向，我沿河堤向西，几乎离开了喧闹的城市，最后堤坝消失了，我不顾走出多远，只想找到有钓鱼的地方。眼前已荒芜，离河岸很远的两边，没有了楼房和砖瓦房，这大概就是农村了。而且河汊子处，确实见到了捞鱼的身影。我眼前一亮，有了希望，赶走了疲劳。

走到近前，见不大的渔网中确实有鱼在蹦，我实是欣喜，自认这正是我要寻的鲫鱼，而且大得没见过，果然大河中鱼也大。我问渔夫现在卖否，他口气很冲，是个壮年汉子，说打鱼就是卖的。我表示买一条，他说这鱼是送指定饭店，不外卖，也没有秤。听这话我有点失望，但机会我不会放过。我很有诚意地表示，你说个价，不管多贵，我只买一条。他很痛快，抓出一条大个的，就说给两元钱，很麻利地用根绳穿过鱼头提给我，并自我欣赏地说，"这松花江大鲤子多鲜。"我已经拿到手，方知这不是鲫鱼，是姥姥常说的"大鲤子"。心里暗喜，想起姥姥每次说起"大鲤子"的表情，说不定比鲫鱼更好吃。

我问渔夫如何做好吃。渔夫说："煮汤，这鱼汤比鱼肉好吃。"我刚走出几步，渔夫又大声嚷，"不喜欢喝汤，就吃生鱼片。回去就做，不能过夜。"我摇手表示感谢。平生才知道鱼还能生吃，心生疑惑。

提着这一尺多长的"大鲤子"，朝来路返。心里仍犯嘀咕，这鲤子能有鲫鱼"味足"吗？

放眼这滔滔的江水，呼啸着奔向远方，两岸碧波粼粼，涟漪潋滟，让我忘了"汤的味道"，不知不觉地走到了江堤上。回头看，渔夫捞鱼的河汉消失了。进入了熙熙攘攘的人流中，竟有人问这鱼从哪儿买的，我也成开路的"向导"了。

这鱼还是送到老乡家，求她煮汤。她奇怪地问，怎么天天吃鱼？我告诉她，这是姥姥最喜欢吃的。

连汤带鱼半盆，热气腾腾端到她面前。我先让她喝汤。她的味觉非常灵敏，汤没喝到嘴就闻到了鲜味，一尝便发出"哎呀"声："这味可真足！"我问："有鲫鱼味足吗？"她说不仅味足还香，这是条大鱼，肉肥才能汤香。她往盆里细看，不停地议论：

"真是大地方，有好吃好喝的。这才叫鱼汤，王母娘娘赏的仙汤呀。"

她问我从哪儿买的，我告诉她在楼外路上，王母娘娘知道你喜欢吃，特意送来的。是从松花江里刚捞上来，马不停蹄地送过来的。若是现在，我肯定还会加上，这鱼是天然的无污染的健康食品。听后她感慨地说：

"我来一趟，昨儿个吃大马哈，今儿个吃大鲤子，都是头一回吃。看来天外有天，从前，我以为鲫鱼、泥鳅和哈什蚂，是水中美味，山外有山，还有更多美味。"说了这些，她很陶醉地感慨：

"知足了！知足了！"

我接着说，明天后天还去换样买鱼，吃遍了，尝到了。她表示，你这很平安，我就回去了，板床睡不习惯，腰不舒服。

当今，熏大马哈鱼成了省城的特色食品。前些年，弟弟常从省城往北京捎。最近几年，在京城有名的"一手店"里，随时能买到熏大马哈鱼。我每在店中看到这种食品，脑海中立刻浮现出四十多年前同姥姥首次吃大马哈鱼的情景，引起无尽的思念。甚至联想到大马哈鱼，从渤海专程游回到黑龙江，经历千辛万苦来繁衍后代，雌鱼的这种自我牺牲精神，如所有伟大母亲对后代奉献一样，令人敬慕，更不想再吃它了。

我多次嘲笑自己那次买鱼表现出的呆气傻气。细想当时的表现，也是一种必然。自幼生活在那种狭小闭塞的环境中，只见过"小鲫鱼世界"的"井底之蛙"，那本是我的舌尖世界中可怜的"鱼观"。有如没有见过大海的人，总以为家乡的湖最大，贫困落后与愚昧无知永远是孪生兄弟。

更可笑的是，我自作聪明，认定姥姥只喜欢吃小鲫鱼，为什么没想到，她还没吃过的鱼，也许很喜欢吃呢。若不是遇上那个爱搭讪的老板娘热心提示，那天我很可能空手而归，也不会再去江边寻鱼，姥姥那次也就错过了感受"天外天"美味的机会，时不再来该有多后悔呀!

6

那年春节前，收到带子的信，得知姥姥入冬以来，不停地咳，身体虚弱得常卧床不起。阻塞性肺气肿，已到了后期，长期服用麻黄碱，产生了抗药性，又改服氨茶碱和喘定。

头年回来，就已不比先前，身体清瘦，但精神矍铄，整天忙碌，白日休息，还习惯地坐在炕头上闭目养神。

这次见她判若两人，又瘦了一圈，真是皮包骨头了，拱肩缩背，非常孱弱。眼睛深陷在眼眶里，眼神也不如从前灵活，颧骨显得格外突出，脸色憔悴。刚说两句话，就气喘吁吁，半躺着也咳个不停。我示意她不说话，轻拍她的背，可她总有话想说。

老年人，久不见亲人，积攒了太多的想念。她要对我说的，总比我对她说的多，其实她心里想的比说出的还多，手脚停下来，脑中有说不完的话语，见亲人一吐为快。耐心地倾听她磨叨，万不能打断她的话，更不能评头品足地较真。

药量不断增加，食量却不断减少，不喜欢吃的食物越来越多，还说不出想吃啥。从前最喜欢吃的鲫鱼，现在问也摇头了。想来想去终于说出：鸡肉蘑菇馅儿饺子，也说不准好吃。我们遵命立刻行动。

带子去邻居家找来一串松蘑，这家有山里亲戚，每到春节前都来送山货。鸡，家里多多。选了只两年生的胖母鸡，带子说足有四斤重；若炖汤，就选三年以上的老母鸡；当年生的鸡没过冬，肉嫩但不够香。照带子的标准，现在从超市买的童子鸡才四十多天，北京有名的油鸡才一百八十天，我们永远吃不到鸡肉的醇香了。带子抓鸡时嘴里叨咕："小鸡小鸡你别怪，阳世三间一道菜。"这反映了善良人宰杀生物的戒心。她宰鸡煺毛剔肉，一切都在瞬间完成，还嘱咐我，蘑菇要多冲几遍，上有小草刺，剁鸡肉，连鸡油一起剁碎，鸡油比猪油香，还好吸收。她真是个生活通。

我把各样食材剁好，端到姥姥跟前，让她亲自加调料，把鸡肉拌好，最后加蘑菇搅拌，她闻了几次，说挺香，有点淡，我只象征性加点盐。面早就醒着。包饺子的活，我从小就干得很溜，每年春节前包冻饺子，都要跟带子"竞赛"。今天只能自擀自包了，比赛包饺子的快乐情景，一去不复返。约莫够吃一次就煮，味不好，还能调馅。

饺子放到饺子汤里，是她一贯的吃法。她吃下去第一个饺子就说："真是有滋有味呀！"然后非让我和带子尝不可，果然鲜香，小外甥也要，接着又煮一次。热乎乎的饺子汤，吃得她额头鼻尖都渗出汗珠，脸色也变得湿润了。她感叹："怪不得年三十，家家小鸡炖蘑菇，怎么没想起这么包饺子呢。这真是头一回呀！"

在我们的印象里，没听她说过啥不好吃，这次生病嘴变刁了，说饭菜没味，有时要葱蘸酱，吃出了刺激味，但咳得更厉害。如今我进入老年，嗅觉迟钝，碰上身体不舒服时，也如此寻有刺激性的食物，回到原始状态中，与久违的味道相遇，确能多吃几口。那鸡肉蘑菇馅儿饺子，也许将来会成为东北人招待贵宾的经典食谱！

廉颇老矣，尚能吃变了馅儿的饺子，何不满足。还有半串蘑菇，又杀只鸡，加上没用完的饺子馅儿，包了两盖帘儿冻上。

第二天我们换了大白菜馅儿，那时北方冬天储存大白菜困难，幸亏家里的土豆窖挖在厨房的柴堆底下，保留下几棵白菜，是冬天唯一的叶菜。专用菜心，还焯一下，放猪肉，带子拌馅，我干后面的活，饺子小得像馄饨。她吃了几个，又喝口汤，像三伏天喝口刚从井里打的凉水似的舒服，连说：

"清爽！水灵灵的，是鲜白菜！还是白菜心，一点不塞牙！"

看她这顿又吃得很顺口，我和带子都会意地笑了。看来失去的味觉，也还能被美食唤回来呀！两只母鸡的骨架，熬了半盆汤冻上了，随时砍下点，就可以做面片或疙瘩汤。

带子又别出心裁，用大萝卜馅儿做蒸饺儿。"冬吃萝卜夏吃姜"。她吃后打嗝了，认为是萝卜起了通气的作用。

最后用秋天晒的豆角丝拌饺子馅儿，这类干菜就是煮熟了，吃起来也有点艮，我遵旨，几乎把泡过煮过的豆角丝剁成粉末，拌入肉里，看不出是啥。她吃完了，也体味不出是什么菜，只说有点艮，喜滋滋地吃下去，又很感慨：

"天天变花样，把我吃糊涂了。人常说，坐着不如倒着，好吃莫过饺子。我天天吃饺子，饺子馅儿都是以前没吃过的，享受了，知足了！"

我走前的上午，她总是抹眼泪，不像刚回来时有说不完的话。给她煮碗馄饨，没吃几口。我告诉她，包了不少冻饺子，有蘑菇馅儿、白菜馅儿和萝卜馅儿的，分开放在缸里，想吃哪样跟带子说。她答应着，但呜咽着：

"走吧，别惦着我，慢性病，能耗时间。想你，就拍电

报。"

风烛残年的老人，生病时，最想见亲人，最怕与亲人久不见。每次平常的分别，她都可能看成是最后一别。身患重病，天不假年，她怎能不用巨大隐忍痛苦地眷顾这悲黯的时光。虽然不表白，可承受着折磨，多么渴望亲人陪伴在身边呀！

这次回来，我没带孩子，全身心地照料她，安稳地听她倾诉，短时间便产生了很强的依恋心理，喝了心灵的鸡汤，格外难分难舍。

走出家门，我不敢回眸她一生居住的茅草房；走到村东头，这个当年星期六晚上，她等我夜归的无形"哨所"呀，她再也没有力气走到这儿了。离开时锥心的痛，此刻几乎把我拍倒在地上，我泣不成声！我这一辈子，从没遇到比这次离别更痛苦的时刻了，就像是最后的诀别。也许人对死亡有奇异的预感，只是不能把握而已。几个月后，我在睡梦中，真真切切听到她呼唤我的名字，醒来，再也没见到她，再也没听到她的咳声和诉说。

7

她每次"知足"的感叹，面对的都是自己平生第一次遇到的平凡事情，在今天的人眼里，也许微不足道，但在她生存年代的具体环境中，对于她，那每件事情的小小超越，都令她心满意足。

不管她感觉多"知足"，也掩盖不了我们对待她的无数"不足"，并由此引发追悔和思索，也许有利于来者享受满满的"知足"，不再是"点点滴滴"。

人常说，老子爱小子"无限长"，小子爱老子"扁担长"，

多用此言批评小子不够孝顺。这多少有点机械批评之嫌，如果从
"时间差"的角度上，我倒认为这是对事实的陈述，还能使我们
获得某种有益的启示。

老子与能独立生活的小子之间，有个很长的"时间差"，提
倡晚婚晚育，特别是高学历族，这种时间差又自然拉长。一般
说，老子负担小子的生养和教育的双重义务，并直到小子独立，
最少要二十多年功夫，如若再尽呵护孙子辈的半义务或全义务，
还要拉长十年左右。

而小子比较自觉意识到感恩，多从经济独立开始，其父母也
同步开始转入老年期。这转型有三种情况：老子命短的归西了，
命苦的生病了，命好的健康依旧。这健康型的，多给小子"啃
老"提供了机会，便流传"家有老，是一宝"之说，这对要孩子
族适用。

健康长寿的，同命苦的一样，也要经历病病歪歪阶段，老年
人主观意愿是"慢慢地活，快快地死"，但这由不了自己。所以
小子养老送终成了老子生命的最后需要。老子因生病，把小子拖
得精疲力竭者确有之，也随即传出"久病床前无孝子"的俗语，
但多数是拖几年几月或几天，就到了生命终点站。

这与老子养育小子和呵护孙子的三四十年比，不是"无限"
和"有限"之差吗！

姥姥与我是祖孙隔代，她用后半生精力独自把我拉扯成人。
她本该到了享受儿女的感恩而颐养天年时，却殚精竭力地养育着
新生代，后来她蹒跚在夕阳路上时，还履险如夷地照料"避难"
的重外孙女。

如果从她十六岁做继母开始算起，直到她照料重外孙，她为

儿孙操劳远超过六十年。客观地说，我能遇上的感恩时间连"扁担长"都没有。幸好她高寿，给了我短短的机会。

可这机会到来不满两年即逝，阴差阳错，这机遇的时间，与那场灭绝人性毁灭人伦的浩劫相重合，而我又偏偏处境艰难，使她夙夜忧虑，连她晚年的安宁都成了奢望。不仅如此，我反倒继续拖累她，那场灾难直到"零蛋"考生走红，小学生黄帅"向老师开炮"，我都戴着沉重的精神镣铐工作和生活。十几年不涨薪的拮据，生活上她不时地还补贴我，她惦着我远超过我挂念她，当初的感恩计划不到两年便成了黄粱美梦。

对她的感恩不仅来得迟，又遇上客观上的不顺，更有我主观上的糊涂观念，使我陷入误区不能自拔，而且延续到老，我还不以为非，反以为是。这观念从我懂事开始就羁绊着我的行动。

好好学习，决不让她操心分神，是对她最好的尽孝，是对她恩德的回报。这话是所有学生家长对孩子的期盼，有何错！但要知道，我好好学习，的确是顺从了老人的意志，不给她招来烦恼，反使她为之满足，甚至很骄傲。可这只能是她个人的一种心理感受。

孝顺不仅是一种心理情感，更重要的是一种行为，即尽直接关爱及奉养义务的行为。

晚辈"有出息"，确实能给老子带来慰藉，将为尽孝报恩提供良好的基础条件，但无论如何代替不了对老人的实实在在的关爱奉养陪伴的具体行为。

如果把努力学习视为尽孝报恩，就等于把应该发生在自己身上的结果，转换成了对老人感恩的具体行为，在逻辑上，这是犯了偷换概念的错误。这如同说，种子在土里发芽，婴儿在哺乳中长大。本是自然规律的必然，令主人十分欣喜，可却生拉硬扯认为"发芽"和"长大"，是对主人的感恩尽孝。它们既无感恩意识，更无尽孝行为，岂不荒唐！把张三的结果贴到李四的身上，对李四是虚无的光环，并以假乱真。

本是不同的两件事，把一件事情的结果效应，置换成实际上一点没做的别一件事情的行为，真是貌似有理的荒谬可笑。如果我们反向思维，能推论一个非常孝顺的人，就一定是事业上成功的吗？这两者没有直接的因果关系。这种张冠李戴的糊涂观念，在促使学习中起过作用，但简化掉了具体的孝的行为，也淡化了孝的意识的培养和主动转换孝的角色，并去做力所能及的尽孝的事情。这种糊涂观念的形成，与那时流行的"孝敬父母是狭隘的极左思潮"也有关系。

还有句经典说法"忠孝难两全"，在很长时间里左右过我的行动。

这"经典"只是突出忠与孝两者的矛盾，人们可以信手拈来，为不忠或为不孝提供理论辩护。我认为，只能在非常特殊的情况下，才会出现非此即彼，非彼即此的选择，绝不是常态生活；而人的生命状态绝大多数是常态的。忠不易孝，孝也不易忠，这极端思维，只适用于非常态的生活环境。

如果我们把努力工作看成是对事业的忠，越发没完没了的投入时间和精力，夙夜在公，就会像治水的大禹一样"三过家门而不入"。

西方的一位哲人说过，完全为了爱而牺牲事业，可能是件可悲的但英勇的事，这是一种愚蠢的行为。但完全为了事业而牺牲爱，虽然也是种愚蠢的行为，但却不是件英勇的事。

由此可见，"牺牲事业"和"牺牲爱"都是"愚蠢的行为"，这是很严厉的批评。也很明确，这里所说的爱的内涵，肯定包括对老人的关爱孝敬，与当今提倡"回家看看"写入法律中，不只对平民而言，包括在常态生活中英雄模范和大贾高官，只要以"不能两全"为借口推卸不尽孝的义务，无疑都是"愚蠢的行为"。所以要两者兼顾，不能顾此失彼，顾"大"失"小"。有人因创造业绩忙得没时间关照父母，却成为"英勇"的一部分，还光彩无限，大公无私；而因关爱父母耽误工作，却只被骂"愚蠢"，绝不说是"英勇"。英王爱德华八世为爱情牺牲事业，之所以流芳千古，是因为他有"可悲的英勇"，虽然他那样做是种"愚蠢的行为"。那大禹治水三过家门而不入，难道只是件英勇的事，而不是愚蠢行为吗！为了完美的肯定而不去否定，这不是唯物论，本身就是愚蠢的功利主义。

同时，还有一种困惑羁绊我缓于起步，使有限的机会，只能蜻蜓点水，不能持之以恒。这就是"等条件稍好点"。

所谓"条件"是指什么呢？诸如经济拮据程度减轻点，没想到工资十几年不变；等工作压力小点，没想到先是戴着精神镣铐被改造中下乡，迎来"科学春天"后，又在拼命寻回逝去的十年时进入中年；等孩子稍大两岁，没想到孩子一上小学就进入了不能输的人生起跑线，拼小升初，后来拼中考高考，步步紧逼，一步不敢放松，如挑担走在长征路上，连与同伴打招呼都顾不上；等房子稍宽绰点，没想到十七平米的单身宿舍，四五口人竟安居二十一年，孩子一直睡拉床，白天折叠后当椅子写作业，何时安得广厦！

一系列的等，等到她夕阳下，天上又出了三星，三星出又落，还没有看到曙光出现。

这种种以主观改变客观，使自己陷入其中不可自拔，实是没有把尽孝看成是义不容迟，没有紧迫感，没有设身处地考虑她的年龄，健康状况及心理诉求，已经进入生命的"倒计时"，就没能抓住有限的时间和机会尽孝心，失去了方知悔不再来。

在物质生活匮乏时，使老人享受晚年，努力改善生存的物质条件，关注她的吃穿用，这是首先和必要做的。但心理情感和精神上的关爱体贴，用物质是不能完全代替的。对于小字辈，决非经济独立才开始表达孝心，这条人伦的感恩之泉，应从懂事起就流淌在老者的心田，这才是高层次的感恩尽孝。不是那种每年生日宴上热闹一次，然后不闻不问的纯粹的形式主义。

在名为《我宁愿》的一首诗中，我感受到了老年人的那种心灵诉求：宁愿在我活着时，"多陪我几分钟"，"握住我的手"，"哪怕是来一个电话"，"送我一枝花"，"说几句鼓励的话"，"与我促膝谈心"，"为我轻声祈祷"，诉说对我的"感觉"和"看到你期待相守的目光"。与这种精神上对老者的抚慰相比，我们前面做的那点点滴滴的小事，显得多么微不足道，甚至是低层次的狭隘。与老人巨人般的付出相比，我连侏儒都不够，只能是皮袍底下榨出的"小"。虽然已经成年，但不成人。因为没能转换自己的角色，把自己从被她关注自觉地转换为主动关注她，而且这关注不只是物质的，更是精神的。

还有一点也必须提及，小子不该给老人太多的负能量和"噪音"，因为无意中会搅扰老人的心绪。假如在睡前老人接到个不愉快的电话，就会使其彻夜难眠，因为其精神太脆弱了。多报喜少报忧，不能见面就牢骚满腹，怨天尤人；也不该借机翻旧账，急了还炝蹶子，哇啦哇啦讲大道理"训人"挤兑人，想以"新"拉直"旧"的"代沟"。不要勉强要求老人适应自己，更不能较劲，少几分责备多几分体谅理解，这些是尽孝的小子必修的口德和心德。

我与姥姥同行近四十年，羁绊我尽孝的有"天灾"，但更多的是"人祸"，即我个人修养德行肤浅之"祸"，即我在理性上糊涂观念之"祸"，错过了极有限的尽孝良机，才使孝来得太迟，并使爱来得简单和机械。

这难以忍受的良心谴责，过去三十多年压在我的心头，痛苦非但没有减轻，反而随年岁增长而加重。

图书在版编目（CIP）数据

姥姥的遗产 / 张伟著． —— 北京 ：中国青年出版社，2015.4

ISBN 978-7-5153-3290-1

Ⅰ．①姥… Ⅱ．①张… Ⅲ．①纪实文学 - 作品集 - 中国 - 当代
Ⅳ．①I25

中国版本图书馆CIP数据核字(2015)第080270号

责任编辑：孙梦云
书籍设计：孙初 + 林业

中国青年出版社 出版 发行
社址：北京东四12条21号
邮政编码：100708
网址：www.cyp.com.cn
编辑部电话：（010）57350505
门市部电话：（010）57350370
北京科信印刷有限公司印刷　　新华书店经销

700mm×1000mm　1/16　24.5印张　274千字
2015年5月北京第1版　2015年5月北京第1次印刷
定价：39.00元

本书如有印装质量问题，请凭购书发票与质检部联系调换
联系电话：（010）57350337